OEUVRES

DE

F.-B. HOFFMAN.

TOME VII.

IMPRIMERIE DE LEFEBVRE,
rue de Lille, n. 11.

ŒUVRES

DE

F.-B. HOFFMAN.

—

CRITIQUE.

TOME IV.

Seconde Édition.

A PARIS,

CHEZ LEFEBVRE, IMPRIMEUR-LIBRAIRE,

RUE DE LILLE, N° 11.

══════

M. DCCC. XXXI.

POLITIQUE ET HISTOIRE.

LA FRANCE ET LES FRANÇAIS EN 1817,

TABLEAU MORAL ET POLITIQUE,

PRÉCÉDÉ D'UN COUP-D'ŒIL SUR LA RÉVOLUTION;

PAR M. LE SUR.

Ne perdons pas de vue le millésime qui se trouve dans le titre de cet ouvrage : l'auteur présente le tableau de la France en 1817. Les regrets sur le passé sont inutiles, les haines que ces regrets inspirent sont dangereuses, surtout pour ceux qui les font éclater; il ne s'agit plus de dire : *la France était.....* Mais voyons ce qu'elle est, et ce qu'elle peut encore devenir : son sol, son climat, lui restent; sa population est augmentée d'un sixième, en dépit des fléaux de toute espèce ; avec une telle constitution sa convalescence ne peut être longue : attendons et réparons. L'homme dont la maison a été frappée de la foudre, dont les champs ont été ravagés par la grêle, n'a rien de mieux à faire qu'à boucher les brèches et à semer de nouveau. Si,

au lieu de travailler, il blasphème contre le ciel, il invective contre les élémens, il est ruiné sans ressource. L'intention de M. Le Sur est exprimée clairement à la fin de son *Introduction*. Après y avoir fait, *sine irâ et studio*, un tableau rapide de notre révolution, après y avoir rappelé en peu de mots les nouveaux dangers auxquels nous exposait l'invasion de 1815, il la termine par cette phrase, qui indique implicitement les bornes qu'il s'est prescrites, et l'esprit dans lequel on doit lire son ouvrage : « Enfin la sagesse a prévalu dans le con-
» seil des rois ; les principes conservateurs des
» États l'ont emporté sur la fureur des partis. Il a
» été permis de regarder l'avenir, et c'est alors que
» nous avons entrepris de considérer la France
» *telle que la révolution nous l'a faite.* » Si vous voulez apprécier le livre, n'oubliez pas ces der-niers mots.

Relativement aux trois premiers chapitres qui traitent de la population, de l'agriculture et de l'industrie, je me restreins aux observations sui-vantes : Une population toujours croissante au milieu d'une guerre aussi longue, aussi générale, et pendant une révolution aussi sanglante, paraî-trait un phénomène bien étonnant, si l'histoire, en le reproduisant, ne nous habituait à le regarder avec moins de surprise. *Les petites républiques de la Grèce étaient florissantes au sein des guerres les plus cruelles ; le sang y coulait à grands flots, et la terre était couverte d'hommes.* Après la se-

conde guerre Punique, et une invasion prolongée
pendant seize ans; Rome ne comptait pas moins
de citoyens et de soldats qu'avant l'expédition
d'Annibal. Parmi les modernes, Machiavel fait
observer que chez les peuples libres, la population augmente toujours au milieu des guerres, des
troubles civils et des proscriptions. Son témoignage, à cet égard, est conforme à celui de Thucydide et de Tite-Live. Et si des autorités aussi
respectables ne suffisaient pas pour nous convaincre, voici un résumé qui dissipera jusqu'à
l'ombre du doute. En 1719, on donnait à la
France dix-neuf millions d'habitans; en 1740,
après la réunion de la Lorraine, elle en comptait
deux millions de plus; en 1789, vingt-quatre millions, et en 1817, près de vingt-neuf millions,
sans y comprendre la Corse et les colonies. Il
semble que la nature ait lutté d'énergie avec le
génie du mal, et qu'elle ait fini par le vaincre.
Les causes de cet accroissement, contre toute vraisemblance, sont assez nombreuses, et M₁ Le Sur
les expose avec beaucoup de sagacité.

Arthur Young donnait au système agricole de
l'Angleterre un grand avantage sur celui de la
France; il avait sans doute raison pour le temps
où il écrivait. Mais depuis plusieurs années, les
améliorations qui ont eu lieu chez nous, et la décadence de l'agriculture de nos voisins, attestée
par eux-mêmes, nous met au moins à leur niveau
sous ce rapport. Si j'en croyais les plaintes de plu-

sieurs écrivains anglais ; si j'admettais, comme ils l'assurent, qu'un tiers de leurs terres est en friche, et que la misère générale a nui à la culture des deux autres tiers, M. Le Sur me paraîtrait nous avoir fait tort en égalant, toute proportion gardée, les produits agricoles de l'Angleterre à ceux de la France. Le tableau qui se trouve dans l'*Appendice* de son ouvrage fortifie mes doutes, puisqu'il y démontre que le revenu territorial de la Grande-Bretagne est diminué d'un quart ; que, dans plusieurs comtés, les frais de culture absorbant les bénéfices, les fermiers ont laissé les terres incultes ; que la taxe des pauvres est, dans quelques comtés, de quinze, de vingt-cinq et même de quarante pour cent du revenu ; que le mal vient de l'extension du système industriel et de sa prédominance sur l'agriculture, vraie source de toute richesse. Je n'abandonnerai pas ce chapitre sans rapporter une observation aussi juste qu'utile ; la voici : « Le paysan devait à la généreuse philan-
» tropie de nos monarques, la suppression ou
» l'atténuation des justices seigneuriales, des cor-
» vées, des plus crians abus du régime féodal ;
» mais dans sa mémoire, les bienfaits des Bour-
» bons se confondent avec les résultats de la révo-
» lution : ainsi, au lieu de lui laisser craindre de se
» les voir arracher, il faut lui montrer ses premiers
» bienfaiteurs. » Il est très-vrai que les gens de la campagne ne distinguent point ce qu'on leur avait accordé avant la révolution, de ce qu'ils ont

conquis par elle ; et la phrase de M. Le Sur est une de celles qu'il faudrait le plus leur répéter.

L'auteur démontre ensuite que l'industrie française a fait de grands progrès depuis trente ans ; que la France, malgré ses malheurs, est encore le pays du monde qui unisse au degré le plus favorable les deux principes de la civilisation, l'agriculture et l'industrie ; il va jusqu'à dire que, hors des circonstances où la fortune nous a jetés, nous n'aurions rien à envier même à l'Angleterre. Le sentiment des maux présens m'a fait trouver de l'exagération dans cette proposition consolante ; mais les raisonnemens de l'auteur m'ont presque entièrement convaincu : la solution de cette question dépend entièrement de l'état du commerce, et c'est ce dont M. Le Sur s'occupe dans la suite de son ouvrage.

Ici l'Angleterre n'a point de rivaux ; mais cette matière demande à être traitée en grand : tant de considérations importantes s'y rattachent, qu'une analyse écourtée ne peut en donner qu'une idée fausse. Il me semble même que l'auteur en a négligé beaucoup. Il raisonne avec tant de justesse, il est si bien instruit, que j'aurais voulu apprendre de lui jusqu'à quel point une nation, riche de son territoire, doit désirer l'extension du commerce ; s'il ne fait pas naître de nouveaux besoins, et par conséquent la gêne après une trompeuse prospérité ; s'il n'a pas nécessairement des bornes dans la consommation possible et désirable ; si un commerce limité et sûr n'est pas préférable aux immenses spéculations qui embrassent la surface du globe ; si les mots *commerce* et *prospérité* sont nécessairement synonymes, quand le commerce du monde entier n'a pas empêché une nation éminemment industrieuse de s'imposer des taxes énormes pour nourrir, à titre de charité, le cinquième de sa population. J'aurais désiré aussi qu'il donnât plus d'étendue au paragraphe où il dit qu'il ne faut pas prendre dans un sens absolu la liberté dont le commerce a besoin. Ce préjugé d'une liberté indéfinie nécessaire au commerce, est assez générale pour mériter d'être combattu. M. Le Sur ne s'éloigne pas de mes idées, puisqu'il cite un passage de Duhamel où cet agronome philosophe nous conseille de ne pas confier notre existence aux hasards du commerce, et nous appelle à l'agriculture, la plus sûre et la plus féconde de toutes les industries; mais, avec autant de talent et de connaissances, l'auteur pouvait donner à ce sujet beaucoup plus de développemens, nous apprendre à juger sur les résultats et non sur les apparences, et à ne point envier une prospérité qui ne ressemble point à du bonheur.

Ce qu'il dit du *clergé* est fort raisonnable ; mais comme ce chapitre n'en sera pas moins en butte à de fortes contradictions, je ne m'engage point dans une discussion si délicate. Je n'en rapporterai que ce qui est historique, et conséquemment incontestable : la vente des biens du clergé a été présentée, il n'y a pas long-temps, comme une spoliation révolutionnaire ; c'est une erreur. Les hommes de 1793 ont bien assez de péchés sur la conscience, sans leur attribuer une invention qui date de la seconde race de nos rois ; pour être juste, il faut se contenter de dire qu'ils ont fait complètement ce que les anciens seigneurs faisaient d'une manière timide et partielle.

Dans le chapitre *de la Noblesse et des Nobles*, M. Le Sur veut que la noblesse soit quelque chose ; il ne peut se résoudre à regarder comme une chimère une distinction admise dans tous les siècles et chez presque tous les peuples. Il pouvait fortifier cette proposition par une foule de preuves. En Chine même, où la noblesse n'est point héréditaire, il plaît souvent à l'empereur d'anoblir toute la lignée ascendante d'un homme de mérite. Ainsi, des mânes très-roturiers reçoivent dans l'autre monde leurs lettres de noblesse, et savourent avec plus de délices la vapeur des papiers dorés que l'on brûle sur leurs tombeaux. Si l'ambition, la vanité, le désir de s'élever au-dessus de ses semblables, sont naturels à l'homme, la noblesse n'est pas une institution contre nature : tel bourgeois qui voudrait faire descendre les classes supérieures à son niveau, se gardera bien de descendre lui-même au niveau de ses inférieurs. Eh! dans quelle contrée sauvage et barbare ne trouvet-on pas des distinctions de castes? Les insulaires du grand Océan, séparés des continens par des

milliers de lieues, n'ont-ils pas leurs nobles,
aussi fiers que les nôtres? Chez eux, les *Tou-tous*
ou les *Toas* sont ce que nos marquis appelaient
la canaille. Dans leurs idées religieuses, les âmes
seules des nobles ont l'entrée du ciel, mais les
Tou-tous n'ont qu'une âme périssable ou n'en ont
pas du tout. Ainsi la noblesse se trouve dans le
premier et dans le dernier degrés de la civilisation;
l'homme même qui, sorti des rangs du peuple, a
exercé en Europe une puissance si colossale, a
pensé qu'il n'y avait pas de monarchie sans noblesse; en ne la rétablissant pas, il eût avoué le
despotisme.

M. Le Sur pouvait fournir sans doute de meilleurs raisonnemens que les miens en faveur de
cette antique institution; mais il a cru qu'ils étaient
inutiles. Il se hâte d'examiner quelle est et quelle
doit être cette distinction, dans quel but et avec
quelles prérogatives elle est et doit être conférée.
Ici les siècles et les pays lui présentent une variété
infinie : dans chaque contrée, dans chaque âge, la
noblesse est différente. Je pense que les temps, et
surtout les derniers, y ont apporté plus de changemens que les climats, et l'auteur le pense certainement aussi, puisque son examen se termine
par les réflexions suivantes : « On conviendra qu'il
» n'y a plus maintenant chez nous, comme en
» Angleterre, qu'un nom historique, un talent
» supérieur, une grande fortune, des services
» éminens qui fassent distinguer. Nous ne donnons

» guère à présent au titre de gentilhomme que la
» signification attachée par les Anglais au mot de
» *gentleman.* On ne sait pas précisément ce que
» la noblesse est, mais on sait fort bien ce qu'elle
» ne peut plus être......... Les anciens astronomes
» avaient supposé la terre immobile au centre du
» monde ; un philosophe vint enfin qui comprit le
» ridicule d'une hypothèse qui ferait faire chaque
» jour au soleil et aux étoiles des milliards de lieues
» autour d'une petite planète. L'inquisition s'éleva
» en vain contre une idée qui nous reléguait dans
» un coin du système solaire. La raison prévalut,
» et les phénomènes célestes s'expliquèrent sans
» confusion. Que la noblesse d'aujourd'hui n'imite
» pas l'inquisition : la terre n'en tournerait pas
» moins sur son axe et autour du soleil. »

Les savans, les gens de lettres, les artistes sont
aussi des élémens de notre société ; les pages qui
leur sont consacrées dans ce livre me paraissent
contenir des choses étrangères au sujet ; les prétentions des savans, les défauts des gens de lettres,
la dispute de préséance entre les sciences et la littérature ; le style maniéré ou redondant, le goût
classique ou romantique, sont un hors-d'œuvre
dans un ouvrage essentiellement politique. Les savans, ce me semble, et les littérateurs ne devaient
paraître ici que relativement à l'influence que les
premiers ont sur l'industrie et les autres sur les
mœurs.

Les considérations sur les émigrés sont très-sages

et ont un rapport direct avec notre situation politique. L'auteur établit, d'après tous les publicistes,
le droit d'émigration, et l'on n'a pas besoin, dit-il,
de fermer les barrières d'un Empire où les hommes
vivent heureux. « Des émigrés, ajoute-t-il, voyant
» la guerre changer d'objet, leurs vues mal secon-
» dées, leurs espérances cruellement déçues, et
» leur cause évidemment sacrifiée, se sont soumis
» à ce qu'ils ne pouvaient empêcher..... Il en est
» pour qui la cause du malheur est devenue plus
» sacrée ; ils se sont dérobés au joug sous lequel
» s'est courbée la tête des plus puissans potentats.
» On peut dire d'eux : *Victrix causa diis placuit,*
» *sed victa Catoni*; car la monarchie a eu de nos
» jours ses Catons. » Si d'autres émigrés ne sont
pas traités si libéralement par l'auteur, si des prétentions que rien ne justifie, reçoivent dans son
livre un juste châtiment, il n'y a là que de l'impartialité.

J'en trouve une preuve encore plus forte dans
le chapitre *de l'armée licenciée* que je fais suivre
immédiatement, ne voulant point parler des *ac-
quéreurs de domaines nationaux*, et marcher *per*
ignes suppositos cineri doloso. Voici deux citations
où, comme je l'ai dit, la part du bien et du mal
est faite avec beaucoup d'équité. Commençons par
le mal, puis nous appliquerons le baume sur la
plaie.

« Quand l'histoire, qui fait la part de la vertu,
» de la faiblesse et du crime, sera saisie de cette

» cause de notre armée, elle remontera peut-être
» bien au-delà de sa dernière défection. La domi-
» nation dont elle menaçait l'Europe, et dont
» nous fûmes trop fiers, n'était-elle pas une cala-
» mité pour l'espèce humaine? Ne préparait-elle
» pas sans le savoir, par son aveugle dévouement,
» les désastres que la France a subis? Ne nous
» avait-elle pas mis nous-mêmes sous le joug des
» conquêtes? » Ces derniers mots me rappellent
une phrase remarquable de Montesquieu : « *Dans
le cours des conquêtes, c'est toujours le peuple
conquérant qui est le premier asservi.* » Jamais,
dit enfin M. Le Sur, « jamais armée ne fit tant de
» mal à son pays ; mais laquelle aussi lui laissa plus
» de gloire? » Je passe à l'autre citation : « Main-
» tenant, qu'on se représente cette journée mé-
» morable, où, devant un seul guerrier resté pur
» de toute erreur à la voix qui les avait tant de
» fois commandés au champ de l'honneur, cent
» mille vieux soldats ont mis leurs armes en fais-
» ceau, et courbé leur front dans la poussière!
» Qu'on les suive après cette grande humiliation!
» Sous les lambeaux de leurs habits criblés de
» balles, sous ces bonnets à demi-consumés par
» la foudre des batailles, un bâton à la main,
» sans bruit, sans murmure, avec une résignation
» triste, mais calme, ils ont pris le chemin qui
» conduit au hameau de leurs pères. »

　　Après avoir considéré séparément les élémens
qui composent notre société actuelle, l'auteur pré-

sente le tableau de nos mœurs et de nos opinions, matière qui serait le sujet d'un ouvrage très-important, et qui ne pouvait être renfermée dans un simple chapitre. M. Le Sur n'en a donc donné qu'un aperçu, et il a chargé son esprit de la tâche qui devait être confiée à sa raison. Il prétend que le caractère français n'a point changé depuis la conquête des Gaules par César. Je pense, au contraire, que partout où les institutions ont changé, le caractère national n'a pu rester le même. Je ne vois guère sur le globe que les Chinois et les peuples sauvages qui aient conservé leur type originel. Notre révolution seule a plus changé le caractère français que n'auraient fait dix siècles de monarchie paisible. D'ailleurs les Français qui ont vécu sous Charles VIII, Louis XII et François Ier, ressemblaient-ils à ceux de Charles IX, de Henri III et de Henri IV? Richelieu n'a-t-il pas influé puissamment sur le caractère national? La galanterie noble et sévère du siècle de Louis XIV ne forme-t-elle pas un contraste avec celle de la régence? Tout change en ce monde, et ceux même qui luttent contre le torrent sont entraînés par lui, quelques efforts qu'ils fassent.

M. Le Sur a été trop modeste; il paraît n'avoir pas senti toute l'importance de son livre, puisqu'il a voulu mettre du *trait* jusque dans le chapitre des finances. Isolons cependant quelques-uns de ces paragraphes, et nous les trouverons fort agréables: « Cidalise se montre volontiers à sa paroisse; on

» la voit même aux premiers rangs pour entendre
» un prédicateur fameux ; mais sa dévotion n'ira
» pas jusqu'à renoncer à sa parure plus somp-
» tueuse que les tissus de Cos, à sacrifier un nou-
» vel amant, ni même à faire ses Pâques, à moins
» que cela ne soit bien nécessaire à l'avancement
» de son mari. » Voici des épigrammes plus di-
rectes et plus sérieuses : « Celui-ci, qui prétend
» que comme il n'a pas voulu s'asseoir au ban-
» quet de la révolution, que comme il s'est confiné
» dans sa campagne, enveloppé dans sa vertu, on
» lui tienne compte de son repos, de la haine
» qu'il professait pour ce qu'il voyait et laissait
» faire, et du courage enfin avec lequel il a attendu
» le retour de son roi : je consens qu'on lui donne
» un prix de patience. » Je vois les malins sourire ;
j'ai souri aussi, moi qui suis bon homme et reconnu tel ; mais je demanderai à l'auteur si cette
patience, si cette sorte d'inertie dont il tient si peu
de compte, ne vaut pas un peu mieux que l'activité intéressée : les horreurs de la révolution au-
raient-elles duré huit jours chez un peuple qui
aurait eu cette force d'inertie et cette patience ?
Est-il si facile d'attendre trente ans, sans changer
de foi, d'opinion et d'attachement, sans imiter les
folies que l'on voit faire, sans céder aux insinuations de l'intérêt, aux conseils de la crainte ? Mo-
quons-nous de ces gens là, si nous voulons, mais
convenons qu'ils sont en bien petit nombre, et
que leur exemple n'est point contagieux. L'auteur

lui-même paraît avoir fait cette réflexion, puis=
qu'elle se trouve implicitement dans le paragraphe
qui suit et qui n'a pas une tournure moins piquante. Le voici :

« Mais il faut absolument un beau poste à ceux-
» là qui ont présidé à tous les changemens, qui
» ont travaillé à toutes nos constitutions, qui sont
» nécessaires à tous les gouvernemens. Il est prouvé
» que la machine n'irait jamais sans eux. Toujours
» en avant des hommes et des principes du jour,
» ils ne se souviennent ni de leurs amis ni de leurs
» opinions d'hier. Ce qu'ils ont fait, ce qu'ils ont
» dit même à la tribune, au Forum, en faveur des
» puissances tombées, était notoirement pour ar-
» river à la monarchie légitime...... Ils ont félicité
» le Directoire de la chute de la Convention, Buo-
» naparte de la chute du Directoire, Louis XVIII
» de la chute de Buonaparte ; et si le destin de la
» France n'était fixé, qui sait où leur goût pour
» les félicitations pourrait encore les porter ? »

Convenons maintenant que ces hommes sont
un peu plus nombreux que ceux qui ont refusé de
s'asseoir au banquet de la révolution, qui ont
professé de la haine pour tout ce qu'ils voyaient
faire, et ont attendu le retour du roi, même quand
ils ne l'espéraient plus. Si nous rions de ceux qui
félicitent, qui vantent toujours le présent et s'arrangent pour l'avenir, nous ne pouvons pas trop
rire de ceux qui ont obéi, haï, et attendu avec
plus de courage qu'on ne pense. M. Le Sur n'ac=

corde à ceux-ci que le prix de patience. Eh bien,
soit; je n'ai pas d'autre ambition, et je laisse passer
avant moi les fiers républicains qui ont été les plus
fidèles serviteurs du despotisme.

J'arrive au livre deuxième, plus important encore que le premier, et qui, par cela même, m'occupera beaucoup moins. Je me garderai bien de
raisonner ou déraisonner sur la charte, sur le gouvernement, sur l'administration publique, les
finances, les forces de terre et de mer; j'ai trop
besoin d'instruction moi-même pour prétendre à
instruire les autres. Si cependant il m'est permis
d'émettre une opinion sur cette partie de l'ouvrage,
je dirai que j'en ai été très-satisfait; que l'auteur
me paraît avoir eu des vues toujours sages, souvent originales; des idées justes, clairement et
franchement exprimées; je pense enfin qu'il nous
propose ce qu'il y a de plus utile et de plus raisonnable *pour le moment présent;* car, encore
une fois, n'oublions pas qu'il s'agit ici de la
France en 1817, de la France, qui peut bien réparer à la longue les pertes de la révolution, mais
qui ne peut pas en effacer les traces.

L'hommage que je rends ici à M. Le Sur est
d'autant plus désintéressé, que je n'ai pas la même
opinion sur toutes ces matières. Je n'adopte pas
ses idées; je m'y soumets. Plus âgé que lui, j'ai
été plus souvent trompé par l'espérance; je ne
crois plus aux perfections, aux choses immuables
et impérissables : j'attends les leçons de l'expérience

pour me décider. Que l'on dispute tant que l'on voudra sur la meilleure forme de gouvernement, sur la balance des pouvoirs, sur les lois les plus parfaites, je vois toujours des hommes qui exécutent tout cela, et je pense, avec Pope, que la forme du gouvernement y fait beaucoup moins que le caractère de ceux qui gouvernent. On va tout de suite me citer l'Angleterre, et l'on croira me confondre ; mais quand on m'objectera la constitution anglaise, je demanderai toujours de quelle année on veut parler. Le vaisseau de Thésée, nous dit-on, avait été radoubé si souvent qu'il ne conservait plus une seule pièce de sa construction primitive : c'était cependant toujours le vaisseau de Thésée. De cette manière, j'en conviens, une constitution peut être immortelle ; et quand même les passagers du vaisseau se battraient entr'eux, ne pourraient plus faire route, ou périraient de misère, on me répondra toujours : « C'est le vaisseau de Thésée, et il n'y en a pas de plus beau dans le monde. » L'histoire m'a montré la monarchie sous toutes les formes qu'elle peut revêtir. Les expériences sur le gouvernement représentatif ne sont pas, à beaucoup près, aussi nombreuses : il est donc plus difficile d'en saisir toutes les nuances. Je m'abstiens donc de juger, et surtout de prophétiser. J'ai la conviction intime que l'on gouverne les hommes avec de la force et de l'adresse, et non pas avec de la philosophie. Qu'un prince soit philosophe autant qu'il veut ou qu'il

peut l'être, mais qu'il garde sa philosophie *in petto*.
Dieu le préserve de régner sur un peuple de *sages* !
Le grand Frédéric était philosophe, je le sais ;
mais il l'était à Berlin, et non pas à Postdam, et
il avait autour de lui beaucoup d'hommes à hauts
bonnets, bien disciplinés, bien armés, qui ne con-
naissaient ni Spinosa ni Hobbes, qui riaient de la
perruque de Voltaire, mais qui ne lisaient pas son
Dictionnaire philosophique. Vivent les lumières !
me crie-t-on ; oui, sans doute, mais ne les placez
pas trop bas : nous sommes au temps où les législateurs philosophes doivent se défier de la philosophie populaire.

Ce n'est point à M. Le Sur que s'adressent ces
réflexions ; il est en général plein de sagesse, et
surtout de bonne foi ; mais il est presqu'impossible
aujourd'hui d'écrire sur le gouvernement sans prêter, malgré soi, des armes aux hommes qui, sous
prétexte de tout perfectionner, veulent tout détruire. L'auteur déplore comme moi les excès de
la révolution ; mais elle a existé. Quelques avantages, achetés bien chèrement, sont mêlés aux
maux qu'elle a produits : de nouveaux intérêts
croisent les intérêts anciens. M. Le Sur veut tout
concilier, et il a grandement raison ; mais il me
semble qu'il fallait se borner à démontrer la *nécessité* du pacte, et ne pas présenter comme un
avantage ce qu'on a le droit de regarder comme un
sacrifice.

Au reste, il s'en faut bien que nous différions

de sentiment sur tous les points de la question.
Voici, par exemple, un paragraphe où nous sommes
parfaitement d'accord : » Des esprits superficiels
» ou paresseux, habitués à juger de tout par com-
» paraison, croient que nous avons un modèle à
» suivre dans l'établissement des constitutions de
» l'Angleterre, machine immense dont plusieurs
» rouages sont encore embarrassés des rouilles de
» la féodalité ; assemblage de lois, dont plusieurs
» sont encore barbares, incohérentes, et qui n'ont
» été successivement obtenues qu'après quatre ou
» cinq siècles de discorde et de guerres. Mais il
» n'y a dans la situation de Jean Sans-Terre,
» *quand il fut forcé d'accorder* la grande charte
» en 1225, ni dans celle de Guillaume, *quand il*
» *signa* l'acte d'établissement, en 1689, rien qui
» soit applicable aux circonstances où nous nous
» trouvions en 1814. » Les deux phrases que j'ai
soulignées à dessein, suffisent pour faire sentir la
différence qui existe entre la charte accordée par
le souverain, et celle que Jean Sans-Terre signait
en maudissant les barons, ou que Guillaume recevait comme une condition *sine quâ non*, opposée
à son ambition. J'avoue qu'un souverain condamné
à signer ce qu'il désapprouve, plaira bien plus aux
partisans des idées libérales ; mais ne nous étonnons plus s'il cherche à se décharger peu à peu
du fardeau qui lui est imposé. « Un prince, dit
M. Le Sur, doit tenir aux lois qu'il a données,
bien plus qu'aux lois qu'il a reçues. » Et il en con-

clut que la charte a déjà le caractère d'un contrat *désormais inviolable, à l'abri d'une révolution, et déjà vieux de plusieurs siècles.* Quelque défiant que l'on puisse être, on doit aimer et approuver cette confiance.

Je passe rapidement sur les éloges donnés au régime constitutionnel, sur le partage de la puissance législative, sur la Chambre des pairs, et surtout sur celle des députés ; mais dans ce dernier chapitre je ne puis négliger une observation qui me paraît éminemment utile. On a craint que les différens partis entre lesquels la France se divise n'aient des représentans dans une chambre populaire. M. Le Sur répond que la division est l'essence de cette Chambre, et que la représentation de la nation en est par là même une image plus fidèle. Ce raisonnement ne m'avait pas complètement rassuré ; mais l'auteur ajoute des considérations dont je ne puis m'empêcher de reconnaître la justesse : « C'est un faible inconvénient, dit-il, » que d'y voir (dans la Chambre des députés) cette » inquiétude, cette agitation, cette lutte conti- » nuelle, symptômes assurés de l'indépendance » des opinions. L'amour-propre, engagé dans la » dispute, réclame et fait tour-à-tour des conces- » sions qui tournent à l'avantage commun ; on est » obligé, comme dans l'état de guerre, d'admettre » des ménagemens réciproques ; chacun invoque » la modération dont il peut avoir besoin à son » tour ; on se défend pied à pied sur le terrain

2.

» constitutionnel, et la liberté des suffrages amène
» enfin à reconnaître les principes de la liberté
» publique dont on n'avait pas l'idée. Qu'à la
» place de cette assemblée composée d'élémens
» divers, on suppose des orateurs toujours d'ac-
» cord, des discussions toujours apologétiques,
» des lois votées par enthousiasme ; c'est alors
» que le peuple doit trembler pour sa liberté. »
Ceci répond aux hommes qui, dans une discussion
vive, veulent toujours nous faire voir les indices
d'une révolution imminente. J'ajouterai que sous
la tyrannie de Robespierre, un député eut le courage de dire : « Observons que depuis long-temps
tous les décrets de la Convention sont rendus à l'u-
nanimité. Funeste unanimité ! » Si ce député avait
raison, M. Le Sur peut avoir tort.

On sent quels développemens exigerait l'analyse d'un ouvrage qui embrasse tout l'état social ;
mais, obligé de me restreindre, je n'extrais de
chaque chapitre qu'un petit nombre d'observations. Celui qui traite de l'*ordre judiciaire* m'offre
la discussion sur la vénalité des charges de judica-
ture. L'auteur en présente, comme il le fait partout, les avantages et les inconvéniens ; mais cette
idée de vénalité est devenue si odieuse, qu'on la
rejette sans vouloir l'examiner. Le dirai-je ? je suis
intimement persuadé qu'ici, comme en beaucoup
d'autres matières, le mot a plus fait que la chose.
On repousse tout ce qui se nomme *vénalité*, et
l'on consentirait à discuter la question, si l'on con-

sidérait le prix de la charge comme un gage de
l'exactitude et de l'intégrité de celui qui l'achète.
Mais les gens qui n'attachent jamais qu'une idée à
un mot, ont conclu du mot *vénalité*, que le juge
était un homme *vénal.* Quoi qu'il en soit, Montesquieu a bien connu les hommes quand il a dit
que cette vénalité faisait faire *comme un métier de*
famille ce qu'on ne voudrait pas entreprendre
pour la vertu.

　　M. Le Sur, qui n'est pas admirateur aveugle de
tout ce qui se fait en Angleterre, approuve néanmoins le parlement britannique en ce qu'il comprend dans la *liste civile* les dépenses des cours
de justice et les traitemens des juges. Cette association rappelle que *toute justice émane du roi*, et
semble indiquer une égale stabilité dans les deux
pouvoirs ; stabilité bien nécessaire, car si les places
de la magistrature étaient données ou retirées au
gré de la faveur, de la haine ou du caprice, comme
on l'a trop vu dans le cours de la révolution, l'intérêt, la liberté et la vie des citoyens seraient moins
en sûreté que jamais, et nous serions réduits à
regretter la vénalité des charges. L'auteur à qui
j'emprunte cette réflexion, s'empresse d'ajouter
que ce danger n'est plus à craindre. « Presque
toutes les lumières de la jurisprudence, dit-il,
étaient jadis dans le parquet ; elles partent maintenant de plus haut. »

　　Relativement à *l'administration publique*, l'instabilité dans les places ne serait pas moins préju-

diciable que dans celles de la magistrature. Il en
résulterait, dit l'auteur, une négligence funeste,
une disposition trop commune à l'oubli de ses devoirs, une défiance, un mécontentement secret
dans cette classe où le gouvernement devrait toujours trouver un appui, *et dont, quoique l'on ait
dit de son inertie politique, l'influence descend de
haut en bas jusqu'aux rameaux les plus éloignés
de l'autorité.* Voici une autre réflexion, qui ne
plaira pas aussi généralement que la précédente :
« On a vu, quelques jours après la restauration,
» une foule de candidats nouveaux, sans habitude
» du travail, sans expérience des affaires, qui, ne
» pouvant se faire inscrire sur la liste des pensions,
» se sont jetés de toutes parts dans l'administra-
» tion publique, terre nourricière des honnêtes
» gens inutiles. »

L'auteur aborde franchement et courageusement
la question de nos *finances*, dédale où je ne m'en-
gagerais pas quand je tiendrais le fil d'Ariane. Ce
chapitre, l'un des plus étendus et le mieux rai-
sonné peut-être de tout l'ouvrage, transporte le
lecteur à l'origine de la dette publique, en expose
l'accroissement, ne dissimule aucune de nos
charges ; mais, après avoir contemplé sans frayeur
notre situation actuelle, M. Le Sur examine nos
ressources sans les exagérer. Il compare notre état
à celui de l'Angleterre ; et si cette comparaison,
soumise au calcul, est aussi exacte que je le désire,
il n'y aura pas un homme de bon sens qui ne pré-

fère notre *ruine* à la *prospérité* de nos voisins. Les divers objets qui composent ce chapitre, tels que la dette, les impositions, les emprunts, l'économie politique, le commerce, etc......, y sont tellement liés, qu'il est impossible d'en rien extraire ; je me bornerai donc à une seule observation, qui donnera une idée plus distincte de la manière de l'auteur. Il n'expose aucune vérité qu'il ne la présente sous deux faces ; elle est également évidente sous l'une ou sous l'autre ; mais telle est la nature de ce qu'on nomme chez nous *l'opinion publique*, que chacune de ces deux faces doit plaire à une classe de lecteurs, tandis qu'elle déplaît nécessairement à l'autre. Le style de M. Le Sur offre d'ailleurs un double caractère ; grave et plein de sagesse quand il approuve et quand il conseille, il prend un autre coloris quand il blâme, et, comme je l'ai déjà dit, le trait de l'épigramme termine alors tous ses paragraphes. Deux citations suffiront pour justifier à la fois l'éloge et la critique.

« Il était des dettes sacrées à payer. Ceux qui
» s'étaient dévoués à la cause royale n'avaient pas
» moins mérité sans doute, aux yeux de tout
» homme impartial, que ceux qui, portant la ter-
» reur des remparts de Cadix jusqu'aux rives de la
» Moskowa, avaient fait craindre à l'Europe le
» projet d'une monarchie universelle ; mais il fal-
» lait alors constater les droits d'une manière éga-
» lement authentique, ne pas confondre avec des
» brevets scellés dans cent combats, des services de

» quelques jours et des certificats arrachés à la
» complaisance pour le respect de la morale pu-
» blique. Il est bon de récompenser autre chose
» que les succès ; mais il est dangereux d'appeler
» au pillage d'une maison incendiée tous ceux qui
» prétendent s'être présentés pour éteindre le feu. »
Ailleurs il dit :

» On ne parle que de ramener la simplicité des
» mœurs antiques, l'amour du travail, le désinté-
» ressement ; tout cela va fort mal avec la vanité,
» le faste, l'amour des plaisirs et la soif des hon-
» neurs, caractères distinctifs du siècle et du pays
» où tant de gens aiment la liberté, jusqu'à ce
» qu'ils trouvent à la vendre. »

Jusque dans le chapitre *des forces de terre et de
mer*, je retrouve de l'esprit de ce genre ; mais dans
un passage seulement ; le voici :

« On avait bien vu, dans les premières cam-
» pagnes de la révolution, de jeunes soldats par-
» courir en quelques semaines, sur le champ de
» bataille, une carrière de dix années ; mais tout-
» à-coup des vieillards, courbés sous le poids des
» infirmités, blanchis dans la cité, se sont, en
» pleine paix, présentés pour les premiers grades
» de l'armée. Certes, la France comptait avec or-
» gueil le nombre de ses vieux capitaines ; mais
» elle était bien loin de se croire aussi riche. »

Cette manière d'écrire est piquante ; et comme
tout critique doit un tribut au malin, j'ai choisi ces
passages, quoiqu'un goût sévère puisse les blâmer

dans un ouvrage de cette importance. Avec les ressources que lui offraient son talent et ses connaissances, M. Le Sur n'avait pas besoin de tout son esprit; mais il me paraît avoir bien connu ses lecteurs. Il est tel défaut qui sert de véhicule aux choses raisonnables et utiles. Qui voudrait lire cinq cents pages sur un sujet aussi grave, si l'on n'y trouvait de temps en temps l'occasion de rire aux dépens de ses voisins, de ses parens ou de ses amis? Quel charme surtout, quand l'*opinion* s'en mêle! Gardons-nous cependant de trop insister sur des contrastes qui ne sont peut-être pas des défauts. *L'Esprit des Lois* n'aurait été connu que des hommes studieux, si l'auteur n'avait tempéré par des saillies la sérieuse uniformité du sujet. Rousseau a fait bien plus, je devrais dire qu'il a fait pis; quand il veut égayer sa morale mélancolique, il descend quelquefois jusqu'aux jeux de mots les plus ridicules : je n'oublierai jamais ces *plaisirs factices qui* USENT *la vie et empêchent d'en* USER, ni ces cuisiniers de Paris qui *donnent du poison pour du poisson.* Pour revenir à M. Le Sur, je dois reconnaître que dans ses écarts même, il ne choque jamais le goût, et que les traits tant soit peu malins qui sont répandus dans son ouvrage, y jettent de la variété sans produire des disparates. Ces petites débauches d'esprit n'y nuisent jamais à la profondeur des idées ni à la justesse du raisonnement.

LA FRANCE TELLE QU'ELLE EST,

ET NON LA FRANCE DE LADY MORGAN;

Par William Playfair.

Si M. Playfair n'avait écrit ce gros livre que pour nous venger des insultes de lady Morgan, il se serait donné une peine, fort louable sans doute, mais fort inutile. Les piqûres d'une femme d'esprit, toute pleine de présomption et d'ignorance, ont fait sourire les Français, habitués à rire de choses bien plus sérieuses ; polis même envers les insolens quand ils portent des jupons, ils ont vu dans madame Magillicuddy (1) une femme très-fâchée de vieillir, qui, repoussée du palais de l'Amour, fait sa retraite dans celui de la Politique, et qui se passionne pour la révolution, parce qu'elle voudrait que toutes choses, y compris ses charmes, fussent remises dans l'état où elles étaient en 1793. Les Français ne désespèrent donc point de la ci-devant miss Owenson ; ils lui

(1) L'un des noms sous lesquels lady Morgan fait des espiégleries dans le roman de Florence Macarty, dont je parlerai plus tard.

ont connu de l'esprit et de la grâce, et ils atten-
dent que l'époque chagrine soit totalement passée ;
alors la muse irlandaise reprendra sa harpe mélancolique, elle saura qu'il faut lire l'histoire avant
d'en parler, et observer les choses avant de les
décrire ; résignée au repos, elle détestera les révolutions, et deviendra, je le parie, une fort aimable
vieille femme. Sir William Playfair s'est donc trop
pressé de répondre à des méchancetés qui ne sont
que des malices, et son ouvrage, estimable sous
tant de rapports, gagnerait en mérite tout ce que
l'auteur en retrancherait de relatif à lady Morgan.
J'attends une seconde édition où nous aurons du
Playfair tout pur.

Le désir de réparer des torts l'a fait tomber
dans quelques erreurs, fort peu importantes à la
vérité, mais assez remarquables pour prouver que
le voyageur le plus impartial et le plus sensé est
toujours porté à conclure du particulier au général, ce qui est l'opposé de la bonne logique. Lady
Morgan, qui ne cesse de vanter l'heureuse influence de la révolution sur le sol de la France,
ne voit dans nos paysans que des Crésus, de
gros joufflus bien réjouis, mangeant le beurre et
le miel sur la terre promise. Sir William se moque
avec raison de ces tableaux enluminés, mais il en
oppose d'autres qui ne sont pas plus exacts. Par
quelle fascination de l'organe visuel, ces paysans
si rebondis aux yeux de l'Irlandaise, sont-ils si
blêmes, si maigres, si exténués aux regards de

l'Anglais? Les deux observateurs ont cependant vu les mêmes visages. M. Playfair n'imagine pas qu'il y ait des hommes plus misérables qu'en France, si ce n'est peut-être en Irlande, et encore il n'en est pas sûr. Est-ce parce que lady Morgan n'a vu que des spectres ambulans dans sa patrie, qu'elle a été étonnée de la pléthore de nos paysans? Paris même offre d'étranges visions à notre philosophe. Où sont donc ces décrotteurs portant *un chapeau à ganses d'argent avec une cocarde d'un pied de hauteur!* S'il existe un *artiste* de ce genre, je ne l'ai point encore rencontré. Nos garçons boulangers et nos cochers de fiacre ont surtout ému la sensibilité de l'honorable gentleman. « Ils font peine à voir, dit sir William; à leur air chétif et misérable, on dirait qu'ils sont épuisés de fatigue, et qu'ils sont mal nourris. » Qu'il se rassure : nos boulangers sont bien sots s'ils se laissent mourir de faim, et nos cochers de fiacre nous prouvent trop souvent qu'ils ne sont pas à jeun. Mais laissons là les vétilles; faisons nos adieux à lady Morgan, et occupons-nous sérieusement du livre de M. Playfair.

Si des Anglais ont cru donner une grande preuve de patriotisme en peignant la France comme le plus misérable pays habité par le peuple le plus vain et le plus ridicule, sir William Playfair nous accorde au contraire tant d'avantages, tant de qualités et tant de vertus, que notre présomption même doit être un peu embarrassée de ses éloges.

On voit qu'il n'a pas spéculé sur la crédulité de John Bull, et qu'il n'a pas voulu lui vendre des mensonges toujours avidement reçus, pourvu qu'ils tombent sur des Français. Je ne transcrirai pas ce panégyrique de la France, car ce livre en est un ; mais j'inviterai nos dames à le lire ; elles verront que sir William a bien su les apprécier : son admiration pour elles égale leurs prétentions, et après avoir rendu un juste hommage à leur amabilité, à leur esprit, à leurs grâces, il ne craint pas d'ajouter que l'air d'aisance et de familiarité qu'elles apportent dans leur commerce avec les hommes, n'est pas un moindre garant de leur vertu, que la réserve et la pruderie des dames anglaises. On ne doutera pas que cet observateur ne se soit dépouillé de tous les préjugés britanniques, en lisant ce qu'il dit de nos théâtres et des règles que nous y observons. Ces règles sont à ses yeux une preuve de notre *goût exquis;* la tragédie seule lui a déplu par un certain *air guindé* peu capable d'émouvoir. N'est-ce pas à la déclamation que s'adresse ce reproche ? J'en suis persuadé ; car si M. Playfair lisait avec attention les tragédies de nos grands maîtres, il reconnaîtrait qu'il n'y a rien de moins guindé, et que les idées, comme les expressions, y ont autant de naturel que de noblesse et d'élégance : « Paris, dit l'auteur, est une école générale : on y peut voir pour rien tout ce que cette ville offre de rare, de curieux et d'intéressant ; y étudier sans frais tous les arts et toutes les sciences. Quelle dif-

férence à Londres où tout est mis à prix! » Cette
libéralité n'est pas la seule qu'il nous accorde; il
ajoute qu'en Angleterre on fait la charité *comme
on jette le grain devant des pourceaux*; mais qu'en
France on ménage la sensibilité, et qu'on n'offense point en obligeant. Bien des gens, dit-il
encore, voyagent en France, puis retournent chez
eux sans avoir profité de leurs observations; ils y
auraient gagné quelque chose s'ils avaient cherché
à découvrir par la réflexion comment un peuple,
si léger en apparence, a réussi à porter les beaux-
arts à un degré de perfection qui fait l'admiration
de toute l'Europe. Ils verraient qu'il s'en faut de
beaucoup que les Français s'amusent toujours et
ne soient jamais sérieux, mais qu'au contraire c'est
à force d'industrie et d'adresse, c'est par des efforts
bien dirigés qu'ils arrivent à ce point de supériorité. Les Français, dit-il ailleurs, sont encore ce
qu'ils ont toujours été, braves, humains, hospi-
taliers, doués d'un excellent cœur : et ceux qui,
comme lady Morgan, flattent la race actuelle aux
dépens de celle qui l'a précédée, ne savent ni ce
qu'était la France autrefois, ni ce qu'elle est aujourd'hui.

Mais je m'aperçois que je me laisse aller aux ca-
joleries de sir William, comme si j'en avais ma
part. J'ai été séduit par la nouveauté; messieurs les
Anglais ne m'avaient pas encore fait rougir par
l'excès des complimens. Cherchons donc les paragraphes où la louange soit tempérée par quelque

utile reproche , et où la critique même garantisse la
sincérité des éloges. L'état de nos manufactures ne
paraît pas à M. Playfair aussi florissant que l'habileté des Français le ferait supposer ; il en accuse
le faux système de notre gouvernement, les lois
prohibitives , et surtout l'imperfection de nos machines et de nos outils. Il entre , à cet égard, dans
des détails que nous pouvons considérer comme
des conseils excellens et surtout fort désintéressés.
Je ne puis le suivre dans cette discussion , mais je
vais rapporter un fait dont la conséquence est que
nous sommes plus empressés de vanter notre supériorité que soigneux de l'établir. Ce n'est point
l'absence des machines qui nous empêche de riva-
liser avec nos voisins ; mais nous ne voulons pas,
où nous ne savons pas les employer. Il en existe
à Paris une collection admirable où le public est
admis, et que le moindre ouvrier peut examiner
à loisir. Une surtout y existe depuis 1760 ; c'est
un métier à tisser, dans lequel un mécanisme ingénieux fait tourner la navette , sans que l'on fasse
usage des pieds ni des mains. Les Français le possédaient depuis trente ans , sans s'en douter, lorsqu'un Anglais (M. Wilkinson) la découvrit dans
notre Conservatoire , et la fit adopter dans les manufactures anglaises, où , par ses brillans succès ,
elle punit le peuple qui l'a négligée. N'est-ce pas là
le *sic vos non vobis* de Virgile , sans que nous
ayons le droit de nous en plaindre?

Sous le rapport de la politique , le raisonneur

anglais n'est pas notre admirateur, et ses prédictions ne sont pas consolantes. Nos finances lui paraissent un abîme qui se creuse de plus en plus, et finira par nous engloutir si nous n'y prenons garde ; il ose dire que le gouvernement représentatif n'est pas le plus économique ; et un autre Anglais avait dit avant lui que ce système est le plus commode pour exercer le pouvoir absolu. Quelle hérésie dans une bouche anglaise ! M. Playfair va bien plus loin : la charte, la charte elle-même n'est pas respectée par ce fier Breton, qui pense sans doute que tout ce qui est fait par les hommes peut être soumis au jugement des hommes. Mais moi, qui ne suis pas sur les bords de la Tamise, je reçois la loi et ne la discute point. Je me bornerai donc à dire que l'un des titres par lesquels l'auteur annonce ses divers examens de notre charte, est ainsi conçu : « *Difficulté et nécessité* » *de changer la Charte,* » Ces mots suffiront pour piquer la curiosité du lecteur.

Quelque désir que j'aie de rendre politesse pour politesse à un Anglais si bienveillant envers la France, je ne puis lui pardonner une assertion déjà relevée par le traducteur, et où l'exagération est révoltante. Quoi ! un homme plein de sens et de raison, un ami de la France, un écrivain sage et modéré, vient nous dire avec un flegme capable de stupéfier ses lecteurs, que les trois quarts au moins des Français sont partisans de la révolution, ainsi que l'armée régulière et la grande masse de la garde nationale! Voilà de ces choses qu'il faut laisser dire à M. de Pradt; il en a le privilége exclusif, et il l'exploite avec beaucoup d'industrie ; il trouvera fort étrange que M. Playfair vienne usurper ses droits. Non, ici notre Anglais n'a pas usé de sa sagacité ordinaire, et il a trop ajouté foi à ces bruits qu'il répète avec trop de complaisance, comme quand il dit qu'on s'attend en France à un grand changement, qu'on en parle librement et en public, que les révolutionnaires sont encore plus nombreux qu'on ne le pense, et qu'ils se lèveront tout-à-coup à une époque future et non éloignée.

En voilà plus qu'il n'en faut pour faire accorder à M. Playfair une patente de libéralisme ; mais le long paragraphe que je vais citer refroidira le zèle des réformateurs, et au lieu d'une couronne civique, sir William n'obtiendra qu'une inscription sur la liste des ultras. Je prie messieurs les libéraux de vouloir bien écouter tranquillement le discours qu'il leur adresse, au nom du roi de France, et d'y répondre s'ils le peuvent. Supposons, dit M. Playfair, que Louis XVIII s'abaisse jusqu'à vouloir bien se défendre lui-même contre *B. C.* (le nom est en toutes lettres dans l'ouvrage), et contre ces écrivains qui sont dans l'habitude continuelle d'attaquer son gouvernement, et qu'il leur parle en ces termes : « Je m'aperçois, Messieurs, qu'après avoir été assez lâches sous l'usurpateur pour garder le silence sur les affaires politiques, excepté

quand vous veniez à bout de forcer nature au point
de flatter votre oppresseur, vous avez aujourd'hui
l'assurance et la hardiesse d'attaquer le gouvernement doux et constitutionnel sous lequel vous
vivez. Ce n'est pas que vous ayez plus de raison
pour le faire, mais vous y trouvez moins de danger. Tel est toujours le calcul du lâche; mais la
lâcheté est ordinairement accompagnée de beaucoup de folie. Un peuple mutin et mécontent ne
peut jamais être libre. S'il obtient la liberté, elle
dégénère en licence; et c'est ce qui arriva au commencement de la révolution. Pour qu'un peuple
puisse conserver sa liberté, il faut qu'il pense avec
modération, et qu'il agisse avec justice. Je ne
prétends pas dire que mon gouvernement est parfait; s'il l'était, il ne serait pas humain, il serait
divin, et tel qu'on n'en voit point sur la terre.
Mais s'il s'y trouve des imperfections, quelles en
sont les causes? J'ai trouvé quatre-vingt-six préfets,
cinquante mille maires et juges de paix accoutumés
à gouverner arbitrairement, tandis qu'ils étaient
soumis à leur despote comme des esclaves. Pou-
vais-je changer tout-à-coup ces hommes en admi-
nistrateurs sages et raisonnables? Ce n'est qu'avec
le temps que l'on peut faire de grands et d'utiles
changemens : le génie du mal peut seul accomplir
ses œuvres en un instant.....

» Vos animosités, long-temps comprimées par
un maître sévère, ont éclaté dès le premier instant
que vous vous êtes sentis libres..... Suis-je respon-

sable des troubles qui ont eu lieu à Lyon? Si cela
est, je dois mettre de côté toute idée de liberté, et
devenir despote..... Quand et où avez-vous appris
qu'il faille semer le mécontentement pour recueillir
le bonheur?....

» Mes intentions sont pures. Le bonheur de
mon peuple est mon but, et je travaille à l'assurer.
S'il est vrai que vous désiriez la prospérité de la
France, aidez-moi de vos talens; mais si vous ne
les employez qu'à semer le mécontentement et la
défiance, je dois déployer mon autorité pour neu-
traliser vos efforts. »

On blâmera peut-être dans un étranger la liberté
de faire parler un souverain, et de se mettre en
quelque sorte à sa place; mais aucun roi, ce me
semble, ne peut désavouer un discours qui paraî-
trait plus raisonnable encore si je n'avais été forcé
d'en détruire l'ordonnance en l'abrégeant. Ceci
prouvera du moins que M. Playfair n'écrit pas
sous l'inspiration de ces *messieurs*, et que s'il
voit tant de révolutionnaires en France, c'est la
crainte et non le désir qui en grossit le nombre à
ses yeux.

La politique extérieure offre un vaste champ
aux méditations de cet écrivain, et s'il n'a pas
grande confiance dans l'excellence de notre charte,
il en a moins encore dans la Sainte-Alliance, où
il voit tout autre chose qu'un gage de paix éternelle. Comme sir Robert Wilson, il s'effraie de
la puissance colossale de la Russie, mais ce n'est

3.

point pour Constantinople, ni pour les possessions anglaises de l'Inde qu'il la redoute. Quelques lignes suffiront pour expliquer sa pensée :
« La puissance de la Russie, dit-il, ne sera complète que quand elle possédera la Suède et la Norwège. *La Norwège est la trompe du grand éléphant du Nord.* » Si l'on réfléchit sur cette phrase,
si l'on considère que la Russie, riche de tout ce
qui sert à la marine, n'a cependant que des mers
fermées, que la Norwège lui donnerait une mer
libre, d'immenses et d'utiles forêts, des golfes
nombreux et sûrs, et la proximité de l'Angleterre; si
l'on observe ensuite que l'usage moderne d'indem-
niser les souverains en transmettant les sujets de
l'un à l'autre, peut opérer cette révolution d'une
manière pacifique et régulière, on concevra que
les craintes de M. Playfair ne sont point chimériques. M. Malte-Brun a parlé aussi, dans son
Tableau de l'Europe, de la nécessité d'une forte
barrière dans le Nord. J'indique enfin comme une
lecture instructive la discussion sur notre culture
parcellaire, et l'extrême division des propriétés qui,
selon M. Playfair, réaliseront en France le conte
de *l'Homme aux quarante écus.* Partout on trouvera des vues sages, de bons conseils et de bonnes
intentions, mais trop de propension à craindre
une nouvelle catastrophe.

HISTOIRE

DE HENRI-LE-GRAND;

Par Mme. la comtesse DE GENLIS.

J'AI à parler d'un prince dont la gloire ne dépend plus ni des caprices de la fortune, ni des vicissitudes des révolutions : on peut le présenter avec assurance et aux amis et aux ennemis, expression que j'emprunte à lui-même. Le guerrier respecte et admire sa constance inébranlable qui ne se démentit point dans les situations les plus désespérées, et cette bravoure chevaleresque, déplacée peut-être dans un monarque, et même dans un général, mais que les Français ne pourront jamais se résoudre à blâmer, parce qu'ils admirent ce qui est éclatant avant de songer à ce qui est utile : l'honnête homme voit en lui son plus parfait modèle ; le philosophe, en lisant sa vie, s'étonne d'avoir à louer la tolérance d'un prince dans un siècle de fanatisme et de superstition : l'homme sensible et vertueux chérit cette clémence infatigable que n'ont pu vaincre ni la haine furieuse ni la noire ingratitude ; il est enfin

Le seul roi dont le pauvre ait gardé la mémoire;

et quand je n'aurais pas écrit son nom en tête de cet article, tout le monde l'aurait deviné.

Mais, combien n'en a-t-on pas abusé dans ces derniers temps? Dans quelles insipides brochures, dans quels vers barbares n'a-t-on pas prostitué cette belle renommée! Combien de poètes mercenaires et de prosateurs de circonstance n'ont-ils pas profané ce nom chéri en le répétant jusqu'à satiété ; adulateurs maladroits qui, remontant à deux siècles pour y chercher un objet digne d'éloges, humiliaient ceux mêmes qu'ils s'efforçaient de flatter! ils ont tant fait qu'aujourd'hui pour louer cet excellent prince, il suffira de dire : toutes les sottises, soit en vers, soit en prose, auxquelles le nom de Henri IV a servi de passeport, n'ont pu le rendre fastidieux, ni en diminuer l'éclat.

On se trompe cependant si l'on pense que la vie d'un si bon prince soit facile à écrire, et si l'on suppose que le grand intérêt attaché au personnage doit nécessairement rejaillir sur le biographe ou sur l'historien. Ne peignez pas le soleil, disait un peintre ; ne faites pas chanter Apollon, disait un musicien : l'objet que l'on a présenté sans cesse à notre admiration, que notre imagination s'est plue à embellir encore, offre une tâche bien difficile à l'artiste qui veut le peindre ; et la ressemblance fût-elle parfaite, nous trouvons toujours la copie inférieure au modèle, parce qu'elle ne nous présente que la vérité dépouillée du prestige que notre enthousiasme y ajoute.

Henri IV d'ailleurs est encore trop présent à notre mémoire ; il est encore trop vivant, si j'ose le dire ; sa figure s'offre à nos yeux comme celle d'un ami que nous voyons tous les jours ; et s'il revenait en ce monde, il ne pourrait plus s'y déguiser comme il faisait autrefois, car il n'y a pas un village, un misérable hameau où il ne fût reconnu. Ce qui augmente la difficulté de le louer avec la dignité convenable, c'est qu'en lui l'homme est encore plus recommandable que le monarque ; nous l'aimons pour des qualités, et même pour des défauts plus propres à faire naître l'intérêt qu'à exciter l'admiration, et la tradition lui est encore plus favorable que l'histoire.

Madame de Genlis, en entreprenant d'écrire, non la vie, mais l'histoire de Henri-le-Grand, a sans doute prévu tous les obstacles qu'elle devait rencontrer dans cette nouvelle carrière ; mais elle a pu croire sans présomption que son talent les lui ferait surmonter avec le même succès qui a couronné la plupart de ses ouvrages. Le public a eu la même confiance, et loin de trouver la tâche trop difficile pour l'auteur de tant d'écrits estimables, on a pensé que madame de Genlis n'aurait que des fleurs à cueillir dans la route séduisante où elle s'était engagée. Nous aurons au moins, disait-on, une histoire purement et agréablement écrite ; et si elle se rapproche un peu du roman historique, on n'aura pas le courage d'en faire un reproche à l'auteur : ce ton n'en conviendra que

mieux au sujet. Dans la vie de ce prince la vérité
prend en effet une couleur romanesque : sa mère
qui accouche de lui en chantant une chanson béar-
naise, l'éducation toute populaire de ce royal enfant, les événemens extraordinaires qui l'appellent
au trône de France, tous les dangers qu'il court
presque dès son berceau, ses exploits qui ressemblent aux prouesses des anciens paladins, sa
vie errante, ses travaux, ses amours, ses malheurs,
ses victoires, sa mort tragique, tout cela offre un mélange si intéressant et si heureusement varié, qu'il
semble être un produit de l'art ; et dans le héros de
tant d'aventures, le lecteur croit reconnaître un com-
pagnon d'armes des Renaud, des Roland, et des
preux les plus célèbres de la cour de Charlemagne.

Par quelle fatalité tout cet agréable prestige s'est-
il évanoui sous une plume aussi exercée et aussi
élégante que celle de madame de Genlis ? Pourquoi un héros aussi aimable n'inspire-t-il dans la
nouvelle histoire qu'un respect glacial et une triste
admiration ? Henri IV, modelé par madame de
Genlis, a, je l'avoue, plus de dignité, un air plus
royal, plus religieux, plus catholique ; elle lui a
donné de grandes vertus toutes sèches qui n'ont rien
de profane : il est, si l'on veut, le Grandisson des rois;
mais elle lui a enlevé cette aménité, ce charme, cette
grâce qui le distinguent des autres grands hommes,
et cette simplicité, cette bonhomie, ces aimables
faiblesses qui nous font dire après deux siècles :

Vive Henri Quatre ! vive ce roi vaillant !

J'ai d'abord attribué à la précipitation dans le travail les défauts graves qui me choquaient dans cette histoire : je pensais que l'auteur s'étant hâté de saisir une circonstance, n'avait pu donner à son ouvrage toute la perfection que l'on attendait d'un talent aussi distingué. Quelques phrases embarrassées, des tournures vicieuses, de fréquentes répétitions de mots d'un effet désagréable, m'avaient confirmé dans cette opinion que je fus cependant forcé d'abandonner; car madame de Genlis déclare formellement qu'elle n'a pas attendu la circonstance pour s'occuper de Henri IV ; mais il fallait, dit-elle, que la liberté de la presse fût rétablie pour oser imprimer une pareille histoire. Ce n'est donc pas dans la négligence, mais peut-être dans le trop de soin et dans les efforts de l'auteur, qu'il faut chercher la cause de la langueur que l'on éprouve en lisant ce beau panégyrique. Ah ! si madame de Genlis, en suivant son inclination naturelle, n'avait voulu écrire qu'un roman historique, elle nous aurait donné réellement l'histoire du bon Henri.

Le lecteur ne doit pas s'attendre à touver quelque chose de nouveau dans la vie d'un prince aussi connu, et il serait injuste de l'exiger. Le travail de madame de Genlis, quant aux faits historiques, s'est donc borné à réunir tout ce qui se trouve dans les chroniques, les mémoires et les histoires du temps. A cet égard, sa tâche a été parfaitement remplie, et elle était assez pénible. Elle

a mis à contribution et Brantôme, et Legrain, et de
Thou, et Pasquier, et Mathieu, et d'Aubigné, et
de Serres, et Mézeray, et Péréfixe, et même ce bon
Pierre de l'Étoile qui aimait tant Henri IV, et qui
n'aimait pas Sully ; mais les Mémoires de ce grand
ministre sont la source où l'auteur a puisé le plus
largement, sans s'inquiéter sans doute de l'opinion
de Voltaire qui ne croyait pas ces Mémoires au-
thentiques.

Jusqu'ici il semblerait que madame de Genlis
n'ait fait que redire en meilleur langage ce qui avait
été publié par une foule d'écrivains ; mais elle a
su donner à son ouvrage une couleur tout-à-fait
nouvelle, en y exposant des opinions religieuses
et politiques dont on doit être fort étonné dans le
dix-neuvième siècle ; et, pour les mettre en crédit,
il faudrait que la fortune ramenât encore une de
ces circonstances où, comme par un mouvement
de balancier, elle se plaît à élever ou abaisser tour-
à-tour la philosophie ou la superstition.

Madame de Genlis ne veut point voir de fanatisme dans la fin du seizième siècle, ni dans la ligue,
ni même dans le massacre de la saint Barthélemi.
Elle s'efforce de disculper tous les moines, tous les
prêtres de ce temps. Jacques Clément lui-même
n'était point un fanatique, mais seulement un
libertin qui fut poussé au crime par les caresses de
madame de Montpensier : Henri IV était un bon
catholique ; son abjuration a été sincère, sa conviction parfaite, et il détestait l'hérésie dans laquelle

Il avait vécu jusqu'à l'année 1593 ; mais en lui enlevant la philosophie dont bien des gens le croyaient
entaché, madame de Genlis le déclare le plus
grand homme de guerre de son siècle, titre qu'elle
lui accorde en rabaissant son rival Alexandre Farnèse, qui cependant était encore meilleur catholique que Henri, car il a voulu mourir et être en-
terré dans le froc de saint François, circonstance
que madame de Genlis a sans doute ignorée, car
elle l'aurait vraisemblablement ménagé davantage.
Madame de Genlis se montre partout l'apôtre de
l'intolérance religieuse ; elle blâme l'édit de Nantes
et approuve sa révocation, en soutenant que cet
acte de Louis XIV n'a fait aucun tort à la France.
Elle va plus loin : son histoire remontant aux dernières années de François Ier, elle a occasion de
parler du colloque de Poissy qui, comme toutes
les controverses, fit plus de mal que de bien. Les
calvinistes demandèrent que les évêques n'assis-
tassent point aux conférences comme juges ; la
reine Catherine se contenta de répondre que le roi
présiderait, ce qui laissait aux calvinistes l'espérance
de l'égalité, sans anéantir la supériorité des évêques. Cette réponse équivoque excite la sainte indignation de madame de Genlis, qui s'écrie : « Ces
» ménagemens n'étaient que des condescendances
» funestes, qui affaiblissaient, aux yeux des héré-
» tiques, la majesté de la religion et la force de
» l'autorité royale. On ne compose point avec des
» erreurs pernicieuses ; on ne doit permettre de

» les exposer qu'en annonçant le dessein formel et
» la persuasion intime de les confondre, *et avec*
» *le droit de les juger, soutenu du pouvoir de les*
» *proscrire.* »

Dieu nous préserve des circonstances où de pareilles maximes seraient celles du gouvernement.

On ne demande plus guère aujourd'hui si Henri IV a été bon catholique, et si sa conversion a été sincère ; l'histoire rapporte son abjuration, les chroniques donnent les détails de cette solennité, les Mémoires du temps exposent les motifs de cet acte plus politique que religieux : le lecteur doit être satisfait. Rappeler la discussion sur ce point, c'est faire naître le doute. Pourquoi donc madame de Genlis met-elle tant d'importance à fournir des preuves qu'on ne lui demande point, et à détruire des objections que personne ne lui fait ? Il ne s'agit point d'assigner à Henri une place parmi les saints, mais de fixer son rang parmi les rois, et l'abjuration de ce prince n'était pas même nécessaire pour qu'il obtînt l'estime et l'admiration de madame de Genlis, puisqu'elle accorde les plus grands éloges à Sully qui n'a point abjuré. Cessons donc de rechercher si cette conversion a été sincère ; contentons-nous de savoir qu'elle a été fort utile, et que la grâce est venue fort à propos. Qu'arrive-t-il quand on a l'indiscrétion d'agiter, dans une histoire, l'une de ces questions obscures et délicates qui risquent d'être dangereuses quand elles ne sont pas inutiles ? On force le lecteur à raisonner ; et il conclut souvent d'une manière tout opposée aux intentions de l'auteur.

Je n'aurais jamais songé à parler de l'orthodoxie de Henri IV, mais madame de Genlis veut qu'on s'en occupe, et je lui obéis. Examinons donc les preuves qu'elle s'obstine à nous fournir : 1º « *Le zèle de Henri pour la conversion de Sully et du prince de Condé.* » Ne puis-je pas répondre que ce zèle, très-infructueux, était cependant très-naturel ? Il est bon, disait Henri IV, que le souverain professe la religion du plus grand nombre ; il devait donc désirer que son ami et son parent eussent la même religion que lui ; il devait craindre d'ailleurs que l'on ne soupçonnât sa sincérité tant qu'il placerait sa confiance dans un ministre calviniste. 2º « *Le mariage de sa sœur avec le duc de Bar.* » Ce mariage n'a pas empêché que la princesse ne mourût dans l'impénitence, et madame de Genlis sait très-bien que les mariages entre souverains n'influent pas sur leurs opinions religieuses, et ne prouvent pas même leur bonne intelligence. 3º « *Les bâtimens de l'Hôpital de la Santé et d'autres édifices pieux qu'il fit élever.* » Ne semble-t-il pas, d'après cette prétendue preuve, que les calvinistes laissent périr leurs pauvres malades, qu'ils n'élèvent ni hospices, ni édifices pieux ? Ne sait-on pas, au contraire, que leur charité, leur bienfaisance active, leur piété simple et modeste ont fait plus d'une fois rougir les catholiques ? 4º « *Sa dévotion particulière pour le sépulcre de*

Notre-Seigneur et pour les Saints-Lieux. » Je n'ai
garde de contester cette grande dévotion de
Henri IV; mais elle prouve seulement qu'il était
chrétien, et la *religion évangélique* n'exclut certainement pas le respect pour les Saints-Lieux.
5° Enfin, et voici la preuve la plus extraordinaire :
« *La joie qu'il témoigna de la victoire remportée
par l'évêque d'Évreux sur les calvinistes.* » Quoi!
le bon Henri s'est réjoui de la défaite de ces calvinistes qui lui ont toujours été fidèles, qui ne l'ont
point abandonné dans le malheur, qui ont versé
leur sang pour lui, et l'ont replacé sur le trône!
et au lieu de les plaindre, comme l'Évangile même
le lui ordonnait, il s'est réjoui de leur défaite, de
leur mort! Ah! madame de Genlis n'est pas heureuse dans ses panégyriques; car, pour canoniser
son héros, elle est obligée de le faire cruel et
ingrat.

En vérité, c'était bien la peine de s'engager dans
une pareille discussion pour apporter de pareilles
preuves! Je conçois combien il eût été doux pour
une femme aussi pieuse que madame de Genlis de
pouvoir ajouter le mérite d'une dévotion fervente
à toutes les belles qualités de Henri-le-Grand : l'intention est très-louable, j'en conviens; je crois
surtout qu'elle est sincère, et je ne chercherai pas
à le prouver, parce que je ne veux pas qu'on en
doute; mais son zèle l'a empêchée de s'apercevoir
qu'elle tombait dans une étrange contradiction.
Elle veut disculper tous les prêtres ou moines de

ce temps du reproche de fanatisme, et cette apologie du clergé détruit tous les raisonnemens qu'elle fait en faveur de Henri IV. Comment, en effet, conciliera-t-on la haine furieuse de tant de prélats, de tant de docteurs de Sorbonne, de tant de prêtres et de tant de moines, avec le pur catholicisme de Henri, et la sincérité évidente de sa conversion? Ou ils étaient de grands scélérats ceux qui provoquaient à l'assassinat d'un si bon catholique, ou ce nouveau catholique n'était donc pas sincère. On sortira difficilement de ce dilemme; et si l'on me répond que la sincérité du roi n'était pas connue des prêtres, je demanderai comment madame de Genlis voit clairement après deux siècles ce que n'ont pas vu tant d'hommes éclairés et contemporains.

Madame de Genlis a trop de pénétration pour ne pas avoir pressenti l'objection que je viens de lui faire. Pour l'éluder, elle glisse légèrement sur les torts du clergé envers le roi, et elle ne cite que le P. Guignard, dont la condamnation a réellement été trop sévère, si elle n'a pas été injuste. Mais elle ne dit pas un mot du jésuite Varades, ni de Christophe Aubri, curé de Saint-André-des-Arcs, ni du vicaire de la même paroisse, ni de la *possédée Marthe Brossier*, qui joua un si beau rôle dans la farce religieuse qui fut représentée à Sainte-Géneviève, ni de l'arrêt du parlement qui défend aux capucins de prêcher, parce qu'ils excitaient le peuple au régicide, ni de tous les prédi-

cateurs qui, long-temps après l'abjuration du roi,
cherchaient à souffler le feu de la révolte, et sanc-
tifiaient l'assassinat. Elle sait tout cela aussi bien
que moi, et cependant elle n'en parle point; est-
ce oubli? est-ce réticence? Je l'ignore; mais je lui
conseille de ne pas écrire exclusivement pour ceux
qui n'ont rien lu. En disculpant tous ces prêtres
du reproche de fanatisme, elle leur enlève la seule
excuse que l'on puisse alléguer en leur faveur; car
ceux qui ont poursuivi un si bon prince avec une
rage aussi opiniâtre, étaient nécessairement des
monstres, s'ils n'étaient pas d'aveugles fanatiques.

Puisque les moines ont figuré d'une manière si
énergique dans la déplorable histoire de la ligue,
il faut bien se résoudre à parler de Jacques Clément qui, selon madame de Genlis, ne fut point
un fanatique, mais seulement un libertin. Elle paraît convaincue et elle voudrait nous persuader
que « l'implacable duchesse de Montpensier vit
« plusieurs fois en particulier Jacques Clément, et
» que, pour achever de le décider à commettre ce
» parricide, *elle mit en usage tous les moyens*
» *qu'une femme belle encore et sans aucun prin-*
» *cipe, peut employer auprès d'un jeune homme*
» *corrompu et livré à la débauche.* » Ainsi, dans
l'incertitude où nous jette la diversité des opinions
sur les causes de ce crime, nous devons croire
avec madame de Genlis, qu'une aussi grande infamie dans une femme du premier rang, est plus
vraisemblable que le fanatisme dans un moine du

seizième siècle! Je sais que madame de Genlis a renoncé au titre de femme, et qu'elle s'est fait homme de lettres ; mais cela même lui faisait un devoir de ménager un peu son ci-devant sexe, et lui défendait, ce me semble, d'exprimer une opinion aussi injurieuse aux dames de qualité. A toutes les autorités qu'elle allègue, et dont elle ne cite pas une seule, je n'opposerai qu'un raisonnement bien simple, et je dirai : De deux choses l'une : ou l'implacable duchesse s'est contentée de promettre ses faveurs pour prix du crime, ou elle a payé d'avance. Dans le premier cas, Jacques Clément était donc un homme stupide, un véritable fou ; car il savait bien qu'en attaquant un roi dans son palais, dans sa chambre, au milieu de ses courtisans, de ses gardes, de son armée, la mort était l'inévitable salaire d'un pareil attentat, et alors les promesses de la duchesse étaient aussi dérisoires qu'elles étaient odieuses. Si, au contraire, la duchesse s'est livrée d'avance à l'assassin, comme les faveurs d'une si grande dame sont toujours de grandes faveurs, est-il supposable que l'homme qui en a été comblé, conserve toute l'énergie qu'exige un forfait dont la mort doit être la suite infaillible? Je croyais que madame de Genlis connaissait mieux le cœur humain ; je ne lui pardonne point de m'avoir engagé dans cette discussion fort peu digne de la majesté de l'histoire, et de ne pas avouer franchement que le fanatisme, et l'espoir d'une récompense éternelle, peuvent seuls faire

courir un homme à une mort certaine. Je conclus
donc que si Jacques Clément avait été une partie
de la journée enfermé avec madame de Montpensier, comme le dit madame de Genlis, et de la
manière dont elle le dit, très-certainement il n'aurait pas assassiné Henri III, car un libertin aime
beaucoup à vivre et ne va pas se faire tuer pour
les beaux yeux d'une duchesse qui a tout donné.

Qu'on me permette de faire ici une observation d'un autre genre. Madame de Genlis ne laisse
pas échapper une occasion d'attaquer Voltaire, et
de lui faire des reproches amers, non-seulement
sur des inexactitudes historiques, mais même sur
des intentions peu honorables. Depuis long-temps
il est de mode de salir la mémoire de Voltaire, et,
dans un temps de révolution, l'art de flatter et de
mordre selon les circonstances est si commun et si
facile, qu'il aurait dû être dédaigné par un talent
aussi distingué que celui de madame de Genlis.
Les fautes, les erreurs, les torts de Voltaire sont
connus depuis long-temps ; on ne se lasse pas plus
de les lui reprocher qu'on ne se lasse de lire ses
ouvrages. Mais que peut-on nous apprendre à cet
égard ? Si les Desfontaines, les Sabathier, les Fréron, les Nonotte, les Larcher, les deux Clément,
les Geoffroy, ne nous ont pas dégoûtés de la lec-
turedes Œuvres de Voltaire, madame de Genlis
espère-t-elle diminuer notre admiration pour un
écrivain à qui la postérité ne reprochera peut-être
un jour d'autre tort que celui de s'être occupé de

ses ennemis? Ce qu'il y a de plus choquant dans cette dernière critique, c'est que madame de Genlis intente un procès aux mânes de Voltaire, sur l'ouvrage précisément où cet homme illustre n'a rien à se reprocher relativement à la religion, à la morale et à l'histoire. Sous le rapport littéraire, la Henriade est loin d'être un ouvrage parfait; mais sous toute autre considération, ce poëme et les notes qui l'accompagnent, n'ont jamais été blâmés par les ennemis de Voltaire, ni même par l'esprit de parti. Si madame de Genlis chérit et respecte réellement la mémoire de Henri IV, elle doit savoir gré à Voltaire d'avoir inspiré pour son héros un enthousiasme qu'on n'avait pas avant l'apparition de la Henriade. Jamais sous le règne de Louis XIV, Henri IV ne fut connu, chéri, adoré et divinisé, en quelque sorte, comme il l'a été dans le dix-huitième siècle. Si ce bon roi vivait encore, il dirait, comme Catherine II, *mon bon protecteur Voltaire m'a fait une grande réputation.*

Je ne croyais pas que l'on pût nous apprendre quelque chose de nouveau sur la Henriade; il y a peu de poëmes qui aient été plus critiqués et mieux jugés. Il est même assez remarquable que les admirateurs et les ennemis de Voltaire soient d'accord sur le mérite et les défauts de cet ouvrage; on dispute encore quelquefois sur la Jérusalem délivrée, sur le Roland furieux et même sur l'Iliade, mais depuis long-temps la Henriade n'est plus le sujet d'une discussion littéraire.

Il était réservé à madame de Genlis d'émettre une opinion tout-à-fait nouvelle sur cette production que tout le monde croyait connaître. Devinerait-on pourquoi ce poëme paraît froid, et tant soit peu ennuyeux, malgré les beautés dont il fourmille? Madame de Genlis va nous l'apprendre : c'est parce que l'auteur a fait de Henri IV *un philosophe du dix-huitième siècle*. Oh! certes, la piété excessive fait voir d'étranges choses! Les philosophes font tant de peur à madame de Genlis, elle les hait si cordialement, son esprit en est tellement obsédé, qu'elle les retrouve jusque dans la Henriade. Voyons si le raisonnement pourra la guérir de cette terreur qui doit influer sur son talent, et va nous faire perdre quelque bon roman historique.

Le héros de la Henriade est calviniste dans tout le cours du poëme, et sa conversion n'a lieu qu'à la fin du dernier chant. Voltaire avait donc le droit de présenter Henri IV comme ennemi du catholicisme et du pape, et, comme la poésie exige des couleurs fortes, ne vit que de passions et se plaît dans les excès, le poète n'eût pas été blâmable de donner à son héros la chaleur, la véhémence, et même la fureur d'un chef de secte ; et cependant, au lieu de tout cela, il montre un honnête homme qui cherche la vérité et qui se contente de dire :

Je ne décide point entre Genève et Rome.

Il n'exprime donc ici que du doute, tandis qu'il

lui était permis de faire éclater de la haine. C'est donc plutôt dans cette modération et dans cette sagesse qu'il faut chercher la cause de la langueur que l'on éprouve en lisant la Henriade ; l'homme qui dit *je ne décide point*, n'est certainement pas un philosophe du dix-huitième siècle ; car ceux-ci décidaient très-hardiment, et ils décideraient encore aujourd'hui que madame de Genlis, ayant trop d'esprit pour s'être trompée sur ce point, a été sciemment et pieusement injuste.

Il y a cependant, je l'avoue, un passage de la Henriade qui semble justifier l'accusation de madame de Genlis, et l'impartialité me fait un devoir de le citer en entier. Henri dit à la reine Élisabeth :

...... Périsse à jamais l'affreuse politique
Qui prétend sur les cœurs un pouvoir despotique,
Qui veut, le fer en main, convertir les mortels,
Qui du sang hérétique arrose les autels,
Et prenant un faux zèle ou l'intérêt pour guides,
Ne sert un dieu de paix que par des homicides !

Voilà des vers philosophiques, je suis forcé d'en convenir ; mais madame de Genlis n'en a pas moins tort, puisque les sentimens qu'ils expriment n'appartiennent pas spécialement aux philosophes du dix-huitième siècle : ils sont ceux des philosophes de tous les temps et de toutes les nations.

Au reste, si le propre des philosophes est de décider d'une manière tranchante, madame de Genlis pourrait bien elle-même être soupçonnée d'un secret penchant à la philosophie ; car aucun auteur ne prend un ton plus décisif sur les personnes et sur les choses. Voyez, par exemple, comment elle trace le portrait de l'amiral Coligni, l'une des plus illustres victimes du massacre dans lequel madame de Genlis ne veut point voir de fanatisme : à l'en croire, ce chef des huguenots *ne montra de talent que contre son Dieu, son roi et son pays ; il prit les armes contre son souverain ; il appela les étrangers en France..... Il ravagea sans pitié nos provinces, où les excès les plus barbares furent commis sous ses yeux et par ses ordres. Il fut apostat audacieux, sujet rebelle et citoyen dénaturé ; il fut d'ailleurs universellement accusé du meurtre de* Claude *de Guise.*

Ici le zèle de madame de Genlis a été si fervent qu'elle ne s'est pas donné le temps et la peine d'apprendre l'histoire qu'elle écrivait. Elle voit partout *Claude* de Guise où il faudrait voir François. Selon elle, c'est Claude de Guise qui a défendu Metz, qui a été assassiné par Poltrot, et qui est le frère du cardinal de Lorraine. Il n'y a cependant guère d'écoliers qui ne sachent que le grand Guise se nommait François de Lorraine, qu'il était fils de Claude, que Claude était le père et non pas le frère du cardinal de Lorraine, et que le Guise, assassiné à Blois, était fils de François, petit-fils de Claude, neveu du cardinal de Lorraine, et frère du cardinal de Guise. De pareilles fautes, répétées dix fois dans les sommaires et dans le texte, prouvent que l'auteur a été plus pressé de décider sur les faits que de les vérifier.

Mais voici une erreur plus grave. Madame de Genlis, qui traite si peu chrétiennement l'amiral Coligni, ne s'aperçoit pas qu'elle fait dans le portrait une cruelle satire contre Sully et même contre Henri IV. Il n'y a en effet aucun de ces traits qui ne soit commun aux trois personnages. Henri, Coligni et Sully combattaient contre la même religion, contre le même roi, contre le même peuple; ils ont donc tous trois déployé leurs talens *contre leur Dieu, leur roi, leur pays.* Pourquoi donc le seul Coligni est-il l'objet de la haine de madame de Genlis? Le prince de Navarre et Sully n'ont-ils pas été ennemis de Charles IX, ennemis de Henri III, ennemis des catholiques et du pape? Coligni est mort dans l'impénitence; mais Sully fut aussi un fort bon huguenot jusqu'à la mort inclusivement. Henri s'est converti; mais qui peut assurer que l'amiral ne se serait pas converti de même? Pourquoi les dévots l'ont-ils assassiné?

Quant au reproche que lui fait madame de Genlis d'avoir été l'instigateur et le complice de Poltrot, je renverrai le lecteur à l'excellente *Histoire de France pendant les guerres de religion,* ouvrage très-moderne où ce point est discuté avec la clarté, l'impartialité et le talent dont l'auteur a donné tant de preuves dans son *Histoire de France pendant le dix-huitième siècle;* on y trouvera d'ailleurs les portraits de tous les personnages qui se

sont fait un nom à cette déplorable époque, tels
que François de Guise, le cardinal de Lorraine,
le connétable de Montmorency, Coligni, etc.....
et l'on verra tout ce que madame de Genlis a
dû colorer, dissimuler, renforcer ou affaiblir pour
placer systématiquement tous les crimes d'un côté
et toutes les vertus de l'autre. Je suis persuadé
néanmoins que si Voltaire avait noirci la mémoire
de Coligni, madame de Genlis aurait assez de
justice pour faire l'apologie de l'amiral, et assez
de clémence pour lui pardonner des torts que
partageaient Sully et Henri IV.

Je sais que l'on n'a pas une grande confiance
en Voltaire relativement à l'histoire ; ses innombrables détracteurs, après l'avoir inutilement poursuivi dans toutes les carrières qu'il parcourait avec
gloire, ont enfin réussi à persuader au vulgaire des
lecteurs que Voltaire ne doit pas être considéré
comme historien ; et le monde est rempli d'ignorans qui croient avoir le droit de le mépriser sous
ce rapport. Je ne citerai point ici l'auteur de l'*Histoire de France pendant le dix-huitième siècle*,
qui venge Voltaire de cette injustice. Madame de
Genlis récuserait un écrivain qui doit être philosophe puisqu'il s'indigne contre l'intolérance, et
qui lui est odieux sans doute puisqu'il est philosophe ; mais j'invoquerai le témoignage d'un historien dont la réputation est faite depuis long-temps,
et je transcrirai quelques lignes de l'ouvrage qui
passe pour son chef-d'œuvre. Robertson, dans sa

belle introduction à l'histoire de Charles-Quint, dit, en parlant de Voltaire : « Je l'ai suivi comme
» un guide dans mes recherches, et il m'a indi-
» qué, non-seulement les faits sur lesquels il était
» important de s'arrêter, mais encore les consé-
» quences qu'il fallait en tirer. S'il avait en même
» temps cité les livres originaux, il m'aurait épar-
» gné une grande partie de mon travail ; et plu-
» sieurs de ses lecteurs, qui ne le regardent que
» comme un écrivain agréable et intéressant, ver-
» raient encore en lui *un historien savant et*
» *profond*. » Maintenant c'est au lecteur à décider
si l'opinion d'un homme tel que Robertson peut
contre-balancer les petites notes de madame de
Genlis.

Si madame de Genlis sait rendre odieux les personnages historiques qui lui déplaisent, elle sait
en revanche embellir les personnes et les choses
qu'elle veut présenter à notre admiration. C'est
sans doute par une intention très-louable qu'elle
accorde à Henri IV toutes les vertus et tous les
talens ; les Français surtout lui sauront gré de
n'avoir rien refusé à un prince si justement chéri ;
mais si le roman s'accommode de ces réputations
parfaites, l'inflexible histoire rejette tous ces portraits enluminés. Elle va rechercher un défaut au
milieu de mille qualités brillantes, et une vertu
dans une foule de vices ; elle se garde bien surtout
d'accorder aux hommes célèbres un mérite qu'ils
n'ont pas eu, quand cette concession est une in-

justice envers d'autres personnages ; mais madame
de Genlis aime et hait complètement. Ce n'était
pas assez pour elle que Henri IV fût le plus humain, le plus honnête, le plus brave, le plus
aimable des hommes et le meilleur des rois, c'était
encore trop peu d'en faire un *pius Æneas*, et
presque un dévot : elle veut aussi qu'il ait été le
plus grand capitaine de son siècle, et elle ne pardonne pas aux Espagnols d'avoir donné ce titre au
duc de Parme Alexandre Farnèse.

Il faut ici rétablir des faits que madame de Genlis
paraît avoir ignorés, ou dont elle n'a pas voulu se
souvenir. Farnèse était sujet du plus absolu, du
plus défiant, du plus farouche des despotes. Avec
des forces insuffisantes pour réduire les insurgés
des Pays-Bas, il fallait qu'il résistât à Maurice de
Nassau, et qu'il prêtât des secours à la ligue.
Sous un maître tel que Philippe II, les défaites et
les victoires étaient également dangereuses ; car s'il
craignait les succès des rebelles, il craignait encore
plus la gloire d'un général qui pouvait se rendre
indépendant. Farnèse assiégeait Breda qui avait été
surprise par les Hollandais ; Maurice, pour faire
diversion, attaqua Nimègue, ville plus importante
que Breda ; Farnèse lève le siége de cette dernière
ville pour secourir l'autre, lorsqu'il reçoit l'ordre
formel de conduire *lui-même* une armée au secours
de la ligue. Il fit ce qu'il put pour faire révoquer
cet ordre impolitique : il représenta vainement que
cette distraction des forces espagnoles assurerait

le triomphe des rebelles. Il ne fut point écouté, et c'était être déjà coupable que d'avoir hésité sur un ordre de Philippe. Cependant il voulait encore différer son départ, lorsque Mendoce et le légat lui apprirent l'extrémité où Paris était réduit par l'armée de Henri IV. Ce n'est donc pas spontanément et librement qu'il se décide à conduire l'armée auxiliaire, comme le dit madame de Genlis. Arrivé sur la Marne, il feint de présenter la bataille : il trompe le roi par une marche imprévue, il prend Lagny et Charenton, il fait lever le blocus de Paris, il ravitaille cette capitale; il assiége, malgré lui, et prend Corbeil pour céder aux vives instances des ligueurs, puis il ramène en Flandre son armée presque intacte, et paraît aux yeux de ses ennemis effrayés de sa célérité, de ses succès et des forces qu'il a su conserver. Dans sa seconde expédition, il fait pour Rouen ce qu'il a fait pour Paris dans la première; il trompe encore Henri IV, et lui échappe au moment où le roi croyait être assuré de le faire prisonnier avec toute son armée.

Si la victoire consiste à faire ce qu'on s'est proposé, et à obtenir le plus grand avantage avec la moindre perte possible, certainement c'est Farnèse qui a été vainqueur. Mais madame de Genlis veut des batailles, elle compte pour rien les plus belles opérations et les succès les plus utiles si la bataille n'a pas eu lieu, et j'avoue avec elle que la bataille se présente de meilleure grâce dans un roman; elle doit se rappeler cependant que, dans

une situation semblable, Henri II ayant fait offrir
la bataille à Charles-Quint, l'empereur lui répondit : « Je l'ai gagnée puisque je suis entré dans
la ville que vous assiégiez. » Elle sait sans doute
aussi que le duc d'Albe, pressé par les Espagnols
de livrer bataille au prince d'Orange, leur répondit : « Le roi mon maître ne m'a pas envoyé ici
pour combattre, mais pour vaincre. » Le duc de
Parme ne pourrait-il pas faire les mêmes réponses
à madame de Genlis?

MÉMOIRES HISTORIQUES

SUR LA VIE DE M. SUARD,

SUR SES ECRITS ET SUR LE XVIIIe SIÈCLE;

PAR DOMINIQUE-JOSEPH GARAT.

« LA longue vie littéraire de M. Suard commence
avec la révolution des idées, et sa vie se termine
avec la révolution des événemens. Cela est déjà
assez remarquable. Ce qui l'est davantage, c'est
qu'il n'a pas assisté seulement aux deux révolutions
dans toute leur durée, mais qu'il a figuré dans
l'une et dans l'autre, sinon avec beaucoup d'éclat,

au moins avec assez d'influence pour lier toute
l'histoire de sa vie d'une manière inséparable à
toute leur histoire. » Cette phrase, qui se trouve
aux deux tiers du second volume, aurait été mieux
placée au commencement du premier ; elle aurait
indiqué au lecteur le double aspect sous lequel on
doit considérer ces Mémoires. Suard (qui est trop
généralement connu pour conserver le *Monsieur*
après sa mort) était un littérateur très-distingué,
qui n'a rien laissé de très-remarquable, un philosophe assez hardi qui n'a jamais donné dans aucun
excès, un politique très-disposé à réformer les
États, mais à leur appliquer la médecine expec-
tante ; un homme du monde plus encore qu'un
homme de lettres, d'une conversation charmante,
d'une sociabilité parfaite, d'une tolérance admirable, d'une instruction variée, d'un ton excellent, d'un commerce sûr et d'une probité rigoureuse. M. Garat, son panégyriste, ne sera point
satisfait de cet éloge ; et l'homme à la mémoire
duquel il consacre deux volumes, lui paraît encore
supérieur à celui que je crois avoir peint fidèlement en peu de mots. A Dieu ne plaise que je
veuille rabaisser la réputation de l'écrivain et de
l'ami que M. Garat regrette si justement ! mais si
j'épuise toutes les formules de la louange pour cé-
lébrer le rédacteur du *journal étranger, l'anonyme
de Vaugirard*, et le traducteur de Robertson, de
quelles expressions me servirai-je, quand je parlerai des hommes de génie qui porteront la gloire

de la France jusqu'à la postérité la plus reculée ?
Quoique j'estime la chaleur jusqu'à l'exagération
dans les regrets de l'amitié, je ne puis accorder à
M. Garat qu'une traduction en prose, quelque
parfaite qu'elle soit, place le traducteur à côté de
l'auteur célèbre ; l'excellente traduction en vers
d'un beau poëme ne produirait pas cet effet, quoiqu'un pareil ouvrage, s'il existe, soit un rare phénomène. Les Géorgiques de Delille sont encore
assez loin des Géorgiques de Virgile ; et quand
Suard ose dire que la traduction de l'*Iliade*, par
Pope, est supérieure à l'original, il nous apprend
seulement qu'il savait très-bien la langue anglaise.

L'amitié ne garde aucune mesure et ne craint
pas de flatter, parce qu'elle sait qu'on le lui pardonne ; et pour élever l'objet de son culte, elle a
recours à des sophismes qui font sourire la raison,
mais qui ne peuvent la séduire. En comparant la
célébrité de Suard aux ouvrages qui devraient en
être la base, M. Garat semble craindre que le
public n'y voie un défaut de proportion, et pour
y rétablir l'équilibre, il soutient avec beaucoup
d'esprit une thèse tout-à-fait insoutenable. Le résultat de sa dialectique est que la quantité des bons
ouvrages n'a aucune influence sur la gloire d'un
auteur, que vingt volumes d'un mérite égal ne l'é-
lèvent pas plus haut qu'un seul volume, que leur
nombre n'est que le produit d'un travail souvent
répété, que le premier suffirait, et que Molière
serait Molière tout entier quand il n'aurait fait

qu'un seul de ses chefs-d'œuvre. Oh! sans doute,
je ne demande pas même un volume pour être
assuré qu'un écrivain a du style, de l'esprit et du
talent : un petit conte de Voltaire, soit en vers,
soit en prose, me montrerait tout cela ; mais il
serait bien fin le lecteur qui, dans ce petit conte,
apercevrait les élémens du *Siècle de Louis XIV*,
de *Mérope* et de *la Henriade*. La seule *Athalie*
m'inspirerait sans doute un grand respect pour
l'auteur ; mais, malgré sa majestueuse simplicité et
l'admirable harmonie de ses vers, je n'y devinerais
pas le bel ordre et le mouvement que j'admire
dans *Iphigénie*, la passion qui me transporte dans
Phèdre, la profondeur qui m'étonne dans *Britan-*
nicus. C'est dans la médiocrité seule que la quantité est de peu d'importance ; mais une variété
toujours brillante, une fécondité toujours heureuse, font croître la gloire de l'auteur, en multi-
pliant ses titres ; la rivière pure et limpide devient
un fleuve immense, et sa renommée augmente
comme le volume de ses eaux.

　Disons-le franchement : la grande publicité qu'a
obtenue le nom de Suard provient bien moins du
mérite de ses ouvrages, quoiqu'ils aient beaucoup
de mérite, que de ses liaisons avec tout ce qui a
brillé dans le siècle dernier, de ses qualités personnelles, de sa conduite dans des circonstances
difficiles, de ses connaissances variées, de son
esprit de conciliation, de la sagesse et de l'utilité
de ses conseils. M. Garat l'a bien senti, car, en

annonçant des Mémoires historiques sur Suard,
il a réellement présenté au public un tableau du
dix-huitième siècle. C'est en cela que ces Mémoires
offrent un grand intérêt ; et Suard était peut-être
le seul homme qui pût fournir ce prétexte, par sa
longue vie pendant laquelle il a connu familière-
ment tous les beaux-esprits, tous les savans, tous
les philosophes, tous les politiques et tous les
artistes qui ont brillé depuis l'époque où Fontenelle présidait le bureau d'esprit de madame Geof-
frin, jusqu'à celle de la restauration. Quel heureux
caractère, quelle sociabilité, quelle politesse de
mœurs et de langage ne fallait-il pas avoir pour
vivre en société, et toujours en bonne intelligence,
avec des hommes aussi différens que l'étaient Montesquieu, Helvétius, Raynal, l'abbé Trublet, l'abbé
Arnaud, Gerbier, le baron d'Holbach, Jean-
Jacques Rousseau, Diderot, M. et madame Necker, l'abbé Morellet, l'abbé Galiani et le fameux
baron de Grimm, dont la volumineuse correspondance a été si ridiculement louée dans tous les
journaux ! Sans adopter les opinions de ses divers
amis, sans les rejeter avec dédain et sans les flatter
avec une lâche déférence, Suard écoutait également le philosophe qui n'aurait pas ouvert la main
dans laquelle il eût tenu toutes les vérités, et celui
qui, brisant tous les freins et déchirant tous les
codes, aurait du même bras détruit tous les autels
et renversé tous les trônes. Lié d'amitié avec les
hommes qui respectent les principes conservateurs

des sociétés, il dissertait sans humeur et sans passion avec le baron d'Holbach, l'apôtre de l'athéisme; avec Diderot, qui faisait des concessions au christianisme dans l'Encyclopédie, et niait Dieu dans les salons; avec l'abbé Galiani, qui improvisait un jour en faveur de Dieu, qu'il voulait bien regarder comme *nécessaire;* et le lendemain en faveur de l'athéisme, qu'il trouvait sans doute plus commode. Plein de douceur et de prudence, il vécut dans une longue intimité, sans nuages, avec le fougueux abbé Arnaud, qui ne pouvait parler d'un tableau, d'une statue, d'un camée, d'une phrase grecque ou d'un air de Gluck, sans entrer en convulsion comme une sibylle de Cumes, et il a pu rester son ami en soutenant que la traduction de Pope est supérieure aux poèmes d'Homère!

Il était impossible que Suard, quelque sage qu'il fût, échappât complètement à l'influence de la société dans laquelle il vivait habituellement; on n'est jamais entièrement inaccessible à l'opinion des hommes que l'on fréquente. *La révolution des idées* l'atteignit; mais quand il vit qu'elle entraînait la révolution des choses, il se retira prudemment, il rentra dans le cercle de l'ordre et des devoirs, et il exposa même sa vie pour la cause légitime. Témoin de beaucoup d'abus dans l'administration, et choqué de quelques vices dans le gouvernement, il avait eu, comme les autres régénérateurs, la fantaisie de les corriger; mais, ennemi de l'excès et de la précipitation, il voulait

confier au temps cette révolution salutaire ; il voulait que tout fût changé pièce à pièce, avec les
préparations, les ménagemens convenables, et
d'une manière si insensible que l'on se trouvât
dans un nouvel ordre de choses sans que l'on crût
avoir abandonné l'ancien, seule révolution qui
ne fasse pas le malheur des peuples. En cela,
Suard était très-supérieur aux hommes célèbres
qui l'environnaient ; et s'il n'avait pas autant d'esprit que ces prétendus philosophes, il avait certainement un bien meilleur esprit.

La vie politique de Suard est très-bien décrite
par M. Garat ; il n'y a ni partialité, ni complaisance dans les éloges que l'auteur donne à
son ami ; tout m'y paraît exact et sincère, qualités bien rares et qui doivent surprendre dans un
ouvrage que l'on peut considérer comme un panégyrique ; il y a même quelque chose de plus estimable encore que la simple franchise et la froide
exactitude, c'est le soin avec lequel M. Garat
expose et fait ressortir des opinions qu'il ne partage point entièrement, et la générosité qu'il a de
louer une conduite qu'il n'a pas toujours prise ;
pour exemple, Si je l'ai bien compris, car M. Garat
est souvent trop profond pour moi, il ne blâme
point Suard d'avoir conspiré pour la cause royale
contre le ridicule Directoire ; il l'honore dans
son exil à Anspach, et il l'approuve d'avoir refusé sa plume à M. Necker au commencement de
la révolution, quoiqu'il fût l'ami de ce ministre,

et qu'il lui dût de la reconnaissance. Si Suard s'est fait un scrupule d'écrire en faveur d'une mesure (1) dont le danger était encore incertain, on pense bien qu'il était incapable de prostituer sa plume à l'apologie d'un crime. On osa cependant lui en faire l'étrange proposition ; mais il répondit qu'il lui était impossible de justifier ce que l'on appelait *un coup d'État*, et qu'il regardait comme *un acte de violence qui blesse toutes les idées d'équité naturelle et de justice politique.* Quand Suard écrivit cette lettre, conservée par M. Garat, il n'y avait plus de Directoire.

L'auteur de ces Mémoires a cru sans doute être aussi exact dans le tableau qu'il trace du dix-huitième siècle, que dans le portrait qu'il fait de Suard ; mais sa bonne foi, que je crois très-réelle, n'est cependant pas une règle pour notre jugement. Qu'une bienveillance naturelle le porte à l'admiration, et que la crainte de paraître détracteur l'empêche de restreindre les éloges qu'il répand avec tant de libéralité sur tous les hommes qu'il a connus, ce sont, j'en conviens, deux qualités fort estimables dans le commerce de la vie privée ; mais ce ne sont pas celles-là que l'on recherche dans l'écrivain qui veut juger les siècles. M. Garat n'ose pas dire d'abord que le dix-huitième siècle l'emporte de beaucoup sur celui qui l'a précédé ; mais on voit que cette *vérité* le tourmente, et que,

(1) La double représentation du Tiers-État.

5.

lassé des précautions oratoires sous lesquelles on
l'étouffe ; elle s'échappe avec effort du cerveau de
M. Garat, qui ne peut plus la contenir. Rien de
plus juste que d'admirer le bel édifice de l'Esprit
des Lois, l'éloquence entraînante de Rousseau,
le raisonnement, l'instruction, l'esprit et même la
fougue de Diderot dans ce qu'il a écrit de sage, et
de payer à tous les hommes de cette époque le
tribut d'éloges que l'on doit à leur mémoire ; mais
placer Thomas à côté de l'aigle de Meaux ; reconnaître dans les seules *Lettres persanes* un génie
qui ne ressemble à aucun de ceux du grand siècle,
mais qui doit les surpasser tous ; ne voir que des
hommes supérieurs dans tous ceux que l'on a connus ; présenter comme des phénomènes le baron
de Grimm et l'abbé Galiani ; distribuer la même
dose d'encens à tous les philosophes qui ont co-
opéré à la révolution des idées ; témoigner de l'estime et presque de l'affection à ces improvisateurs
politiques, dont les sublimes conceptions ont causé
plus de malheurs et plus de crimes que la réunion
des tyrans de tous les siècles n'en a fait subir à
l'espèce humaine ; pousser la délicatesse jusqu'à
craindre d'affliger les mânes du sensible Robespierre, qui, en écrivant, *avait près de lui le roman
où respirent les passions les plus tendres, et les
tableaux les plus doux de la nature, la Nouvelle
Héloïse,* c'est un excès de complaisace qui ne sera
point pris pour de la modération. Si cette indulgence est une vertu, c'est trop de vertu ; si elle

n'est qu'une circonspection timide, elle dément le titre d'historien que l'on s'arroge en publiant ces Mémoires. Et voyez à quel étrange raisonnement les meilleurs esprits peuvent descendre, quand ils veulent soutenir une opinion favorite que le bon sens repousse et que l'expérience a condamnée : M. Garat, contemplant avec orgueil l'énorme masse d'écrits qu'a laissée le dix-huitième siècle, nous dit ingénuement : « *Aucun n'est égal* » *peut-être aux grands modèles ; mais l'époque* » *est supérieure à toutes les époques.* » J'attends le mot de cette énigme ; je suis curieux d'apprendre comment l'époque où l'on n'a rien fait d'égal aux grands modèles, est cependant supérieure à celle qui a laissé les modèles auxquels rien n'est égal. L'auteur oppose donc ici la quantité à la qualité ? Mais non ; il a déclaré lui-même que le nombre des volumes n'ajoute rien à la gloire des auteurs ; et j'ai avoué à mon tour qu'il est de peu d'importance, quand le mérite n'est pas égal. Il faut donc absolument qu'il choisisse et qu'il en vienne à ce dilemme : ou l'époque des modèles était supérieure, ou nos contemporains ont été les vrais modèles. Qu'il proclame franchement cette dernière proposition, il trouvera de nombreux partisans, et l'erreur la plus grossière choque moins qu'une contradiction.

Ce n'est pas toujours par complaisance que M. Garat distribue l'éloge et présente les hommes du dix-huitième siècle à notre admiration ; il y est

quelquefois porté par un sentiment de justice et
par la vénération que lui inspirent les plus hautes
vertus. J'ai été vivement touché du bel hommage
qu'il rend au monarque infortuné que la révolution
des idées a conduit à l'échafaud; et j'aime mieux
cet hommage dans le livre de M. Garat que dans
tout autre livre. Il dit, en parlant de Louis XVI :
« Parmi tant de têtes tombées sous le glaive égaré
» *de la* JUSTICE, *nul*, en écoutant son arrêt de
» mort, n'a élevé son âme plus haut vers le ciel,
» nul n'a plus eu le maintien, non-seulement de
» l'innocence, mais de la plus auguste vertu. » Je
n'ai pas le courage de chicaner l'auteur sur la
forme de cette phrase, sur ce *nul* qui doit se rapporter à *têtes*, sur ce glaive qui frappe la plus auguste vertu, et que l'on nomme celui de la *justice*,
je ne veux m'attacher qu'au sens qui est excellent,
et au fait bien important pour l'histoire, puisque
M. Garat en est un témoin irrécusable; et je ne
puis trop admirer cette fermeté d'âme qui lui a
permis de contempler ce que cette scène avait de
sublime, sans se laisser troubler par ce qu'elle
avait d'affreux.

Pour me débarrasser de la partie désagréable de
ma tâche, je vais examiner les défauts et les erreurs que j'ai cru remarquer dans cet ouvrage, et
je commencerai par le style. Il n'est pas, à beaucoup près, celui que l'on avait le droit d'attendre
d'un homme à qui une longue habitude d'écrire
devait avoir appris le secret des formes élégantes,

et l'art d'exprimer clairement les pensées les moins communes. Le lecteur de ces Mémoires est arrêté à chaque instant par des phrases obscures, mal contournées, plus mutilées que diversifiées par des *incises* mal assorties, et toutes hérissées de prépositions et d'adverbes. On me dira que la négligence est permise dans des *Mémoires*, et que les faits y sont bien plus importans que le style. Je répondrai que la manière de présenter les faits les rend plus ou moins intéressans, et que dans un ouvrage consacré à la littérature, aux lumières du dix-huitième siècle et à la prééminence de cette époque sur toutes les autres, il fallait écrire de manière à ne pas faire voir la décadence au lieu des progrès. Il est bon de dire beaucoup de choses en peu de mots, mais ce ne doit jamais être aux dépens de l'élégance, de la clarté et de la correction. A chaque page de ces Mémoires, je rencontre des phrases telles que celles-ci : « *Très-vîte inti- mement* lié avec les plus illustres, tout ce qu'*ils* avaient de lumières, *il* les eût bientôt acquises, et *elles* devenaient plus pures en entrant dans son esprit. » Ces trois adverbes, et ces trois change- mens de nominatif ne produisent pas un bon effet. Plus loin, je lis : « Au milieu de Paris, quoique Vaugirard n'en soit *pas du tout loin*, » Puis : « L'abbé Arnaud, qui, *sans être du tout* vaillant, n'était *pas non plus du tout* modéré..... » puis en- core : « Dans les revers des partis suivis *très-sou- vent si vîte* de succès... etc... » Ce sont des vétilles,

dira-t-on ; oui , sans doute , mais quand ces vétilles forment une partie considérable du livre ,
elles forcent bien le lecteur à s'y arrêter. Je les
préfère cependant, je l'avoue , à des expressions
impropres , telles qu'on en rencontre un peu trop
fréquemment dans l'ouvrage ; tantôt ce sont des
leviers plus puissans et plus AVÉRÉS que ceux d'Archimède ; tantôt c'est un but que l'on signale , que
l'on voile , qu'on *dissimule* , qu'on *affiche, et que*
l'on conserve sous la hache des bourreaux ; ailleurs : « On espérait que l'anonyme sortirait *de sa*
brièveté et de son voile. » A ces impropriétés de
termes se joignent trop souvent de véritables in-
corrections , comme quand l'auteur dit : « Ces
débats n'agiteront guère plus la France *qu'elle ne*
l'est... etc... »

Je me borne à ce seul exemple , parce que les
fautes de grammaire me choquent moins que l'affectation, et je pardonnerais trois solécismes plutôt
que d'approuver la période suivante , où l'on parle
de punch et de café en prose poétique : « Jamais ,
» dans les heureux jours de la France , et même
» dans quelques jours d'orage , le café , chez
» M. Suard , ne fut fait que par lui-même ; et dans
» ces *nuits attiques* que j'ai retracées, plus occupé
» de rappeler ce qu'on y disait que ce qu'on y
» prenait, j'ai oublié ou négligé de raconter que
» sans du tout interrompre la suite et le cours de
» ses vues sur les causes qui forment et qui défor-
» ment si rapidement les siècles , les beaux-arts et

» la philosophie, M. Suard combinait du coup-
» d'œil le plus juste tous les élémens du punch le
» plus exquis, et prévenait l'épuisement des idées
» en transformant de petits verres parfumés d'a-
» rôme et de citron dans les calices féconds d'Ho-
» race, *fœcundi calices.* »

Voilà une terrible phrase, et tout homme qui
pourra la lire de suite, et à haute voix, aura bien
gagné le petit verre de punch que l'auteur a du
moins la bonté de lui offrir. Je ne parlerai pas
*des heures où l'astre du jour commence à mettre
la nature entière dans un mouvement nouveau de
toutes ses créations,* ni du solitaire *qui soulève
toute la chaîne de ses démonstrations par les
mouvemens les plus audacieux de l'éloquence,* ni
*du combat en champ clos entre les forts et les forts,
entre les âmes vraies et les âmes vraies;* ni enfin
de cette autre phrase, plus jolie encore et plus
digne d'être admirée dans un bureau d'esprit :
« Tout manquait à M. Suard (il était en prison),
pour écrire, *pour répandre avec suite son esprit et
son âme sous ses yeux :* il y renonça. » Je ne ferai
plus qu'une seule observation sur le style parce
que la faute qui la provoque se reproduit tous les
jours et menace de se légitimer. Il s'agit de l'expression *rien moins que,* à laquelle M. Garat et
beaucoup d'autres écrivains s'habituent à donner
un sens tout opposé à celui qu'elle doit avoir. Pour
dire que Marmontel avait fait un poëme satirique
en six chants, contre les amateurs de la musique

de Gluck, il dit : « Ce n'était *rien moins qu'un*
poëme en six chants, » ce qui grammaticalement
signifie : ce n'était pas un poëme en six chants ;
comme le style de l'auteur n'est rien moins qu'é-
légant, signifierait que son style n'est pas du tout
élégant. Quand on veut employer *rien moins* avec
l'affirmative, il faut séparer ces deux mots par la
particule *de*, et dire ce n'était *rien de moins* qu'un
poëme en six chants ; mais *rien moins*, sans le *de*,
signifie précisément le contraire.

On me pardonnera la sécheresse de ces détails,
si l'on reconnaît la nécessité d'opposer une digue
aux fautes de langage qui sont toujours très-com-
munes dans les siècles de la raison et des lumières.
L'auteur se moquera du pédant critique ; mais il ne
fera plus la faute, et c'est en cela que ces *miséra-*
bles journalistes sont encore bons à quelque chose.
Une petite phrase qui se trouve dans les citations
précédentes, me servira de transition pour lier
l'examen des fautes à celui des erreurs. M. Garat dit
plus haut : «*Dans les heureux jours de la France.*»
Ils étaient donc heureux ces jours dans lesquels les
sages du siècle méditaient une révolution ? Un monarque trop facile, et calomnié par ceux mêmes
qui ont dû leurs succès à son indulgence, un gouvernement qui semblait avoir pris pour devise :
Laissez dire et laissez penser, des grands qui se
dépouillaient de leurs titres et caressaient les gens
de lettres, de grandes dames qui venaient chercher
les philosophes et les promenaient dans de bril-

lantes voitures, des duchesses qui écrivaient en
faveur des économistes, des marquises qui faisaient
des épigrammes contre la cour, des nobles qui
s'étaient faits peuple, et préféraient le roturier
aimable au gentilhomme ennuyeux, des salons où
l'on pouvait librement plaider la cause de Dieu et
celle du diable, comme l'a fait l'abbé Galiani, les
gens de lettres recherchés, choyés, cajolés,

Alimentés, gantés, désaltérés, portés,

des prêtres si peu intolérans, qu'ils se faisaient
hommes du monde pour être tolérés, les écrits
hardis, impies, obscènes, politiques, philosophiques circulant sans obstacle, ou obtenant la faveur
d'être condamnés pour que l'auteur les vendît
plus cher.... Il faut avouer qu'un tel état de choses
méritait une belle et bonne révolution. Des beaux-
esprits et les philosophes ont eu grandement raison
de vouloir être libres, et quand ils nous parlent
aujourd'hui de *ces heureux jours de la France*,
c'est un regret bien déraisonnable, que je compte
ici pour la première erreur de M. Garat.
La seconde est relative au peuple juif, que
l'auteur présente comme ayant absolument ignoré
ou méconnu le dogme de l'immortalité de l'âme :
c'est une vieille question mille fois débattue, et
toujours avec peu de bonne foi. Voltaire n'a fait
aucune difficulté d'admettre l'opinion renouvelée
par M. Garat; prenant à la lettre un grand nombre

de versets de la Bible qui semblent tendre au matérialisme, il a eu soin de négliger ceux qui offrent évidemment la certitude d'une autre vie. On n'a pas voulu voir que chez les Hébreux, comme chez nous, on présente poétiquement la mort comme une destruction totale, comme un état où il n'y a plus de perception ni de sensation ; mais cette image du néant y est toujours relative au corps ; ainsi ces expressions : « Je ne m'assoirai plus aux festins, je ne verrai plus la lumière, je serai insensible, je dormirai avec les grands de la terre, la mort me dévorera ; descendu au tombeau, je ne remonterai plus, » et mille autres phrases pareilles, n'ont de rapport qu'à la vie terrestre, et tous les poètes modernes les emploient encore sans que l'on songe à les accuser de matérialisme. Des centaines de versets de ce genre ne prouvent donc rien contre le dogme sans lequel toute morale, toute vertu seraient une chimère, tandis qu'un seul verset où l'immortalité de l'âme est clairement énoncée, devient une autorité décisive. Ainsi, quand Dieu dit, dans le 33e chapitre de l'Exode, verset 20 : « Vous ne pourrez voir mon visage, parce que *l'homme ne me verra point avant sa mort,* » il est évident pour moi qu'il est ici question d'une autre vie. Le dernier verset de l'Ecclésiaste n'est pas moins formel ; le voici : « Dieu fera rendre compte en son jugement de toutes les œuvres, même les plus secrètes, soit qu'elles soient bonnes, soit qu'elles soient mau-

vaises. » Les Juifs ne se seraient-ils pas moqués
d'un pareil jugement, s'ils avaient cru à l'anéantissement total du corps et de l'âme? Les partisans
de l'opinion contraire ont cru trouver un argument bien fort dans un autre verset de l'Ecclésiaste, c'est le 21ᵉ du 3ᵉ chapitre; il est ainsi conçu :
« Qui sait si l'âme des enfans des hommes monte
en haut, et si l'âme des bêtes descend en bas? »
Mais je n'y vois qu'un doute exprimé par un seul
homme, par Salomon, qui est fort loin d'avoir
toujours été sage; et dans ce doute même, l'idée
de l'immortalité se trouve comprise, car il im-
porterait fort peu que l'âme de l'homme *montât
en haut* ou *descendît en bas*, si elle devait être
anéantie. M. Garat, qui s'étonne, comme d'un
prodige, du silence des Hébreux sur l'immortalité
de l'âme, peut revenir de son étonnement, et si
je n'étais pas obligé de me restreindre, je lui four-
nirais de plus amples démonstrations.

Si je ne savais pas que M. Garat n'est plus jeune,
je l'aurais deviné en lisant cette phrase : « Les plus
beaux ouvrages littéraires de tous les siècles ont été
publiés après cinquante ans. » Il nous suppose bien
ignorans, il croit que ses lecteurs n'ont jamais
ouvert un Dictionnaire des Hommes illustres,
puisqu'il avance gravement une pareille proposition. On n'exige pas sans doute que je cite tous les
chefs-d'œuvre qui ont été publiés par des hommes
jeunes encore, et tous les grands écrivains qui ont
à peine vécu cinquante ans. La nomenclature serait

longue. Réduisons donc l'exagération de M. Garat à des termes plus simples; contentons-nous de dire que de très-beaux ouvrages peuvent sortir d'un cerveau déjà vieux, puisque M. Garat écrit encore; mais, sous peine de ridicule, ne soutenons pas que *Pulchérie* et *Suréna* l'emportent sur le *Cid* et sur les *Horaces*; que les *Guèbres*, les *Scythes* et *Irène* sont supérieurs à *Zaïre*, *Alzire* et *Mérope*.

L'universalité des connaissances est une gloire à laquelle un grand nombre d'écrivains prétendent aujourd'hui. A propos de littérature, ils parlent d'astronomie, de géographie, de physique, etc.; mais il leur arrive rarement d'exposer ces notions de réminiscence, et de citer des phrases fugitives, sans y mêler quelque erreur grossière qui nous révèle tout ce qu'ils ignorent, quand ils font leurs efforts pour étaler tout ce qu'ils savent. Si M. Garat avait consulté, non pas un astronome, mais seulement un étudiant en astronomie, il n'aurait pas parlé des *phénomènes célestes que des millions de demi-diamètres de la terre séparent d'elle*; on lui aurait appris qu'un million de demi-diamètres, ou de rayons terrestres donne une distance de plus de quatorze cent millions de lieues, et que plusieurs de ces distances nous portent jusqu'aux étoiles, dont les orbites ne sont point connues, et dont les mouvemens ne peuvent être calculés. Un physicien lui aurait dit que la *Théorie de la Terre* et les *Époques de la Nature*, de Buffon, ne pouvaient pas être fondées sur les mêmes faits, *si nombreux*, *si bien attestés*, *si bien ordonnés*, puisque ces deux ouvrages, si différens, s'appuient sur deux systèmes diamétralement opposés, le premier donnant à l'*eau* la puissance que le second attribue au *feu*. Buffon lui-même avait dû lui apprendre qu'avant de lire l'ouvrage de M. Hamilton, sur les volcans, il avait accordé trop peu d'influence à l'action volcanique sur la configuration du globe; mais, dans le second système, il dédommage Vulcain avec usure, et il semble disposé à dire, comme M. Hamilton : « Les volcans sont la grande charrue dont la nature se sert pour labourer la surface de notre planète. » Si M. Garat avait lu ses épreuves à quelques personnes instruites dans les sciences cosmologiques, il n'aurait pas fait de Pline un grand géographe; il ne l'aurait pas placé à côté de Strabon; il n'aurait pas dit que l'*Égypte reçoit ses inondations des rochers de la Thébaïde*, où il ne pleut presque jamais, où du moins, une pluie de quelques heures est un phénomène assez rare. Si M. Garat avait daigné jeter les yeux sur la plus petite carte géographique, il n'aurait pas écrit une phrase dont le *Journal des Débats* s'est moqué, en l'attribuant au *Constitutionnel*, qui, cette fois, n'a eu de tort que celui de la reproduire. Elle appartient tout entière à M. Garat, qui peint un Turc assis sur les bords de la mer Noire, et *partageant ses regards entre l'Europe, l'Afrique, l'Asie, toutes trois sous ses*

yeux. Un écolier aurait pu lui dire que le point de
l'Afrique le plus voisin de la mer Noire, en est
plus éloigné que Paris ne l'est de Marseille. Si
M. Garat, enfin, voulait nous faire admirer les
vastes connaissances de Suard, il ne lui aurait
pas fait dire qu'il reconnaissait Versailles dans une
ville *placée à quarante-huit degrés* DU PÔLE ; car,
c'est prendre le pôle pour l'équateur, et donner
quatre-vingt-seize degrés au quart de cercle. S'il
me répond que c'est La Bruyère qui a fait cette
faute, je lui ferai observer que La Bruyère pouvait avoir des raisons pour ne pas désigner ma-
thématiquement la cour de France qu'il traitait
fort mal ; mais que MM. Suard et Garat, sur l'in-
dication de cette distance à quarante-huit degrés
du pôle, ne pouvaient pas s'écrier : *Il est évident
que c'est Versailles,* puisque Rome est la seule
grande ville de l'Europe qui ait cette position.
Voilà encore des vétilles, dira l'auteur de ces Mémoires. J'en conviens ; mais elles sont bien plus
nombreuses dans le livre que dans mon article ;
et je ne pense pas que de telles fautes en astronomie, en géographie, en physique, en littérature et
en grammaire soient très-propres à démontrer la
prééminence de notre siècle, et les brillans progrès
de nos lumières.

Les erreurs en politique ont une tout autre importance : on n'enverra personne à l'échafaud pour
avoir placé la côte d'Afrique trop près de la mer
Noire ; mais, en politique, on s'égorge pour des

mots que l'on ne peut définir, pour de prétendus
axiomes que l'on n'entend pas. Après une révolution si longue et si terrible, je suis toujours étonné
que l'on ose reproduire des maximes qui, fussent-
elles vraies jusqu'à l'évidence, n'en sont pas moins
une source de divisions dans un temps où nous
devrions payer le repos du sacrifice même de
nos prétendues lumières et de notre orgueil. J'ai
vu avec peine M. Garat proclamer de nouveau et
présenter en majuscules cette VOLONTÉ GÉNÉRALE
des peuples, sur laquelle tant de grands génies ont
fait de si belles phrases sans pouvoir nous dire ce
que c'est. Tout ce que j'ai pu deviner, c'est que
cette volonté générale nous conduit à la souveraineté du peuple, qui, pendant son règne, toujours de courte durée, est le plus cruel, le plus
ridicule et le plus malheureux des tyrans. Cette
volonté générale est la marotte avec laquelle Rousseau s'est joué de toutes les mauvaises têtes du
dix-huitième siècle ; et comme Rousseau était un
beau génie, nos autres génies ont prétendu le comprendre, quand il avouait qu'il ne se comprenait
pas lui-même. Dans le fameux *Contrat Social*,
cette volonté générale est tantôt *l'unanimité*, ce
qui est une absurdité relativement à un grand
peuple, tantôt la *pluralité*, tantôt une idée abs-
traite qui indique la tendance générale au bonheur,
et le philosophe qui s'est passionné pour cette volonté générale, finit par préférer l'aristocratie,
volonté très-particulière. Il pousse la subtilité jus-

qu'à distinguer *la volonté* de tous de *la volonté générale*, et l'on s'est écrié : Ah! que c'est beau! Je crierai peut-être aussi quand j'entendrai ce que cela veut dire.

Dans une discussion sur la *majorité* que doivent obtenir les ministres après ou avant le scrutin, M. Garat fait comparaître devant lui *les trois portions de cet être métaphysique appelé le temps*, LE PASSÉ, LE PRÉSENT ET L'AVENIR, et il fait le procès au *passé* qui, *venu du haut des siècles, semble être venu du haut du ciel.* L'épigramme est fort jolie ; mais malheureusement *le passé* n'a rien fait, car il était *présent* quand il agissait ; il parlait alors comme M. Garat parle aujourd'hui, et ce que dit M. Garat sera répété par *l'avenir* quand il deviendra *le présent.* Les hommes prendront-ils toujours la subtilité pour la logique? Cependant notre publiciste conclut qu'il ne faut pas chercher nos devoirs, nos droits et nos lois dans l'histoire, mais dans la nature. J'y consens, à condition que M. Garat me dira clairement ce que c'est que la nature, en quoi elle vaut mieux que l'expérience, et pourquoi il n'y a pas eu de *nature* pour le *passé*, tandis qu'il en existe pour le *présent.* Est-ce dans le dix-huitième siècle que l'on a fait la découverte de la *nature?*

Je passe sur une vingtaine de propositions plus ou moins mal sonnantes, pour arriver à cette déclaration faite en lettres italiques : « *Les hommes* » *ne seront heureux que lorsque les rois seront*

» *philosophes ou les philosophes rois.* » A cette belle maxime, je ne répondrai que par une anecdote que M. Garat me fournit : Hume était philosophe, Rousseau l'était aussi ; Hume voulant soustraire Rousseau *à la persécution*, le conduisit en Angleterre, où il le combla de caresses et de bienfaits. A Paris, *on ne se figurait Hume et Rousseau que dans les bras l'un de l'autre, et baignés des larmes de la joie et de la reconnaissance.* Un jour deux lettres sont apportées à un dîner chez M. Necker ; l'une de Hume au baron d'Holbach, commençait par ces mots : « *Mon cher baron, Jean-Jacques est un scélérat;* » l'autre, de Rousseau à Hume, lui disait : « *Vous êtes un traître; vous m'avez conduit ici pour me perdre, après m'avoir déshonoré.* » Supposons que le philosophe Hume ait été roi d'Angleterre, et le philosophe Rousseau roi de France, que de batailles de Crécy et d'Azincourt entre le roi traître et le roi scélérat! et que les peuples auraient eu raison de dire : Nous ne serons heureux que quand les philosophes seront rois !

Malgré l'amitié qu'il vouait à Suard, et la profonde estime qu'il lui témoignait, M. Garat ne partageait pas ses opinions, et quoiqu'il reconnût en son ami beaucoup de raison, d'esprit et de prudence, il ne le prend pas pour guide en politique, et il ne se croit pas obligé d'adopter comme des principes ce qu'il regarde comme des erreurs. J'ai usé de la même permission envers M. Garat, et

6.

les fautes nombreuses que j'ai cru devoir relever
n'empêchent point que je ne présente ces Mémoires comme un ouvrage remarquable sous un
grand nombre de rapports. En le considérant
comme une galerie dans laquelle l'auteur place et
range tous les hommes célèbres du dix-huitième
siècle; on sent qu'indépendamment des détails sur
Suard, il intéresse un grand nombre de lecteurs, et les hommes surtout qui ont le triste
avantage d'avoir vécu à cette brillante époque,
c'est-à-dire de n'être plus jeunes. Pour bien apprécier les jugemens de M. Garat, on peut les
comparer à ceux que M. Lacretelle le jeune a portés sur les mêmes hommes, dans ses quatrième
et cinquième volumes de son *Histoire de France
pendant le dix-huitième siècle;* ce parallèle sera
curieux, et je me garderai bien de préjuger auquel
des deux écrivains on doit accorder la préférence;
ce choix dépendra de l'*opinion* et du parti que le
lecteur aura pris d'avance ou de juger selon les
lois de la critique, ou de tout admirer sans examen
dans ce siècle des lumières.

Ce qui se fait d'abord remarquer dans ce dernier ouvrage de M. Garat, c'est un sentiment de
bienveillance générale, d'indulgence ou de ménagement pour tous les hommes qu'il a connus,
pour tous les faits dont il a été le témoin. En le
lisant, je suis tenté de croire que personne n'a eu
tort, que toutes les intentions étaient pures, et
que nos malheurs n'ont été qu'une opération de

la nature, comme une inondation, une éruption volcanique ou un tremblement de terre. Cette bienveillance immodérée est sans doute une erreur, mais c'est de la bienveillance ; et nous pouvons assurer que si M. Garat nous laisse une histoire de son temps, elle ne ressemblera pas à celle de Guichardin.

Ce n'est pas que M. Garat ne conçoive une juste horreur pour les maximes perverses et les crimes odieux qui ont un peu obscurci l'éclat de ce beau siècle, mais il semble que ces maximes n'appartiennent à personne, et que les crimes se soient commis tout seuls sans qu'on les ait médités. Cette aversion et le ménagement se concilient très-bien dans la phrase suivante : « Une maxime atroce a été prononcée ou supposée : *il n'y a que les morts qui ne reviennent pas ;* si on fait attention aux choses plutôt qu'aux mots, cette maxime est aussi fausse qu'elle est atroce. Ils reviennent ; les morts sont les revenans les plus terribles : ils reviennent couverts de leur sang et demandent le sang de ceux qui ont versé le leur. » Voilà le courroux de l'honnête homme, voilà aussi sa bienveillance : la maxime atroce est peut-être *supposée.*

Un passage très-curieux est celui où l'auteur nous montre tous les philosophes et tous les hommes de lettres se coalisant pour Helvétius, et vantant son livre *de l'Esprit* comme un titre de gloire pour la France littéraire, tant que ce livre encourut la censure du gouvernement, puis at-

taquant ce même livre, et le déchirant pièce à
pièce, dès que l'auteur ne fut plus inquiété. Ici,
comme partout ailleurs, M. Garat ménage tout le
monde, et cet aimable Helvétius, auteur du livre,
et Suard, intime ami d'Helvétius, et les philosophes généreux qui se déclarèrent pour l'auteur
opprimé, et ces mêmes philosophes qui, par justice, condamnèrent le livre, et le gouvernement
lui-même qui ne feignit de sévir contre l'auteur
que pour le dérober aux fureurs des fanatiques.
Qui pourrait se plaindre d'un pareil jugement? la
justice peut-être. Mais la justice vaut-elle la bienveillance?

Ce sentiment, auquel M. Garat cède avec tant
de complaisance dans les discussions politiques et
philosophiques, lui paraît une vertu nécessaire au
bonheur dans la vie privée; et, en cela, il a complètement raison. Malgré sa crainte habituelle de
rien dire de désagréable, il ose s'élever contre ces
hommes qui, maussades dans leur intérieur, se
parent de tous les agrémens dès qu'ils sont en
société. Ce paragraphe, écrit avec justesse et précision, est un des meilleurs de l'ouvrage pour les
idées et pour le style : « Il n'est que trop ordinaire,
dit-il, que les hommes aimables dans le grand
monde, ne le soient que là, ou le soient infiniment moins dans la vie domestique; il leur faut
un théâtre, et non pas un ménage; ils vivent pour
les succès, non pour le bonheur : dès qu'ils ne
peuvent pas être applaudis, ils ne font rien pour

être aimés; ils ont même à se reposer plus d'une
fois de plus d'un effort qu'ils ont fait pour plaire,
de plus d'une contrainte qu'ils ont imposée à leurs
défauts; ils respirent chez eux en mettant leurs
défauts à l'aise : quand ils n'ont que de l'humeur,
ils font grâce à leurs femmes; ils n'imaginent pas
qu'on puisse leur en demander davantage. » Un
moraliste chagrin, un écrivain moins philantrope
aurait saisi cette occasion pour peindre ces hommes
si doux et si aimables qui n'ont pas été révoltés
des excès révolutionnaires; qui, pleins d'humanité et de bienveillance, auraient sacrifié des millions d'hommes à un principe; qui, affables et
polis dans la société, devenaient des tigres à la
tribune; qui, incapables de proférer une parole
offensante dans la conversation, faisaient dans
leurs écrits l'apologie des meurtres et des mas-
sacres; qui, ne s'écartant jamais des règles de
la politesse, dictaient des arrêts de mort en termes
de très-bon goût, et proscrivaient leurs amis en
phrases de très-bon ton. Ce tableau, tracé par
l'auteur de ces Mémoires, aurait aussi quelque
mérite; mais M. Garat répondra qu'il n'a pas
connu de pareils hommes, et qu'il a vu la fin du
dix-huitième siècle comme nous voyons les décora-
tions au théâtre par le côté enluminé. Oh! certes,
si Tacite avait écrit comme M. Garat, il n'aurait
pas tant déplu à Buonaparte.

Par quelle fatalité les mânes de ce pauvre La
Harpe, qui a fait une si belle fin, sont-ils les seuls

qui aient le droit de murmurer contre l'auteur de
ces Mémoires? Pourquoi M. Garat nous révèle-
t-il, ou nous rappelle-t-il un fait que nous igno-
rions ou que nous voulions oublier? Quoi! La
Harpe, enchanté du discours prononcé par Robespierre, après la découverte que ce patriote fit
de l'Être-Suprème, lui a écrit *une lettre éloquente,*
dans laquelle les éloges sont plus prodigués qu'ils
ne le furent jamais à l'auteur des Éloges du Dau-
phin et de Marc-Aurèle? Est-ce aussi un éloge
que M. Garat a cru faire en rapportant cette anecdote? Est-ce pour sa conversion, ou malgré sa
conversion, que La Harpe obtient ou subit cette
mention honorable? Mais pourquoi s'en plain-
drait-il? Le discours qu'il a loué était magnifique, *pathétique, religieux,* et consacré « *au Dieu*
que la nature révèle, et non les hommes. » Pourquoi rougirait-on de louer Robespierre, « *dont les*
mœurs n'étaient pas seulement décentes, sans
aucune affectation, sans aucune surveillance hy-
pocrite sur lui-même, mais aussi sévère que la
morale du Dieu nourri chez un charpentier de la
Judée? » Ce bon M. de Robespierre est donc un
saint et un martyr? et l'ombre de La Harpe ne doit
pas rougir d'en avoir fait l'éloge, comme j'ai eu
la simplicité de le croire.

Une justice que je m'empresse de rendre à
M. Garat, c'est qu'il expose avec une égale franchise les raisons qui combattent ses opinions politiques et celles qui les favorisent. Je lui ai reproché

cette *volonté générale* qui conduit à la souveraineté
du peuple, et dont il fait la base de toutes les lois ;
mais, au lieu de perdre mon temps à disputer
contre lui, j'aurais dû citer les paragraphes sui-
vans qui réduisent la volonté générale à zéro,
c'est-à-dire à sa valeur : « Les philosophes du dix-
huitième siècle ont fait de cette déférence à l'opinion publique, la barrière du pouvoir, dans un
temps où il n'y en avait pas d'autres. Mais *où les*
élus du peuple et ses législateurs trouveront-ils
avec clarté et avec certitude cette opinion publique
dont vous voulez qu'ils ne soient que les organes?
Chaque homme, pour peu qu'il y ait intérêt,
prétend que son opinion est l'opinion de tous les
hommes. » L'opinion publique est nécessairement
conforme à la volonté générale, car il n'y a pas
de peuple assez fou pour vouloir ce qu'il désapprouve. Comment donc M. Garat veut-il que la
loi soit l'expression de la volonté générale, quand
il avoue que les élus du peuple et les législateurs
ne peuvent pas connaître cette volonté? Dans un
autre passage où il parle de la conspiration de
plusieurs membres du conseil des Cinq-Cents
pour rétablir le trône des Bourbons, il dit :
« Tous les royalistes, sans exception, aimaient
moins encore que M. Suard, qui ne les aimait pas
du tout, ces maximes si générales sur LA VOLONTÉ
et sur LA LIBERTÉ..... Mais leur joie fut grande de
voir combien il est au moins difficile que la volonté des hommes et des nations soit fixée, saisie,

exercée fidèlement loin de ses sources, et combien il doit être facile de la changer, soit pour l'altérer, soit pour l'épurer, avant que des commettans, chargés de la représenter, paraissent l'avoir trahie. Des élections de tout un peuple, sous l'influence d'un parti, suffisent pour métamorphoser une monarchie en république, une république en monarchie. »

Eh quoi ! cette volonté générale est si difficile à fixer et à saisir, il est si facile de la changer et de l'altérer, les élections faites en son nom peuvent bouleverser l'État, et vous voulez en faire la base de toute législation ! Soyez donc d'accord avec vous-même, et ne demandez pas dans une page ce que vous reconnaissez impossible dans une autre. Quand cessera-t-on de leurrer le peuple par les grands mots qu'il ne peut comprendre, et que ne comprennent pas ceux même qui s'en servent ? La volonté générale ne représente que la force : la volonté particulière d'hommes éclairés, et en petit nombre, représente l'ordre ; la première rend les hommes à la nature brute, la seconde leur donne un gouvernement ; la première change une nation en peuple, en peuplades et en hordes ; la seconde change un peuple en nation, et assure sa prospérité. Cependant remercions M. Garat qui, avec tant de bonne foi, fournit des armes pour le combattre.

Son impartialité n'éclate pas moins dans la phrase suivante : « La nouvelle tour de Babel, c'est-à-dire la nouvelle civilisation, qu'on veut élever jusqu'aux cieux, n'a pas porté très-haut encore ses assises; et déjà la confusion des langues disperse au loin beaucoup d'ouvriers.» Elle les dispersera tous, parce que tous les ouvriers ont voulu être architectes, parce qu'on a voulu élever la tour avec la volonté générale, parce que les philosophes, habitués à travailler sur des abstractions, ont maladroitement appliqué leurs rêveries aux sciences positives. Ce qui m'étonne, c'est qu'après une réflexion si juste, M. Garat ne perde pas encore l'espoir de voir cette tour s'élever malgré la confusion des langues et la dispersion des ouvriers.

C'est à la France et à l'Angleterre qu'il confie la construction de ce bel édifice, et c'est à l'Indoustan qu'il accorde l'honneur de posséder cet admirable monument. L'Indoustan plaît beaucoup à M. Garat; et il le connaît bien, car il assure *que les maîtres et les esclaves y vivent comme des amis et des frères; que les bramines y sont autant de Fénélons, et leurs compagnes autant de saintes Thérèses :* c'est dans ce nouvel Éden qu'il veut voir construire un Paris à cent lieues de Calcutta, qui est un Londres; c'est sur cette terre promise qu'il veut placer *les flambeaux et les lustres pour éclairer le genre humain.* Il ajoute que cet Indoustan, si peuplé par lui-même, est environné de très-près d'Empires dont les capitales *ont des populations de dix millions d'âmes.* Rien ne coûte à un philosophe qui veut établir un système; il

donné dix millions d'âmes aux deux capitales de
la Chine, et il les voit *très-près* de l'Inde, quoiqu'elles en soient plus éloignées que Saint-Péters-
bourg et Moskou ne le sont de Paris. La politique
de M. Garat ressemblerait-elle à sa géographie?

Je lui sais gré de m'avoir appris que le célèbre
Alficri avait complètement abjuré les principes révolutionnaires qu'il avait d'abord adoptés avec
tant d'extravagance ; on est toujours fâché de voir
l'esprit sans raison et le talent sans dignité. Un
membre de l'Assemblée constituante demandait
à cet auteur tragique pourquoi il avait changé
d'opinion : « *Ah !* répondit le poète ; *je connaissais les grands, je ne connaissais pas les petits.* »
M. Garat, qui rapporte ce mot, a connu les grands
et les petits, et j'ai assez bonne opinion de lui
pour croire que son choix n'est pas douteux. Il
n'y a que *sa volonté générale* qui m'inquiète, car
les petits y ont une grande part.

Je terminerai par une citation qui étonnera
beaucoup de personnes, quoique le passage ne
m'ait point étonné. Louis XV a été fort mal-
traité dans des écrits dont les auteurs auraient dû
au moins lui tenir compte de son indulgence.
Louis XV est l'un des *tyrans* sous le *despotisme*
duquel toute liberté, toute licence même était
permise ; tout ce que l'on a dit, chanté ou imprimé
sous son règne, prouve que ce monarque si absolu
était un homme de fort bonne humeur. Puisqu'il
n'a opposé aucun obstacle à *la révolution des*

idées, on ne peut pas du moins lui reprocher le vice de l'intolérance. C'est en cela que sa mémoire peut être justement blâmée, mais ce n'est pas par ceux qui l'ont fait avec le plus d'amertume. Ce prince a été puni par où il a péché, et puni par ceux qui lui devaient les succès de leur philosophie audacieuse. Son indulgence a été payée par la calomnie, et un règne de cinquante-neuf ans a été jugé, par les dernières années, comme nous jugeons au théâtre une pièce par son dénouement. On a été jusqu'à nous montrer comme dépourvu d'intelligence, ce prince dont l'esprit très-fin et très-juste aurait eu beaucoup d'éclat dans un simple particulier. M. Garat ne partage point l'injustice des écrivains du dix-huitième siècle, et le paragraphe suivant est une nouvelle preuve, non-seulement de sa bienveillance, mais de son impartialité. Après avoir parlé de la disgrâce de M. de Choiseul, il ajoute : « Le ministère vaqua long-
» temps; et Louis XV, qui fut tout ce temps son
» seul ministre des affaires étrangères, dont les
» dépêches écrites par lui-même et par lui seul,
» étaient jugées par le grand Frédéric de Prusse les
» mieux pensées et les mieux écrites que le cabinet
» de Berlin eût reçues de la France; Louis XV,
» dont la modestie était portée jusqu'à la défiance
» continuelle de lui-même, répondait aux applau-
» dissemens de son conseil : *Voilà comme vous*
» *êtes; toujours contens des nouveaux ministres;*
» Louis XV aurait été aussi, sans doute, pour

» M. Suard et pour l'abbé Arnaud, un ministre
» dont ils auraient toujours été contens. » Qu'il
me soit permis d'ajouter : Et un ministre sous
lequel la révolution ne se serait pas faite.

MÉMOIRES

POUR SERVIR A L'HISTOIRE DES ÉVÉNEMENS DE LA FIN DU XVIIIe SIÈCLE, DEPUIS 1760 JUSQU'EN 1806–1810;

Par un contemporain impartial, feu M. l'abbé GEORGEL, jésuite, ancien secrétaire d'ambassade et chargé d'affaires de France à Vienne, grand-vicaire de l'évêché de Strasbourg, et vicaire-général de la grande-aumônerie de France sous le prince Louis de Rohan, cardinal-évêque de Strasbourg, etc...; publiés par M. GEORGEL, ancien avocat au Parlement de Nancy, à la Cour de Trèves et à la Cour de cassation, neveu et héritier de l'auteur.

LA Notice biographique, placée par l'éditeur à
la tête de ces Mémoires, est terminée par le paragraphe suivant, auquel je prie le lecteur de faire
attention : « Immédiatement après la mort de
l'abbé Georgel, la police de Buonaparte s'était
emparée du manuscrit de ses Mémoires, et en
avait ordonné le dépôt dans les archives du ministère des relations extérieures, comme si elle
avait eu le droit de *préhension* sur tous les ou-

vrages qui traitent de politique ; mais, depuis la
restauration, cet acte injuste et arbitraire a été ré-
paré ; et le roi a bien voulu faire restituer à la
famille de l'auteur une propriété qui ne pouvait
être violée que par la tyrannie. »

Avant d'examiner ce qu'il y avait d'injuste et
d'arbitraire dans l'acte de la police de Buonaparte,
il est bon de faire connaître les sujets que l'abbé
Georgel a traités dans ces Mémoires, et la manière
dont il les a présentés. Le manuscrit dont l'ancienne police avait ordonné le séquestre, et que
le gouvernement du roi a fait restituer aux héritiers
de l'auteur, se compose de plusieurs écrits dont
voici les titres : 1° de la destruction des Jésuites ;
2° des dernières années du règne de Louis XV ;
3° des commencemens du règne de Louis XVI, et
de son ministère jusqu'à l'assemblée des notables ;
4° du fameux procès du collier ; 5° des causes, des
progrès et de la fin désastreuse de la Révolution
française.

Avant d'avoir lu ces Mémoires, la réputation de
M. l'abbé Georgel m'avait prévenu en faveur de
ses écrits : un homme de beaucoup d'esprit, et
dont la probité était reconnue, un prêtre, un
grand-vicaire, un royaliste qui avait renoncé à la
fortune et à sa patrie pour ne pas prêter le serment
révolutionnaire, ne pouvait écrire qu'avec beaucoup de sagesse, de circonspection et de justice ;
il n'accusera personne sans preuves et sans conviction, me disais-je ; il ne donnera pas des bruits vagues

pour des certitudes ; il n'obéira ni à la haine, ni à la
vengeance, il ne calomniera pas même les auteurs
de nos maux; et quand il parlera des personnes
augustes dont il a obtenu la confiance, il se gardera bien de laisser échapper aucune expression
qui puisse diminuer le respect dû à la vertu malheureuse, et affaiblir l'intérêt que l'on accorderait
même à des coupables trop cruellement punis.
Tel était le jugement anticipé que je portais sur les
Mémoires de M. l'abbé Georgel; tout le monde
aurait partagé ma prévention ; comme moi, tout
le monde aurait été trompé. Dans le titre de ses
écrits, l'éditeur désigne l'abbé Georgel comme un
témoin impartial; et moi aussi, je prétends à l'impartialité, et le lecteur jugera de quel côté elle se
trouve. Disons-le donc franchement, quelque regret que nous ayons à le dire : ces Mémoires sont
un libelle dont la publication serait très-impru-
dente quand même ils ne contiendraient que des
vérités; un libelle où les faits sont très-souvent
dénaturés, où l'auteur se permet des allégations
évidemment fausses, et quelquefois révoltantes,
et où ses réticences même font naître des soupçons
outrageans pour les personnes les plus augustes;
un libelle injurieux à plusieurs souverains et au
trône pontifical, et répandant la diffamation sur
plusieurs personnes actuellement existantes, et qui
certes ne la méritent pas toutes.

Qu'on ne m'accuse pas ici de vouloir calomnier
M. l'abbé Georgel : je reconnaîtrai, tant qu'on

voudra, qu'il était un fort honnête homme, qu'il
a cru dire la vérité, qu'il avait des intentions fort
louables, comme par exemple de venger les jésuites, et de disculper le cardinal de Rohan, dont
il avait été le secrétaire d'ambassade et le grand-
vicaire. J'avoue qu'il répète fort souvent ses protestations de respect et d'attachement pour le roi
Louis XVI, pour la reine et pour les princes; je
veux même accorder qu'il n'ait jamais cru sincèrement manquer à ce respect, supposition bien
plus libérale de ma part; mais cette apologie, ou
tout autre de ce genre, ne m'empêcheront pas de
reprocher à cet honnête homme beaucoup de légèreté, beaucoup d'imprudence, une animosité
personnelle contre quelques-uns des personnages
qui figurent malheureusement dans ses Mémoires,
des insinuations que je nommerais perfides, si je
n'avais plus de modération que lui, et la révélation
au moins indiscrète, si elle n'est pas calomnieuse,
de certains faits qui n'ont pas été allégués par les
ennemis mêmes de la famille royale. Ce libelle,
fort heureusement, porte avec lui son antidote :
la fausseté y éclate si souvent que l'éditeur, l'éditeur lui-même, tout bon parent qu'il est de l'abbé
Georgel, s'est cru obligé de le démentir dans des
notes assez nombreuses, et nous avertit de lire
ces Mémoires avec défiance. J'ai trouvé l'avis excellent, et j'ai amplement usé de la permission.

Mais passons à une considération très-impor-
tante dans un temps où les Mémoires sont à la

mode, et semblent obtenir plus de croyance que
l'histoire même. M. l'abbé Georgel a-t-il cru se
justifier en écrivant, dans un avant-propos, les
phrases que je vais transcrire ? « Mon intention
» n'est pas de faire paraître ces Mémoires de mon
» vivant. Le rôle que de grands personnages doi-
» vent y jouer, quoique retracés d'après leurs ca-
» ractères connus, et d'après des faits *bien avérés,*
« pourrait réveiller des passions assoupies, et en
» déchaîner l'activité. Quand une main *hardie* tire
» le rideau qui couvre la *vérité* captive, quand on
» arrache, quoiqu'avec ménagement, le masque
» qui en impose à la crédulité, on doit s'attendre
» à toute l'effervescence de l'amour-propre hu-
» milié...... » Il ajoute plus bas que, *ne voulant*
pas troubler les derniers momens de sa vie, il
n'exposera pas lui-même ces Mémoires au grand
jour. Ainsi, monsieur l'abbé, vous voulez bien tirer
les rideaux, et arracher les masques, mais le faire
sans aucun risque ; vous craignez l'effervescence
de l'amour-propre humilié, vous ne voulez pas
troubler les derniers momens de votre vie : voilà
pourquoi vous êtes prudent ; mais, après votre
mort, vos Mémoires crèveront comme une bombe
sur des hommes dont le ressentiment ne pourra
plus vous nuire, et il en arrivera ce qu'il pourra :
les gens que vous diffamez s'échineront, se pour-
fendront, que vous importe ? vous chantez d'a-
vance comme l'abbé de l'opéra-comique :

Qu'on se batte, qu'on se déchire, etc.,

et vous riez sans doute du bruit que vous ferez.
Les hommes qui réfléchissent peu verront une
circonstance atténuante dans la publication *pos-
thume* de ces Mémoires; j'y trouve au contraire
un motif très-aggravant et peu honorable à la réputation de l'abbé Georgel, puisque des Mémoires
posthumes peuvent être plus dangereux par cela
seul que l'auteur ne peut plus en répondre. Qu'un
homme fasse paraître un libelle et le signe, il
laisse au moins aux personnes outragées la faculté de le convaincre d'imposture, et l'espoir de
le faire punir; mais on n'argumente pas contre un
mort, et lors même que l'on parvient à repousser
les allégations calomnieuses, la malignité publique
suppose toujours que le libelliste aurait de quoi se défendre s'il pouvait répliquer. Tout le monde connaît
cette phrase, malheureusement trop vraie : *Calom-
niez hardiment, il en reste toujours quelque chose.*
A cette observation, qui n'a sans doute échappé
à personne, je puis en ajouter une autre moins
commune et bien plus concluante. Quand un libelle paraît, nous l'attribuons à des motifs de
haine, de vengeance ou de cupidité; et comme
ces soupçons ont beaucoup de vraisemblance, ils
diminuent d'autant l'impression que la calomnie
pourrait faire; mais ces suppositions ne peuvent
plus avoir lieu quand l'auteur n'a rien publié de
son vivant. Il paraît avoir écrit sans passion, parce
qu'il a écrit pour un temps où il n'aurait plus aucun intérêt; et nous sommes portés à le croire sin-

cère, parce que nous ne pouvons lui supposer
aucun des motifs qui déterminent les faiseurs de
libelles. Espérons néanmoins que ces considérations, toutes puissantes qu'elles sont, ne l'empor-
teront pas sur la vérité ; mais elles font vivement
sentir combien la publication de ces Mémoires est
indiscrète et intempestive ; et cette réflexion me
ramène à l'ordre *injuste et arbitraire* qui avait
enfoui ce trésor dans les archives des relations
extérieures. Oui, je le dirai, dût-on s'étonner de
voir la police de Buonaparte excusée dans le
Journal des Débats ; je le dirai sans crainte de
déplaire aux vrais royalistes : cette police a fait un
acte arbitraire en séquestrant ce manuscrit, mais
un acte sage et louable, et non pas injuste, comme
le dit l'éditeur ; car la justice des gouvernemens
n'est pas celle des particuliers, et ne doit pas aller
jusqu'à respecter ce qui peut nuire. J'admire sans
doute le sentiment de justice qui a fait rendre le
manuscrit à la famille de l'auteur ; mais mon respect pour tout ce qui émane de l'autorité royale,
ne m'empêche pas de regretter que le ministère
n'ait pas fait des arrangemens, n'ait pas capitulé,
s'il le fallait, avec les héritiers, pour faire disparaître de ces Mémoires ce qui est évidemment faux,
et reconnu faux par l'éditeur même.

Me répondra-t-on que mes intentions ont été
remplies d'avance, puisque des notes correctives
et assez nombreuses tiennent le lecteur en défiance
contre les assertions de l'abbé Georgel? J'espère

qu'on ne m'opposera pas un argument aussi misérable. Une note de quatre lignes détruira-t-elle l'impression produite par vingt pages? Une simple dénégation réfutera-t-elle les prétendues preuves amoncelées par l'auteur? Et toutes ces notes, qui ne sont qu'une invitation à douter, sont-elles un contre-poids suffisant à un texte qui affirme. D'ailleurs, ne les considérera-t-on pas comme une précaution de l'éditeur qui veut se décharger de tout blâme en disant qu'il ne croit pas? Je l'avouerai cependant, c'est un expédient assez commode que de démentir dans des notes ce qui est affirmé dans le texte. On a les profits de la malice et les honneurs de l'équité; l'ouvrage est recherché parce qu'il est méchant, et la méchanceté du texte fait tolérer la probité des notes. Mais que m'importent les bonnes qualités d'un écrivain, son caractère, ses vertus et ses talens, si ses erreurs peuvent nuire comme les mensonges d'un imposteur, si ses vertus mêmes rendent ses erreurs plus dangereuses, en inspirant plus de confiance? L'abbé Georgel était un excellent royaliste! Hélas! tant pis. Mieux vaudrait qu'il eût été jacobin; je ne voudrais pas alors retrancher une ligne à ses Mémoires, et je les trouverais trop honnêtes.

Que, dans un temps calme, sous un règne heureux et paisible, lorsqu'aucune atteinte n'a été portée à la religion, à la majesté royale, aux lois fondamentales de la monarchie, l'auteur d'une histoire contemporaine nous révèle les secrets, les

erreurs, les crimes de la politique; et juge avec
une sévérité rigoureuse les rois, les grands, et
tous les personnages qui ont pris part aux affaires,
il use d'un droit que la tyrannie seule pourrait
vouloir contester, et sa généreuse véracité lui con-
cilie l'estime de tous les lecteurs qui ne sont pas
intéressés au mensonge. Sans ambitionner le titre
d'historien, qu'un homme d'esprit, initié dans les
mystères de la cour, cède à ce penchant qui nous
porte tous, plus ou moins, à la médisance, qu'il
nous découvre les grandes passions et les petites
intrigues qui font mouvoir les marionnettes politiques, c'est une tâche moins louable sans doute,
et fort excusable cependant, si la calomnie et
l'injustice n'y ont point présidé; et quoique alors
l'intention de l'écrivain soit toujours un peu équivoque, notre malignité la justifie en nous persua-
dant que les Mémoires secrets fournissent des matériaux utiles à l'histoire. Mais au milieu de la
révolution la plus désastreuse, lorsque l'autel et
le trône ont été renversés dans le sang des plus
augustes victimes, lorsqu'une peste morale s'étend
sur toute l'Europe qu'elle ravage, un honnête
homme, un prêtre, peut-il songer à écrire des
Mémoires secrets? Après nous avoir montré le
roi le plus juste, la reine la plus aimable expirant
sur l'échafaud, peut-il nous entretenir des petites
passions des courtisans, peut-il nous révéler des
fautes, des imprudences rachetées par tant de vertus, et punies par tant de crimes?

Toutes les bonnes qualités que je suis obligé de reconnaître dans l'abbé Georgel, rendent plus inconcevable le motif qui lui a dicté une partie de ses Mémoires, et l'esprit dans lequel ils sont rédigés. Quel démon l'a poussé à retracer l'histoire et le procès du trop fameux collier, et dans quel temps encore a-t-il écrit ces tristes détails ? Quoi ! dans le moment où il accuse les Français d'avoir perdu tout respect pour la majesté royale, il travaille lui-même à détruire ce respect, et à diminuer l'intérêt si légitimement dû aux douleurs les plus augustes ! Mais, dira-t-on, il a voulu venger le cardinal de Rohan, auquel il était attaché par devoir et par affection. Excuse frivole, allégation fausse. Quand il composait ses Mémoires, son affection pour le cardinal n'existait plus, puisque avant son émigration il écrivait « qu'il était bien désabusé, bien persuadé de l'inutilité de ses efforts pour engager le cardinal à tenir une conduite convenable à sa naissance, *et qu'il avait pris la résolution de le quitter.* » Ailleurs, encore, il nous prouve que le cardinal avait été ingrat. Et c'est pour un tel homme qu'il va soulever les débris du trône, et qu'il en retire un libelle. On me répond encore qu'à défaut d'affection, le devoir lui imposait l'obligation de venger le prélat dont il avait été vicaire. En ce cas, l'abbé Georgel s'est bien mal acquitté de son devoir, et a bien mal vengé son évêque, puisque le cardinal paraît bien plus coupable dans ses Mémoires que dans aucun écrit du temps : on l'y voit, en effet, persister jusqu'au dernier moment dans son inconcevable erreur, soutenir, même à la Bastille, qu'il n'avait été trompé ni par son amour-propre, ni par les fripons qui l'assiégeaient, et affirmer qu'il avait obtenu l'assentiment de la reine pour l'achat du collier; quoiqu'il soit démontré que cette princesse n'avait pas parlé une seule fois au cardinal depuis qu'il était revenu de son ambassade en Autriche. Cette affaire, qui a fait tant de bruit, et que l'abbé Georgel se plaît à rapporter si minutieusement, peut se réduire à cette simple analyse.

Le prince Louis de Rohan, nommé ambassadeur à Vienne, arriva dans cette capitale le 6 janvier 1772; il y avait deux ans que l'archiduchesse Marie-Antoinette en était partie pour la France. Je fais cette observation pour détruire une erreur assez généralement répandue : on a cru, on a même imprimé que le cardinal de Rohan avait connu Marie-Antoinette quand il était ambassadeur à Vienne, et l'on voit que cela était de toute fausseté. Le prince Louis, dans ses dépêches diplomatiques, adressées au duc d'Aiguillon, parlait avec peu de respect de l'impératrice Marie-Thérèse; et dans une lettre surtout il s'exprimait avec un sarcasme outrageant sur ce qu'il nommait la prétendue vertu de cette grande princesse. Le duc d'Aiguillon eut l'indiscrétion de communiquer cette lettre à madame Dubarry, qui en abusa jusqu'à la lire à un grand souper, comme si elle l'avait reçue directement de l'ambassadeur. On sent combien madame la Dauphine fut indignée d'apprendre que l'auguste nom de sa mère avait été profané ; et par quelle bouche, et dans quel lieu! Dès ce moment elle conçut pour le prince Louis une aversion, bien méritée sans doute, et que le temps ne put affaiblir. De son côté, l'ambassadeur avait eu l'art de déplaire complètement à la cour de Vienne ; Marie-Thérèse demanda son rappel, et adressa sa dépêche à la Dauphine, sa fille.

Le prince Louis, expulsé plutôt que revenu de son ambassade, fit tous ses efforts pour obtenir son pardon de la princesse devenue reine, mais il n'en obtint que le silence le plus obstiné et l'accueil le plus glacial. Il n'appartient qu'à l'apologiste du cardinal de trouver trop de sévérité dans cette vertueuse obstination de la reine. Le cardinal, qui avait sans doute fort mauvaise opinion des femmes, puisque ses soupçons injurieux s'élevaient jusqu'à Marie-Thérèse, le cardinal, qui voyait fort mauvaise compagnie, s'imagina, ou se laissa persuader que le cadeau d'un riche collier de diamans le réconcilierait avec la reine de France. Une intrigante, madame de la Motte, femme réduite à l'indigence, et qui se vantait d'une origine illustre, entretenait le cardinal dans ce coupable espoir. Ce prélat avait accordé la confiance la plus aveugle au charlatan Cagliostro et à d'autres fripons associés à madame de la Motte. Comme une autre Galigaï, cette digne confidente voulut essayer ce que peut sur un esprit faible l'ascendant d'un esprit fort; elle réussit avec une déplorable facilité. La dupe et les fripons apprirent que les joailliers Bochmer et Bassange possédaient un collier qui avait plu à la reine, mais que cette princesse n'avait pas osé acheter quand elle sut que Louis XVI voulait faire succéder l'économie aux profusions du règne précédent. Le cardinal vit dans ce collier un moyen de faveur; mais avant de s'engager pour l'énorme somme de 1,600,000 fr., il voulait être sûr que la reine s'abaisserait jusqu'à recevoir ce cadeau. L'intrigante, qui convoitait cette riche proie, avait dès long-temps fait accroire au cardinal qu'elle avait su intéresser la reine, qu'elle était reçue à Trianon, qu'elle avait déjà détruit les préventions de cette princesse contre l'ex-ambassadeur; et quand elle vit son éminence parvenue au dernier degré de la crédulité, elle eut l'audace de produire un billet qu'elle assura être de la reine, billet composé par le faussaire Villette, et qui portait la signature inusitée de Marie-Antoinette *de France*, maladresse qui, à des yeux moins prévenus, en aurait démontré la fausseté. Le cardinal, qui déjà se voyait au pinacle des honneurs, fit l'acquisition du collier, qui fut porté chez madame de la Motte, et livré à un compère portant la livrée de la reine.

Cependant le temps s'écoulait, et le prélat ne

recueillait aucun fruit de ce brillant sacrifice. Pour
dissiper les soupçons qu'il commençait à concevoir, d'autres lettres furent écrites, et l'on fit
jouer dans les bosquets de Versailles une farce
aussi ridicule que coupable, mais qui toute grossière qu'elle était, confirma le cardinal dans son
aveuglement. Cependant le prélat qui avait beaucoup moins d'argent que de dettes, n'avait point
satisfait à ses engagemens ; les joailliers se plaigni-
rent à la reine, dont on leur avait présenté la prétendue signature. Cette princesse, indignée d'une
pareille infamie, demanda justice au roi ; le cardinal fut arrêté avec esclandre, et l'affaire fut im-
prudemment portée au parlement. Ce corps, qui
n'avait alors de courage que contre la cour (réflexion de M. Lacretelle jeune), rendit un arrêt
scandaleux par son excessive indulgence : le cardinal fut acquitté comme dupe, le faussaire Villette banni à perpétuité, et la trop célèbre la Motte,
convaincue d'avoir escroqué le collier et de l'avoir
fait vendre en Angleterre, fut flétrie par la main
du bourreau, et enfermée à la Salpêtrière d'où elle
a trouvé le secret de s'évader après deux ans d'une
punition trop douce.

Tout ce que je viens de dire est avoué par l'abbé
Georgel ; il a même la bonté de répéter plusieurs
fois que la reine n'a eu aucun tort dans l'intrigue
du collier, comme si nous avions besoin de cette
garantie pour croire la reine innocente. Mais,
dans cette malheureuse affaire, qui lui a fourni

plus de deux cents pages d'impression; il laisse à
chaque instant percer une malveillance évidente,
et un désir trop manifeste de ternir la mémoire
d'une princesse aussi intéressante par ses grâces
et sa bonté que célèbre par ses malheurs. Ce
sont des réticences, de prétendus secrets qu'il
n'ose révéler, c'est une confidence qu'on lui a
faite à Bâle, et d'après laquelle il était difficile de
justifier Sa Majesté *d'une connivence* incompa-
tible avec ses principes et son rang. *Connivence!*
et l'abbé Georgel a pu écrire ce mot! Ensuite, ce
sont des conjectures fort impertinentes sur l'éva-
sion de madame de la Motte, et des assertions
plus impudentes encore sur une prétendue négociation d'une prétendue grande dame envoyée
en Angleterre pour acheter les Mémoires de madame de la Motte, et en empêcher la publication;
enfin, l'abbé ne rougit pas d'affirmer que les rap-
porteurs du procès ont soumis leur travail à la
reine, et que cette princesse a usé de toute son
influence sur les juges, tandis que le parlement a
montré, au contraire, la plus grande partialité
pour le cardinal. Que n'est-il vivant l'auteur de ces
Mémoires! je le sommerais d'articuler ses doutes,
d'expliquer ses sous-entendus, de motiver ses réticences. Ne nous y trompons pas, ce bon abbé
Georgel haïssait la reine de tout son cœur, et il
la haïssait parce qu'elle accordait sa confiance à
l'abbé de Vermond et à M. de Breteuil que
M. Georgel haïssait encore davantage.

Dans tous ses Mémoires, il saisit avidement l'occasion de lancer un trait de satire contre cette princesse qui venait de périr d'une mort si affreuse, et ce trait est toujours celui de la calomnie. Il la montre comme une femme avide du pouvoir, voulant dominer les ministres et le roi lui-même ; il fait proclamer par l'abbé de Vermond *que les désirs de la reine doivent être des ordres*, que les ministres doivent y obéir sans examen, et il ajoute complaisamment que cette politique plaisait fort à la reine. Ici, *le parti de la reine s'agite pour assurer à cette princesse la prépondérance dans le gouvernement*. Marie - Antoinette chef de parti ! Ses bourreaux lui avaient épargné cette injure. Là elle nomme les ministres, et se fait l'arbitre des destinées de la France ; plus loin, *la reine marche à grands pas vers la suprématie du pouvoir*; ailleurs enfin, *la reine obtenait de Louis XVI, à l'insu du ministre, des choses dont le résultat pouvait compromettre le ministre et le roi lui-même*. Ne semble-t-il pas voir Agrippine menaçant de soulever les Prétoriens, si on ne lui abandonne pas les rênes de l'État, et ne faut-il pas être bien malheureux pour trouver à Marie-Antoinette des torts inconnus aux jacobins ? Ne nous étonnons donc pas si le nom seul de l'abbé Georgel, prononcé à la cour de Mittau, a fait pâlir une auguste princesse, et si cet abbé, invité d'abord à la table du roi, a reçu ensuite un billet par lequel M. de Saint-Priest lui disait qu'on s'était trompé, et que

M. le duc d'Aumont n'avait pas compris l'abbé
Georgel dans l'invitation. Ne nous étonnons pas
si M. le baron de Breteuil écrivait au ministre de
l'empereur : « Je viens d'apprendre que l'abbé
Georgel..... est dans ce moment à Fribourg en
Brisgaw..... il y dira de grands mensonges..... il y
élèvera une statue au cardinal de Rohan, aux dépens de notre infortunée reine. » M. de Breteuil
n'a pas mal deviné.

Voici un dernier coup de pinceau qui achèvera
le portrait moral de cet écrivain si impartial, si
dévoué à ses souverains, si incapable d'injustice.
Dans le récit de son voyage en Russie, qui forme
le sixième volume de ses Mémoires, quatorze ans
après le procès du collier, sept ans après la mort
de ce roi et de cette reine dont l'abbé Georgel
pleure les infortunes, il a le courage d'écrire le paragraphe suivant : « Un événement étrange et dé-
sastreux m'attacha par devoir à la conduite d'un
procès trop fameux *que je voudrais pouvoir ense-
velir dans l'oubli.* » Eh! qui vous force de le reproduire? « Malgré la majesté souveraine des augustes
personnes qui avaient intenté le procès..... » Que
cette raillerie sied bien à un royaliste? « l'illustre
accusé est sorti d'une procédure criminelle, *avec
tous les honneurs de la victoire, et couronné so-
lennellement par les mains de la justice.* » La belle
antithèse de l'accusé couronné et de l'humiliation
de la majesté souveraine! Eh! certes le baron de
Breteuil connaissait bien l'abbé Georgel.

Quelque long que soit cet article, je ne puis le terminer sans inviter le lecteur à consulter, sur le procès du collier, le sixième tome de l'Histoire de France pendant le dix-huitième siècle, par M. Lacretelle jeune que j'ai déjà cité plus haut. Cette affaire y est présentée avec une clarté admirable ; jugée avec une sagacité parfaite, et le style de l'historien s'y élève à un ton de dignité qui ne paraissait pas compatible avec une si misérable intrigue. Si l'on pouvait hésiter entre l'historien qui venge la reine et condamne le cardinal et ses juges, et l'abbé Georgel qui sacrifie tout au cardinal sans le disculper, il suffirait, pour se déterminer, de peser les considérations suivantes : L'abbé Georgel était l'homme du cardinal, et dès lors récusable ; il était hors de France, il écrivait avec une sécurité et une liberté absolues, et cependant il n'a pas osé faire paraître ses Mémoires de son vivant ; M. Lacretelle était resté en France, il écrivait à Paris, sous le régime impérial, dans l'année 1811, époque où la puissance de Buonaparte était à son apogée, époque où l'on ne pouvait raisonnablement espérer le retour de la dynastie légitime, époque où l'apologie des Bourbons n'était certainement pas un moyen de se concilier la faveur du gouvernement. Jamais choix ne fut plus facile à faire.

Je ne dis rien des trois volumes dans lesquels l'abbé Georgel trace les événemens de la révolution. Ils n'offrent rien de neuf, et l'auteur était

trop loin pour pouvoir juger avec exactitude les
acteurs de cette grande tragédie. Mais, à quelques
erreurs près, il ne s'écarte jamais, dans cette partie
de son travail, des principes d'un honnête homme
et d'un vrai royaliste. Son *Voyage en Russie* est
semé de détails curieux sur l'empereur Paul Iᵉʳ et
sa politique vacillante; il est d'ailleurs écrit agréablement. Mais comment l'abbé Georgel a-t-il osé
se présenter à Mittau!

CONSIDÉRATIONS

SUR LES MESURES A PRENDRE POUR TERMINER LA RÉVOLUTION;

Présentées au roi, ainsi qu'à MM. les agriculteurs, négocians, manu-
facturiers et autres industriels qui sont membres de la Chambre des
Députés,

PAR HENRI SAINT-SIMON.

CETTE brochure est-elle une longue dérision de
la politique actuelle, ou est-il possible qu'un pareil ouvrage ait été écrit sérieusement? Telle est la
question que je me suis faite, après en avoir lu les
premières pages, et que j'ai continué à me faire
jusqu'à la fin inclusivement. J'y trouve des idées
si folles, que je crains de passer pour dupe, si je

les discute gravement ; d'un autre côté, j'y vois
des choses, non pas si sages, mais si tristement
sérieuses, qu'il est impossible d'en rire, à moins
de les considérer comme l'expression de l'ironie
la plus amère et la mieux déguisée. Il me suffira
d'exposer brièvement le sujet de ce petit livre,
pour faire sentir au lecteur combien il est difficile
de deviner s'il est une excellente plaisanterie ou
la plus malheureuse conception.

L'ouvrage se compose, 1°. d'une préface dans
laquelle l'auteur a l'air de parler de bonne foi ;
mais ce peut être une ruse adroite dont le but serait de rendre l'ironie plus fine et plus piquante ;
2°. de quatre lettres adressées à MM. les *industriels*,
membres de la Chambre des députés, et dans lesquelles M. Saint-Simon leur dit : « Depuis le com-
» mencement de la révolution, vous n'avez pas
» fait un seul moment ce que vous auriez dû faire,
» et la royauté n'a pas agi plus sensément que
» vous ; » 3°. d'une autre lettre adressée au roi
lui-même, lettre fort extraordinaire, et telle que
sa majesté n'en a sans doute jamais reçu ; 4°. enfin,
d'une dernière lettre dans laquelle l'auteur, parlant
à la fois au roi et à MM. les industriels, indique
les mesures à prendre pour terminer la révolution.
Il n'y a pas encore ici de quoi rire, mais faut-il
rire ou pleurer de ce qui va suivre ?

Quelles sont ces *mesures* qui peuvent seules préserver le trône des Bourbons d'une ruine inévitable, et la France entière des plus affreuses cala-

mités ? Les voici réduites aux termes les plus
simples : Il faut d'abord que le roi supprime les
deux noblesses : l'ancienne, *parce qu'elle se pro-*
pose pour but le rétablissement de ses priviléges et
de ses richesses; parce qu'elle ne regarde la pro-
tection royale que comme un moyen d'atteindre
ce but; parce qu'à l'accomplissement de ce but
est subordonné son attachement, et même son
obéissance. Voilà bien le SINON NON, et c'est l'ancienne noblesse qui le proclame par la bouche de
M. Saint-Simon. Il faut supprimer aussi la noblesse de Buonaparte, *parce qu'elle regarde les*
bienfaits du roi comme des devoirs; parce qu'elle
voit de très-mauvais œil la concurrence de l'an-
cienne noblesse; parce qu'elle considère les places
comme sa propriété naturelle et légitime; parce
qu'elle n'en regardera la possession comme as-
surée que quand elle aura placé sur le trône un roi
de sa façon.

A la vérité, M. Saint-Simon a cru devoir apporter un correctif à ces déclarations un peu tran-
chantes, et ce correctif consiste dans les mots : *en*
général. Ainsi l'ancienne noblesse n'est factieuse
qu'en général, et la nouvelle ne conspire qu'en
général, ce qui donne à l'auteur la faculté d'excepter celui des nobles qui lui adresserait un reproche.
Voilà donc les deux noblesses supprimées. A qui
donnerons-nous les places? A quelles mains con-
fierons-nous le timon de l'État? Aux militaires
sans doute? Non, M. Saint-Simon n'aime ni le

sabre, ni les moustaches D'ailleurs, depuis que la société s'est enrichie par l'industrie, la guerre a perdu son importance, *et la profession des armes ne peut plus jouer dans la société qu'un rôle très-subalterne.* Nous dirons donc: *cedant arma togæ?* Point du tout. M. Saint-Simon a horreur des légistes et des littérateurs, qu'il nomme *les métaphysiciens.* Il voit avec frayeur les légistes et les métaphysiciens dominer la Chambre des députés et la société tout entière. Ce sont eux qui dirigent les gouvernans; ce sont eux aussi qui dirigent les gouvernés; ce sont eux qui font les plans des *ultrà*; ce sont eux qui font les calculs des ministres; ce sont eux, enfin, qui combinent pour les libéraux les moyens de s'opposer au retour de l'ancien régime. On voit par là qu'un métaphysicien peut se mettre à toute sauce, et cette aptitude à être moulé selon toutes les formes, déplaît justement à M. Saint-Simon. Supprimons donc les métaphysiciens, et n'exposons pas la France régénérée à la honte de voir régner un avocat ou un faiseur de mélodrames. Maintenant qu'il n'y a plus de nobles, plus de guerriers, plus de légistes, plus d'hommes de lettres, le gouvernement va donc tomber entre les mains des prêtres. Des prêtres, juste Ciel! y pensez-vous? Écoutez cet arrêt de M. Saint-Simon :

« Aujourd'hui, les décisions scientifiques sont les » seules qui aient le pouvoir de commander une » croyance universelle. Les décisions théologiques » n'ont d'influence réelle que sur les classes les

8.

» moins éclairées de la société ; encore même cette
» influence y est-elle assez faible, et nullement
» comparable à celle qu'exercent sur les mêmes
» classes les opinions des savans. » Nous aurons
donc des savans ? Oui, Messieurs, des savans ; et
l'académie des sciences sera notre aréopage, notre
sénat, notre conseil suprême : on y adjoindra seulement quatre cultivateurs, deux négocians, deux
fabricans et quatre banquiers. Toute la science du
gouvernement étant aujourd'hui *dans le budget*,
le ministre des finances sera placé au pinacle de
l'édifice politique ; il présidera le conseil des industriels, c'est-à-dire des savans ; et, comme en lui
résidera toute la force de l'État, ce sera un véritable *maire du palais*, qui voudra bien permettre
qu'on ait un roi pour la forme. M. Saint-Simon
nous donne aussi un ministère de l'intérieur, auquel il attache un conseil composé de sept agriculteurs, de trois négocians et de trois fabricans. Est-ce
tout ? Non ; écoutez : il y joint deux physiciens,
trois chimistes et trois physiologistes. Les chimistes
me plaisent beaucoup, mais les physiologistes me
paraissent encore plus jolis. Les premiers possèdent
l'analyse, les autres la synthèse ; ceux-là mettront
la France au creuset, et la revivifieront ; ceux-ci,
connaissant à fond la physique de l'homme sain,
nous donneront une charte parfaite, car il est certain que les lois qui régissent le corps humain et
le corps politique sont absolument les mêmes.
Rappelons-nous, d'ailleurs, que les décisions théo-

logiques n'ont plus qu'une influence bien faible et
nullement comparable à celle qu'exerce l'opinion
des savans ; or, nous serons gouvernés par des industriels, et il est évident qu'un agriculteur, un
marchand ou un fabricant comprendra bien mieux
la chimie de Fourcroy ou la physiologie de Haller,
que les exhortations de M. le curé. Tout consiste
donc à chasser les anciens et les nouveaux nobles,
deux classes de frelons qui vivent à nos dépens ; à
faire taire les avocats et les gens de lettres ; à donner des sabres de bois aux militaires ; à condamner
les prêtres à une heureuse nullité, et à confier la
puissance aux industriels et aux savans : aussi, voyez
que M. Saint-Simon, assez libéral pour nous accorder un ministère de la marine, ne nous donne
ni ministre de la guerre, ni ministre de la justice.
Et à quoi bon ? Quand le roi aura trois chimistes
à sa droite et trois physiologistes à sa gauche, qui
pourra lui résister ?

L'embarras dans lequel je me suis trouvé en lisant cette brochure, et dont j'ai fait l'aveu au commencement de cet article, n'était-il pas bien naturel ? Le ton de confiance, l'air de gravité avec
lesquels l'auteur apostrophe le monarque et les
industriels m'en ont d'abord imposé ; ses deux fabricans et ses quatre banquiers placés au timon des
affaires, m'ont fait soupçonner l'ironie, et cependant je doutais encore ; mais je n'ai pu tenir contre
les trois physiologistes ; et l'ouvrage, qui jusqu'alors
n'était à mes yeux qu'une déclamation fastidieuse,

considéré sous un autre aspect, me parut la plaisanterie la plus ingénieuse et la plus fine. Plus j'y
réfléchis, plus je m'arrête à cette supposition. Non,
M. Saint-Simon n'est point un libéral, comme
j'avais eu la simplicité de le croire; il n'est point
un de ces audacieux pamphlétaires qui prétendent
endoctriner les rois et régenter les peuples : c'est
un royaliste, un des plus purs; que sais-je ? c'est
peut-être un *ultrà* qui, indigné de l'impertinence
de nos publicistes, a voulu les mystifier par l'exagération même de leurs principes, leur faire adopter
les conceptions les plus folles, et les livrer ensuite
à la risée publique. Que d'esprit, que de traits fins
et délicats, que de railleries piquantes ne trouvet-on pas dans cette brochure, quand on l'examine
sous ce nouveau point de vue! Je ne puis résister
au désir de développer cette idée.

Un homme plein d'esprit, de raison et de droi-
ture, voit le fanatisme révolutionnaire s'étendre
autour de lui, et faire chaque jour des progrès
alarmans; il lit avec autant de surprise que d'indignation ces écrits incendiaires où l'audace tient
lieu de logique, et dans lesquels la violation de tous
les devoirs se présente comme l'essor d'une âme
vraiment libérale; il voit avec autant de pitié que
d'effroi des publicistes imberbes se déclarer les ar-
bitres des destinées des peuples, tourner en ridicule les institutions les plus salutaires, et se proclamer les plus éclairés des hommes. Quelle digue
opposera-t-il à ce torrent? parlera-t-il de la reli-

gion à des gens qui se sont arrangés pour ne rien croire, ou pour nier même ce qu'ils croient? combattra-t-il les passions avec les faibles armes de la logique? raisonnera-t-il avec les fous? Non, il lui vient l'heureuse idée de guérir le mal par son excès même, et de confondre ses adversaires après les avoir fait tomber dans le piége le plus grossier. Tout le monde se permet de donner au roi les conseils les plus impertinens et les plus absurdes? je vais parler à sa majesté d'une manière si étrange, que dans le désespoir de me surpasser, on laissera le prince en repos. On ose écrire au roi que son trône va s'écrouler? je le crierai si fort, que les révolutionnaires croiront n'avoir plus besoin de conspirer pour obtenir ce beau résultat. Chacun veut organiser l'État à sa manière, et présente sa constitution comme la condition *sine quâ non* de notre existence politique? je vais faire aussi ma constitution, et je la ferai si baroque, si épouvantablement libérale, que les plus fous de mes rivaux seront forcés de s'avouer vaincus, et se condamneront au silence. N'en doutons pas : voilà le calcul qu'a fait M. Saint-Simon, et je rougis de ne l'avoir pas deviné quand j'ai vu qu'il signait *votre très-fidèle sujet*, la lettre qu'il adresse au monarque.

Eh! vraiment, comment ai-je pu m'y méprendre? Que de pardons n'ai-je pas à demander à l'auteur! Un homme doué du simple bon sens conseillera-t-il au roi de chasser ses amis les plus fidèles pour se faire des amis, de manquer à sa parole pour

inspirer plus de confiance dans ses promesses,
d'humilier la gloire militaire pour confier la garde
de son trône à des fabricans et à des physiologistes?
Imaginons, si nous le pouvons, un roi qui, assem-
blant son antique noblesse, lui dirait : « Messieurs,
puisque vous avez été assez sots pour me suivre
dans l'exil et pour vous associer à mes malheurs,
puisque vous avez renoncé à vos châteaux et à vos
richesses pour partager mes dangers, vous n'êtes
pas dignes de vivre dans un siècle de lumières, et
je vous dépouille de vos titres, la seule chose qui
vous reste après les sacrifices que vous avez faits
pour moi. La vraie noblesse est celle de l'esprit ;
or, vous avez manqué d'esprit quand vous avez cru
à la légitimité, et quand vous avez préféré les épines
du devoir aux roses de la fortune. Partez donc, je
n'ai plus besoin de vous, et je vais confier ma personne aux gens d'esprit qui n'ont rien quitté pour
me suivre, et qui me quitteraient pour un autre
s'ils croyaient gagner au change. » Ce discours serait fort ridicule sans doute, et cependant il serait
la conséquence nécessaire des conseils que M. Saint-
Simon feint de donner à sa majesté. Mais ce n'est
pas tout : il faudrait encore que le roi dît aux nouveaux nobles : « Vous, Messieurs, qui avez si bra-
vement combattu contre mes droits, j'admire votre
génie et votre bravoure, mais vous n'êtes plus
bons à rien ; l'opinion du monde a changé ; l'industrie est tout dans un Empire, et avec sept agriculteurs, trois fabricans, quatre banquiers, trois

chimistes et trois physiologistes, je puis défier les ennemis du dedans et du dehors. Partez donc aussi; allez servir Bolivar ou Artigas; je lirai vos hauts faits dans les gazettes. Je manque à ma parole, direz-vous; eh! sans doute; cela vous prouve que je m'éclaire, et que j'ai ma part dans la régénération. » Pour compléter ce tableau, chef-d'œuvre d'extravagance, il faudrait que le prince, conseillé par M. Saint-Simon, dît aussi quelques mots aux prêtres, nobles ou roturiers, et voici les seules paroles qu'il pourrait leur adresser : « La philosophie, Messieurs, vous a damé le pion; vous ne pouvez plus conter vos sornettes qu'aux dernières classes de la société; mais je suis de la première classe, et je ne me donnerai pas le ridicule de vous garder près de moi. On m'a prouvé que les athées étaient les sujets les plus fidèles, et qu'un trône est inébranlable quand le prince ne croit à rien. Je vais donc changer ma chapelle en amphithéâtre, et, au lieu de messes, on y fera des expériences de physique. Les savans sont les véritables prêtres de la raison. Allez, Messieurs, prêchez les dernières classes de mon peuple, tant qu'on voudra vous souffrir, et je vous ferai une petite pension alimentaire, si mon ministre des finances me le permet. »

Je le répète; ces étranges folies ne sont point explicitement exprimées dans la brochure de M. Saint-Simon; mais elles en sont l'inévitable conséquence. Or, comme il est impossible qu'un honnête homme, plein d'esprit et d'instruction, conseille sérieusement au roi de punir la fidélité, de manquer à sa parole, de se faire révolution-naire pour arrêter la révolution, de chasser ses amis pour grossir le nombre de ses amis, et de se dépouiller de toute sa force pour rendre son trône plus solide, il est donc évident que cette brochure est une véritable satire contre le libéralisme, une raillerie sanglante de tous nos pamphlets révolu-tionnaires, un ouvrage enfin où l'ironie la plus spirituelle tourne en ridicule les opinions les plus absurdes. C'est sous ce rapport que j'en recom-mande la lecture à tous les royalistes, et je rirai bien si les libéraux en font l'éloge.

MÉMOIRES DES CONTEMPORAINS,

Manuscrit de 1813, contenant le Précis des événemens de cette année ; et Manuscrit de 1814, contenant l'Histoire des six derniers mois du règne de Napoléon ; pour servir à l'histoire de France, et principa-lement à celle de la République et de l'Empire ;.

Par M. le baron FAIN, secrétaire du cabinet à ces deux époques.

————

JE réunis ici deux ouvrages qui ont paru en différens temps ; le Manuscrit de 1813 est tout nouveau ; mais celui de 1814 est à sa troisième édition, et malgré son antériorité bibliographique, je crois devoir rétablir l'ordre des temps, et com-mencer par l'année 1813.

Si l'on pouvait douter encore des effets que produit le temps sur les opinions des hommes, il suffirait, pour en reconnaître la puissance, de comparer la manière dont on parlait de Napoléon il y a dix ans, à celle dont on s'exprime aujourd'hui sur tout ce qui le concerne. A la chute du trône impérial, on vit la calomnie la plus abjecte succéder subitement à la plus vile adulation. Les hommes qui avaient empoisonné l'idole par le plus grossier encens furent ceux qui déployèrent le plus de rage contre la statue du dieu qui ne pouvait plus verser sur eux la corne d'abondance. Mais là bassesse est toujours maladroite : ceux qui se firent le plus remarquer par cette indigne palinodie ne sentirent pas qu'ils insultaient à toute la nation ; car quelle honte pour la France, si Napoléon eût été réellement tel qu'on le peignait alors ! Ils ne sentirent pas qu'en voulant capter la bienveillance du nouveau gouvernement, ils lui faisaient au contraire le plus sanglant outrage, en le supposant capable d'agréer et de récompenser la plus dégoûtante ingratitude. Ils ne virent pas enfin qu'ils détruisaient eux-mêmes la base de leurs espérances ; car les excès de l'injustice et de la haine intéressée tournent toujours au profit de l'homme qui en est victime, quels que soient ses torts réels. Tant que dura cet orage d'injures et de déclamations furieuses, l'esprit de sédition se maintint en France ; les admirateurs du grand homme voulaient opposer une réaction à l'infamie des détracteurs ingrats ; les ennemis même de Buonaparte se turent, par la honte de faire cause commune avec de tels auxiliaires ; et les hommes indifférens s'étonnèrent d'éprouver pour l'empereur déchu et outragé un intérêt qu'ils n'avaient point ressenti quand il était au faîte des grandeurs et de la puissance. Un homme de lettres auquel on reprochait alors de ne pas écrire contre Buonaparte, répondit froidement : « Je n'en ai pas le droit, je ne l'ai jamais loué. »

A quels dangers, à quelles fureurs ne se serait point exposé le secrétaire du cabinet impérial, s'il avait fait paraître ses Mémoires à cette époque où tout le monde *avait ramené le roi*, où tout le monde *avait été fidèle à la légitimité*, où tout le monde *avait bravé le tyran jusqu'au milieu de ses baïonnettes ?* Aujourd'hui nous sommes plus sages : les prétendus royalistes, dont la fidélité date du 31 mars 1814, se taisent, soit de lassitude, soit de dépit d'avoir été vils et ridicules gratuitement ; les hommes raisonnables ne recherchent plus que la vérité dans ce qui concerne Buonaparte ; ils le considèrent comme un résultat et non comme une cause de la révolution, ce qui est fort différent ; tout en détestant les tristes effets de son ambition, ils sentent que personne peut-être, avec le même génie et dans les mêmes circonstances, n'eût laissé échapper l'occasion de devenir

L'éternel entretien des siècles à venir ;

ils se demandent si, une fois placé sur le trône,
la guerre n'a pas été, pour s'y maintenir, une
fatale nécessité ; et, avides de connaître tous les
ressorts qui ont fait mouvoir cet homme extraordinaire, ils savent gré à M. Fain de révéler des
faits si nécessaires à l'histoire, et de dévoiler tout
ce qui peut jeter du jour sur les grands événemens
de cette époque.

Et, en effet, quel danger peut-on craindre
d'une pareille publication ? Quelques éloges que
l'on eût donnés à Buonaparte, ne restait-il pas
toujours au fond du panégyrique, cette masse de
calamités qui ont désolé l'Europe et surtout la
France, cette effrayante consommation d'hommes,
et cette invasion qui nous a prouvé combien il y
a de vanité dans la gloire même ? Avec un peu de
logique et de bonne foi, ne se sent-on pas conduit
à comparer les brillantes qualités du héros avec
le triste résultat de ses actes ? N'est-on pas forcé
de se dire : Si avec un pareil génie, si avec toutes
les vertus qu'on attribue au grand homme, il a
cependant été la cause ou au moins l'instrument
de tant de malheurs, que serait-ce donc si, dans
de nouveaux troubles, la France allait confier ses
destins à quelque ambitieux qui n'imiterait Buonaparte que dans son audace et dans son despotisme ? La nature ne fait pas les Napoléon par
douzaines, et une nouvelle révolution nous livre-
rait à des hommes qui nous prépareraient des malheurs sans compensation et une servitude sans

repos. N'oublions pas surtout combien nous avons payé cette gloire qui a tant flatté notre orgueil national, et combien notre ardent amour pour la liberté a été humilié par l'objet même de notre admiration.

Si ces réflexions ont quelque justesse, les apologies, les panégyriques même de Buonaparte, ne font qu'affermir ce principe de légitimité qui est une sauve-garde pour les peuples comme pour les familles régnantes; et plus on élève Napoléon au-dessus de tous les grands hommes dont l'histoire vante le génie et les exploits, plus on me force à conclure que le plus grand, le plus illustre, le plus vertueux même des conquérans, serait encore un fléau pour l'espèce humaine.

M. le baron Fain a senti qu'il ne s'agissait plus de louer ou blâmer Napoléon, mais d'exposer avec sincérité les faits sur lesquels la postérité pourra juger cet homme, dont il ne nous est pas encore donné de parler avec une justice rigoureuse. Il raconte ce qui a été fait, il révèle ce qu'on a voulu faire, ce qu'on a médité, ce qu'on a projeté; et, dans cet exposé, il s'interdit également la critique et les éloges. « Nous rétablirons les faits dans leur ordre et dans leurs justes proportions, dit-il dans la préface du Manuscrit de 1813; des documens précieux ont déjà paru; mais, publiés après coup et par pièces détachées, ils ont à peine été remarqués : remettons-les à leur place, et qu'ils reflètent sur les pages envi-

ronnantes toute la clarté qu'ils en recevront.....
Nous n'aurons que trop de batailles à raconter;
préservons nos récits du jargon stratégique : le
public en est las. Trop de gens ont abusé de cette
langue métaphysique de la guerre pour trancher
du général en chef, juger d'après l'événement, et
mettre d'heureux hasards au rang des combinaisons du génie..... Tel est le plan, ajoute-t-il, que
l'auteur s'est tracé : on voit le but qu'il va s'ef-
forcer d'atteindre. *C'est un secrétaire qui se présente comme témoin au tribunal de l'histoire;* il
n'a pas la prétention d'être historien, etc. »

Je lis ensuite dans la préface du Manuscrit
de 1814, que ce secrétaire était auprès de Napoléon; que le souvenir *très-récent* (1) de ce qu'il
a vu, de ce qu'il a entendu, de ce qu'il a senti, a
été son guide; qu'il a suivi les marches du quar-
tier-général; qu'il a été témoin des événemens
principaux, et que sa position lui a permis de voir,
du point le plus élevé, l'ensemble des affaires, et
de les juger dans le rapport qu'elles avaient entre
elles.

Ces déclarations dont on ne peut pas contester
la vérité, car que peut-on cacher à un secrétaire
intime? ces déclarations, dis-je, nous prouvent
que M. le baron Fain a été bien instruit, et qu'il
peut nous instruire complètement nous-mêmes,

_____

(1) J'ajoute *très-récent*, parce que ce manuscrit était terminé au
commencement de 1813.

s'il a cru pouvoir être sincère. Pour résoudre cette
dernière question, si importante aux yeux du lecteur, il faut recourir au raisonnement. Je n'ai pas
l'honneur de connaître M. Fain, et je lui demande
la permission d'en agir envers lui comme je le
ferais s'il s'agissait d'un écrit anonyme. Dans cette
fluctuation d'opinions, de passions et de sentimens nobles ou ignobles, qui se fait sentir long-
temps encore après les grandes révolutions politiques, l'honnête homme ne peut pas, ne doit
peut-être pas toujours dire tout ce qu'il sait ni
tout ce qu'il pense ; et l'honneur ne lui impose
que l'obligation de ne rien dire de contraire à la
vérité. On sent d'ailleurs que si le témoin de tant
d'événemens importans s'est trouvé dans la meilleure position pour tout connaître, cette situation
même a pu lui faire éprouver des impressions et
des affections qui auront influé sur son jugement.

Ces réflexions m'ayant armé de toutes les dé-
fiances, je n'ai trouvé qu'un moyen d'arriver,
sinon à une certitude complète, au moins à la
plus grande probabilité possible. J'ai fait deux parts
distinctes des choses que nous raconte le secrétaire
du cabinet impérial, et de celles qu'il nous révèle.
Dans la première partie, il faut placer les actes
militaires et diplomatiques sur lesquels il est impossible d'élever le moindre doute, non-seulement
parce que M. Fain les a mieux connus que personne, mais parce qu'un narrateur moins scrupu-
leux que lui, n'aurait pu les altérer quand même

il en aurait eu le désir. Trop de documens existent, trop de personnages intéressés vivent encore, pour que des erreurs ou des inexactitudes volontaires ne fussent pas démenties aussitôt que publiées. L'autre partie, que l'on pourrait nommer secrète, se compose des faits peu connus, des conférences ou conversations particulières, des intentions, des projets, des conjectures, des oscillations de crainte et d'espérance, et de toutes ces intrigues dont les camps ne sont pas plus exempts que les salons des ministres. Sur tous ces points il est impossible d'espérer un assentiment unanime : quelle que soit l'impartialité de M. Fain, ces révélations seront long-temps encore un sujet de discussions et de réclamations plus ou moins sincères, et trop d'amours-propre en seront blessés pour que tous les acteurs de ce grand drame conviennent de leur exactitude.

Si mon opinion particulière était de quelque poids, je la dissimulerais peut-être, mais je l'expose librement par cela même qu'elle n'est d'aucune importance. Je crois donc, je suis intimement persuadé que M. Fain a été sincère dans tout ce qu'il a écrit sur les événemens de 1813 et de 1814; je le crois parce qu'on ne peut lui supposer aucun intérêt personnel dans ses révélations ; parce que tous les faits qu'il expose s'accordent parfaitement avec ceux qui ont précédé ou suivi, et s'accordent encore mieux avec le caractère des personnages qu'il met en évidence. Je n'en reconnais pas moins que les Manuscrits de 1813 et de 1814 sont une apologie de Napoléon, quoique l'auteur n'exprime aucun éloge, bien convaincu sans doute que l'éloge se trouve implicitement compris dans l'exposition des faits. Je ne lui reprocherai certainement pas le courage qu'il a de publier ce qu'il croit être la vérité ; je sens combien il a dû être indigné de la bassesse de quelques narrateurs qui ont spéculé sur la calomnie, et je lui sais gré de la modération qu'il a su conserver en s'acquittant d'une tâche où il était si difficile de se contraindre.

Je suis cependant bien loin de regarder les Mémoires de M. Fain comme une apologie *complète* de la conduite de Napoléon dans les temps qui ont précédé sa chute ; et dans plusieurs passages des Manuscrits, j'ai cru voir que si l'auteur n'a pas exprimé le blâme, ce n'a été que par un sentiment de pudeur, ou par la crainte de donner cette satisfaction à quelques écrivains qui ne se compromettront jamais par trop de fidélité au malheur, ou par des déclarations courageuses. C'est sans doute pour obtenir cet avantage que M. Fain s'est borné à la simple exposition des faits, car en s'interdisant toute expression admirative, il s'était acquis le droit de garder le silence sur les choses qu'il n'approuvait pas.

Quoi qu'il en soit, ces Mémoires sont empreints d'un si puissant intérêt, les faits mémorables de deux années désastreuses y sont exposés avec tant de clarté, de rapidité et de précision, qu'ils seront lus avidement par les personnes mêmes qui croient les connaître dans leurs moindres détails. La révélation de ce qui s'est passé dans le secret du cabinet, jette un nouveau jour sur les événemens extérieurs, et donne la solution de plusieurs difficultés qui paraissaient inexplicables. La diplomatie qui, aux yeux de la plupart des lecteurs, est la partie ennuyeuse de l'histoire, est ici d'une telle importance, elle a tellement influé sur les événemens, quoique toutes les négociations aient été infructueuses, qu'elle doit être sérieusement méditée par tous ceux qui se proposent de décrire cette période tumultueuse de nos annales. Quoique le secrétaire ait évité ce qu'il nomme le jargon stratégique, je n'ai jamais mieux compris les grandes affaires de Dresde, de Leipsik, et l'étonnante campagne de 1814, que dans la relation de M. Fain. Jamais histoire n'a offert des contrastes si frappans de succès et de revers, ni des passages plus rapides d'une profonde terreur à une brillante et trompeuse espérance. Ce n'est point un colosse qui, miné par le temps, cède à une dégradation successive, et couvre enfin la terre de ses débris; c'est un lion énorme qui, attaqué de toutes parts, tombe vingt fois, vingt fois se relève, et près de succomber, force encore les assaillans à se tenir à distance respectueuse.

Il serait difficile d'établir une discussion sur ces Mémoires, puisque l'auteur raconte et ne pro-

9.

nonce aucun jugement ; mais si la plupart des
passages qu'on y remarque , portent la conviction
dans l'esprit du lecteur, quelques-uns cependant
conduisent à des conséquences qui ne seront point
admises par tout le monde. On ne se persuadera
point, par exemple, que Napoléon n'ait jamais pu
faire la paix , soit en Saxe , soit même en Cham-
pagne, après les succès inespérés qu'il y a obtenus,
au grand étonnement de ses nombreux ennemis.
Quelques raisonnemens qu'il allègue pour justifier
sa conduite , on voit trop son horreur pour toute
paix qui lui aurait fait perdre sa suprématie. Ses
plaintes sur les défections qu'il a éprouvées, et
contre les princes qui se sont détachés de son alliance , n'étaient vraisemblablement pas sincères,
car avec cette profonde connaissance des hommes
qu'on lui suppose, il devait s'attendre à tout; il
devait savoir mieux que personne que l'obéissance
forcée et toute liaison formée par la crainte se
changeraient en haine , dès qu'il aurait perdu ce
prestige d'infaillibilité qui semblait s'attacher à
toutes ses entreprises. Vainement dira-t-on que
les traités effacent tous les anciens griefs ; cette
phrase peut figurer en diplomatie , où l'on ne se
pique jamais de dire ce qu'on pense ; mais il est
certain que tout traité imposé , et celui même où
le vainqueur se montre libéral, est un germe de
guerre qui doit éclore à la première occasion. La
sagesse italienne a rencontré plus juste quand elle
a dit : « *Egli s'inganna chi crede ch' il nuovo be-*

neficio cancilli l'antica ingiuria, » et Buonaparte
devait connaître ce proverbe.

Il ne me paraît pas avoir plus de franchise quand
il témoigne de l'étonnement sur la lassitude de ses
anciens compagnons d'armes, et sur la froideur
avec laquelle ses généraux accueillaient de nouveaux
projets de guerre interminable. Les honneurs et
les biens dont il les avait comblés ne sont ici d'aucune importance : que sont les biens de ce monde,
s'il n'est pas permis d'en jouir? Que sont les honneurs, s'il faut être soldat jusqu'à la mort, et si
quelques années de repos ne s'offrent pas en perspective après tant de travaux et de dangers? Il y
a un terme à tout : le plus grand courage a ses
limites; et ce roi d'Épire, le plus fou des ambitieux, se proposait cependant de s'amuser après
toutes ses conquêtes.

J'ai parlé de l'effrayante consommation d'hommes
dont l'ambition de Buonaparte a été la cause. On
a prétendu la nier en faisant considérer la grande
population de la France à l'époque de la restauration. Mais ce raisonnement n'est que de la subtilité.
Oui, sans doute, la guerre a fait contracter d'innombrables mariages, formés à la hâte pour échapper à la guerre; mais l'effet de toutes ces unions
a été de substituer une population d'enfans à une
population d'hommes; la jeunesse n'en a pas
moins été cruellement décimée; et, selon l'expression de Périclès, l'année avait perdu son
printemps. Je ne prétends pas cependant en faire

un reproche à Buonaparte, car il le partagerait avec les plus illustres des princes et des capitaines que nous nommons héros; et, pour un général, la première obligation est de vaincre, à quel prix que ce soit. D'ailleurs, ces lamentations sur le nombre des morts ne sont souvent qu'une hypocrisie; car les hommes, en général, se consolent très-facilement de toute mortalité à laquelle ils survivent.

Je ne puis trop répéter que mes observations critiques ne s'adressent point à M. le baron Fain, puisqu'il n'est que narrateur et interprète de sentimens qu'il n'avoue pas être les siens; mais c'est bien à lui que je dois des éloges pour avoir su mettre tant d'ordre et de clarté dans des scènes de confusion et de désordre, pour toutes les erreurs qu'il a rectifiées, pour les vérités qu'il révèle et pour les pensées généreuses qui lui échappent malgré les efforts qu'il fait pour s'oublier lui-même.

Dans cette foule d'anecdotes pleines d'intérêt, qui jettent tant de variété dans la relation de M. Fain, j'en citerai deux, dont l'une est fort importante, et l'autre fort curieuse. On a répandu, on a même imprimé que dans une conférence avec le pape, à Fontainebleau, Napoléon s'était emporté au point de frapper le pontife et de le traîner par ses cheveux blancs. On ne peut trop admirer le calme plein de noblesse avec lequel M. Fain dément cette indigne calomnie. Après avoir retracé tous les détails de cette scène *qui fut au contraire très-paisible et même affectueuse*, pour prouver qu'il est bien instruit, le secrétaire ajoute en note : « Celui qui écrit ces lignes n'écrit que ce qu'il a vu et entendu ; il était là. »

L'autre anecdote sera peut-être reprochée à M. Fain, comme une indiscrétion, par les enthousiastes qui veulent faire de Napoléon le plus grand des philosophes, comme le plus grand des capitaines. Quoi qu'il en soit, la voici : Tout le monde connaît l'accident funeste qui survint au bal donné par M. de Schwartzenberg, à Paris, le 1er juillet 1810. Dans le mois d'août 1813, le général Moreau ayant été frappé d'un boulet de canon, à l'attaque de Dresde, quelques détails donnés par un paysan, firent croire que le général qui était tombé près de l'empereur Alexandre, était le prince de Schwartzenberg : « C'était un brave homme, dit Napoléon ; je le regrette. » Puis il ajouta : *C'est donc lui qui purge la fatalité ! J'ai toujours eu sur le cœur l'événement du bal comme un présage sinistre. Il est bien évident maintenant que c'est à lui que le présage s'adressait.* Quoi ! dira-t-on, Napoléon croyait aux présages ! un tel homme était superstitieux ! Eh ! oui, messieurs, et cette soif inextinguible de gloire n'était-elle pas déjà une superstition ?

HISTOIRE

DE NAPOLÉON BUONAPARTE,

OFFRANT LE TABLEAU COMPLET DE SES OPÉRATIONS
MILITAIRES, POLITIQUES ET CIVILES;

Par P.-F. H.

A peine a-t-on lu le titre que je viens de transcrire, qu'il s'élève une foule de questions dont
quelques-unes sont débattues depuis bien long-
temps sans être décidées, et d'autres sont fondées
sur des raisonnemens spécieux ou sur des préventions plus ou moins fausses.

La première est celle-ci : Pourquoi, dans ce moment, écrit-on l'histoire de Napoléon ? L'auteur
prétend-il nous apprendre quelque chose ? Tous
les actes de cet homme n'ont-ils pas été présentés
sous toutes les faces, et jugés de cent manières
différentes ? Les faits n'ont-ils pas été retracés et
commentés cent fois ?

On répond que chacun de ces faits, chacun de
ces événemens, considéré en lui-même, est, à la
vérité, si bien connu, que la plupart d'entre eux

sont, pour ainsi dire, d'une notoriété vulgaire, mais que des milliers de faits isolés ne composent pas plus ces histoires, que des milliers de pierres taillées et disséminées dans une plaine, ne forment un édifice. Il fallait donc réunir tous ces faits, rétablir la liaison qui a existé entre eux, et en faire connaître l'enchaînement, toutes choses qu'aucune mémoire ne pourrait conserver dans l'ordre naturel au bout d'un certain nombre d'années. C'est cependant cet assemblage exact et méthodique qui peut seul faire juger Napoléon, et ses projets qui se sont agrandis avec sa fortune, et la rapidité de ses conquêtes, dans un temps où l'art de la guerre approchait partout de la perfection, et sa domination sur tant de peuples industrieux et vaillans, et sa chute qui a été encore un de ses actes, puisqu'il l'a due à cette même ambition qui l'avait porté au faîte de la puissance. Prenons pour exemple la bataille d'Austerlitz : c'est un fait sur lequel tout le monde est d'accord, mais qui ne nous apprend rien s'il n'est pas rattaché aux circonstances qui l'ont précédé, s'il n'est pas considéré comme le dénouement de la troisième coalition et comme la suite d'une menace d'invasion en Angleterre, si l'on ne se représente pas en même temps l'inaction de la Prusse et l'éloignement d'une grande partie des forces de l'Autriche, si l'on ne connaît pas les incidens, les fautes et les accidens qui rompirent la trame si ingénieusement tissue par M. Pitt. Il en est de même de tous les autres faits; le lecteur pourrait se les rappeler tous isolément, et cependant ignorer la véritable histoire de Napoléon, et celle de l'Europe dans le cours de cette grande révolution politique.

Seconde question : N'a-t-on pas toujours conçu de la défiance contre les histoires contemporaines et contre celles qui traitent de faits récens, dont les témoins vivent encore ? Pourquoi donc composer laborieusement un ouvrage dont la conception même est entachée d'un vice radical, et dont l'auteur doit s'excuser de l'avoir entrepris avant de justifier la manière dont il l'a exécuté ?

Je répondrai par une autre question, et je demanderai s'il existe véritablement une prévention contre les histoires contemporaines. Si elle était réelle et générale, il faudrait condamner ce que nous avons de plus remarquable dans le genre historique. Xénophon a décrit ce qu'il a fait lui-même, et Thucydide ce qu'il a vu faire ; Salluste, contemporain de Catilina, en a tracé la conjuration, et César a été son propre historien. A la vérité, Tacite, dans ses *Annales*, semble s'excuser d'avoir décrit des faits récens, lorsqu'il dit que l'histoire de Tibère, de Caligula, de Claude et de Néron a été écrite par la flatterie pendant la vie de ces princes, et par la haine après leur mort ; mais, écrivant lui-même cinquante ans après la mort du dernier, il ajoute qu'il n'a aucune raison de haïr ou d'aimer ces empereurs. Dans ses *Histoires*, il reproduit la même idée, et, de plus, il avoue qu'il doit toute sa fortune à Vespasien : cependant, malgré cet aveu, et quoiqu'il ait pu voir tous les princes dont il a parlé, puisqu'il est né sous le règne de Néron, et qu'il a dû survivre à Trajan, dont il se proposait d'écrire l'histoire, sa sincérité n'a jamais été suspectée, et Tacite est peut-être, pour les historiens modernes, la plus imposante de toutes les autorités. Il n'y a donc point de juste prévention contre l'histoire contemporaine, ou, s'il en existe, elle est si peu générale que, quand nous voulons rétablir un fait contesté, nous citons toujours de préférence les auteurs qui ont été témoins oculaires, comme méritant plus de confiance que les autres.

Je ne serai pas plus embarrassé dans l'examen d'une troisième question bien plus importante, mais sur laquelle je m'attends à éprouver une résistance plus opiniâtre. Il s'agit de l'impartialité. Des hommes qui ont établi une nouvelle doctrine sur les devoirs de l'historien ont demandé s'il devait être impartial, et ils ont osé répondre négativement. Je ne reproduirai pas les sophismes dont on a cru pouvoir étayer cet étrange paradoxe; mais je dirai aux partisans du nouveau système : « Vous avez, Messieurs, un excellent moyen de connaître l'opinion publique sur cette question délicate ; composez une histoire ; annoncez, dans votre préface, que vous blâmez l'impartialité, puis vous verrez si l'on se porte en foule chez votre libraire. » Sans tenter cette épreuve, on en devine le résultat; les hommes ne disent pas souvent la vérité, mais ils voudraient toujours la connaître : trompés cent fois, ils se bercent encore de l'espoir de la rencontrer. Cela est si vrai, que toutes les préfaces sont des protestations de sincérité et d'exactitude ; les romanciers même, les romanciers qui ont le privilége du mensonge, nous présentent cependant leurs fictions comme des *histoires véritables*, pour capter notre confiance et pour augmenter notre intérêt.

Mais pourquoi se donner volontairement le tort de blâmer la vérité dont on a si rarement à redouter la présence ? Ne pouvait-on pas atteindre le même but sans dicter un précepte qui a toujours quelque chose de choquant ? Au lieu de rechercher si l'historien doit être impartial, il faudrait demander s'il peut l'être, et alors je répondrais, sans hésiter, qu'une entière impartialité me paraît impossible : cette réponse, qui me ramène directement à l'Histoire de Napoléon Buonaparte, est assez justifiée par les considérations suivantes.

Aucun homme, quelque philosophe qu'on le suppose, ne s'est jamais complètement dérobé à l'empire des habitudes, des principes qu'il a sucés avec le lait, des nombreuses impressions qu'il a reçues depuis son enfance, et de l'ordre dans lequel il a été nourri, élevé et instruit. C'est toujours avec ce prisme qu'il regarde les objets et qu'il en juge les formes et les couleurs. Lors même que, par une révolution subite, ou par son propre choix, il se trouve placé dans une situation toute opposée, le prisme primitif influe toujours, plus ou moins, sur ses yeux et sur son jugement, et telle est la cause des étranges contradictions dont nous avons été les témoins. Voilà pourquoi l'homme monarchique, devenu républicain, a voulu rester *un monsieur*, tout en se proclamant *sans culotte*; voilà pourquoi le partisan de l'égalité a rabaissé tout ce qui était au-dessus de lui, mais n'a point élevé ce qui était au-dessous; voilà pourquoi l'homme du peuple, parvenu à une place éminente dans la nouvelle république, a traité ses prétendus égaux comme l'aurait fait un parvenu dans la monarchie; voilà pourquoi les plus grands contempteurs de la noblesse ont cessé de croire que la noblesse est une chimère, quand leur égal, devenu leur maître, leur a dit qu'ils étaient nobles; voilà pourquoi l'ennemi des distinctions et des supériorités sociales, se laissa doucement persuader que les plaques, les cordons et les titres féodaux sont la juste récompense des vertus républicaines; voilà pourquoi enfin le guerrier qui avait combattu pour la liberté et l'égalité, daigna s'asseoir sur l'un de ces trônes qu'il avait juré de renverser, et prétendit avoir concilié l'égalité avec le plus fastueux des titres, la liberté avec le despotisme le plus complet.

Si, à ces motifs puisés dans l'opinion, nous joignons ceux de l'intérêt personnel, nous sentirons bien mieux l'impossibilité d'être parfaitement juste et impartial sur les objets qui nous nuisent ou nous déplaisent. Évoquez les ombres des Gaulois

qui vivaient soixante ans avant l'ère chrétienne,
ou celles des partisans de Pompée, et demandez-
leur ce qu'il faut penser de César; interrogez les
anciens habitans de Persépolis sur les vertus
d'Alexandre...... je n'ai pas besoin de dire quelle
serait leur réponse. Il faut donc reconnaître que
des hommes, également sincères, mais opposés
d'opinions et d'intérêt, ne peuvent pas voir les objets d'une manière uniforme; l'impartialité absolue
est donc une chimère, mais ce n'est pas une raison
pour vanter la partialité : nous savons tous qu'aucun homme ne peut être entièrement sage et vertueux, et cependant nous ne conseillerions à personne de renoncer à la sagesse et à la vertu.

Les lecteurs qui sentiront combien il est difficile
aujourd'hui de parler de Napoléon, me pardon-
neront sans doute les longues précautions que j'ai
cru devoir prendre avant d'aborder mon sujet;
mais on ne manquera pas de conclure de ce qui
précède, que l'Histoire de Napoléon, par M. P. F. H.,
n'est point une histoire impartiale.

Il est évident pour moi que M. H. a voulu être
impartial, et il croit sans doute l'avoir été rigoureusement. Aucun fait éclatant de Napoléon n'est
ni dissimulé ni affaibli par l'historien ; les bonnes
actions sont également avouées sans réticence et
sans contrainte ; si les accusations injurieuses à la
mémoire de Buonaparte ne sont pas fondées sur
des preuves suffisantes ou sur de grandes probabilités, M. H. les rejette avec dédain.

Mais M. H. est royaliste ; il ne l'est point par une affection intéressée, puisqu'il peut dire que la révolution ne lui a rien donné ni rien ôté ; il ne l'est point par enthousiasme, sentiment louable, mais dont rien ne garantit la durée ; il l'est par raisonnement, par conviction, et il considère la légitimité comme un dogme aussi nécessaire au bonheur des peuples qu'à la sécurité des rois. Avec de pareils principes, il était impossible que l'invasion de Buonaparte sur le trône de France ne portât pas quelque atteinte à cette impartialité rigoureuse que l'historien voulait prendre pour guide, et l'on s'aperçoit des efforts inutiles qu'il a faits pour oublier qu'il est Français lui-même, et pour juger Buonaparte comme il jugerait un guerrier appartenant à un autre siècle et à une autre contrée.

De cette ferme résolution d'être impartial et de ce royalisme inflexible, il est résulté un conflit qui donne à l'ouvrage de M. H. une physionomie particulière, et une nouvelle espèce d'impartialité qu'il est bon de faire connaître. Un ancien proverbe nous dit qu'en toutes choses il faut prendre un juste milieu ; d'après cet adage, bien des gens s'imaginent que, pour écrire l'histoire avec impartialité, il faut prendre un moyen terme entre l'adulation et la haine, et distribuer sobrement le blâme et la louange. Ce préjugé est devenu si général que, quand on nous dit beaucoup de bien et beaucoup de mal d'un personnage quelconque, nous croyons n'avoir rien de mieux à faire que de rapprocher les extrêmes, en diminuant beaucoup de l'un et de l'autre. Mais la réflexion nous fait bientôt voir combien cette méthode est vicieuse : elle ne serait propre qu'à rapetisser les grands hommes, puisqu'en définitive elle les présenterait avec des vices et des vertus médiocres ; et l'on sait, au contraire, que tout est en excès chez ces hommes destinés à remuer le monde, et que leurs vices, comme leurs vertus, participent toujours de l'énergie de leur caractère.

M. H. s'est bien gardé de placer son héros sur le lit de Procuste, pour le réduire aux dimensions communes. Il le montre avec ses qualités bonnes et mauvaises, et, louant les premières comme s'il avait entrepris un panégyrique, il condamne les autres avec une sévérité qui tient de l'indignation. Si celles-ci l'emportent en nombre sans l'emporter en énergie, c'est aux faits mêmes et non pas à l'historien qu'il faut demander la raison de cette inégalité ; j'avouerai cependant que, dans cette compensation qui n'est pas complète, le royaliste se fait reconnaître, et que, n'accordant aux belles actions de son héros qu'une équité froide, il prononce le blâme avec une chaleur où l'on voit poindre un certain plaisir.

Quelques personnes, prudentes jusqu'à la timidité, s'effraient dès que l'on parle de Napoléon ; elles pensent qu'il est dangereux d'en entretenir le public ; elles voudraient que le nom même de l'ex-empereur fût interdit pendant toute la durée de la génération qui l'a connu. L'un de ces politiques méticuleux me disait un jour : Pourquoi ne serait-on pas pour l'usurpateur ce qu'a fait Rome républicaine quand elle défendit de prononcer le nom de roi? J'ignore, ai-je répondu, si cette défense a jamais existé ; mais je sais très-bien que ces républicains ont créé un roi des sacrifices, *rex sacrorum*, immédiatement après l'abolition de la royauté, et qu'ils avaient recours à l'entre-roi, *interrex*, quand il y avait une lacune dans la nomination des consuls. Au reste, on sait assez quel serait l'effet d'une pareille prohibition, et l'idée même en serait fort ridicule. Mais quel est donc le danger de parler de cet homme, et même de le louer en ce qu'il a de louable? S'il pouvait sortir du tombeau, et faire une nouvelle irruption en France, trouverait-il encore des complices, après avoir compromis si cruellement tous ceux qui lui avaient été fidèles? craint-on jusqu'au souvenir de ses hauts faits qui ont coûté tant de larmes et de sang? Oh! certes, l'épouvantable catastrophe qui a terminé cette période de prospérité, est un puissant correctif aux enivremens de la gloire. Qui voudrait aujourd'hui tenter des chances aussi périlleuses, lorsque tant de victoires et tant de conquêtes n'ont eu pour résultat que de faire passer les vainqueurs sous un joug qui n'a été soulevé que par le retour du prince légitime?

Non, l'histoire de Buonaparte ne peut être dangereuse pour les peuples, et je la crois utile aux monarques. L'ombre de cet heureux plébéïen se présentera plus d'une fois à la pensée des rois, et les apparitions salutaires de ce fantôme seront des leçons plus efficaces que n'en pourraient donner les volumineux écrits des Puffendorf et des Grotius. C'est peut-être à cette cause que nous devons la paix qui depuis neuf ans réunit les grandes puissances. Quel que soit le ressentiment d'anciens griefs, quel que soit le désir de la gloire ou de la vengeance, tous les rois sentent, un peu tard à la vérité, que de tous les ennemis qu'ils peuvent avoir, le plus dangereux, le plus implacable et le moins généreux, est le génie des révolutions. Philippe de Macédoine voulut qu'on vînt lui dire tous les jours : « Souviens-toi que tu es mortel. » Puisse la voix d'un ami répéter tous les jours aux princes légitimes : « Souvenez-vous de Napoléon! »

Mais au moins, dira-t-on, si vous ne pouvez vous empêcher de parler de lui, n'insistez pas sur les brillantes qualités d'un homme que nous devons détester. Eh! pourquoi? Quelque odieux qu'il vous paraisse, ignorez-vous qu'un coupable est absous dès qu'on est injuste envers lui? Ainsi, vous manqueriez le but que vous vous proposez, et vous inspireriez de l'intérêt pour celui que vous voulez faire haïr. D'ailleurs, par égard pour nous-mêmes, n'outrageons pas celui qui a été notre maître. Nous ne sommes pas tout-à-fait innocens du mal qu'il a fait au monde, et nous ne pouvons pas l'accabler d'injures grossières sans qu'il en re-

jaillisse quelque honte sur nous. Si l'on imagine
que, pour plaire au roi légitime, il faille être injuste envers ses ennemis, et descendre jusqu'au
mensonge, cette adulation ressemble plus à une
insulte qu'à un hommage. On craint peut-être de
légitimer, en quelque sorte, l'audace de Napoléon
en avouant les grands talens qui s'alliaient chez lui
à de grands vices : mais le royaume de France
est-il mis au concours? dans le siècle des lumières
nous sommes-nous assez rapprochés de la barbarie pour nous faire prendre un sabre pour un
sceptre?

  Malgré toutes ces préventions dont la réfutation
m'a rendu prolixe, je n'en continuerai pas moins
à examiner l'histoire de Buonaparte comme s'il s'a-
gissait d'un Romain ou d'un Carthaginois ; et débarrassé de toutes les discussions accessoires, je
m'occuperai uniquement de l'auteur qui mérite
l'estime de tout lecteur sage, et auquel je ne ferai
de reproche que celui d'avoir été quelquefois plus
royaliste encore qu'il n'est historien.

  On a prétendu qu'à Toulon, Buonaparte n'a-
vait pas seulement commandé le feu dans l'exécution atroce ordonnée par les *représentans du
peuple* contre les malheureux habitans de cette
ville, mais qu'il avait adressé à Robespierre jeune
et à Fréron, une lettre en forme de rapport, où
il se vantait d'avoir *marché dans le sang des traî-
tres*, et de n'avoir épargné ni le sexe ni l'âge.

  Un méchant royaliste pouvait fort bien, sans

blesser la vérité, laisser ce fait dans le vague, en se
contentant de ne point l'affirmer : cela lui était
d'autant plus permis, qu'on a fait circuler des copies de cette lettre vraie ou fausse, et qu'elle est
signée BRUTUS BUONAPARTE. Mais M. H. détruit,
par une réflexion bien simple, cette anecdote révoltante : il fait observer que les prétendus représentans du peuple ayant assisté et présidé au massacre
qu'ils ordonnaient, il n'est point vraisemblable
qu'on ait eu besoin de leur écrire pour leur apprendre ce qu'ils avaient si bien vu.

En parlant ailleurs de la promotion, subite et
sans intermédiaire, de Buonaparte au grade de général en chef, il fait les réflexions suivantes : « Il
est surprenant que ceux qui la régissaient (la république) aient confié un commandement aussi important, que l'était celui de l'armée d'Italie, à un
jeune officier qui ne s'était encore signalé que par
des succès partiels au siége de Toulon, par ses exploits contre les sections de la ville de Paris, et
par son exaltation révolutionnaire. Comme on juge
de tout par l'événement, aucun reproche ne s'est
élevé contre le Directoire exécutif à ce sujet; mais,
de quelles malédictions n'aurait-il pas été l'objet
si des revers eussent été les résultats d'un choix si
faiblement mérité, quoique si bien justifié? » Il
ajoute plus loin qu'on aura sans doute suppléé par
des instructions au défaut d'expérience que l'on
pouvait supposer au jeune général. « Mais il est
probable, dit-il, d'après la connaissance que nous

avons du caractère de Buonaparte, qu'il ne s'y sera pas attaché scrupuleusement. Ainsi, la gloire que lui ont acquise ses premières campagnes, et que les hommes versés dans l'art de la guerre considèrent comme les plus savantes qu'il ait faites, lui appartient tout entière. »

L'auteur confirme cet éloge lorsqu'il suspend sa narration après la prise de Mantoue, de Trente et de Bassano. « Ainsi fut terminée, dit-il, cette première campagne de Buonaparte, où il fit des choses si véritablement extraordinaires que l'Europe en fut frappée d'étonnement. Ce fut principalement à lui-même qu'il dut des succès si brillans ; les généraux qu'il avait eus en tête, Beaulieu, Wurmser, et Alvinzy même, n'étaient point des hommes médiocres : Wurmser surtout avait de l'habileté et une longue expérience. »

J'ai dit que M. H. n'avait pas plus dissimulé les bonnes actions que les faits éclatans ; en voici la preuve : « On prétend qu'un prêtre déporté vint se présenter au général en chef pour le prier de le faire fusiller. Buonaparte, ajoute-t-on, le rassura et pourvut à sa subsistance. » Quoi qu'il en soit de ce fait, qui semble peu probable, un grand nombre d'ecclésiastiques français, qui avaient obéi à la loi de déportation, s'étaient réfugiés dans l'État de l'Église, et l'approche de l'armée victorieuse leur causait les plus vives alarmes. Buonaparte les autorisa, par une proclamation, à demeurer sur le territoire conquis par les armes françaises : en même temps il défendit, sous les peines les plus sévères, de les insulter, et il enjoignit aux supérieurs des maisons religieuses de leur donner asile, et de pourvoir à tous leurs besoins.

Ce n'est pas seulement sur les faits publics et avérés que l'auteur est rigoureusement juste envers Napoléon ; il va quelquefois jusqu'à le disculper sur des actes que les Buonapartistes les plus idolâtres n'osent point louer, et qui se présentent sous des apparences au moins équivoques. Prenons pour exemple la fuite d'Égypte : Je suivais sur ce point l'impulsion de l'opinion vulgaire qui, relativement à cette échappée, n'était point favorable au grand homme ; cependant je puis dire de Buonaparte : *Nec beneficio, nec injuriâ cognitus*, et je parle de lui *sine irâ et studio*. J'ai donc été bien étonné d'entendre dire à un royaliste : « La manière dont Buonaparte a quitté son armée, du courage et de l'affection de laquelle il avait tant abusé, est considérée, par quelques écrivains, comme une lâche désertion. Nous ne partageons point leur opinion à cet égard ; l'expédition d'Egypte était manquée, et ce n'était plus dans cette contrée qu'il pouvait être utile à ceux qu'il y avait entraînés. Ce fut certainement beaucoup plus de ses intérêts que des leurs qu'il s'occupa, mais ces intérêts semblaient être communs ; et Buonaparte avait à craindre qu'en son absence il ne se fît en France quelque révolution qui ne lui aurait laissé d'autre ressource que de mettre bas les armes..... »

Dans les premiers mois de la restauration, les nouveaux convertis au royalisme crurent qu'il était de leur devoir de dépouiller entièrement le héros déchu pour mieux honorer le monarque légitime ; mais, malheureusement pour un si beau zèle, nos princes n'étaient pas hommes à récompenser de pareils hommages. Quelques écrivains ont eu le courage de déclarer que Buonaparte était *une bête*, d'autres en ont fait un *poltron*. A quoi donc, m'écriais-je alors, nous ont servi les lumières du siècle et la perfectibilité de l'espèce humaine, si, à l'apogée de la civilisation, nous avons tremblé devant un poltron, et reçu la loi d'une bête ?

M. H. ne s'est pas donné la peine de réhabiliter les facultés intellectuelles de Buonaparte, mais, vraisemblablement, il n'a pas admiré la belle antithèse que forme le mot *poltron* avec tant de combats et tant de victoires, car il dit, en parlant de la bataille de Friedland : « Buonaparte, dans cette journée, déploya l'activité et les rares talens qu'il avait montrés dans ses campagnes précédentes. On le vit, durant l'action, parcourir les positions les plus exposées, et plusieurs boulets passèrent près de lui, ou vinrent s'enfoncer dans la terre à ses pieds. »

En voilà bien assez, ce me semble, pour prouver que l'auteur de l'Histoire de Napoléon Buonaparte n'a pas eu l'intention d'écrire une diatribe, et qu'il s'est fait une loi d'être juste envers l'homme qu'il devait condamner sous tant de rapports. Mais que les royalistes ne s'effarouchent point de ces concessions faites à l'ennemi de la légitimité : si la vérité force quelquefois l'auteur à l'apologie et même à la louange, il se dédommage amplement de cette contrainte ; et le correctif est répandu dans l'ouvrage avec tant d'abondance et tant de sévérité, que les ennemis même de Buonaparte crieront grâce pour lui.

Mais peut-on raisonnablement lui faire un crime de n'avoir pu contenir ou dissimuler son indignation quand il décrit des faits qui le révoltent, quand il entend excuser, pallier et même louer des actes que la justice, si elle eût pu appréhender le coupable, eût punis d'une peine infamante ou du dernier supplice? Ne nous laissons pas éblouir par le génie de cet homme extraordinaire ; écartons le prestige des victoires qui ont eu pour lui le résultat des défaites, et soyons justes un moment. De quel œil verrons-nous le lâche assassinat d'un prince à qui l'on ne pouvait reprocher d'autre tort que le malheur de sa famille? je ne veux pas même ici considérer un Bourbon, et je fais abstraction de tout ce que mon opinion ajoute d'odieux à ce crime inconcevable ; je veux supposer que le prince était Russe, Anglais, Prussien, tout ce qu'on voudra, et l'action ne m'en paraît pas moins horrible. Elle n'a pas le danger pour prétexte, elle ne l'a pas pour excuse, puisque aucun danger n'en accompagnait l'exécution ; elle est plus vile encore qu'elle n'est atroce ; des brigands s'en croiraient déshonorés,

car l'honneur est une vertu qui subsiste quelquefois chez les hommes qui ont renoncé à toutes les
autres.

La manière dont je viens de parler de l'assassinat
du duc d'Enghien fait assez entrevoir que le récit de
l'historien de Buonaparte s'accorde fort mal avec celui de M. le duc de Rovigo : M. H. n'a pu connaître
la brochure (car ce n'est que cela) qui vient d'être
répandue avec tant de profusion dans la capitale,
et je suis bien assuré que quand il l'aurait lue avant
l'impression de son ouvrage, ce document ne lui
aurait pas fait changer un mot à sa relation. Telle
est la présomption de ces royalistes ; ils prétendent
toujours savoir les choses et connaître les événemens mieux que les témoins oculaires et même que
les acteurs! Au reste, on ne peut pas opposer les
pages de M. de Rovigo à celles de M. H.; celui-ci
parle d'un assassinat, l'autre parle d'une *catastrophe*. M. H. n'écrit point un roman : il n'y a
donc rien de commun entre les deux récits.

Mais moi, qui ai lu cette brochure avant d'écrire
cet article, je suis bien forcé d'exprimer la sensation
qu'elle a produite sur moi, ne fût-ce que pour faire
voir qu'elle n'infirme en rien la relation de mon
auteur. Il y a plusieurs choses à considérer dans
cette brochure. Le titre m'annonce d'abord un événement commun entre *M. le duc de Rovigo et
M. le duc d'Enghien*. Je suppose qu'une grande
révolution physique anéantisse notre littérature,
et que cette seule page survive au désastre géné-

ral, nos petits-neveux ne manqueront pas de la commenter, et ils diront : « Messieurs les ducs de Rovigo et d'Enghien étaient sans doute deux camarades qui se seront brouillés, et le mot *catastrophe* indique vraisemblablement que le premier a tué l'autre. » Voilà cependant à quoi s'expose M. le duc de Rovigo par cette égalité de rang qu'il semble établir entre les deux personnages.

La brochure offre en outre deux apologies, celle de M. le duc de Rovigo et celle de Buonaparte. La première me paraît aussi complète qu'elle peut l'être dans une aussi vilaine affaire ; car il ne m'est pas permis de supposer qu'un brave guerrier, qu'un général des armées françaises, descende jusqu'au mensonge sur des faits de cette importance, et d'une telle notoriété : M. le duc est donc bien disculpé, quoi qu'on en dise.

Quant à l'apologie de Buonaparte, j'y vois deux grandes difficultés : il faut d'abord croire que le prince, étant encore à Strasbourg, aurait écrit au premier consul une lettre qui n'aura pas été remise, et par laquelle il aurait demandé qu'on lui accordât l'honneur de servir le premier magistrat de la république. A quel titre servir ? Est-ce dans les armées ? Alors le prince aurait sollicité la faveur de porter les armes contre son roi et son parent ; et, comme il était d'une bravoure éprouvée, il aurait brigué et sans doute acquis la gloire d'avoir fermé pour jamais aux princes de sa famille, l'entrée de leur patrie et l'accès au trône de

France ! Est-ce dans la maison même du premier consul qu'il voulait obtenir un honorable service...? Je n'ai pas le courage de répondre à ces questions qui seraient passablement absurdes, quand même on supposerait la lettre du prince datée de Vincennes, à moins que M. le duc de Rovigo n'attestât qu'il l'a vu écrire.

Mais ce n'est pas tout ; il faudrait encore pouvoir me persuader qu'un ministre de Buonaparte, malgré le caractère bien connu de son maître, malgré l'inflexibilité de son caractère, son opiniâtreté dans ce qu'il avait résolu, et son irascibilité toujours funeste à celui qui la provoquait, aurait osé commander secrètement l'exécution de ce forfait, à l'insu du maître, empêcher ce dernier de revenir sur une détermination aussi odieuse, écarter les formes exigées par le maître même, et qui pouvaient sauver la victime, et couvrir le grand homme d'une infamie dont le despote innocent, mais clément et timide, ne se serait point vengé sur ce ministre !

M. le duc de Rovigo a conservé pendant huit ans cette apologie sans la publier ; j'en demande quinze pour la comprendre ; et quand nous en serons là, je dirai combien il m'en faut pour y croire. En attendant, revenons à M. H. qui n'est pas assez philosophe pour penser qu'une faute soit pire qu'un crime, quoique la faute ait souvent de plus fâcheuses conséquences.

On pressent que l'auteur n'est pas plus indul-

gent sur l'affaire de Baïonne, qu'il nomme un vil
escamotage; et, en effet, ce mot convient si bien
à la chose, qu'on ne songe pas à examiner s'il est
assez noble. Nous avons d'ailleurs d'amples rensei-
gnemens sur cet exploit qui aurait acquis quelque
gloire à un procureur fripon. L'un des acteurs de
cet ignoble drame a eu la naïveté de nous en développer les scènes, et le rôle qu'il y jouait n'était
pas assez brillant pour qu'on le soupçonne d'avoir
mis de la partialité dans son récit.

Un des vices que l'historien signale et condamne
avec le plus d'amertume est cette hypocrisie politique et profonde par laquelle son héros a su cacher
long-temps le futur despote sous le masque d'un
républicain libéral. Je sais que bien des gens ont
admiré cette dissimulation, même dans un guerrier; il me semble encore les entendre crier : « Quel
génie! comme il nous a trompés! comme il a bien
prévu que nous serions dupes de son patriotisme!
comme il connaît bien les hommes! » Mais M. H...
qui n'a pas été dupe de Buonaparte, et qui ne s'ap-
plaudirait pas de l'avoir été, n'a vu dans cet art de
tromper les peuples qu'une astuce odieuse, sou-
tenue par une grande audace, qualités qui lui ont
fait donner à Buonaparte le nom de Cromwell
français, car il importe peu que le masque soit religieux ou philosophique, c'est toujours l'hypocrisie.
Ce paragraphe me rappelle qu'un jour on apporta
chez moi un morceau de papier qui enveloppait je
ne sais quelle drogue, et qui excita ma curiosité :

c'était une feuille divisée en deux colonnes, l'une française, l'autre italienne, et contenant le commencement d'un discours prononcé par le général Buonaparte à la société populaire de Milan. La première phrase de ce discours était celle-ci : « Bientôt » il n'y aura plus de rois, bientôt il n'y aura plus » de prêtres. » Et quand cette pièce curieuse me tomba sous la main, l'exterminateur des rois et des prêtres était assis sur le trône et avait le pape logé près de lui. Si la muse de l'histoire était rieuse, ce rapprochement mériterait une petite place dans ses archives.

Quelque sévérité qu'apporte l'historien de Buonaparte dans les jugemens qu'il prononce, il les appuie sur de si bonnes réflexions et sur des raisonnemens si conformes aux saines doctrines, que je ne puis l'en blâmer, malgré le désir que j'aurais d'adoucir la rigueur de la sentence ; car, après tout, ce grand despote avait un génie rare, et je me souviens d'avoir été forcément son très-humble sujet ; mais je ne puis approuver une expression qui est échappée à l'auteur, et que l'indignation même envers un homme si remarquable ne peut point autoriser. Deux fois l'historien se sert du mot *féroce*, qu'il applique fort incivilement à son héros. A la vérité, ce mot ne paraît que deux fois dans quatre volumes, mais c'est encore trop. La férocité indique une cruauté innée et un plaisir à être cruel ; or, rien ne fait soupçonner ce vice dans Buonaparte, quoique le sacrifice de plusieurs milliers et

même d'un million d'hommes ne lui eût rien coûté
pour parvenir à son but. L'assassinat même du duc
d'Enghien ne prouve pas de la férocité, quoique
la cause de ce crime puisse recéler quelque chose
de pis.

Il me semble aussi que l'historien s'est un peu
trop effrayé de l'ambition de Buonaparte, et trop
affecté des flots de sang que cette ambition a fait
répandre. Si l'on voulait juger et condamner les
grands guerriers d'après le nombre des victimes
qu'ils ont fait immoler, il n'y a point de héros qui
dût obtenir grâce. On a beau déclamer contre la
guerre et ses ravages, elle est, comme dirait Montaigne, une pièce de l'univers, et la conservation
de l'espèce humaine tient peut-être à l'action de ce
fléau, quoique cette pensée ressemble à un paradoxe. Si un général, pour vouloir épargner le sang
des soldats, éprouvait des revers, loin de le louer
de son humanité, on attribuerait ses défaites à la
lâcheté ou à l'impéritie. D'ailleurs, les hommes ne
sont pas et ne seront jamais assez sages pour juger
philosophiquement des exploits guerriers : l'orgueil
d'une nation étant intéressé au succès de ses généraux, celui qui tuera le plus d'ennemis lui paraîtra
toujours le plus grand, sans calculer combien ce
général a fait périr de ses compatriotes. Si la bataille de Cannes est à jamais illustre par quarante
mille morts, ne nous étonnons point de l'emphase
avec laquelle on a parlé de la Moskowa qui en a
compté soixante mille.

L'*Histoire de Napoléon Buonaparte*, par
P. F. H., mérite l'estime de tous les lecteurs de
quelque opinion qu'ils soient, quoique probablement il ne s'attende pas à celle du parti opposé.
L'auteur a religieusement rempli la promesse qu'il
avait faite de présenter un *tableau complet des opérations militaires, politiques et civiles* de son héros : jamais titre ne fut mieux justifié. Aucun fait
de quelque importance n'est omis, aucune recherche n'a été épargnée pour connaître la version
la plus exacte ou la plus vraisemblable, les meilleures autorités ont été consultées, et tout ce qui
n'a pas été certain ne s'offre au lecteur que sous la
forme du doute. Les réflexions y sont toujours
sages et jamais longues, et l'enchaînement des faits
y est excellent, tâche difficile qui a exigé du talent
et de la patience. Le style de cette histoire est simple,
noble, grave et quelquefois austère. Dans un travail de si longue haleine on est étonné de ne point
rencontrer quelques-unes de ces erreurs dont les
meilleurs écrivains ne sont point exempts. Une
seule fois, je ne sais par quelle inadvertence, il a
écrit le nom de Gustave IV au lieu de Charles XIII;
la méprise est forte, elle se trouve à la page 18 du
quatrième volume; elle m'a choqué par cela même
qu'elle est la seule dans un si long ouvrage.

HISTOIRE

PHYSIQUE, CIVILE ET MORALE DE PARIS,

DEPUIS LES PREMIERS TEMPS HISTORIQUES
JUSQU'A NOS JOURS;

Contenant, par ordre chronologique, la description des accroissemens successifs de cette ville et de ses monumens anciens et modernes, la notice de toutes ses institutions, tant civiles que religieuses, et, à chaque période, le tableau des mœurs, des usages et des progrès de la civilisation, ornée de gravures représentant divers plans de Paris, et ses monumens et édifices principaux;

Par J.-A. DULAURE, de la Société des Antiquaires de France.

———

CE titre est long, mais il faut absolument le lire; il est un très-bon sommaire de l'ouvrage; l'auteur l'a complètement justifié, ce qui est assez rare, et si je ne l'avais pas transcrit en entier, j'aurais été obligé de le commenter dans le courant de cet article.

Ce n'est plus sur les bords de l'Orénoque, ce n'est plus dans les sables de la Lybie que je transporte mes lecteurs; plusieurs d'entre eux sont déjà depuis long-temps sur les lieux que je leur montre aujourd'hui comme une curiosité; ils parcourent avec indifférence ces rues si nombreuses dont chacune leur rappellerait un événement remarquable. Ils promènent leur oisiveté dans ce riche bazar nommé *Palais-Royal*, sans penser qu'ils foulent un aqueduc romain ; ils se plaignent du fracas et du tumulte dans cette rue Vivienne où régnait autrefois le plus morne silence, et où tant d'illustres morts dorment ensevelis ; dans la rue Coquillière, ils ne se disent pas : C'est ici qu'était le temple de Cybèle, et qu'on a trouvé la belle tête de la déesse ; sur la butte Sainte-Géneviève, ils ne cherchent pas les vestiges des arènes qui ornaient la partie orientale de ce plateau ; quand ils admirent ces quais magnifiques, ce Louvre imposant, cette belle galerie, ils ne songent pas qu'à la place de ces merveilles, leurs aïeux ne voyaient que prairies, sables et marais ; ils s'égarent souvent dans ce dédale de pierres amoncelées ; et, perdus dans cette vaste carrière, ils ne pensent pas que, sur ce même sol, les bons Gaulois qui ne valaient pas mieux que nous, voyaient bondir l'alouette et entendaient chanter le rossignol.

Si l'on veut se faire une idée de l'ouvrage que j'annonce, il faut comparer le plan de Paris, qui en orne le frontispice, au plan le plus moderne de la même ville. On verra, dans le premier, Paris réduit à une île de la Seine, comme Rome au sommet du mont Palatin, et le dernier plan fera concevoir les accroissemens successifs qui, pendant près de vingt siècles, ont changé la petite

Lutèce en une immense métropole. Les plans in-
termédiaires ne sont pas moins curieux ; en s'éclai-
rant de l'histoire pour les étudier, on voit tout
s'animer autour de soi, les métamorphoses se succèdent, les morts sortent de leurs tombeaux : oh !
combien de costumes divers ! combien de figures,
de caractères différens ! le pavé même que je foule
devient éloquent et instructif : ici je m'afflige ; là
je m'énorgueillis, toute l'histoire de France se dé-
veloppe sous mes yeux, et de telle petite rue tortueuse et sombre où je n'ai jamais passé sans la
maudire, sortent tout-à-coup des souvenirs et des
tableaux pleins d'intérêt.

Nous possédons plusieurs ouvrages sur les an-
tiquités de Paris, mais les uns sont d'énormes
in-folio que l'on peut bien consulter et que l'on
ne peut pas lire ; d'autres, dirigés vers un but
spécial, offrent trop d'abondance sous un rapport,
et trop de stérilité sous les autres. M. Dulaure,
après d'immenses recherches, a puisé à toutes ces
sources, et s'est approprié tous les matériaux qui
lui ont paru propres à construire un édifice digne
du dix-neuvième siècle. Il rend compte des motifs
qui l'ont guidé dans son choix et dans la critique
sévère qu'il a exercée sur tous les ouvrages anté-
rieurs qui ont traité le même sujet. Dans leurs
cinq volumes *in-folio*, les pères Lobineau et Fé-
libien ont usé *de trop de ménagement*, et leur
circonspection timide peut passer pour de *l'infidélité :* « on voit ces prétendus historiens repousser

la vérité pour se prosterner devant le pouvoir. »
Ils ont considéré le progrès des connaissances
humaines comme étrangères au domaine de l'histoire, et ils se sont appesantis sur des détails d'un
très-faible intérêt. Tel est le jugement porté par
le nouvel auteur sur le travail de ces deux béné-
dictins. Sauval est mieux traité par M. Dulaure ;
il a recueilli des faits *infiniment curieux*, que les
deux religieux n'auraient jamais osé publier, et
son livre contient un grand nombre de notions
importantes, mais il manque de méthode, et il est
rempli de négligences et d'erreurs.

Les divers écrits de l'abbé Lebeuf, sur l'histoire
de la ville de Paris, ont fourni à notre auteur des
traits singuliers et des anecdotes du plus haut intérêt ; mais ils contiennent *des assertions conjec-
turales et inexactes*. Les recherches historiques de
M. Jaillot renferment des discussions lumineuses ;
mais cet auteur s'attache principalement à fixer
l'époque des établissemens religieux et des colléges.
M. Dulaure n'a pas poussé plus loin ses observations sur les écrivains qui l'ont devancé dans la
même carrière, et il se justifie de ce silence en disant que ces auteurs ne font pas autorité comme les
précédens. Oh! sans doute, je conçois qu'il ait négligé des ouvrages un peu frivoles, tels que les Essais
de Saint-Foix, et d'autres du même genre ; mais il
a vraisemblablement consulté la *Notitia Galliarum*
d'Adrien de Valois, et le gros livre du commissaire
Lamarre, qui méritaient peut-être d'être cités.

Avant d'entrer en discussion sur le caractère de la nouvelle Histoire de Paris et sur l'esprit dans lequel cette histoire est écrite, je crois devoir en indiquer le plan. L'auteur remonte jusqu'aux premiers temps de la domination romaine, et même jusqu'à l'état antérieur à cette domination. Chaque période de temps forme un chapitre qui se divise en sections. Lorsque, sous la monarchie des Francs et des Français, un seul règne n'a pas été assez long pour emplir un chapitre, M. Dulaure y réunit plusieurs règnes pour le compléter, et, alors, chacun de ces règnes forme une section. Chacun des chapitres est constamment terminé par trois sections qui sont la véritable division de l'ouvrage, et qui ont pour titre : 1°. *Tableau physique*, 2°. *État civil*, 3°. *Tableau moral*; et ces trois tableaux, d'un coloris très-différent, sont toujours précédés du récit des faits principaux et du jugement porté par l'auteur sur chaque règne, sur la nature de son gouvernement, sur le caractère des gouvernans, et sur leurs principales actions. C'est absolument comme si l'auteur avait dit : Voilà les hommes qui gouvernaient à telle époque, voilà leurs actes, et voilà l'influence qu'ont eue leurs actes et leur caractère sur les changemens physiques de la capitale, sur l'état civil et moral de ses habitans. Ce plan est excellent : ce sont en quelque sorte quatre ouvrages différens qui se succèdent et se remplacent dans chacun des chapitres, et y jettent une variété méthodique en occupant tour-à-

tour le lecteur des révolutions historiques, physiques, civiles et morales.

Sur un fonds aussi riche, sur un plan aussi judicieux, avec une instruction et un talent aussi dis-
tingués, M. Dulaure avait tous les moyens d'élever
un monument très-remarquable, et je suis persuadé
que dans tout autre temps il l'eût construit de manière à ne laisser aucune prise à la critique ; mais,
par une fatalité à laquelle les meilleurs esprits ne
peuvent plus se soustraire, il faut aujourd'hui que
l'opinion préside à toutes les entreprises, se mêle
à la composition de tous les ouvrages, dénature
tous les objets et infecte les plus beaux talens. Ce
n'est point assez qu'elle répande ses prestiges trom-
peurs sur la génération actuelle et sur les événemens dont nous sommes les témoins ; elle s'arroge
le droit de réviser toute l'histoire, elle évoque tous
les morts célèbres depuis Mérouée jusqu'à nous,
et les traînant au tribunal du libéralisme, elle leur
fait rendre compte, non pas seulement de leurs
actes, mais de la barbarie de leur siècle, et des
vices des institutions sous lesquelles ils ont eu le
malheur de vivre. Nous sommes très-prompts à
nous soulever contre toute loi qui offre l'apparence
d'un effet rétroactif, et par la plus étrange incon-
séquence nous voulons juger et condamner les
hommes des dixième et douzième siècles d'après les
progrès de la civilisation, *les lumières* de la révolution, j'allais presque dire d'après la déclaration des
droits de l'homme et du citoyen. Telle est la faute

dans laquelle M. Dulaure est tombé, dans laquelle il s'est complu, et qu'il a sans doute considérée comme un mérite, car il paraît n'avoir entrepris son ouvrage que pour y faire éclater ce qui le dépare à mes yeux.

Sur cette Histoire de Paris, la part de l'éloge et celle de la critique sont très-faciles à faire. Relativement aux faits historiques, l'auteur a été aussi exact qu'il est possible de l'être quand on s'enfonce dans la nuit des siècles, et quand on décrit des événemens qui ont manqué d'historiens ou n'en ont eu que de très-médiocres; il s'est fondé sur les seules autorités qui nous restent, et c'est tout ce qu'on peut exiger de lui. Cependant, dans cette partie même, il est loin d'être à l'abri de tout reproche; il n'altère point les faits, mais il les juge d'après les prétendues lumières de notre siècle, ce qui est une autre espèce d'altération. Les sections où M. Dulaure présente le tableau physique de Paris dans toutes les périodes de l'histoire de France, seront, aux yeux de tous les lecteurs, la partie la plus estimable de l'ouvrage; il n'y a presque pas une phrase qui ne soit intéressante : on voit, pour ainsi dire, Paris éclore dans la main de l'auteur, s'agrandir, varier ses formes, se ceindre de murailles, les dépasser et se répandre dans les campagnes, se couvrir d'édifices, et laisser sur tous les points de sa surface des témoins des événemens dont il est le théâtre. Les discussions même dans lesquelles l'historien s'engage, ne sont point ennuyeuses ; soit qu'il réfute les écrivains crédules qui ont environné l'origine de Paris de fables absurdes, soit qu'il dispute à César l'honneur d'avoir bâti le grand Châtelet, et à Julien celui d'avoir construit les Thermes de la rue de la Harpe, soit qu'il nous donne la véritable étymologie du mot *Montmartre*, ou qu'il nous prouve que Paris n'a jamais été la résidence de Charlemagne, soit enfin qu'il fixe la date et le but de telle construction ou de telle restauration, on reconnaît dans M. Dulaure de profondes connaissances, un excellent jugement et une critique pleine d'esprit et de finesse. Les sections où il s'occupe de l'état civil à toutes les époques, sont plus instructives qu'amusantes ; mais elles sont une partie nécessaire de l'ouvrage, et peut-être la principale aux yeux des lecteurs studieux.

Il me reste à parler de la dernière section de tous les chapitres : c'est celle où l'auteur a cru devoir nous retracer le *tableau moral* de Paris à toutes les époques, celle à laquelle il a donné un énorme développement, qu'il paraît avoir écrite avec le plus de complaisance, et où il a rassemblé ce que les plus tristes pages de notre histoire, les plus honteux lambeaux de nos chroniques renfermaient de plus déplorable, de plus ridicule, de plus avilissant. Je ne disputerai point sur l'authenticité des sources où il a puisé toutes ces belles choses ; je n'opposerai pas opinion à opinion, mais les seules notions du bon sens, les seuls principes du goût en matière littéraire, devaient lui faire rejeter ces amas d'immondices, et l'empêcher surtout de les étendre, de les étaler en quelque sorte pour exciter plus puissamment le dégoût et l'horreur. Il fallait être vrai, me répondra-t-on. Eh bien! supposons qu'un homme, initié dans les mystères de la police, s'avisât de recueillir, avec une épouvantable exactitude, tous les crimes, toutes les turpitudes, toutes les infamies, toutes les révoltantes obscénités dont les repaires du vice sont le théâtre dans cette immense capitale; supposons même que sa chronique ne s'étendît pas à plus d'un mois, quels hommes pourraient supporter une pareille lecture, quels hommes pourraient s'y plaire, ou se vanter de s'y être plus? Mais on insiste, et l'on me dit qu'on écrit l'histoire; non, ce n'est point là l'histoire : on n'accusera pas Tacite d'avoir voulu ménager les tyrans de Rome, et cependant cet historien, par respect pour ses lecteurs, par respect pour lui-même, a bien trouvé le secret de nous peindre la cour de Tibère et celle de Néron, sans descendre dans toutes les infamies de la nature la plus corrompue. S'il parle des débauches du successeur d'Auguste, il dit simplement que le prince institua des prix pour les hommes qui inventeraient de nouvelles voluptés. Cette phrase dit tout, et l'imagination du lecteur supplée assez au laconisme pudique de l'écrivain.

M. Dulaure n'a pas été laconique; dans ses tableaux de mœurs, les rois, les prêtres et les nobles figurent d'une manière ignoble et souvent odieuse ; et, quand l'auteur a ramassé dans la fange du moyen âge les anecdotes les plus scandaleuses et les faits les plus atroces, il paraît encore faire grâce à ses victimes, et retenir une partie des traits dont il pouvait les accabler. Quel était son but ? de prouver que ce *bon vieux temps*, si vanté, ne vaut pas un siècle de lumières, que l'ignorance et la barbarie ne sont pas préférables à la civilisation. Nous le savions sans qu'on prît la peine de nous le démontrer d'une manière aussi repoussante. Est-ce donc un si grand prodige que de voir des nobles et des prêtres ignorans et barbares dans un siècle d'ignorance et de barbarie ? Les hautes classes de la société, les prêtres et les moines se livraient à la débauche ! Oui ; mais avait-on de la débauche, alors, l'idée qu'on s'en fait aujourd'hui ? L'auteur lui-même n'a-t-il pas avoué que *la prostitution n'emportait pas note d'infamie ?* Les nobles et les évêques versaient le sang des hommes ! Oui, trop souvent ; mais avec un peu plus de bonne foi, on aurait ajouté que ces nobles et ces évêques étaient des seigneurs féodaux, qu'ils possédaient de véritables souverainetés, que la suzeraineté du roi était alors assez mal définie et assez peu respectée, et que ces évêques se battaient comme grands vassaux, et non pas comme ministres de l'église. Depuis la renaissance des lettres, on a vu l'archevêque Sourdis et le cardinal la Valette combattre vaillamment dans les armées françaises, et leur bravoure n'a pas été pour eux une note d'infamie. Sous les deux premières races de nos rois, et même assez long-temps sous la troisième, la France était dans un état de guerre permanente ; lorsque tout est en désordre, quand tous les droits sont confondus, quand le juste et l'injuste n'ont point de limites tracées, le déréglement des mœurs, les injustices, les rébellions et les cruautés n'ont point le carac-tère que ces mêmes actes prendraient dans un temps où les devoirs sont tracés et les droits défi-nis. Qu'est-il donc résulté de tous ces tableaux de M. Dulaure? cette vérité bien simple que, dans les septième, neuvième et onzième siècles, les nobles et les prêtres étaient des hommes de leur temps. Cela ne valait guère la peine d'être discuté, et les preuves très-superflues que l'on accumule pour parvenir à cette triste conviction, deviennent odieuses si, de ces tableaux surannés et dignes de l'oubli, on va tirer des allusions injurieuses aux hommes des mêmes classes qui vivent aujourd'hui, et qui ne ressemblent pas plus à leurs analogues du moyen âge, que Clovis ne ressemble à Henri IV, ou Dagobert à Louis XIV.

M. Dulaure a posé un axiome d'où il tire de nombreuses et fausses conséquences : « La mora-lité des gouvernans, dit-il, sert toujours de mo-dèle à celle des gouvernés. » On avait déjà dit cela, on l'avait même exprimé dans un vers latin; et si cette maxime était adoptée sans distinction, l'au-teur qui l'a placée à la tête de ses tableaux de

mœurs, nous prouverait facilement que tous les
malheurs de la France, toute l'ignorance du moyen
âge et toute la corruption de ces temps de ténèbres, ont été l'ouvrage de nos rois. Mais qui pourrait être dupe de cette supercherie de logique?
L'auteur lui-même s'y trouverait embarrassé; car
si les rois ont fait tout le mal, si leur exemple a
été une impulsion irrésistible, il faut alors disculper les nobles et les prêtres, et M. Dulaure ne s'y
résoudra jamais. Oh! sans doute, par intérêt ou
par vanité, tous les sujets veulent singer le maître,
s'habiller comme à la cour, parler comme à la
cour, et ceux qui sont placés loin de ce centre
tâchent de s'en rapprocher au moins par l'imitation. C'est dans ce sens qu'on a dit : *Regis ad
exemplum*, etc. ... Mais les rois et les grands n'en
sont pas moins des hommes de leur siècle, même
quand ils lui sont supérieurs. Le prince qui règne
dans un temps de barbarie, est toujours un peu
barbare; le génie de Charlemagne n'a pas changé
le caractère de ses contemporains; et, à la mort
de ce monarque, tout est rentré dans cette nuit
profonde qui couvrait son vaste empire avant son
avènement. Tel prince qui croit réformer et entraîner son siècle, en reçoit l'impulsion sans qu'il
s'en aperçoive; aucun homme au monde n'est
entièrement inaccessible à l'influence des habitudes, des mœurs, des opinions, des exemples
qui l'environnent. On sent tout ce que je pourrais
dire à ce sujet; mais si M. Dulaure s'obstine à

rendre les rois responsables de tout ce qui se fait sous leur règne, je compte assez sur sa probité littéraire pour croire qu'il rendra grâces à Louis XIV de tous les grands hommes et de toutes les grandes choses qu'a produits le dix-septième siècle.

Quelque temps avant la révolution, un jeune Français partit pour des contrées lointaines; et jeté par les vents sur des plages inhospitalières, il y vécut trente ans sans savoir ce qui se passait en France. Enfin il revoit sa patrie, et il arrive à Nantes, en l'an II, qui sera si célèbre dans nos fastes. A peine débarqué, il saisit avidement les premiers papiers qui tombent sous sa main : il voit un décret qui légitime l'usure en déclarant l'argent marchandise; dans un autre, une prime est accordée à la fécondité des filles; un troisième lui apprend qu'un domestique a été proclamé citoyen vertueux pour avoir trahi son maître, et qu'un homme a reçu l'accolade fraternelle pour avoir dénoncé son frère; il lit dans un journal l'arrêt de mort prononcé contre une fille de dix-sept ans pour avoir envoyé quelques secours à son père exilé. Un grand bruit se fait entendre : mon voyageur sort, et voit des centaines d'hommes que l'on va fusiller à la prairie de Mauves; il court sur les bords de la Loire; on lui montre les bateaux à soupape, et on lui en explique l'usage : Grand Dieu! s'écrie-t-il, le roi de France est donc un horrible tyran; les prêtres, les nobles, les magistrats sont donc des monstres, puisqu'ils souffrent de telles atrocités ! Vous vous trompez, lui dit quelqu'un en baissant la voix, le roi a été assassiné par des rebelles, les magistrats ont péri en masse sur l'échafaud, les prêtres et les nobles ont été pillés, proscrits, massacrés, pour le seul crime d'êtres prêtres ou d'être nobles. Et nous ne sommes plus au temps des Chilpéric et des Frédégonde, et la perfectibilité nous a portés au sommet de la civilisation, et nous vivons dans le siècle des lumières !

J'espère que M. Dulaure, quand il composera son dernier volume, voudra bien joindre à ses tableaux celui dont je viens de tracer une faible esquisse.

Rien de plus juste que de faire comparaître les rois au tribunal de l'histoire, rien de plus honteux que de brûler le même encens devant la statue d'un Tibère et celle d'un Antonin ; qui voudrait être un Henri IV, s'il devait porter à la postérité le même renom que Charles IX ? Mais ce droit de frapper un règne du sceau de la louange ou du blâme, ce droit dont jouissent pleinement les vrais historiens, nos fougueux révolutionnaires s'en sont volontairement dépouillés, et ils se sont jetés dans les plus absurdes contradictions quand ils ont voulu le ressaisir.

Depuis long-temps ils nous crient que l'histoire n'existe point encore parce qu'elle ne s'est occupée jusqu'à présent que des rois et des princes, tandis qu'elle ne devrait considérer que des peuples,

seuls et véritables souverains. Vingt fois j'ai vu reproduire cette maxime philosophique, et voilà
qu'un ultrà-philosophe, un vétéran de la révolution, et conséquemment un homme éminemment
sage, nous présente un gros livre d'histoire où il
n'est pas question des peuples, mais où, dans
chaque page, il fait passer en revue les rois, les
nobles et les prêtres, pour nous les montrer sous
toutes les faces. Ils sont donc de quelque importance puisqu'ils occupent uniquement un juge
aussi grave, aussi intègre, aussi incorruptible que
M. Dulaure. Et que deviennent ces peuples, toujours si bons, si justes, et dont la voix est la voix de
Dieu? Et quoi, philosophe, vous dédaignez ces véritables souverains! ne seriez-vous qu'un royaliste
déguisé? j'avoue que le déguisement est parfait.

Il est une autre contradiction que je ne puis passer aux amis des *principes éternels et imprescrip-
tibles.* Ils nous ont appris, ils nous ont prouvé
que les rois ne sont pas pétris d'un limon plus pur
que le reste des hommes : c'était, j'en conviens,
une grande découverte, car, avant eux, on croyait
que les rois ne tenaient point à l'humanité ; mais,
par une étrange inadvertance, M. Dulaure revient
sur notre bon Henri IV, pour lui reprocher ses
amours et ses galanteries. Ce prince, que nous
nommons grand, a, *dans sa première jeunesse,*
séduit une femme à la Rochelle. Je conçois tout
ce qu'un pareil crime, commis, dans la première
jeunesse, doit avoir d'affreux aux yeux d'un ver-

tueux moraliste, mais j'en tire une conclusion fâcheuse pour les républicains : ils reconnaissent donc que les rois sont pétris d'un limon moins terrestre, puisqu'à l'âge de seize ans il leur est défendu d'aimer une jolie femme. Tout cela nous prouve que la logique républicaine n'est pas d'une clarté parfaite.

C'est peu d'être tombé dans des contradictions ; l'inflexible censeur a aussi commis de grandes injustices ; on ne voudra pas le croire, sans doute : M. Dulaure a toujours été si bon juge ! Mais enfin je vais prouver. Un historien qui a quelque pudeur signale hardiment les vices des individus, mais ne verse pas l'opprobre sur des classes entières, et il se garde bien surtout de tirer des conséquences humiliantes pour les descendans, des fautes que les ancêtres ont pu commettre. M. Dulaure ne connaît pas ces ménagemens commandés par l'honneur et par la justice. Dans son histoire, ce ne sont pas *des* nobles, mais *les* nobles ; ce ne sont pas *des* prêtres, mais *les* prêtres qu'il montre, dans tous les temps, comme lâches, cruels, dissolus, insolens et rampans, comme des voleurs, des assassins, des fanfarons de crimes ; et, de la répétition de ces invectives à toutes les époques, il faudrait conclure que le crime est inhérent et indélébile dans ces deux classes d'hommes, et que le seul titre de noble ou de prêtre produit un effet aussi inévitable que les prétendues bosses de la crâniologie. Comme l'auteur se délecte en réunissant les plus dégoûtans lambeaux des chroniques les plus obscures ou les plus méprisées! Ici, et l'on n'a plus l'excuse de la barbarie, puisqu'il est question du dix-septième siècle; ici, les nobles, avec les bottes blanches et la longue épée, battent le pavé, font tapage dans les brelans, dans les tavernes et dans les lieux de débauche, n'ouvrent la bouche que pour blasphêmer (ce qui doit scandaliser l'honnête M. Dulaure) et pour vanter leurs prétendus exploits. Plus loin, ces nobles courtisans feignent des dangers qu'ils n'ont pas courus, exaltent leur prétendu courage, et se font gloire d'actions criminelles qu'ils n'ont pas même eu l'audace de commettre. Plus loin encore, les nobles spadassins, habitués des tripots de Paris, font *profession d'assassiner pour leur compte ou pour celui des autres.* Les tableaux dans lesquels figurent les évêques, les prêtres et les riches abbés, sont de nature à ne pouvoir être offerts aux regards des honnêtes gens, et à produire une impression nauséabonde sur les lecteurs les moins délicats. Et encore si de pareilles images étaient montrées avec une prudente réticence et une sage sobriété, je consentirais à n'y voir que des preuves fournies avec répugnance, et commandées, si l'on veut, par les devoirs de l'historien, mais avec une constance et un acharnement qui me rappellent le *non mussura cutem,* etc..... M. Dulaure, concis dans tout le reste, noircit tout-à-coup des centaines de pages de tout ce que la haine, l'injustice et la fureur peuvent trouver de plus révoltant. Et voilà ce qu'à chaque règne il nomme *tableau moral!* Il n'a fait que transcrire, dira-t-il sans doute : mais d'abord un homme de goût se complaît-il à copier longuement et aussi fréquemment de pareilles infamies, et puis sur quelles autorités cet écrivain se permet-il d'avilir tout ce qu'il y a de respectable parmi les hommes ? C'est un Louis Vervin, auteur d'un livre intitulé : *l'Enfer des Chicaneurs;* ce sont *les Caquets de l'Accouchée,* c'est *la Promenade du Pré-aux-Clercs,* c'est un poëme burlesque de Bertrand, *l'Espadon satirique* du sieur d'Esternod, la satire du poète Sigognes *contre son haut-de-chausses :* tels sont les Tacite, les Salluste de M. Dulaure; c'est d'après de tels oracles qu'il voue à l'exécration des siècles toute la nation française, depuis le commencement de la monarchie jusqu'à la fin du règne de Louis XIV, en montrant constamment les classes supérieures comme un ramas de brigands, et les autres classes comme une tourbe de vils esclaves. Cela n'empêchera pas sans doute quelques frères et amis de présenter son livre comme *éminemment national,* et l'auteur comme *éminemment français.* Oh ! si c'est être Français que de montrer sa patrie sous de pareilles couleurs, si la France était réellement telle que l'a présentée M. Dulaure, il n'est pas ici un honnête homme qui n'aimât mieux être Tartare ou Kalmouk. Je suis peu curieux de savoir comment M. Dulaure terminera son ouvrage; je sens qu'il doit réserver tous ses éloges pour les beaux temps de la révolution, et surtout pour l'immortelle *Convention nationale*. Puisqu'avant la régénération, tous les grands du royaume ont été des monstres de corruption et de cruauté, la pureté des mœurs, l'humanité et la justice ont dû descendre du ciel, et nous consoler en 1793. M. Dulaure est un témoin irrécusable des événemens de cette époque; il la jugera mieux que personne; ennemi de toute cruauté, il n'aurait jamais prononcé l'affreux mot de *mort*, même contre un coupable, à plus forte raison contre un innocent. Je sais donc d'avance tout ce qu'il peut dire, et sur de pareilles matières la forme plus ou moins spirituelle m'importe fort peu. Je dis donc adieu à M. Dulaure, et ne lui adresse plus qu'un seul vœu : j'espère qu'il outragera la mémoire de Louis XVI; il le doit en conscience.

HISTOIRE GÉNÉRALE,

PHYSIQUE ET CIVILE DE L'EUROPE,

DEPUIS LES DERNIÈRES ANNÉES DU CINQUIÈME SIÈCLE JUSQUE VERS LE MILIEU DU DIX-HUITIÈME;

Par M. le comte DE LACÉPÈDE.

LA méthode que l'auteur s'est prescrite dans cette vaste composition est si féconde en résultats utiles, elle donne une physionomie si originale et

si heureuse à l'histoire générale des peuples européens, qu'à défaut de tout autre mérite, elle
suffirait encore pour faire estimer et rechercher
l'ouvrage entrepris et achevé sur un plan aussi
hardi. M. le comte de Lacépède a conçu l'idée de
faire marcher de front l'histoire de tous les peuples
de l'Europe pendant la longue période de treize
siècles; et il s'est acquitté avec beaucoup de bonheur d'une tâche qui exigeait tant d'instruction et
d'attention, tant de courage et de patience.

Pour mieux faire sentir le prix de cette méthode,
examinons celle qui lui est opposée et plus généralement suivie : dans l'*Histoire universelle* de
M. le comte de Ségur, ouvrage écrit avec une
noble élégance et une rare impartialité, les histoires séparées de tant de peuples, ne forment
point ce qu'on appelle un livre, mais une réunion
de livres qui pouvaient se publier isolément ou
ensemble, et auraient pu être composés par autant
d'écrivains. Ce système avait l'inconvénient de
forcer l'auteur à présenter deux, trois ou quatre
fois les mêmes événemens historiques. L'expédition d'Annibal, par exemple, devait se décrire
tout entière dans l'histoire de Carthage et dans
celle de Rome; les brillans exploits d'Alexandre
devaient appartenir à l'histoire de la Perse, se
reproduire dans celle de la Macédoine, et reparaître encore dans celles de l'Égypte et de la Grèce,
avec tout le cortége des successeurs de ce héros. Ce
défaut, car c'en est un, pouvait s'excuser, se justifier

12.

peut-être chez M. de Ségur qui, s'étant proposé
pour but l'instruction de la jeunesse, avait sans doute
pensé que les mêmes faits présentés plusieurs fois
dans des cadres différens, se gravaient mieux dans
la mémoire ; mais ce n'eût été qu'une répétition
fastidieuse dans l'ouvrage de M. de Lacépède qui
voulait nous offrir les agrémens et l'intérêt d'une
lecture variée, et non pas le travail d'une étude
pénible. Observons d'ailleurs que les histoires des
peuples modernes de l'Europe sont bien plus liées
entre elles que ne l'étaient celles des peuples anciens ; les rapports multipliés et souvent intimes
qu'ont entre eux les États européens, empêchent
de séparer leurs annales en histoires particulières,
et l'on ne peut écrire celle d'une seule nation sans
y faire intervenir presque tous les autres peuples.
Je n'en veux citer pour preuves que les Croisades,
les démêlés du sacerdoce et de l'Empire, et la
guerre de trente ans, qui ne peuvent être considérés comme des actions ou des Français, ou des
Allemands, ou des peuples de l'Italie, mais qui
ont été des actes européens. Or, à quelles inter-
minables redites M. de Lacépède ne se serait-il pas
condamné s'il avait traité séparément l'histoire de
chaque nation ? Il eût fallu reproduire le même fait
autant de fois qu'il y a d'États distincts en Europe.

Voyons maintenant par quel art il a su écarter
les dangers d'un pareil projet, sans perdre aucun
de ses avantages. Il a d'abord cherché à établir,
dans les treize siècles qu'il voulait exploiter, une

division qui ne fût ni arbitraire, ni symétrique,
mais qui, sans égard pour le nombre plus ou moins
grand d'années renfermées dans une période, lui
offrît ces points de repos qui suivent les grandes
révolutions, ces limites que l'histoire a marquées
dans le temps, comme la nature en a tracé dans
l'espace, et où il pût terminer une série d'événemens avant de commencer une autre série. Il a
donné le nom d'*époques* aux périodes de temps
comprises entre deux points de repos, et dans chacune de ces époques il a déroulé, sous les yeux
du lecteur, le tableau presque synoptique de tous
les faits mémorables dont l'Europe entière a été le
théâtre. Il a fait en quelque sorte pour les événemens historiques, ce que font les géographes pour
les diverses contrées, car souvent dans la même
page vous voyez des peuples fort éloignés con-
courir à un même but, quoiqu'ils ne prennent pas
toujours part à la même action. Par cette méthode,
non-seulement on connaît aussi bien l'histoire que
par tout autre procédé ; mais on voit d'un coup-
d'œil tout ce qui a été contemporain ; on apprend
non-seulement à reconnaître tout ce qui s'est succédé, mais encore à distinguer les faits et les personnages qui ont paru à la même époque, à
quelque distance que ce soit, et lors même que
ces faits et ces personnages n'ont eu aucun rapport entre eux. De cette manière, cent histoires
diverses deviennent une histoire unique, et les
événemens, les tableaux, les caractères se trou-

vent bien mieux liés dans la mémoire du lecteur, que s'il les examinait séparément, à de longs intervalles, dans différens chapitres, et surtout dans des tomes différens. Nous avons un grand nombre d'hommes qui ont lu l'histoire, qui la connaissent assez bien, et qui cependant, en rapportant un fait de l'histoire de France, par exemple, seraient fort embarrassés de répondre à l'homme qui leur ferait cette question : « Pendant ce temps-là, que faisait-on à Constantinople, à Vienne, à Rome et à Madrid ? » Avec le secours de M. de Lacépède, on répondrait sans hésiter : « Alors, tel prince régnait sur tel peuple, il était occupé de telle guerre, ou il fondait telle institution. » Cette connaissance de tout ce qui est contemporain, est très-agréable à l'esprit, très-favorable à l'étude, et très-utile surtout aux personnes qui sont curieuses de connaître les progrès plus ou moins lents de la civilisation sur les différens points de l'Europe. Pour tout dire enfin en une seule phrase, le procédé de M. de Lacépède donne de l'unité à cent histoires diverses, tandis que la méthode contraire ne fait de l'histoire générale qu'une collection d'histoires particulières ; celles-ci peuvent tout aussi bien être composées *par une société de gens de lettres*, tandis que l'autre ne peut être traitée que par un seul écrivain.

La méthode étant excellente, et la vaste instruction de M. de Lacépède ne pouvant être l'objet d'un doute, il reste à considérer le style de l'au-

teur et le coloris qu'il a su répandre sur les innombrables tableaux que présente une histoire si
longue et si variée. Occupons-nous d'abord de la
pensée, ou, comme on dit aujourd'hui, de l'opinion. Sous ce rapport, l'auteur est irréprochable,
malgré toutes les inductions qu'on ait pu tirer de
son admiration, trop naïve peut-être, pour un
homme qu'après tout on a bien pu haïr, mais
que ses ennemis haïssaient d'autant plus qu'ils
étaient plus forcés de l'admirer. Quelle qu'ait été
la pensée intérieure de M. de Lacépède, il est au
moins certain qu'aucun esprit de système, aucune
influence de l'opinion, aucune intention de réduire tout au physique, ne se font sentir dans
aucune partie de son ouvrage. Je me plais à déclarer cette vérité, parce qu'elle est entièrement
contraire au reproche inconsidéré que l'on avait
fait à l'auteur d'écrire géologiquement une histoire morale, comme les philosophes révolutionnaires expliquaient les phénomènes de l'intelligence par des combinaisons chimiques.

Le but principal de M. de Lacépède étant de
suivre les progrès de la civilisation européenne,
il note avec complaisance chacun de ces progrès
de quelque source qu'il soit sorti ; il accueille avec
amour tout le bien qui a été fait aux hommes,
soit qu'on l'ait dû aux papes et aux moines, soit
qu'il ait été le résultat de la volonté des rois ou
des méditations des philosophes. Il a, je l'avoue,
la même impartialité pour noter le mal et pour en

assigner les causes; c'est un grand tort peut-être, et je sens combien M. de Lacépède aurait obtenu d'éloges s'il avait eu l'esprit de mentir à sa conscience et à l'histoire, selon une certaine direction.

Sous le rapport littéraire, le style de l'auteur est tel qu'il devait être dans une histoire générale, c'est-à-dire clair, élégant et rapide. Mais qu'on se garde bien de le comparer à celui des auteurs anciens qui ont écrit des histoires particulières; on tomberait dans une étrange erreur : autre chose est de réunir en un seul faisceau les annales de cent peuples divers, ou de s'occuper d'un seul peuple que l'on veut illustrer, et auquel on veut inspirer un orgueilleux amour pour sa patrie. Qu'on ne s'attende pas à trouver dans une histoire générale ces longs développemens, ces tableaux composés avec art, et sur lesquels l'auteur s'arrête avec complaisance; qu'on n'y cherche point ces parallèles antithétiques entre les grands hommes que l'on oppose l'un à l'autre, ni ces *conciones* où l'historien quitte son tribunal pour devenir orateur. Laissons ces ornemens, ces morceaux d'apparat aux écrivains qui traitent les histoires spéciales; ce qui est un mérite ici ne serait qu'un défaut choquant dans une histoire où tant de nations s'agitent, se heurtent, et réclament presque en même temps toute l'attention du lecteur. Si Tite-Live avait décrit tout ce qui s'est passé en Europe pendant la durée de la république romaine, il nous aurait privés sans doute de la plus grande partie de ces belles harangues qui appartiennent plus au domaine de l'orateur qu'à celui de l'historien ; si Quinte-Curce avait écrit les annales de la Grèce et de l'Asie, il n'aurait pas métamorphosé un guerrier scythe en déclamateur, pour lui faire dire : « *Si dii habitum corporis tui aviditati animi parem esse voluissent*, etc., etc. » L'éloquence, d'ailleurs, ne consiste pas seulement dans les discours méthodiques et développés ; le général romain qui dit à ses légions : « *Majores et posteros cogitate ;* » le général français qui dit à ses soldats exilés en Égypte : « Du haut de ces pyramides quarante siècles vous contemplent, » donnent au courage de leurs guerriers une impulsion aussi puissante que si leurs discours avaient eu les quatre parties de l'oraison. Ne demandons à M. de Lacépède que ce qu'il a dû, que ce qu'il a pu nous offrir.

Cependant une voix s'est élevée et a reproché à M. de Lacépède un style empreint de *sentimentalité*. Quoique ce dernier mot ait peut-être besoin d'être expliqué, on en devine aisément le sens, et j'avoue à regret que le reproche n'est point injuste ; mais examinons en quoi consiste ce défaut, et sans chercher à l'excuser, n'en exagérons pas l'importance.

Il est très-vrai que M. de Lacépède n'a point l'impassibilité de ces historiens graves qui approuvent sans amour et condamnent sans colère. Une grande perversité l'étonne comme si la connais-

sance des passions humaines ne l'y avait pas habi-
tué. Des perfidies et des atrocités qui datent de dix
ou douze siècles le jettent dans des transports
pareils à ceux qui nous soulevaient à la vue de
nos crimes révolutionnaires. Son indignation se
manifeste alors par l'emploi des figures les plus
véhémentes. Les interrogations, les interjections,
les exclamations accompagnent trop fréquemment
les récits de ces forfaits où la cruauté se trouve
réunie à la lâcheté et à la bassesse ; il recherche
et souvent il accumule les épithètes qui expriment
le plus vivement l'horreur ou le mépris. Il paraît
avoir oublié que l'historien est un juge, et n'avoir
pas senti combien le président d'un tribunal criminel choquerait les convenances et altérerait son
auguste caractère si, à chaque détail d'un déplorable procès, il s'écriait : « Quelle horreur! quelle
barbarie! quelle monstruosité! »

Ce défaut est grand dans une histoire, et il suffirait pour faire condamner l'ouvrage s'il se repro-
duisait fréquemment dans toute l'étendue d'une
histoire générale. Mais n'ayant fait aucun effort
pour atténuer le reproche, je dois, sous peine de
paraître injuste, lui opposer tout ce qui peut légitimement en affaiblir l'impression.

Lorsque je n'avais lu encore que le premier volume de cette histoire, je n'hésitais pas à blâmer
l'historien de s'être ainsi placé au rang des lecteurs, et d'exprimer successivement toutes les sen-
sations agréables ou pénibles que lui faisaient

éprouver les récits. On m'assura que ce défaut devenait bien plus rare dans le tome suivant, et disparaissait enfin dans les autres. Je doutai de la justesse de l'observation ; mais je ne tardai pas à reconnaître qu'elle était exacte. La réflexion me fit bientôt sentir que j'aurais dû m'attendre à cet amendement du style, parce qu'il eût été impossible de continuer sur ce ton une histoire d'une pareille étendue. Le nombre des épithètes laudatives ou improbatives n'est point infini ; l'auteur a dû se lasser bientôt de reproduire les mêmes formes, et se fatiguer lui-même de ses exclamations. Il a bien fallu, d'ailleurs, qu'il s'habituât aux horreurs historiques ; car, dans de longues périodes de temps, pendant le moyen âge, les crimes sont le fonds de l'histoire, et les actes de vertu n'y sont que des exceptions. Le tort de M. de Lacépède n'est donc réel que dans les deux ou trois premières époques de son histoire. Et quelles époques lui inspiraient tant d'indignation ? Celles des Childebert, des Clotaire, des Chilpéric et des Frédégonde. Puis-je lui reprocher amèrement ses exclamations, quand je ne puis les retenir moi-même à la vue de pareils tableaux ? Ajoutons enfin que l'auteur n'a point présidé à l'édition de son ouvrage, et supposons que, par quelques traits de plume, il eût fait disparaître tout ce qui en trouble l'harmonie.

Abordons maintenant une question qui a de l'importance chez nous, mais qui ne serait peut-être pas comprise dans tout autre pays de l'Europe. Un savant peut-il traiter avec succès des sujets purement littéraires? Un naturaliste peut-il être historien? Partout ailleurs on me répondrait : « Pourquoi pas? » Mais en France on a un tel amour pour la spécialité que quand un homme s'est distingué dans une carrière, on veut lui fermer toutes les autres. Un auteur s'est-il fait un nom dans la poésie légère, on le déclare étranger à toute étude sérieuse. Par une conséquence de ce préjugé, l'élégance et les grâces doivent nécessairement fuir tout homme qui s'est voué aux sciences. *Un lourd savant!* telle est l'expression répétée avec un ridicule dédain par le plus petit homme de lettres qui semble se féliciter de n'être ni un astronome, ni un géomètre, ni un physicien. Et dans quel temps encore faut-il que je repousse une pareille prévention? C'est lorsque l'un de nos plus grands écrivains nous a laissé une histoire naturelle qui est encore plus un chef-d'œuvre de style qu'un monument scientifique; c'est lorsque des traités d'astronomie, de géographie, de physiologie et d'anatomie sont écrits avec une clarté, une pureté et une élégance que je ne retrouve pas toujours au même degré dans des ouvrages purement littéraires. Avec plus de justice on reconnaîtrait que sous le rapport du style les sciences ont encore plus gagné, depuis un demi-siècle, que la littérature n'a perdu.

Non, les connaissances positives ne sont point

incompatibles avec l'élégance et même avec la grâce ; non, savoir davantage ne force pas à écrire moins bien ; aucune branche des connaissances humaines ne peut influer en mal sur l'esprit et sur le talent ; et je ne supposerai jamais qu'un homme doive avoir moins d'esprit que moi par cela seul qu'il sait ce que j'ignore. Allez donc demander en Suisse et en Allemagne si le savant Haller a pu faire des vers agréables ; allez demander en Italie s'il faut mépriser les poésies de Michel-Ange , parce que ce poète était grand sculpteur, grand peintre et grand architecte. Comment le savoir diminuerait-il le talent quand il ajoute à nos richesses intellectuelles? Mais, dira-t-on, nous connaissons des savans bien lourds et bien ennuyeux ; cela est vrai, mais je connais aussi des ignorans qui ont fort peu d'esprit.

Si M. de Lacépède avait échoué dans son entreprise , ce ne seraient certainement pas ses connaissances en histoire naturelle qui lui auraient ôté les moyens de réussir. Je puis sur ce point rassurer le lecteur : en écrivant l'histoire des hommes civilisés , ce savant ne les a pas traités comme des poissons ou des reptiles. Il ne serait pas même difficile de démontrer que , loin de nuire au talent de l'historien , les sciences positives lui ont été d'une grande utilité. Quintilien conseillait l'étude de la géométrie aux hommes qui se vouaient à l'éloquence : « Le but de la géométrie, disait-il, est de prouver ; c'est aussi celui que se propose l'éloquence. » L'histoire naturelle surtout peut empêcher l'historien de tomber dans ces erreurs superstitieuses qui déparent les plus beaux ouvrages de l'antiquité. Tacite nous dit sans s'étonner que, de son temps, il parut un phénix en Égypte, et il semble croire à l'existence de cet oiseau fabuleux. Pline nous assure que les grenouilles de l'île de Sériphe étaient muettes; il dit aussi qu'à l'embouchure du Tibre il parut une orque dont le souffle seul submergeait les navires. Hérodote parle d'un Aristée qui vécut un grand nombre de siècles, qui mourut trois fois et ressuscita trois fois. On pourrait citer une foule de faits semblables, que l'ignorance des lois de la nature a fait admettre par les meilleurs historiens.

On sent que, sous ce rapport, les chroniqueurs du moyen âge ont dû être encore moins philosophes. Tout ce que leur ignorance ne peut pas expliquer, est rangé par eux dans le domaine du merveilleux. Aucun temps ne fut plus fertile en miracles qui ne tournaient point au profit de la religion; car les païens avaient les leurs, tout aussi bien constatés que les autres : les beaux esprits de ce temps se battaient à coups de prodiges.

M. de Lacépède fait justice de toutes ces croyances absurdes, et il assigne des causes naturelles à des faits, merveilleux en apparence, qui sans cette explication seraient aujourd'hui rejetés avec dédain. Une observation qu'il ne faut pas perdre de vue en lisant cette histoire, est que l'on doit

bien se garder de comparer l'état ancien des Gaules
et de la Germanie à l'état actuel de la France et de
l'Allemagne. Une grande partie de la surface de
ces contrées était couverte de forêts immenses et
de vastes marais ; les fleuves mal encaissés répan-
daient leurs eaux sur les campagnes ; les pluies
beaucoup plus abondantes grossissaient les rivières
et faisaient obstacle aux communications ; les eaux
ne trouvant pas d'écoulement, ne diminuaient que
par une évaporation lente, élevaient dans l'atmos-
phère des torrens de vapeurs et fournissaient une
ample matière aux orages et à la foudre. Cette considération explique la largeur démesurée que les
anciens écrivains donnent à nos fleuves, les funestes inondations dont ils parlent, et ces orages
si fréquens et si terribles qui ont si souvent séparé
des armées prêtes à en venir aux mains, et qui,
attribués à des causes surnaturelles, redoublaient
la superstition, et tournaient au profit des hommes
pour qui l'ignorance des peuples est une source
de richesses. Alors on n'eût pas osé citer le vers
d'Ovide, dans lequel Pythagore explique aux habitans de la Grande-Grèce,

Jupiter an venti displosâ nube sonarent.

Dans mille passages le lecteur s'apercevra que
M. de Lacépède a dissipé l'obscurité de certains
faits historiques, remplacé les prodiges par des
événemens vraisemblables, et substitué des no-

tions raisonnables aux erreurs de la superstition
et de l'ignorance. C'est ici au moins que la connaissance des effets naturels n'est point inutile à
l'historien ; et l'on ne peut plus demander si un
naturaliste a le droit d'écrire l'histoire de l'homme
civilisé.

HISTOIRE ABRÉGÉE DES TRAITÉS DE PAIX

ENTRE LES PUISSANCES DE L'EUROPE,

DEPUIS LA PAIX DE WESTPHALIE ;

Par feu M. KOCH ;

Ouvrage entièrement refondu, augmenté et continué jusqu'au Congrès
de Vienne et aux traités de Paris, en 1815 ; par F. SCHŒLL, conseiller d'ambassade de S. M. le roi de Prusse près la cour de France.

Nous comprenons tant de choses sous le nom
de *politique*, nous rangeons tant d'objets différens
sous cette dénomination banale, que, pour se
faire entendre, il faut circonscrire la matière et
prescrire des limites à l'expression. Du temps de
Montaigne le mot *politique* ne s'appliquait guère
qu'aux relations extérieures ; et tout ce qui concer-
nait l'État en lui-même était exprimé par le mot

police, qui a pris depuis une acception plus res-
treinte. Quelquefois par *police* on entendait le gouvernement d'une monarchie ou d'une république,
comme dans cette phrase de Montaigne : « *L'excellente et meilleure police, est à chacune nation, celle
sous laquelle elle s'est maintenue.* » Ailleurs ce mot
signifiait l'ensemble des usages, des mœurs, des
habitudes d'une nation, comme dans cette autre
phrase du même auteur : « *C'est chose puissante
et de difficile dissolution, qu'une civile police : elle
dure souvent contre des maladies mortelles et in-
testines : contre l'injure des lois injustes, contre la
tyrannie, contre le débordement et ignorance des
magistrats, licence et sédition des peuples.* » Ce
mot enfin s'appliquait également à la conduite des
hommes entre eux, et même à celle des femmes,
comme quand le même philosophe dit : « *La police des femmes a un train mystérieux.* » Nous y
avons substitué le mot *politique,* et nous y avons
mis une bien plus grande confusion : si, dans la
conversation familière, nous rappelons un des événemens de la révolution, on dit que nous parlons
de politique ; veut-on diviser les hommes en *parti*
lorsque souvent ils ne sont divisés qu'en intérêt,
on fait autant de politiques de ceux qui blâment,
de ceux qui approuvent, de ceux qui se plaignent,
qui demandent ou qui espèrent. Un journal rend-il
compte d'une séance des Chambres, il devient une
feuille politique ; une grande dame a-t-elle fait un
petit voyage et mangé un poulet à son dîné, ce fait

est placé dans les nouvelles politiques ; c'est dans la politique que sont rangés le repas donné par M. le duc, le bal de M. le comte, le rhume de M. le marquis ; quelques étourdis du parterre font-ils une sotte application d'une phrase d'opéra comique ou de vaudeville, cet événement fait grand bruit dans les salons politiques, et provoque une sérieuse discussion ; des pamphlétaires se vengent-ils par des injures du mépris qu'on a fait de leurs talens, trente pages de diatribes les placent au rang des écrivains politiques ; tous ceux enfin qui écrivent pour flatter la puissance, pour insulter à la faiblesse, pour se plaindre, pour aigrir les esprits, pour fomenter, prédire et vanter les révolutions, sont aussi des écrivains politiques, et quoique nous soyons encore des écoliers dans l'étude de cette science, nos bibliothèques gémissent déjà sous le poids des volumes dans lesquels nous enseignons aux rois, aux ministres, aux législateurs, ce que nous ne savons pas nous-mêmes.

On reproche aux Parisiens, et surtout aux femmes, de parler sans cesse de politique : et de quoi voulez-vous que l'on parle, puisqu'on met de la politique partout, jusque dans le ruban d'un chapeau, dans un bouquet, dans la chute d'une comédie, dans le succès d'un mélodrame ? Ils ne sont plus ces temps heureux où l'humble *Gazette de France* était notre code politique ; nous connaissions tous ceux qui étaient montés dans certains carrosses, ceux qui avaient acheté une charge de secrétaire

du roi, les gens comme il faut qui s'étaient mariés ;
et quand on avait lu la feuille, on avait le bonheur d'oublier la politique jusqu'au lendemain au
matin. Quelquefois cependant le journal faisait un
peu de bruit ; la Prusse avait fait *filer* des troupes ;
l'arbre de Cracovie était la tribune aux harangues,
et la foule des trop heureux badauds écoutait,
bouche béante, le grand politique qui, en crachant
sur le sable, représentait l'Oder ou le Danube, assiégeait deux petits cailloux qu'il nommait Glatz et
Schweidnitz, et qui, par ses profondes connais=
sances, avait mérité le beau surnom de M. Trente-
Mille-Hommes. Nous étions légers alors, étourdis,
inconsidérés. Sous ce règne du *despotisme*, nous
faisions tout ce que nous voulions ; ne songeant
qu'au plaisir, ne cherchant que des distractions
amusantes, le Français mettait à profit le jour
sans penser au lendemain ; mais nous étions esclaves, dit-on, et la révolution est venue fort à
propos nous apprendre à être heureux plus sérieusement.

L'excellent ouvrage que j'annonce ne traite que
de la politique sérieuse et de la politique extérieure.
Il a été commencé par M. Koch, à qui l'on doit
le *Tableau des révolutions de l'Europe,* dont j'ai
rendu compte, et dont la réputation n'a fait qu'augmenter depuis la mort de l'auteur. L'Histoire des
Traités de paix a été continuée par M. Schœll, ou
plutôt entièrement refondue, et tellement augmentée, que le travail de M. Koch ne fait plus au-

13.

jourd'hui qu'une petite partie du livre. Si nous
aimions autant à nous instruire en politique que
nous aimons à en parler, l'Histoire des Traités de
paix serait déjà connue de tout le monde ; mais le
mérite de cette production ne me garantit point
son succès ; tel qui nous prophétise de nouvelles
guerres ; tel qui, dans une mince brochure, fait
mouvoir toutes les armées de l'Europe, et règle
dans son cabinet les destinées futures des deux hé-
misphères, ne se donnera pas la peine de lire huit
volumes pour y apprendre les premiers élémens
de la science dont il se croit le coryphée. D'ailleurs M. Schœll a fait une faute, dont le motif est
très-louable, mais qui peut influer d'une manière
fâcheuse sur le sort de son ouvrage. Tandis que des
auteurs, et surtout des libraires, cherchent à capter
l'attention et à stimuler la curiosité des lecteurs par
des titres fastueux et mensongers, il a précisément
négligé, dans le sien, la seule chose qui pût nous
arracher à notre paresse, et vaincre notre répugnance pour les lectures de longs cours. Quel est
le politique de salon qui ne reculera pas devant
huit volumes de traités de paix ? Quel amusement
lui promet une pareille collection ? Pourquoi l'auteur n'annonce-t-il pas tout ce que contient son
livre, lorsque tant d'autres vendent ce qui n'est
pas dans les leurs ? Tâchons donc de réparer une
omission aussi grave.

On se tromperait étrangement si l'on croyait,
d'après le titre, que M. Schœll s'est contenté de

réimprimer tous les traités de paix qui ont été signés, fort inutilement pour le repos de l'Europe,
depuis 1648 jusqu'à 1815. Une telle lecture ne
serait pas supportable, et moi-même, qui suis condamné à la patience, je ne me serais fait aucun
scrupule d'annoncer la compilation sans en couper les feuillets. Le véritable titre de cet ouvrage
serait, non pas l'Histoire des traités de paix, mais
l'Histoire des guerres, des négociations et des traités, depuis la paix de Westphalie jusqu'au traité
de 1815. Ce que le P. Bougeant a fait pour la paix
de Munster, M. Schœll l'a reproduit pour les deux
siècles qui viennent de s'écouler. Dans chacun des
chapitres il présente la situation de l'Europe aux
diverses époques, il révèle les causes qui ont fait
rompre les derniers traités, il décrit les guerres qui
ont suivi la rupture, les négociations utiles ou
infructueuses, publiques ou secrètes, qui ont produit une courte paix, ou qui ont prolongé la
guerre, et quand les puissances consentent à poser
les armes, M. Schœll ne rapporte de leurs traités
que les articles essentiels, c'est-à-dire, ceux qui
peuvent assurer la paix, ou qui renferment le
germe d'une nouvelle guerre. Ce simple exposé
donne sans doute une idée plus avantageuse du
livre qu'une annonce de traités de paix, et cependant je n'ai point encore parlé de ce qui en rend
la lecture plus piquante. Les peuples ne connaissent les événemens de la guerre que par les bulletins, les *Te Deum*, et les traités ostensibles; or,

les bulletins n'ont pas toujours l'exactitude des
calculs de Barême ; les *Te Deum* sont quelquefois
chantés dans les deux camps, et les traités rappor-
tés dans un journal officiel sont ordinairement
une traduction *fort libre* des traités originaux ; les
peuples ne connaissent donc leurs affaires que
long-temps après qu'elles sont terminées ; et les
hommes qui sont le plus instruits des événemens
de la révolution, ceux même qui ont combattu
dans les rangs de nos braves, ceux enfin qui ont
cru être initiés dans les mystères de la diplomatie,
trouveront encore dans le livre de M. Schœll des
faits absolument nouveaux, avec les preuves qui
les constatent, la révélation d'intrigues inconnues
au public, et la manifestation de plusieurs secrets
qui éclaircissent des difficultés jusqu'à présent inexplicables.

Cet ouvrage n'est donc pas seulement utile,
mais indispensable pour tous les hommes et même
toutes les femmes qui, atteints de l'épidémie politique, ne veulent pas se donner le ridicule de raisonner, disputer et déraisonner sur des choses
qu'ils ignorent. Tous nos discoureurs veulent
briller dans les cercles ; eh bien ! qu'ils soient convaincus une fois pour toutes qu'au lieu de briller,
ils deviendront un objet de dérision s'ils négligent
d'acquérir des notions au moins préliminaires sur
les grandes questions qu'ils osent agiter.

Je me préparais à donner cette leçon à ceux de
nos politiques ou publicistes qui ont tous les jours

la naïveté de nous fournir des preuves de leur ignorance, lorsque j'ai reçu les *OEuvres de M. Andrieux*, membre de l'Académie Française ; il y a loin sans doute d'un recueil de comédies agréables et d'élégantes poésies à une Histoire des Traités de paix, et cependant, j'ai trouvé dans une de ces poésies fugitives des vers où M. Andrieux exprime avec beaucoup de naturel et de concision, ce que je viens de délayer dans plusieurs pages de trop humble prose. Les voici :

Pourquoi donc parlez-vous sur toutes les matières ?
Je suis un homme simple, et j'ai peu de lumières,
Mais retenez de moi ce salutaire avis :
POUR SAVOIR QUELQUE CHOSE IL FAUT L'AVOIR APPRIS.
De régir les États la profonde science
Vient-elle sans étude et sans expérience ?
Qui veut parler sur tout souvent parle au hasard ;
On se croit orateur, on n'est que babillard.

Si le quatrième de ces vers était inscrit en grosses lettres sur les lambris de nos salons, nos jolies femmes seraient condamnées à redevenir aimables, nos élégans finiraient par comprendre qu'il vaut mieux plaire que discuter ; nos cercles reprendraient ce folâtre enjouement, cette grâce, cette aménité qui faisaient le charme des conversations françaises, et la politique serait reléguée dans le cabinet des hommes qui n'ont rien de mieux à faire qu'à s'instruire, dans les grandes salles où l'on est obligé de réfléchir avant de parler.

Si cependant la politique a jeté de si profondes racines dans nos cerveaux qu'elle soit devenue une vésanie incurable, à défaut de remèdes, j'offrirai des palliatifs; je présenterai, avec le secours de M. Schœll, un aperçu des connaissances qu'il faut tâcher d'acquérir, avant de prétendre régler les destinées des peuples et des rois.

Puisqu'une épidémie politique s'est répandue sur cette France autrefois renommée pour l'esprit et les grâces de ses habitans, puisque la fureur de discuter a succédé au désir de plaire, puisque la politique envahit tous les lieux de réunion, les foyers des spectacles, les salons et même les chambres à coucher, puisqu'enfin il est décidé que des citoyens, d'ailleurs honnêtes et paisibles, doivent disputer, se quereller, s'injurier, se haïr pour des intérêts qu'ils ne comprennent point, pour des questions qu'ils n'entendent pas, il faut laisser au temps, qui détruit tout, le soin de calmer cette fièvre, et de substituer à cette sombre manie une folie plus agréable. Pour guérir nos jolies femmes, il suffira peut-être de leur exposer trois vérités effrayantes, savoir : 1°. que la politique est l'occupation des femmes qui ont quarante ans révolus, et qui, par-là même, en font l'aveu; 2°. que cette mode est déjà vieille; 3°. que toute femme qui se fâche s'agrandit la bouche, se ride et s'enlaidit. Je serai bien étonné si ces observations n'ont pas quelque influence.

Je serai moins sévère encore envers les pamphlétaires, les petits brochuriers et les fabricateurs de nouvelles. Ce sont de bonnes gens que l'on condamnerait au silence si l'on avait la cruauté d'exiger que chacune de leurs phrases renfermât une pensée, que chacune de leurs conjectures fût fondée sur une raison. C'est par ton seulement qu'ils veulent être malins; mais leur bon naturel se découvre naïvement, même au milieu des guerres qu'ils nous annoncent d'un air mystérieux, et des catastrophes qu'ils viennent nous chuchoter à l'oreille. Ils ignorent qu'il faut avoir beaucoup d'esprit et d'instruction pour composer une fausse nouvelle qui ait de la vraisemblance; n'exigeons donc pas l'impossible, ne leur envions pas leurs petits succès, et laissons-les donner tous les jours, avec une aimable ingénuité, la mesure de leurs connaissances et de leur pénétration.

Les graves auteurs qui font la leçon aux puissances de l'Europe, qui présentent doctoralement une nouvelle circonscription des États, qui, depuis trois ans, prédisent, pour trois mois et à jour fixe, une nouvelle régénération des peuples, qui font mouvoir d'innombrables armées, sans argent et sans bagages, qui vendent d'avance à leur libraire les victoires et les conquêtes futures, méritent beaucoup plus de considération que les babillards politiques. Je dois sans doute un grand respect à des hommes qui régentent les rois, qui partagent les Empires, qui tuent les plus habiles généraux, et triomphent de la légitimité même et

de la justice. Avec quel superbe dédain ne rece-
vraient-ils pas mes conseils! Mais je leur demanderai la permission de leur proposer un doute.
Avant de faire, en pleine paix, de beaux plans de
campagne, ne faut-il pas un peu connaître le terrain que doit parcourir l'armée conquérante? Ne
faut-il pas s'informer des motifs, des moyens, de
l'intérêt qu'une puissance aurait à faire la guerre
ou à rester en paix? savoir quelle est sa population, quelles sont ses finances, dans quel état est
son commerce, quel serait le résultat du succès
ou de la défaite? Ne faut-il pas surtout connaître
les rapports qui existent entre tous les États, leurs
alliances actuelles ou probables, les traités qui les
lient, la conduite que leur conseille leur position
géographique, leur force, l'industrie, le génie de
leurs peuples; quelle est leur puissance réelle et
leur puissance relative? Ces messieurs savent sans
doute que la puissance relative est un élément très-
variable; lors même que la puissance réelle reste
fixe. Le Piémont, par exemple, a pour la politique
une importance qu'il ne doit ni à son étendue ni
à sa richesse; et la petite Valteline, dont on ne
parle presque plus aujourd'hui, fit grand bruit
dans la guerre de Trente-Ans. Pourquoi donc nos
politiques commencent-ils par prédire avant d'examiner ce qui est possible? Pourquoi, dans leurs
pages si orgueilleusement véhémentes, ai-je le chagrin de reconnaître une ignorance absolue du
droit public, des intérêts des princes, de la diplo-

matie, de la géographie et même de l'histoire ?
Certes, je n'exige point que, pour agiter une simple
question, on sache par cœur le traité in-folio *de
Jure belli et pacis*, les sept volumes de *l'Introduction à l'Histoire des principaux États de l'Europe*, ni les trois volumes in-4°. *du Droit des Gens*;
je sens que les noms de Grotius et de Puffendorf paraîtraient fort ridicules à nos lecteurs de salons;
mais avant de bouleverser l'Europe pour la régé-
nérer, ne faudrait-il pas qu'ils sussent un peu ce
qui s'y est passé depuis le traité de Westphalie qui
a été le code de politique générale pendant cent
cinquante ans?

M. Schœll est un génie tutélaire qui vient à leur
secours; en huit volumes il a eu le secret de ras-
sembler tous les événemens, toutes les négociations, toutes les opérations militaires, tous les
traités. Sachant très-bien que les longs ouvrages
nous font peur, il n'a donné de ces Traités que
les clauses essentielles, influentes, ou sujettes à
controverse; il a décrit les guerres avec une grande
rapidité, et il ne s'est étendu que sur les négociations qui sont en effet la partie la plus curieuse et
la moins connue de son ouvrage. Je le répète ici,
tel brochurier qui se croit bien savant sur l'histoire
de notre révolution, et qui, sur ce patron, en
taille de nouvelles, trouvera dans cette *Histoire
des Traités de paix*, des détails qui l'étonneront,
et l'engageront à réfléchir avant de prophétiser. Il
y verra les ressorts des grandes machines dont on

ne nous a montré que le jeu ; il y apprendra comment les alliances les plus secrètes, les intrigues les mieux ourdies et les plans les plus sages peuvent manquer par l'endroit que l'on soupçonnait le moins, et il connaîtra tout ce que la fortune peut revendiquer dans les événemens que nous admirons le plus.

Parmi les politiques dont tant de gens d'esprit veulent bien être les dupes, ceux qui prédisent avec le plus d'assurance, et jugent avec le plus de légèreté tous les gouvernemens de l'Europe, souriront de pitié, et demanderont pourquoi j'attache tant d'importance à la lecture des Traités de paix ; ils ne se doutent pas du talent, du soin, de la finesse, de la prévoyance qu'exige un pareil acte, et de la réunion de connaissances que suppose sa perfection. Le concours des hommes les plus éclairés ne suffit pas toujours pour prévenir les contestations ultérieures, et conséquemment des guerres et des calamités. Il semble que la clarté du style soit la qualité la plus rare et la plus difficile à acquérir, puisque dans des écrits où l'on renonce à toute élégance pour s'en tenir à ce qu'il y a de plus clair, de plus précis et de plus obligatoire, il est presque impossible, lors même qu'on est de bonne foi, de ne pas laisser matière à équivoque, à discussion et à chicane. Je ne citerai que deux faits dont l'un est choisi dans une époque antérieure à celles que M. Schœll a parcourues ; et l'autre est pris dans le traité même de Munster. Ils feront voir quelle influence une phrase, un mot, peuvent avoir sur les destinées des hommes, et la stabilité des Empires.

En 1608, après quarante ans d'une guerre à laquelle presque toute l'Europe avait pris part, l'Espagne, épuisée d'hommes et d'argent, sentit la nécessité du repos, et consentit à traiter avec les Hollandais qu'elle considérait toujours comme des rebelles. Mais comment traiter? L'orgueil espagnol refusait obstinément de reconnaître l'indépendance des Provinces-Unies, et celles-ci ne répondaient que par cette condition *sine quâ non*: POINT DE LIBERTÉ, POINT DE TRAITÉ. La paix devenant impossible, on voulut au moins convenir d'une trève, et respirer quelque temps avant de s'égorger de nouveau. Mais la même difficulté s'opposait à la trève; comment désigner les Provinces-Unies? Les nommer c'était les reconnaître, et les nouveaux républicains auraient rejeté toute expression qui rappelât l'ancienne dépendance. Les conférences entre les plus habiles négociateurs n'eurent aucun succès, et le feu de la guerre allait se ranimer quand l'un des plénipotentiaires s'avisa d'un expédient qui satisfit les deux partis, et leur plut par cela même que la mauvaise foi y était visible. Ce négociateur auquel on dut douze années de relâche était-il un ministre, un général, un homme d'État? Non; c'était un cordelier, le P. de Neyen, dont le nom mérite d'être conservé dans les fastes de la diplomatie. Pour démontrer

qu'on agissait *avec franchise*, et que l'on voulait
être clair, on refusa de traiter en langue espagnole,
et l'on convint que l'acte serait écrit en français.
Ce point accordé, le cordelier propose à l'Espagne, de traiter avec les états-généraux des Provinces-Unies, COMME les tenant pour pays et
États libres et indépendans. Admirez tout ce que
renferme ce *comme*, et jugez à quoi tiennent le
repos et le bonheur des nations! Le bon père fit
observer aux Hollandais que ce *comme* était une
reconnaissance formelle, puisqu'on ne pouvait
pas faire plus que de traiter avec eux comme des
États indépendans, et il fit sentir à l'Espagne
qu'elle traitait avec les Hollandais *comme s'ils
étaient indépendans*, quoiqu'ils ne le fussent pas
en effet. Heureux génie qui a trouvé douze ans de
paix dans un adverbe!

Voici maintenant un autre exemple où l'obscurité ne provient pas de l'intention des négociateurs, mais où elle résulte des précautions mêmes
que l'on a prises pour être clair et précis.

La paix de Westphalie est la réunion d'une
multitude de traités que l'on a tâché de faire con-
corder avec le traité général. Si je ne suis pas assuré de la bonne foi de tous les négociateurs, je ne
puis au moins douter du soin qu'ils ont apporté à
la perfection de l'œuvre, puisqu'il s'est passé près
de six ans entre les préliminaires et la conclusion.
Deux de ces traités ont pour but la cession de
l'Alsace à la France. Dans l'un, l'Empire cède à

la France *le landgraviat de la Haute et Basse-Alsace, avec le Sundgaw et la préfecture des dix villes impériales d'Alsace;* dans l'autre, l'empereur, tant en son nom qu'en celui de toute la maison d'Autriche, *comme aussi l'Empire,* cèdent *tous les droits, propriétés, domaines, possessions et juridictions* qui, jusqu'ici, ont appartenu tant à lui qu'à l'Empire, sur la Haute et Basse-Alsace et les villes dont tous les noms suivent. Il semble que ces expressions eussent été suffisantes pour une cession irrévocable; mais voici une phrase bien plus claire encore et plus minutieusement précise : « Ledit landgraviat des deux Alsaces et du » Sundgaw, ainsi que la préfecture des dix villes et » *les lieux qui en dépendent,* de même que *tous* » *les vassaux, landsasses, sujets, hommes,* » *villes, châteaux, villages, forteresses, bois, fo-* » *rêts, mines d'or, d'argent et d'autres minerais,* » *fleuves, ruisseaux, pâturages, et tous les droits* » *régaliens et appartenances,* SANS AUCUNE RÉ- » SERVE, *avec toute espèce de juridiction, de su-* » *périorité et de domaine suprême,* appartien- » dront dorénavant, et à perpétuité, au roi et à la » couronne de France, et seront censés incor- » porés à ladite couronne, sans aucune contradic- » tion de la part de l'empereur, de l'Empire, de » la maison d'Autriche, ou de telle autre que ce » soit. »

Oh! certes, c'était pousser loin la prévoyance que de désigner jusqu'aux *ruisseaux,* et de stipuler

que la cession se faisait *sans aucune réserve;* et
cependant, pour plus de sûreté, l'empereur et
l'Empire ajoutaient : « Nous renonçons *pleinement*
» *et parfaitement, de notre plein gré et volonté,* à
» tous les droits et actions que nous et nos pré-
» décesseurs avons eus sur lesdites provinces, *et*
» *absolvons tous les bourgeois, habitans, vas-*
» *saux et sujets de tout serment, hommage, fi-*
» *délité et obligation,* les en délivrons et déchar-
» geons. »

   Quel sera l'étonnement de la plupart de mes
lecteurs quand ils apprendront que des phrases
aussi claires et démonstratives ont paru, aux yeux
des publicistes allemands, équivoques, obscures
et insuffisantes pour établir une cession. L'auteur
même, d'après lequel je les ai transcrites, avoue
qu'il n'y a rien de moins clair que ce traité; ainsi,
malgré la cession formelle et *sans aucune réserve*
des villes, châteaux et villages, des hommes, vassaux et sujets, des pays, bois, fleuves et ruisseaux,
l'Allemagne regardait cette cession comme illu-
soire, et n'accordait au roi de France, sur l'Alsace, qu'une espèce de suzeraineté purement titu-
laire. Pendant cent cinquante années cette étrange
question fut agitée sans que l'on parvînt à s'entendre, et lorsqu'à la paix de Riswick on crut
avoir aplani tous les obstacles, tout éclairci, tout
expliqué, dans quel nouvel embarras ne fut-on pas
rejeté, quand l'un des plénipotentiaires s'avisa de
demander : Qu'est-ce que l'Alsace? quelles sont

ses limites? qu'a-t-on cédé à la France? De là, nouvelle discussion, nouveaux débats qui ont été plutôt tranchés que terminés par la révolution.

Quoique cette question n'ait plus le même intérêt, rien n'est plus curieux que les plaidoyers fournis de part et d'autre, et le lecteur ne cesse d'admirer l'inépuisable fécondité des ressources que fournit la diplomatie. MM. Koch et Schœll ont traité ce point de politique de la manière la plus complète et la plus curieuse; ils ont réuni et opposé l'un à l'autre tous les argumens respectifs, et cette partie de leur ouvrage est un petit chef-d'œuvre d'érudition et de dialectique.

Après avoir décrit avec rapidité les événemens de la guerre de Trente-Ans, et rapporté les clauses des traités de Munster dont les difficultés ont exercé la sagacité de tous les publicistes de l'Europe, les auteurs de cet ouvrage passent au traité des Pyrénées, chef-d'œuvre de la politique de Mazarin. Cette partie du livre n'offrant rien de nouveau, je ne m'y arrêterai pas.

Depuis la paix de Westphalie, dit-on, la civilisation s'est perfectionnée, les lettres, les arts ont brillé d'un plus vif éclat, les mœurs se sont adoucies; l'établissement légal du protestantisme, le triomphe de la philosophie ont fait germer les idées libérales; les hommes ont cessé d'être barbares, les peuples se sont entendus, et l'Europe n'a plus été qu'une grande famille dont tous les membres, animés d'une mutuelle bienveillance,

n'ont rivalisé que d'humanité et de politesse. Pour
se convaincre de toutes ces *vérités*, il suffit de se
rappeler ce qui s'est passé en Europe depuis l'année 1648 jusqu'à notre révolution, c'est-à-dire
en cent quarante ans. En voici le sommaire :

Après une guerre de trente années, dans laquelle tous les peuples chrétiens se sont brave-
ment égorgés, on s'est reposé pendant près de
deux ans; mais les Espagnols ayant repris la Ca-
talogne, la guerre, qui n'avait été qu'interrompue,
amusa les Français et les Espagnols jusqu'en
1659. Nouveau repos de six ans, après lequel la
monotonie de la paix ayant fatigué l'Angleterre
et la Hollande, les Français voulurent être de la
partie, et l'on s'escrima sur terre et sur mer, jusqu'à la paix de Breda, qui se fit en 1667. Cette
paix n'était que partielle; l'Espagne et le Portugal
guerroyaient depuis 1640, mais ces puissances
firent la paix de Lisbonne en 1668. En 1669, les
querelles de la Hollande et du Portugal sont terminées par la paix de La Haye. De 1668 à 1675,
le système d'*équilibre* s'étant tourné contre la
France, on eut la guerre dite de *dévolution*, la
triple alliance, et enfin la paix d'Aix-la-Chapelle.
Cette longue paix dura trois ans! Elle fut suivie des
affaires de Lorraine, toujours embrouillées par le
remuant Charles IV, de la guerre de Hollande,
des belles campagnes de 1674, 1675, 1676, 1677,
et de la paix de Nimègue en 1678. On respira deux
longues années, puis on se querella, sans cepen-

dant se battre , jusqu'à la trève de Ratisbonne
en 1684. En 1688, nouvelle guerre et neuf campagnes brillantes jusqu'à la paix de Riswick en 1697.
On se reposa quatre petites années; mais en 1701,
grande guerre pour la succession d'Espagne,
grande alliance contre la France, paix d'Utrecht
et de Bade en 1713 et 1714. Triple alliance en 1717,
quadruple alliance en 1718, petite guerre d'Espagne, chute du fameux Alberoni, paix de Madrid en 1721. Dans les douze années qui suivent,
quatorze traités n'empêchent pas la guerre de se
rallumer en 1733, mais elle se termine par la paix
de Vienne en 1738. Comme je n'ai parlé que des
peuples chrétiens, je ne porterai pas en ligne
de compte la malheureuse guerre de l'empereur
Charles VI contre les Turcs ; et quoique les affaires de Croutzka , de Méadia, de Lanzowa et
de Cornia figurent agréablement dans une liste de
batailles. M. Schœll n'ayant pas jugé à propos de
les comprendre dans ses huit volumes, et les
Turcs d'ailleurs étant des barbares, ennemis des
idées libérales, je les laisse de côté, pour me
hâter de dire que la paix entre les chrétiens a duré
un an tout entier après le traité de Vienne. En
1739, guerre entre l'Angleterre et l'Espagne ;
en 1740, grande guerre pour la succession d'Autriche, qui n'a duré que neuf ans moins trois
mois, ayant fini en octobre 1748, par une autre
paix d'Aix-la-Chapelle. A peine fut-elle conclue,
que les querelles recommencèrent ; on disputa

14.

jusqu'en 1755, que les Anglais, ennuyés de la
discussion, nous prirent des vaisseaux près de
Terre-Neuve, et déclarèrent la guerre en la faisant.
On se battit donc sur terre et sur mer, en Allemagne et au Canada; et la triste paix de 1763 fit
poser les armes sans nous rendre fort bons amis.
Pendant ce temps-là, le grand Frédéric faisait sa
fameuse guerre de Sept-Ans; l'Allemagne, la
Russie, l'Autriche, la Suède, s'en mêlèrent, et
le traité de Hubertzbourg fut signé la même année
que celui de Paris.

Interrompons cette belle nomenclature pour
faire une petite observation morale et philosophique; d'ailleurs, je m'aperçois qu'il ne me reste
plus à citer que les différens pour la succession
de la Bavière, le traité de Teschen, la guerre des
États-Unis, dite de l'indépendance, le traité de
Versailles, en 1783, l'insurrection du Brabant et
la guerre de la Finlande, pour arriver à la révolution française. Par les motifs allégués plus haut,
je passe sous silence les guerres brillantes de Catherine II contre ces méchans Turcs, qui ne se
battent plus que quand on les attaque. Un si grand
nombre de paix en moins d'un demi-siècle est
sans doute une grande preuve de notre perfectibilité : il est vrai de dire que, pour faire tant de
paix, il a fallu le même nombre de guerres, que
ces guerres ont été longues et les paix fort courtes;
mais il faut bien payer le progrès des lumières,
surtout quand ces lumières adoucissent nos mœurs.

et nous rendent plus philantropes, comme on l'a vu par le tableau précédent. Revenons maintenant à mon observation.

On a fait des calculs pour connaître le nombre d'hommes qui ont péri par l'effet ou par suite de la révolution française. Il est aisé de prévoir que ces calculs se ressentiront toujours de l'opinion de celui qui les fait. Je n'ai pas la prétention d'en présenter de plus exacts ; mais une page du livre que j'annonce me fournit le moyen de donner une idée comparative de ces pertes immenses, en comprenant dans l'évaluation tous les peuples qui ont pris part à cette catastrophe, ou qui en ont été les victimes. M. Schœll offre, à la page 119 de son troisième volume, un résumé des pertes en hommes que les puissances belligérantes ont faites dans la guerre de Sept-Ans. Les nombres qu'il énonce ne peuvent être suspectés d'exagération, puisqu'ils sont avoués par les puissances elles-mêmes. Les voici : la Russie y a perdu 120,000 hommes ; l'Autriche, 140,000 ; la France, 200,000 ; l'Angleterre et ses alliés, 160,000 ; la Suède, 25,000 ; le corps germanique, 28,000 ; la Prusse, 213,000. Or, si 886,000 hommes, car tel est le total, ont péri dans une guerre de sept années qui n'a pas été accompagnée de guerre civile, quel doit être le nombre des victimes d'une révolution et d'une guerre générale qui ont duré, presque sans interruption, depuis 1789 jusqu'en 1815, et pendant lesquelles le génie du mal a trouvé tant d'auxiliaires dans les troubles civils, les proscriptions, fusillades, noyades, assassinats juridiques et autres petits accessoires que l'esprit philosophique regarde comme des quantités à négliger? C'est donc aujourd'hui, bien plus qu'au temps de Virgile que l'on peut dire :

> *Agricola incurvo terram molitus aratro*
> *Exesa inveniet scabra rubigine pila,*
> *Aut gravibus rastris galeas pulsabit inanes,*
> *Grandiaque effossis mirabitur ossa sepulcris.*

Mais n'oublions pas M. Schœll, qui a été la cause innocente de la disgression dans laquelle je viens de me jeter. Je ne lui ferai pas un mérite d'avoir tracé d'une main ferme et d'un style rapide, tous les événemens qui se sont pressés plutôt que succédés dans la période de temps que cet écrivain parcourt; mais on ne peut trop louer la sagacité qui lui a fait choisir dans cette foule de traités les clauses remarquables, essentielles, sujettes à controverses, et qui ont influé sur les événemens ultérieurs. Par cette méthode, il a lié les faits aux négociations, les négociations aux traités, et les traités aux nouvelles guerres dont ils renfermaient le germe ou le prétexte; c'était le seul moyen de jeter de l'intérêt dans un livre dont le titre en promet si peu, et l'auteur a surpassé l'attente du lecteur le plus difficile.

Je me suis arrêté à la partie de l'ouvrage qui touche à notre révolution, parce que vingt articles de journal ne suffiraient pas pour épuiser la matière, et que d'ailleurs la discussion la plus impartiale sur ce sujet déplairait par sa modération même. Ce n'est pas à nous qu'appartient le droit de juger cette grande et terrible catastrophe politique ; un jour ceux qui n'y auront ni perdu ni gagné, ceux qui liront le récit de nos malheurs aussi tranquillement que nous lisons les proscriptions de Marius et de Sylla, condamneront ou approuveront, non pas avec justice, car ils auront aussi leurs *opinions*, mais au moins avec calme, ce que nous ne pouvons pas encore faire.

L'auteur sans doute a été convaincu de cette vérité ; car, en se renfermant dans les limites de l'histoire et de la diplomatie, il rapporte les faits avec une rigoureuse exactitude, et discute les principes de droit public avec une logique aussi éclairée qu'impartiale. Je me contenterai d'indiquer ici les différens points de son ouvrage qui offrent une étude aussi intéressante qu'instructive, pour les hommes même les plus versés dans l'histoire moderne.

1° Les discussions qui ont précédé, accompagné et suivi le traité de Westphalie, et qui ont été renouvelées jusque dans les premières années de notre révolution ; 2° les deux *neutralités armées*, chapitres où les principes du droit maritime sont fixés de la manière la plus claire et la plus précise, où l'auteur examine toutes les difficultés qui se sont élevées entre l'Angleterre et les puissances du Nord, le système de blocus réel ou de blocus *sur le papier*, et les innombrables questions que la fortune et la force maritime ont résolues en faveur de l'Angleterre. Comme ce grand procès a été terminé sans être jugé, comme il est possible qu'il se renouvelle un jour sous d'autres auspices, je le recommande à l'attention du lecteur; je ne connais pas de sujet plus propre à exercer la sagacité d'un dialecticien. 3° L'examen des raisons qui ont fait précipiter le traité de Léoben; la situation où se trouvait l'armée d'Italie à cette époque; la réponse aux reproches qu'on a faits à l'Autriche, etc..... Cette partie du livre paraîtra neuve aux hommes habitués à juger des événemens militaires d'après l'exposé des Bulletins. 4° Enfin, les négociations secrètes qui ont précédé la troisième coalition, le plan des alliés, les causes qui l'ont fait échouer, les fautes que toutes les parties contractantes se sont mutuellement reprochées, et l'appréciation de ces reproches. Je n'ai rien lu de plus capable d'éclairer les hommes d'État sur la difficulté et le danger des coalitions. Je ne dois pas oublier les détails curieux que l'auteur a rassemblés sur la paix d'Amiens, paix si peu solide aux yeux même des négociateurs, qu'ils ne prirent pas la peine de rappeler les anciens traités; négligence étudiée, qui laissait à chacune des parties le juste prétexte de rompre quand elle le jugerait à propos.

Dans le sixième volume, M. Schœll a placé un *Précis historique de la constitution germanique;*

cette introduction, très-bien faite, aurait dû se trouver en forme de préface au premier tome de l'ouvrage ; il y a si peu de Français qui connaissent cette bizarre constitution, que ce précis leur était nécessaire pour bien comprendre les difficultés du traité de Westphalie. Elle est suivie de l'histoire et du *recès de la députation de l'Empire en* 1803; ce chapitre, qui occupe plus d'un volume, est beaucoup trop long, et fort utile peut-être pour les hommes d'État, il n'offre ni intérêt ni agrément aux gens du monde. C'est la seule partie de l'ouvrage où l'on soit tenté de tourner rapidement les feuillets.

LES RUINES

DE

PORT-ROYAL-DES-CHAMPS,

EN 1809,

ANNÉE SÉCULAIRE DE LA DESTRUCTION DE CE MONASTÈRE;

Par M. GRÉGOIRE, ancien évêque de Blois.

JAMAIS peut-être je n'eus un si beau sujet d'exorde ; jamais livre tombé entre mes mains ne m'a fourni une occasion plus naturelle de me répandre en considérations générales sur les querelles théologiques, de déclamer bien ou mal contre les guerres scandaleuses des corporations dévotes, et contre la fureur de parti qui semble avoir été plus particulièrement la passion de ces hommes dont la piété et la charité devaient être les premières vertus. Je ne céderai point au désir de faire des phrases, et au sot amour-propre d'obtenir un succès facile. Quelle gloire, en effet, que de jeter

du ridicule sur les longues et tristes querelles du
jansénisme et du molinisme ! Je voudrais même
n'avoir point à en parler ; et ce qui n'est en moi
qu'une simple prudence, était peut-être un devoir
pour des hommes qui ont un rang distingué dans
l'État, qui se disent ministres d'un Dieu de paix,
qui surtout devaient considérer le temps où nous
vivons, l'état d'où nous sortons, et la nature de
la question qu'ils réveillent. Si pourtant quelques-
uns de mes lecteurs, assez jeunes pour n'être
point initiés aux mystères de la bulle *Unigenitus*,
et assez malheureusement curieux pour vouloir
en connaître toute la triste importance, désiraient
quelques éclaircissemens sur cette matière obscure, je leur dirais : gardez-vous bien de juger
Port-Royal sur le rapport des jésuites, et d'appliquer à tous les jésuites les accusations des écrivains que l'on nomme *jansénistes*; mais lisez
l'Histoire de la Régence par Duclos, et le premier
volume de l'*Histoire de France pendant le dix-
huitième siècle*, par M. Lacretelle le jeune. Ces
deux écrivains, qui ont eu le bon esprit de ne
point s'enfoncer dans le dédale théologique, apprendront au lecteur s'il est bien utile, dans le dix-
neuvième siècle, de reproduire un sujet de discorde qui a fait si long-temps la honte de l'Église.

« Si jamais le goût de l'érudition renaît parmi
» nous, dit M. Grégoire, la France, heureuse-
» ment restée catholique, la France aura aussi son
» *Monasticon*. » La France n'a que trop de science

théologique et d'érudition monastique ; le plus infatigable anachorète ne pourrait pas tout lire ,
quand il ne ferait que cela ; et je pense que la religion a plus besoin de paix et de concorde que de
livres et d'érudition.

L'auteur, après avoir gémi sur la destruction de
Port-Royal, arrive, par une transition un peu
brusque, aux destructeurs révolutionnaires ; et à
l'occasion de la statue de saint Vincent de Paule ,
que l'on qualifiait du titre de philosophe , il fait
cette vive sortie, où l'on trouve un peu plus de
l'homme que du chrétien : « Aujourd'hui la qua-
« lité de philosophe est proscrite par des gens dont
» plusieurs ont figuré dans le nombre de nos per-
» sécuteurs : vils Protées, qui n'ayant que des
» idées d'emprunt et des sentimens de circons-
» tance, qui n'adoptant pour régulateurs de leur
» conduite que la vanité, l'ambition, l'intérêt,
» épient de quel côté souffle le vent de la faveur,
» et subordonnent leur langage, leurs démarches,
» aux opinions du jour. » J'ai sans doute autant
de mépris qu'en témoigne M. Grégoire pour des
hommes tels qu'il les dépeint dans ce tableau ; mon
opinion, qui d'ailleurs est de peu d'importance,
n'a jamais varié sur ce point ; cependant, quoique
cette constante persévérance me donne le droit de
blâmer la versatilité dont se plaint M. Grégoire,
je ne déclame point contre les philosophes ; je ne
fais point de livres contre les *despotes;* je n'écris
pas même contre ces dévôts qui ont été si énergi-

quèment patriotes dans un temps où le patriotisme
n'était point en harmonie avec les livres cano-
niques, contre ces dévots qui devaient connaître
le précepte *subditi estote principibus*, etc...; contre
ces dévots enfin qui, après avoir suivi ou favorisé
le torrent révolutionnaire, redeviennent dévots
comme par un coup de baguette, et veulent rétablir dans l'Église ce despotisme qui les irritait si
fort dans les monarques auxquels la religion même
leur commandait de se soumettre. La déclamation
de M. Grégoire s'applique à beaucoup plus de
gens qu'il ne pense.

Parmi les titres glorieux de Port-Royal, M. Grégoire cite avec une foi vraiment exemplaire, le miracle de la *Sainte-Épine*, dont l'application a guéri
madame de Lafosse d'une fistule lacrymale; miracle rapporté par Racine, certifié par l'évêque de
Tournai, et qui, selon le dominicain Contenson,
doit fermer la bouche aux infidèles les plus obsti-
nés. Comme je ne suis point obstiné, je veux bien
croire à ce miracle janséniste; mais je déclare que
j'y refuserais toute croyance s'il avait été opéré par
un jésuite.

Après ce miracle, le lecteur trouve l'éloge de
Port-Royal par le docteur Petit-Pied; quelques
lignes flatteuses sur Saint-Cyran, cet ennemi zélé
des jésuites; et un lieu commun sur les conquérans, qui mérite d'être cité. « L'histoire, dit l'auteur,
» est plus utile à l'espèce humaine, en racon-
» tant la vie d'Innocent Fai, domestique à Port-

» Royal, qu'en faisant retentir jusqu'à nous les
» forfaits d'Alexandre et de César. » Il est fâcheux
sans doute qu'Innocent Fai n'ait pas eu son Ar-
rien et son Quinte-Curce ; mais en attendant que
nous devenions érudits avec un bon *Monasticon*
et une vie d'Innocent Fai, nous serons réduits à
lire les forfaits de ce méchant Alexandre, ou les
Commentaires de ce malheureux César, qui n'était
point janséniste.

Comme je ne puis tout examiner, je m'arrête
aux objets dignes de remarque. Voici un passage
qui prouve ce que peut un beau zèle : « Que l'ar-
» chevêque de Cambrai ait peint la grotte de Ca-
» lypso, approuvé l'opéra, et censuré les jansé-
» nistes, en cela rien de contradictoire, etc... »
Si l'on n'avait pas lu Télémaque, ne croirait-on
pas que Fénélon n'a peint la grotte de Calypso que
pour donner une leçon de volupté à ses lecteurs?
Pourquoi M. Grégoire n'a-t-il pas la justice d'opposer à cette grotte les discours et l'action de
Mentor, qui arrache son élève à un séjour si dangereux?

Je me hâte d'arriver à un passage qui seul aurait
dû arrêter l'auteur dans la composition de son
livre, qui du moins aurait dû lui ôter le désir de
l'imprimer. En parlant d'un journal intitulé *Nou-*
velles ecclésiastiques, et publié *furtivement*, il
ajoute : « L'habileté avec laquelle les auteurs de
» cet ouvrage ont trompé la vigilance de l'inquisi-
» tion française, *peut servir de modèle....* L'impri-

» merie est une arme puissante que le ciel leur a
» donnée contre les attentats du despotisme. Dans
» la lutte établie entre celui-ci et les *principes*, sa
» chute sera plus certaine, plus rapprochée, si l'on
» perfectionne le stéréotypage, et surtout si l'on
» réduit à des élémens très-simples ce qui constitue
» UNE PRESSE PORTATIVE AVEC SES DÉPENDANCES,
» EN SORTE QU'ELLE COUTE PEU ET QU'ELLE OC-
» CUPE PEU D'ESPACE. » Ici un chiffre renvoie le
lecteur à une note où M. Grégoire se plaint violemment d'un anonyme qui a osé attaquer ce paragraphe. La note, assez longue, se termine ainsi :
« Le libelliste qui s'est caché pour faire un acte de
» lâcheté, croit sans doute que son voile anonyme
» ne peut pas être soulevé. On ne lui fera pas même
» *l'honneur de souiller* de son nom cette édition
» nouvelle. Il suffira de désigner le père de ce li-
» belle mort-né par la lettre initiale. C'est J......,
» G. V. de P. »

Que de réflexions font naître cette note et le
passage auquel elle appartient! Quelle bonne foi
brille chez les hommes de parti! Quoi! des écrivains pourront se cacher dans des caves, dans des
souterrains, pour attaquer les despotes, c'est-à-
dire les gouvernemens que l'on voudra renverser;
on leur conseillera les éditions furtives, le stéréotypage, les presses portatives et à bon marché,
pour soutenir les droits des peuples, que M. Grégoire appelle des *souverains détrônés;* mais si l'un
de ces auteurs anonymes a l'audace de critiquer

M. Grégoire, il devient un infâme libelliste, il fait un acte de lâcheté, il est le plus odieux des hommes. Que dirait l'auteur janséniste, si quelque écrivain jésuite profitait de ses conseils sur les presses portatives et les éditions clandestines ? Je m'arrête, parce que j'ai trop à dire ; mais dussé-je encourir l'anathême prononcé par M. Grégoire, je lui soutiendrai, avec ma lettre initiale, ou avec mon nom tout entier, qu'il a manqué de raison, de prudence et de logique, quand il a rapproché une pareille note d'un pareil passage.

Je ne me permettrai aucune réflexion sur le parallèle que l'auteur fait du temps présent et de celui de la *bulle* : il prétend qu'il existe encore une *persécution réelle ; que l'on réitère le baptême, erreur condamnée depuis quinze siècles ; que l'on repousse les fidèles de la Sainte Table, au gré du caprice ; qu'on exige des billets de confession ; qu'on enseigne dans tel séminaire la marche à suivre pour laisser mourir sans sacrement un individu suspect de jansénisme*, et.... Ce sont des faits que je ne veux ni ne dois examiner, persuadé, comme je le suis, que si ces abus existent, le gouvernement les fera bientôt cesser.

Je n'ai pas été peu surpris de trouver dans cet ouvrage une discussion sur la *souveraineté du peuple*, question obscure qui ne cesse d'être dangereuse que quand elle est inutile. Je me garderai donc bien de m'étendre sur ce chapitre ; je me contente de penser que le peuple ne peut jamais exer-

cer l'acte de souveraineté *que quand il n'y a pas,
ou quand il n'y a plus de gouvernement*, parce
qu'on ne peut déléguer et en même temps conserver l'exercice du pouvoir. Quant à la maxime citée
par M. Grégoire, que « la renonciation d'une na-
» tion à ses droits, à sa souveraineté, ne peut se
» faire que par un consentement *universel*, » je la
trouve souverainement absurde ; car s'il fallait,
pour quoi que ce fût, un consentement *universel*, on ne ferait jamais rien en ce monde, pas
même les choses les plus justes, les plus utiles, les
plus raisonnables.

Les éloges que l'auteur donne aux solitaires de
Port-Royal sont aussi justes que bien exprimés ;
mais en cela même il n'avait pas besoin de chercher à nous convaincre : personne aujourd'hui n'est
assez jésuite, et aucun jésuite même n'est assez
dénué de raison pour refuser son estime aux talens
et aux vertus des Arnaud, des Pascal, des Nicole
et de leurs illustres amis. M. Grégoire avoue avec
quelque peine que ces *sauvages cénobites avaient
contre les enfans d'Ignace une animosité peu
chrétienne.* L'auteur, qui a hérité de leur zèle pieux
et d'une partie de leurs talens, ne partage-t-il pas
aussi cette animosité dont il ne peut s'empêcher de
leur faire un reproche ? On est bien tenté de le
croire, lorsqu'après avoir parlé de l'éducation religieuse que l'on recevait à Port-Royal, il s'écrie :
« Toutes vos institutions prétendues libérales, vos
» théories sur la nature et le principe de la vertu,

» iront se perdre dans le débordement de tous les
» vices, de tous les crimes ! Voyez l'état de la
» France, et osez soutenir le contraire, etc..... »
Ne semble-t-il pas que nous soyons encore au
temps où le fils dénonçait son père, où le meurtre,
le parricide étaient des preuves de patriotisme ? Le
zèle religieux va trop loin : quand il déclame contre
les crimes, ce n'est souvent que parce qu'il n'a plus
le droit de décider ce qui est crime ou vertu ; quand
il tonne contre le despotisme, ce n'est souvent que
parce que le pouvoir lui échappe ; mais, quoi qu'il
fasse, nous sommes aussi las des disputes théologiques que des disputes politiques : nous ne nous
battrons pas pour ou contre la *grace efficace;*
nous n'examinerons pas s'il y a 101 ou 103 propositions mal sonnantes dans les *Réflexions mo-*
rales du P. Quesnel ; si les cinq propositions condamnées se trouvent dans l'*Augustinus* de l'évêque
d'Ypres ; et nous vivrons en paix avec les jansénistes et les molinistes, quand ils ne nous mettront
pas le pistolet sur la gorge pour nous forcer à penser comme eux.

SATYRE MÉNIPPÉE

DE LA VERTU DU CATHOLICON D'ESPAGNE,

ET DE LA TENUE DES ESTATS DE PARIS;

Augmentée de Notes des éditions de DU PUY et de LE DUCHAT, par V. VERGER, et d'un Commentaire historique, littéraire et philologique, par CH. NODIER, bibliothécaire de S. A. R. MONSIEUR.

VOICI un livre dont il a été beaucoup plus parlé qu'il n'a été lu; il y a même peu de personnes, soit parmi les gens du monde, soit parmi les gens de lettres, qui aient lu toutes les pièces dont il se compose. Il a cependant toujours mérité l'attention des hommes d'esprit et des hommes d'État, et depuis la révolution surtout, il nous offre une ample matière à des réflexions sérieuses. Plein d'intérêt, sous un rapport, pendant nos troubles révolutionnaires, il est, sous un autre rapport, bien plus intéressant aujourd'hui. Composé pour la révolution du seizième siècle, il s'applique avec une justesse parfaite à celle du dix-huitième, qui n'est pas encore finie, puisque l'on croit devoir appeler, pour la terminer, des hommes qui en

15

ont opéré ou tenté partout où ils ont eu de l'influence.

Les ambitieux de tous les temps se ressemblent par le but qu'ils se proposent : c'est toujours de tromper le peuple, pour obtenir du crédit, des richesses et de la puissance; c'est toujours de changer la forme du gouvernement établi, pour en instituer un autre où ils dominent. Quelque différens que soient les moyens, les intentions, les intrigues sont les mêmes. On se révolte, on pille, on égorge au nom de Dieu, comme au nom de la liberté. A la mort de Henri III, on se servit de la religion pour attaquer la légitimité; en 1792, on se servit de la philosophie pour renverser le trône et l'autel. Si les rois avaient le temps de lire, si les peuples savaient profiter de la lecture et de l'expérience, je crierais à tous : Lisez la *Satyre Ménippée;* les rois n'apprendront nulle part aussi bien comment on les trompe au profit des ambitieux qui les environnent, et comment on les conduit au bord du précipice en leur présentant une gloire imaginaire; les peuples y verront comment on les séduit par une apparence de piété, et comment, par l'appât d'un bonheur idéal, on les entraîne à la révolte, à la guerre civile et à la misère. Les moteurs des troubles, les chefs des factieux sont toujours ceux qui risquent le moins; car, au pis aller, ils s'arrangent avec l'ennemi, et leur défaite leur vaut encore un salaire; mais les princes trompés et déchus, ne s'ar-

rangent avec personne ; et après de longues années
de souffrances et d'horreurs, les peuples obtiennent pour toute consolation, la permission de
lécher leurs plaies et de réparer des ruines.

Bien des gens regardent la Satyre Ménippée
comme une plaisanterie, et y attachent, par cela
même, peu d'importance ; oui, sans doute, c'est
une plaisanterie, car le ridicule n'a pas plus manqué à la ligue qu'à n..tre révolution, mais cette
plaisanterie est bien sérieuse par les réflexions
qu'elle fait faire, et bien effrayante quand on a vu
les mêmes désastres se renouveler par d'autres
motifs, et quand on pense qu'ils peuvent se reproduire encore ; car, j'en demande bien pardon aux
historiens de tous les siècles, je suis convaincu,
par l'histoire même, que toutes les leçons de
l'histoire n'ont jamais empêché un crime ou une
sottise.

Il suffit d'avoir lu *la Henriade* pour connaître
l'assemblée des États pendant la ligue, et pour
savoir que les rebelles étaient protégés par le pape,
soudoyés par le roi d'Espagne et encouragés par
presque tout le clergé. Il s'agissait de proscrire le
roi légitime (et quel roi! c'était Henri IV), de faire
passer la couronne de France dans la maison de
Lorraine, ou de la poser sur la tête d'un homme
qui épouserait une fille de Philippe II, et lui
serait entièrement dévoué. « L'ambition, l'envie,
l'avarice, l'amour, la haine et la vengeance sont
les sources ordinaires des ligues ; la religion et le

soulagement du public en sont les prétextes, les princes et les peuples en sont les victimes. » Cette phrase, qui n'a vieilli ni par l'expression ni par la tournure, est extraite de la première pièce de la Satire, ou *Satyre Ménippée*, comme on l'écrivait alors.

Les discours répandus dans cette satire, et qui en sont la partie la plus considérable, ne sont certainement pas ceux qui ont été prononcés aux États, mais ils n'en sont que plus sincères et plus rigoureusement vrais. Supposons qu'au moment où chacun des factieux montait à la tribune, une puissance surnaturelle les eût forcés à trahir leur secret, et à laisser apercevoir leur intention réelle, nous connaîtrions l'esprit dans lequel ces harangues ont été écrites par les auteurs de la satire. Voyons, par exemple, celle de *Monsieur le Lieutenant*, c'est-à-dire de Mayenne : ce chef de la ligue avait toujours protesté qu'il ne s'armait que pour la cause de Dieu, qu'il désirait la paix, et qu'il se serait soumis au prince légitime, si ce prince était catholique : voilà sans doute ce qu'il veut répéter aux États; mais l'auteur de la harangue le force à substituer ce qu'il pense réellement à ce qu'il feint de penser, et il s'exprime ainsi : « Vous prévoyez bien les dangers et inconvénients de la paix qui met ordre à tout, et rend le droict à qui il appartient. C'est pourquoy il vaut encore mieux l'empescher que d'y penser : et quant à moy je vous jure par la chère teste de mon fils aisné, que je n'ay veine qui y tende, et en suis aussi esloigné que la terre l'est du ciel. Car encor que j'aye fait semblant par ma dernière déclaration, de desirer la conversion du roy de Navarre; je vous prie de croire que je ne désire rien moins, et aymeroy mieux veoir ma femme, mon nepveu et tous mes cousins et parens morts que veoir le Biarnois à la messe. » Et plus loin : «Tous ces escrits que monsieur de Lyon a faicts et fera cy-après sur ce sujet, ne sont qu'à intention de retenir le peuple, en attendant quelque bonne aventure (vous m'entendez) que les pères jésuites nous procureront pour faire un second sainct martyr. » Allusion à Jacques Clément qui avait été déclaré martyr, et placé dans un ciel plus élevé que celui des apôtres.

La harangue de M. de Lyon est bien plus curieuse encore ; en voici un fragment que nous croirions écrit depuis peu, si nous n'avions la preuve de son ancienneté : « N'est-ce point une chose bien étrange, messieurs les zélateurs, de veoir notre union maintenant si saincte et si dévote, avoir esté presque en toutes ses parties composée de gens qui, auparavant les sainctes barricades, estoyent tous tarez et entachez de quelque note mal solfiée, et mal accordante avec la justice? et par une miraculeuse métamorphose, veoir tout-à-coup l'athéisme converty en ardeur de dévotion, l'ignorance en science de toutes nouveautez, la concussion en piété et en jeusne, la volerie en générosité et vaillance ; bref, le vice et le crime transmués en gloire et honneur... N'est-ce pas, dy-je, grand cas que vous estiez tous nagueres en Flandres, portant les armes contre les archica-tholiques espagnols en faveur des hérétiques des Pays-Bas, et que vous vous soyez si catholique-ment rangez tout à coup au giron de la saincte ligue romaine? et que tant de bons matois, ban-queroutiers, saffraniers, desespérez, haut-gour-diers et sorgeurs, tous gens de sac et de corde, se soyent jettez si courageusement en ce sainct party, pour faire leurs affaires, et soyent devenus catho-liques à double rebras? »

Comme il était impossible que les chefs de la ligue estimassent les *gens de sac et de corde* dont ils se servaient, les phrases que je viens de citer expriment la véritable pensée de ceux auxquels la satire les attribue : ainsi, tous ces discours, bien que matériellement faux, sont bien plus vrais que ceux qui ont été prononcés aux États. Si un homme d'esprit s'avisait de traduire ainsi les discours de nos *constituans* et de nos *conventionnels*, com-bien cette lecture ne serait-elle pas amusante! Mais ce travail n'est point nécessaire, et la satire Ménippée nous éclaire assez sur le véritable esprit de toute espèce de ligues et de congrégations.

Les pièces qui composent ce livre curieux sont si nombreuses, que je me contenterai d'en ex-traire quelques passages qui sont encore bons à méditer aujourd'hui.

On sait que le pape avait excommunié le roi de Navarre et le prince de Condé, et les avait déclarés incapables de succéder à la couronne de France. Le parlement de Paris, cédant à l'indignation que lui inspirait un pareil acte, voulait d'abord faire brûler la bulle, et punir ceux qui l'avaient publiée en France ; mais « ceste compagnie suyvit des sentimens plus modérez : elle se contenta de remontrer vivement au roy que le style de ceste bulle estoit si extraordinaire qu'on n'y recognoissoit point la voix d'un successeur des apostres ; *que les princes de la maison de France n'avoyent jamais esté subjects à la justice des papes,* et qu'avant de délibérer sur ceste bulle, il fallait que le pape feit apparoir du droict qu'il prétendoit en la translation des royaumes establis et ordonnez de Dieu avant que le nom de pape fust cogneu au monde. »

Telle est cependant la question sur laquelle on dispute encore aujourd'hui : tant il est vrai que les leçons de l'histoire sont aussi stériles pour les gouvernemens que pour les peuples. Malgré le désaveu de nos prélats les plus illustres, la congrégation n'en démord pas ; et si un pape, par une inspiration qui serait toujours *divine*, s'avisait de vouloir placer sur le trône de France le fils de l'homme qui fut consacré par un pape, Saint-Acheul ou Mont-Rouge deviendrait le noyau d'une sainte ligue qui prononcerait la fin du règne des Bourbons ; comme une sainte ligue a voulu

autrefois en empêcher le commencement. Je me
fais quelquefois cette question : Comment un jésuite peut-il parler au roi de France ? S'il est fidèle
à ses principes, il doit dire au monarque : « C'est
grand dommage, sire, que vous soyez sur le trône ;
car, si les Bourbons l'occupent depuis plus de
deux cents ans, ce n'est sûrement pas la faute de
notre société. La conversion même de votre aïeul
n'a point changé notre opinion à cet égard ; car,
même après que le Béarnais se fut fait catholique,
nos Pères ont fait ce qu'ils ont pu pour l'exclure
du trône, et même du monde. » Mais que viens-je
d'écrire ? Un jésuite dit-il jamais ce qu'il pense ?
Il protestera de sa fidélité, avec une restriction
mentale.

Dans la pièce intitulée : *Abrégé des Estats de
la Ligue*, je trouve un passage qui fera sans doute
désirer le prompt rétablissement de la Sorbonne :
« Après la mort du cardinal de Bourbon, ils (les
Seize) ne cessoyent de jour à autre de faire des
requestes pour assembler les Estats, afin d'eslire
un Roy ligueur, et pour exterminer le Roy de
Navarre et les siens..... Surtout ils eurent recours
au Pape, lequel par plusieurs fois ils avertirent de
l'estat de leurs affaires par l'entremise des Sorbon-
nistes, leurs conducteurs, et qui, dès le commencement, *déclarèrent qu'en bonne conscience, le
peuple pouvait prendre les armes contre son Roy.* »

L'un des morceaux les plus piquans de cette
ample collection est intitulé : *La Vertu du Ca-*

tholicon, mots qui ont quelquefois servi de titre
à la satire tout entière. Ce Catholicon, si efficace
pour inspirer un zèle religieux jusqu'au fanatisme,
n'est autre chose que l'or répandu en France par
sa majesté catholique, pour y opérer un changement de dynastie. Les auteurs de la satire adjoi-
gnent au Catholicon une autre drogue qu'ils nomment *higuiero d'infierno*, figuier d'enfer. C'est
dans le livre même qu'il faut apprendre pourquoi
le figuier a été choisi de préférence à tout autre
végétal. Quoi qu'il en soit, l'*higuiero d'infierno*
est un emblême assez obscur de l'esprit qui animait les ligueurs, et les deux drogues sont distri-
buées par deux charlatans, l'un espagnol, l'autre
lorrain, qui sont le cardinal de Plaisance et le
cardinal de Pelvé. Dans le jargon de la ligue, *Catholicon* et *doublons d'Espagne*, sont des mots
synonymes. Voici quelques-uns des effets prodi-
gieux de cet ingrédient :

« Qu'un lieutenant ait du Catholicon en ses
enseignes et cornettes, il entrera sans coup férir
dans un royaume ennemi, et luy yra lon au devant avec croix et bannières, légats et primats : et
bien qu'il ruyne, ravage, massacre et saccage tout,
le peuple du pays dira : ce sont de nos gens, ce
sont de bons catholiques, ils le font pour la paix
et pour notre mère saincte Église. Qu'un roy
casanier s'amuse à affiner cette drogue en son
Escurial, qu'il écrive un mot en Flandres, au
P. Ignace, cachetté de Catholicon, il lui trouvera

un homme, lequel (*salvâ conscientiâ*) assassinera son ennemy qu'il n'avait pu vaincre par les armes. » J'avertis le lecteur que j'abrège un peu les paragraphes. « Si ce Roy se propose d'envahir le royaume d'autrui à petits fraiz, qu'il en escrive un mot à Mendoze, son ambassadeur, ou au P. Commolet (jésuite), et qu'au bas de sa lettre il escrive avec de l'*higuiero d'infierno*, *yo el rey*, ils lui fourniront un religieux apostat qui s'en yra soubs un beau semblant, comme un Judas, assassiner de sang-froid un grand roy de France... Soyez vilain, renégat ou perfide, n'obéissez ni à Roy ni à loy, ayez là-dessus en main un petit (un peu) de Catholicon, et le faictes prescher en votre canton, vous serez grand et catholique homme..... Soyez aussi criminel que la Mothe-Serrant, soyez convaincu de faulse monnoye, comme Mandreville..... scélérat comme Bussy-le-Clerc, lavez-vous d'eau de *higuiero*, vous voilà agneau immaculé et pilier de la foy..... » Voilà bien des miracles, et cependant je n'en ai pas tracé la dixième partie ; mais gardons-nous d'en rire, quoique nous soyons hommes du grand siècle. Nous avons aussi notre *Catholicon* et notre *higuiero*. Le premier ne nous vient pas d'Espagne ; ce pays n'en fournit plus ; aussi voyez comme la foi y est tiède ; la philosophie y germe, car rien ne sympathise mieux que la philosophie et la pauvreté ; mais pour y réchauffer le zèle, nous y avons porté de ce Catholicon que l'Espagne nous prodiguait autrefois, et les habi-

tans nous ont répondu : « Dieu vous le rende! »
Notre Catholicon n'a pas moins d'efficacité que
celui du roi Philippe II ; il produit deux effets bien
extraordinaires, l'un moral, et l'autre physique.
Dès que nous avons pris cette drogue, notre manière de voir les choses change avec une promptitude
tude admirable ; notre opinion tourne comme la
girouette sur son pivot ; mais l'action du médica-
ment ne se borne pas à notre cerveau ; tout notre
corps y participe ; par une impulsion irrésistible,
nous nous sentons forcés de nous lever quand
nous voudrions rester assis, et de nous asseoir
quand nous voudrions rester debout. Quant à
l'*higuiero*, ce végétal n'est pas encore très-com-
mun, mais on le cultive avec succès, près des barrières méridionales de Paris ; il s'y multiplie avec
une rapidité merveilleuse, et bientôt, avec un sou,
nous pourrons en faire provision pour toute la
semaine.

On doit à M. Charles Nodier des Observations
préliminaires, et un Commentaire historique, littéraire et philologique, remarquables par le goût
et l'exactitude qui distinguent cet écrivain. Ce travail était bien nécessaire pour expliquer au lecteur
les nombreuses allusions à différens traits d'histoire, pour lui faire connaître les nombreux acteurs qui ont joué un rôle dans le long drame de
la Ligue, et surtout pour traduire en langue intelligible aujourd'hui une foule d'expressions, de
dictons populaires et de sobriquets, dont le sens

serait une énigme pour toutes les personnes qui
n'ont pas fouillé dans nos vieilles annales.

Je n'ai qu'une observation critique à opposer
au commentateur; encore n'est-elle qu'un doute.
Il parle d'une dispute de religion qui eut lieu entre
du Plessis Mornay et le cardinal du Perron, et il
place la scène à Tours. Je crois que les fameuses
conférences sur la Bible, entre ces deux person-
sonnages, eurent lieu à Fontainebleau; et que
Henri IV assista au moins à une, dans laquelle il
se déclara pour le cardinal, contre son ancien co-
religionnaire.

DES MAUVAIS LIVRES.

Il ne sera pas ici question des livres considérés
sous le rapport de la littérature, de la langue, du
style et du talent des écrivains; mais de ceux qui
offensent le roi, la religion, ou les mœurs, et que
je nomme mauvais livres, quels que soient d'ailleurs le génie et la réputation des auteurs, quel
que soit le rang qu'ils occupent dans la société.

Mais entendons-nous bien sur ces mots, *le roi*
et *la religion;* n'imitons pas ces hommes orgueilleux qui, revêtus d'un pouvoir quelconque, se
substituent témérairement à la personne du roi,

prétendent qu'on attaque le roi même, quand on
signale leurs fautes, et quand, par amour pour le
roi, on se plaint et l'on s'afflige de ce que le roi
est mal servi ; n'imitons pas le juge plein de fierté
et d'ignorance, qui, blessé dans son amour-propre,
prétend qu'en sa personne on outrage la justice,
quand c'est par justice que l'on s'est plaint du
juge ; soyons bien persuadés que l'on n'offense pas
Dieu quand on exècre la mémoire d'un pape tel
qu'Alexandre VI, et que l'on peut être fort bon
royaliste sans aimer les *vertus* de Louis XI ; n'oublions pas que dans le dix-septième siècle, sous le
règne du grand roi, le docteur Launoy fut regardé
comme l'un des hommes les plus religieux de son
temps, quoiqu'il ait porté la réforme jusque dans
les canonisations, et chassé du paradis *les saints
de contrebande*, comme il les nommait ; quoiqu'il
ait écrit contre le voyage de la Madeleine en Pro-
vence, contre l'apostolat de saint Denis l'aréopa-
gite en France, et qu'il ait fait un livre contre le
trop fréquent usage de la confession et de la communion ; rappelons-nous enfin que l'honnête Jean-
Pierre Camus, évêque de Belley, a passé toute sa
vie à écrire contre les institutions monastiques,
avec plus de logique et de chaleur que de goût,
car plusieurs de ses ouvrages portent le titre assez
ridicule d'*Antimoine;* et que cependant le pape,
le clergé, le ministre-cardinal de Richelieu, et tous
les hommes religieux de ce siècle, n'ont jamais
cessé de considérer J. P. Camus comme un véri-

table prêtre chrétien, rempli de piété, de charité, comme le digne ami de saint François de Sales, et comme l'homme le plus désintéressé qui existât alors, puisqu'il refusa constamment les riches évêchés qu'on lui offrit malgré ses déclamations antimonastiques. Cette explication suffira, je l'espère, pour qu'on ne se méprenne pas sur ce que je nomme les *mauvais livres*, et pour que l'on condamne ceux qui offensent réellement la religion ou le roi, sans y comprendre ceux qui, écrits avec décence et sincérité, révèlent les menées des hommes qui veulent couvrir du manteau de la religion, ou du manteau royal, leurs erreurs, leurs fautes ou leurs intrigues.

Une dame charitable et dévote, voyant Dieu dans les jésuites, et croyant sans doute que sans les jésuites il n'y aurait pas de Dieu, prit en pitié les articles que j'avais écrits, et voulant me convertir, m'envoya l'*Instruction pastorale* de l'un de nos respectables évêques. Je ne recule jamais devant une lecture, et je ne suis pas de ceux qui n'écoutent que les avocats d'un seul parti. J'ai donc lu avec respect d'abord, et ensuite avec beaucoup d'intérêt, cette lettre pastorale, écrite avec autant de correction et d'élégance, que de piété et de bonne foi ; et il m'a été impossible de ne point partager l'opinion du prélat sur l'indignation que doivent inspirer les mauvais livres, et sur tous les maux dont ils peuvent être la cause. Cette lecture m'a fait sentir qu'il ne suffisait pas, pour être innocent, de ne point attaquer Dieu et la religion, mais que l'on est encore très-coupable d'attaquer en masse tout le clergé et tout l'épisco-pat, comme le dit le pieux évêque; ainsi, je range impitoyablement parmi les mauvais livres ceux qui outragent les prêtres comme prêtres, et versent le ridicule sur leurs augustes fonctions.

Je prie donc la dame anonyme de recevoir mes remercîmens bien sincères pour le cadeau qu'elle m'a fait, et de m'excuser avec l'indulgence que prescrit la charité chrétienne, si je relève ici une seule erreur que j'ai cru apercevoir dans l'*Instruction pastorale*, si digne d'ailleurs de notre estime et de notre confiance. Bien certain de m'être sou-vent trompé moi-même, j'ai grand'peur d'avoir tort quand je pense qu'un savant évêque s'est trompé; ainsi, je demande à être jugé sévèrement, et j'accepte pour juge la dame même qui s'occupe de ma conversion, et qui me paraît avoir beau-coup d'esprit. Comme sans doute elle est égale-ment modeste, je la prie de considérer qu'en fait de lectures et de discussions critiques, j'ai peut-être quelque avantage sur elle, et que, par consé-quent, elle ne doit condamner mon opinion que quand elle en aura reconnu la fausseté. Voici ce que je lis dans l'instruction pastorale :

« Une *secte* puissante s'agite au milieu de nous. Elle veut se mesurer avec le christianisme, c'est-à-dire avec la pensée et l'œuvre du Tout-Puissant. Elle hait une religion si pure et si belle, de cette

haine incomparable qu'on ne ressent que pour la
vérité. La croix de Jésus-Christ était un scandale
pour les Juifs, une folie aux yeux des païens; elle
est, pour les hommes dont je parle, l'objet d'une
rage infernale et indicible. Arriver à la destruction
de la foi *par la corruption des mœurs* », (on saura
pourquoi je souligne) « par l'anéantissement de
tous les principes, *par l'abolition violente de toutes
les autorités légitimes,* voilà le but où elle tend
avec une ardeur qui ne connaît point de repos.
Jamais on ne vit une si étonnante activité, ni
une si effroyable fécondité de moyens; la propa-
gation des écrits corrupteurs est le grand instrument de ses progrès; la presse suffit à peine à sa
fureur de prosélytisme; et, quand on considère
que, depuis huit ans, elle a répandu, *d'après un
calcul rigoureux, près de trois millions de volumes* dépositaires de ses coupables doctrines,
lesquelles circulent encore par d'autres canaux et
par la voie des feuilles journalières, l'imagination
effrayée ne cherche-t-elle pas en vain, dans l'histoire entière, quelque chose qui approche d'un
fanatisme si brûlant et si effréné? »

Par respect pour le pieux évêque, et pour n'être
point accusé d'avoir dénaturé sa pensée en la mor-
celant, j'ai copié le paragraphe tout entier. Voyons
maintenant ce qu'il contient : Des faits annoncés
comme certains, et c'est tout; car, s'il s'était agi
du dogme, d'une question de théologie, je ne me
serais pas permis de l'examiner. Mais des faits sont

vrais ou faux; et, avec la meilleure intention, l'homme le plus éclairé peut les croire vrais quand ils sont faux, ou faux quand ils sont vrais. Heureusement pour cette discussion, les faits dénoncés par le respectable prélat sont de nature à pouvoir être vérifiés ou démentis complètement.

Le premier est qu'il existe une *secte* puissante qui veut détruire la religion et toutes les autorités légitimes, en corrompant les mœurs, et en répandant, depuis huit ans seulement, près de trois millions de volumes, sans compter les feuilles journalières.

Une secte puissante s'agite au milieu de nous : une secte ! comme un évêque sait mieux que personne ce que c'est qu'une secte, il ne peut y avoir d'équivoque sur ce mot, et je crois qu'il n'est pas juste. Oh! sans doute il y a dans une nation de trente millions d'âmes beaucoup d'incrédules et beaucoup de libertins; il y en a même dans des classes où l'on ne s'attendrait pas à en trouver; après une révolution comme la nôtre il y a nécessairement aussi beaucoup d'ambitieux, de mécontens, d'hommes imbus des principes révolutionnaires; mais tout cela forme-t-il une secte? Tous les libertins de France correspondent-ils entre eux, et conspirent-ils pour établir un nouveau régime fondé sur la corruption des mœurs? Tous les mécontens ont-ils la même opinion politique? Tous les incrédules sont-ils d'accord entre eux pour établir une nouvelle religion ou l'athéisme? Voilà cependant ce qu'il faudrait pour constituer une secte. Mais de quelle terreur ne serait-on pas frappé si l'assertion du pieux évêque était aussi certaine qu'il l'a crue véritable? Quoi! dirait-on, l'autel, le trône et les mœurs sont menacés par une secte si puissante et si nombreuse qu'elle a pu, en huit ans, lancer sur le peuple trois millions de volumes, sans compter les innombrables feuilles journalières? Et cependant, nous ne voyons que de temps à autre quelques petits procès *de tendance*, et de faibles châtimens infligés aux coupables. Que font donc les procureurs-généraux, que fait la magistrature? La police est-elle complice de cette secte qu'elle laisse grossir et se fortifier? Les ministres attendent-ils un règne où ils auront plus de pouvoir et de richesses? A combien de questions l'existence d'une pareille secte ne donnerait-elle pas lieu? Mais, rassurons-nous : si les ministres, si la police, si les magistrats voulaient y répondre, ils diraient : « Il y a, depuis huit ans comme depuis quinze, beaucoup de fous, beaucoup de mauvaises têtes, beaucoup de libertins et d'incrédules; mais il n'y a pas de sectes, où, s'il en existe une, elle est si petite que notre microscope n'a pu nous la faire apercevoir. » Ne pouvant supposer que toutes les autorités légitimes ignorent ou négligent un danger aussi évident, ou favorisent les conspirateurs, je suis forcé de déclarer que cette secte n'existe pas.

Que dirai-je maintenant des trois millions de volumes impies, obscènes ou séditieux? Quelle

monstrueuse bibliothèque! Je n'ose croire que
l'auteur de l'instruction pastorale ait compris dans
ce nombre les réimpressions des ouvrages anciens,
qui, à la vérité, ont fourni bien des volumes. La
seule prudence devrait empêcher de parler de ces
livres qui ont près d'un siècle de date. Le nombre,
l'impiété, l'obscénité de ces écrits, prouveraient
contre l'assertion du respectable évêque, que ce
n'est pas depuis huit ans que l'irréligion et la corruption se sont montrées avec le plus d'audace.
Monseigneur n'a sûrement pas voulu dire que dans
le temps où le clergé était riche, puissant et considéré, il n'a pu s'opposer au désordre, ou qu'il a
tranquillement laissé circuler des écrits qui atta-
quaient si violemment la monarchie, la religion et
Dieu même ; monseigneur n'a pas voulu faire entendre que les plus furieux et les plus célèbres de
ces écrits se sont répandus en France et en Europe, dans le temps où la société religieuse que
l'on rappelle aujourd'hui pour corriger les mœurs
et détruire l'impiété, jouissait de la plénitude de
sa puissance, et aurait dû exercer sa vertu préser-
vative dans une pareille circonstance. Non, sans
doute ; car on répondrait : « Comment cette société renaissante et faible sera-t-elle assez forte aujourd'hui contre une secte armée de trois millions
de volumes, si dans toute sa gloire et toute sa puissance elle n'a pu réprimer le désordre que les
premiers volumes ont produit ? Avec moins de
moyens, fera-t-elle contre une corruption parve-

nue à son comble, ce qu'avec tous ses moyens elle n'a pas fait contre une corruption commençante ? »

Le simple bon sens me force à croire que monseigneur n'a point compris les livres anciens dans les trois millions de volumes, car il fournirait par là de terribles argumens sur l'impuissance et l'inutilité de ces jésuites dont il fait l'apologie dans son Instruction pastorale. Quel serait d'ailleurs le pouvoir du clergé français s'il se déclarait impuissant et inhabile au point d'être obligé d'appeler de pareils auxiliaires?

Je suis vraiment effrayé de l'énorme différence qui existe entre mon opinion et celle du vertueux prélat que je voudrais cependant prendre pour guide et pour maître. Bien loin de penser que les huit dernières années aient fourni un plus grand nombre de livres impies ou obscènes qu'aucune époque de la monarchie, je crois fermement, je suis certain qu'il n'a jamais été composé moins de livres obscènes ou impies, depuis un siècle, que pendant les vingt-cinq ans qui se sont écoulés depuis l'année 1800. Distinguons bien les livres composés des livres réimprimés : avant la restauration, les impiétés de Diderot et de Voltaire même étaient peu lues; c'est la proscription violente prononcée contre nos plus grands écrivains qui a donné à l'esprit de réaction le désir de connaître tous les ouvrages condamnés; c'est la menace de nous imposer une vie monacale qui nous a fait rechercher tout ce qui a été écrit contre les moines; c'est le retour des jésuites qui nous a fait fouiller dans les annales de la *Société*. Ainsi, les hommes qui se plaignent si amèrement de ces réimpressions compactes ou diffuses, en grand ou en petit format, sont précisément ceux qui les ont indiscrètement provoquées, en comprenant dans leur anathême les écrivains qui ont tant contribué à notre gloire littéraire, et en voulant étendre un voile de tristesse et d'ignorance sur la nation la plus gaie et la plus spirituelle.

Dans les quinze années qui ont précédé la restauration, le ton de la société avait totalement changé. Le dégoût et le mépris que nous inspiraient les saturnales révolutionnaires, nous avaient donné de l'aversion pour les propos libertins et les sarcasmes contre la religion; les portes des salons auraient été fermées à l'homme grossier qui aurait parlé la langue de 1793. Notre délicatesse à cet égard a été jusqu'à la pruderie : au théâtre, on sifflait la moindre équivoque, et Molière a quelquefois été accueilli avec des cris de fureur; dans la société, un silence dédaigneux succédait à une plaisanterie contre la religion ou contre les prêtres. Il n'est donc nullement probable que les mauvais livres aient été fort communs dans ce temps de résipiscence. Les auteurs ne consacrent pas leurs veilles et leur talent à des livres qui seraient repoussés par l'esprit public. Si, dans les huit années signalées par le prélat, la presse malfaisante a déployé une grande activité, j'en ai dit la raison, et je ne crains pas d'affirmer que les réimpressions ont formé plus des quatre cinquièmes de ce qu'on appelle les mauvais livres.

Cela ne suffit point encore pour nous faire arriver à l'épouvantable masse de trois millions de volumes, sans compter les ouvrages périodiques; car enfin ce Voltaire, si multiplié depuis peu, a écrit autre chose que des gravelures et des impiétés. Sa *Henriade*, son *Siècle de Louis XIV*, etc...... seront-ils condamnés au feu parce qu'ils sont sortis du cerveau de Voltaire? Dira-t-on que le roi très-chrétien a fait enfermer un mauvais livre dans le ventre du cheval de bronze qui porte Henri IV? Faut-il mettre au pilon les Poésies sacrées de Rousseau, parce qu'il a fait des épigrammes où les moines et les abbés figurent d'une manière fort indécente? En exceptant tout ce qu'il y a de bon dans les mauvais livres, nous ferons une terrible brèche aux trois millions de volumes. Il faut donc, pour remplir ce nombre, compter parmi les mauvais livres tous ceux qui sont écrits constitutionnellement et dans le sens de la Charte; je n'en serais pas étonné, quoique cette Charte ait été jurée à la face des autels par le plus religieux des rois : si on l'entend ainsi, les trois millions de volumes me paraissent vraisemblables.

Interrogez les hommes qui ont le triste avantage de se souvenir de loin; demandez-leur si les mauvais livres étaient rares dans leur jeunesse : ils vous répondront que les ouvrages impies, les romans libertins et les livres infâmes étaient fort communs, et circulaient si librement, que tous les écoliers pouvaient se les procurer. Je propose une épreuve qui ne laissera point de doute : qu'on me cite tous les livres composés depuis vingt ans, dans lesquels la religion et les mœurs sont outragées, et je m'engage à leur opposer une liste décuple de livres pareils, publiés pendant les vingt années qui ont précédé l'expulsion des jésuites. Dans quel temps les jeunes gens recherchaient-ils avec avidité de honteuses productions, telles qu'une *Thérèse philosophe*, un *Portier des Chartreux*, une *Académie des Dames*, un *Arétin moderne*, les poésies cyniques du chanoine Grécourt, et une foule de romans où le libertinage, l'impiété et l'esprit de désordre étaient portés au dernier point de scandale ? Dans quel temps Diderot tenait-il école d'athéisme ? Quand le baron d'Holbach a-t-il publié vingt-cinq ou trente ouvrages dont on ne se rappelle que le *Système de la Nature ?* Quand nous a-t-on donné de longs extraits du lourd in-folio de Spinosa, et des affligeantes rêveries de Hobbes ? Quand *l'Homme plante* et *l'Homme machine* ont-ils paru sur l'horizon ? Dans quel temps les petits philosophes imberbes dissertaient-ils sur les *Lettres juives et cabalistiques*, sur *le Christianisme dévoilé*, sur le *Dictionnaire philosophique ?* A quelle époque nos élégans et nos jolies femmes se formaient-ils en petits comités pour savourer les délices du poëme de *la Pucelle ?*

On m'accordera facilement que le temps de la
régence n'a été ni plus religieux ni plus chaste; il
faut donc me réfugier dans le siècle de Louis XIV.
Mais qu'ai-je dit? Dans ce temps qu'on voudrait
faire passer pour l'âge d'or de la religion, parce
qu'on avait chassé des protestans, et persécuté de
pauvres fous dans les Cévennes, il y avait beaucoup de disputes théologiques et fort peu de piété,
une hypocrisie de décence et les mœurs les plus
relâchées. De l'hôtel même d'une princesse sortaient des poésies que je n'oserais citer. Dans
ce temps si religieux, on recevait à l'Académie
des inscriptions et belles-lettres Boindin (1),
qui faisait profession publique d'athéisme. Une
anecdote bien connue donne une idée de la dévotion qui régnait dans les dernières années de
Louis XIV. Un ami de Boindin avait été enfermé à
la Bastille : quand il en fut sorti, il rencontra Boindin et lui dit : « N'est-il pas bien cruel pour moi
d'avoir été emprisonné, quand on vous laisse
libre, vous qui prêchez l'athéisme dans les rues?
Cela est tout simple, lui répondit Boindin; vous
êtes athée janséniste, mais je suis athée moliniste;
cela est bien différent. » Et, en effet, les révérends
pères qui défendaient si bien la religion contre les
jansénistes, ne s'occupaient point des athées. Mais
veut-on une preuve plus imposante de l'irréligion
qui dominait en France dans le beau temps même

(1) Il y fut reçu en 1706, neuf ans avant la mort de Louis XIV.

du grand roi. La voici : Le célèbre Nicole, l'ami du grand Arnaud, l'auteur de *la Perpétuité de la Foi*, des *Essais de Morale*, et de dix-huit autres ouvrages, marqués au coin de la piété la plus éclairée et la plus sincère, Nicole qui est mort vingt ans avant Louis XIV, et qui a vu conséquemment la plus belle partie du grand règne, écrivait dans sa quarante-cinquième lettre : « La » grande hérésie du monde n'est plus le calvinisme, » ni le luthéranisme, *c'est l'athéisme;* il y a de » toutes sortes d'athées, de bonne foi, de mau- » vaise foi, de déterminés, de vacillans et de ten- » tés ; les raisons ne peuvent rien sur l'esprit de » ces gens-là. » D'après toutes ces preuves et beau- coup d'autres que je pourrais y joindre s'il m'était permis de m'étendre *ad libitum*, je me crois auto- risé à dire que le pieux auteur de l'Instruction pas- torale a été trompé par son zèle, quand il a pensé qu'on n'avait jamais tant outragé la religion et les mœurs que pendant les huit années qui viennent de s'écouler.

Il n'est pas possible de parler des mauvais livres sans dire quelques mots des petits formats contre lesquels on s'élève avec une véhémence qui tient de la fureur. Les *in*-32 de M. Touquet seront sans doute comptés dans les trois millions de volumes qu'il faut livrer au bûcher ou au pilon. En ma qua- lité de journaliste, j'ai reçu cette bibliothèque lilli- putienne, et je me suis hâté d'y chercher le poison qui doit achever de corrompre nos mœurs, si tant est qu'elles puissent encore se corrompre. Qu'y ai-je trouvé? Une Histoire de Henri IV, une Histoire de Pierre-le-Grand, un Évangile, le Jubilé avec la bulle du Saint-Père et l'ordonnance du Roi, les Devoirs des Grands, par Armand de Bourbon, prince de Conti, et vingt autres ouvrages également irréprochables. Mais voici le crime de M. Touquet : parmi ces livres estimables ou édifians, il se trouve *l'Ombre d'Escobar*, *la Dévotion aisée* du P. Lemoine, et *l'Onguent pour la brûlure*, poëme de Barbier d'Aucourt; or, il ne sera pas difficile de prouver qu'un libraire assez audacieux pour railler les jésuites, est nécessairement ennemi du roi, de la religion et des mœurs; je le livre donc à la vengeance de Mont-Rouge, dont je suis, comme on sait, le plus ardent apologiste.

La question des petits formats est d'une telle simplicité qu'un enfant la jugerait. Il n'y a point de privilége pour les livres en miniature; la Cour royale ne fera pas plus grâce au petit-texte et à la nompareille qu'au cicéro et au saint-augustin, si ces caractères composent des phrases coupables : adressez-vous donc aux tribunaux. Les dévots de fraîche date savent tout cela aussi bien que moi, et cependant ils s'indignent de ce que le peuple peut s'instruire pour dix sous et même pour cinq. C'est une affaire toute semblable à celle de l'enseignement mutuel : on voudrait qu'ici, comme à la Chine, il fallût cinquante ans pour apprendre à lire. On croit que l'ignorance des peuples est une garantic de sécurité pour les hommes qui gouvernent ; c'est une grande erreur. A la vérité, la bête de somme rend quelquefois de grands services, et souffre long-temps les injures du fouet et de l'éperon ; mais quelquefois aussi elle se mutine, elle rue, renverse le cavalier et lui marche sur le corps. Plus instruits tous deux, le cavalier sentirait qu'il doit ménager sa monture, et celle-ci serait docile dans la crainte de trouver un plus mauvais maître. L'ignorance n'est bonne à rien : ouvrez les pages de l'histoire, vous y verrez que l'ignorance des peuples a causé encore plus de maux aux peuples et même aux souverains, que la corruption des mœurs et les crimes de l'ambition.

Quant à ces biographies d'hommes vivans où l'on fouille dans la vie privée des citoyens, je ne puis les attribuer qu'à des ennemis de la liberté de la presse, et je hâte de tous mes vœux la répression d'un abus aussi déplorable. Je n'admettrais pas même pour excuse la vérité des faits, quand même elle serait constatée ; je pense, comme les Anglais, que *plus le libelle est vrai, plus il est coupable*. Mais le format du livre n'a ici aucune importance ; et de pareils ouvrages méritent une condamnation sévère, fussent-ils revêtus de l'infolio.

EXTRAIT

DES MÉMOIRES RELATIFS A L'HISTOIRE DE FRANCE,
DEPUIS L'ANNÉE 1757 JUSQU'A LA RÉVOLUTION.

Des deux volumes dont se compose cet ouvrage, le premier porte le nom de feu M. Aignan, et le second celui de M. de Norvins. Ce sont, au reste, de véritables compilations, qui nous offrent en abrégé ce que nous avons lu dans les ouvrages originaux beaucoup plus étendus. Le premier tome contient : 1° une Introduction fort curieuse, seul morceau absolument neuf, et qui n'est point de M. Aignan ; 2° des Extraits des Mémoires de Riot ; 3° le Journal de l'abbé Clément ; 4° une petite Histoire des jésuites, dont l'auteur anonyme pourrait bien être celui de l'introduction ; 5° la Destruction des jésuites, extraite des Mémoires de l'abbé Georgel ; 6° des Appendices pour servir à l'Histoire ecclésiastique, où figure avec honneur un long fragment des *Lettres provinciales* ; 7° enfin des anecdotes ecclésiastiques très-variées et fort piquantes.

Dans le tome II, on trouve : 1° une Préface fort bien écrite, dont plusieurs passages sont cependant fort sujets à contestation ; 2° des Mémoires de M. le duc de Choiseul, remarquables par beaucoup d'esprit et de raison; 3° des Mémoires de l'abbé Terray, ou plutôt contre l'abbé Terray; 4° des Mémoires de l'abbé Georgel, que je nommerais plutôt un tissu de calomnies contre les personnes les plus augustes, pour venger un prélat présomptueux et libertin, qui n'en a pas même su gré à l'auteur; il faut avouer cependant que M. de Norvins a purgé ces Mémoires des *restrictions mentales* et du *probabilisme* jésuitique dont ils sont infectés; 5° des Mémoires de Linguet sur la Bastille; il s'y trouve d'excellentes vérités, mais dont l'autorité est bien affaiblie par le nom de l'auteur; 6° des Mémoires de Beaumarchais, trop connus de tout le monde pour ajouter un grand prix à ce volume; 7° enfin des anecdotes très-nombreuses et fort curieuses de la fin du règne de Louis XIV et de tout le règne de Louis XV. L'ouvrage se termine par l'affaire intéressante de Beaumarchais avec Clavijo ou Clavico, et par la plaisante confrontation de Beaumarchais avec madame de Goëzman, scène qui paraît être extraite de *Turcaret* ou du *Chevalier à la mode*.

Revenons maintenant sur nos pas, et tâchons d'approfondir une matière dont nous n'avons donné qu'un aperçu. Le premier tome est entièrement consacré aux jésuites, sujet parfaitement *à l'ordre du jour*, tant par la terreur que ces révérends pères inspirent à tout ce qu'il y a d'honnête et de raisonnable en France, que par la manière

habilement maladroite dont on feint de nous rassurer contre cette invasion, plus déplorable cent
fois et surtout plus honteuse que celle des Cosa-
ques. Ce ne sont pas des jésuites, nous dit-on ;
c'est ainsi qu'autrefois on disait à Paris : « Ce sont
les Pères du collège de Clermont. » Oui, sans
doute ; mais ces Pères étaient des jésuites, et ils
en ont conservé le nom malgré l'arrêt du Parlement qui leur défendait de le prendre. Dans la
neuvième des Provinciales, Pascal fait dire à son
jésuite : « Il est permis d'user de termes ambigus
» en les faisant entendre en un autre sens qu'on
» ne les entend soi-même, comme dit Sanchez ;
» on peut jurer qu'on n'a pas fait une chose, quoi-
» qu'on l'ait faite effectivement, en entendant en
» soi-même qu'on ne l'a pas faite un certain jour,
» ou avant qu'on fût né. » Ce bel expédient est bien
connu de nos meneurs à robe courte. Ils nous
jurent, en sûreté de conscience, qu'ils ne veulent
pas rétablir les jésuites, parce que, selon la doctrine des restrictions d'Escobar et la théorie de l'é-
quivoque de Sanchez, ils entendent en eux-mêmes :
« *Ce ne sont pas des jésuites, puisqu'ils n'en*
prennent pas encore le nom. » Et les niais vont
criant : « Ce ne sont pas des jésuites. » Ce reste de
pudeur qui empêche de les nommer, cette crainte
d'avouer que l'on complote leur retour, indiquent
suffisamment le degré d'estime qu'inspire la société. Comme il est honorable pour ces bons pères
de s'entendre dire : « Gardez-vous de laisser soup-

çonner ce que vous êtes ! Vous verriez le mépris
et l'horreur éclater sur toutes les figures ; et à votre
nom seul vous entendriez tous les honnêtes gens
s'écrier : *Domine salvum fac regem.* »

Les écrits contre les jésuites sont nombreux, et
la plupart se distinguent par beaucoup d'esprit, de
la logique, et par une foule de faits irrécusables
qui condamnent cette société. Cependant, m'est-il
permis de dire qu'on leur a presque toujours fait
une guerre maladroite, et qu'on leur a laissé les
moyens de se justifier avec une apparence de raison?
Dans le livre que j'annonce, les raisonnemens sont
presque uniquement dirigés contre l'institution de
l'ordre, et les accusations portées sur des torts ou
des crimes individuels. Examinons d'abord l'institution : elle n'a rien de blâmable, si les doctrines
qui en dérivent sont saines et honnêtes. Cette espèce de charte semi-monastique ne fait autre chose
que régler les rapports entre les chefs et les subordonnés. On s'est effrayé de la grande puissance du
général, et du dévouement sans bornes des religieux envers cet autre *Vieux de la montagne.*
Mais peut-on blâmer l'entière obéissance des subordonnés, si le chef ne commande rien que
d'honnête et de juste ? Peut-on blâmer le dévouement de ce chef à la personne du pape, si le pape,
comme on doit le supposer, n'ordonne rien de
contraire à la religion, au repos des peuples et à la
sûreté des rois? L'institution et les réglemens n'ont
donc rien de dangereux, si les doctrines sont saines.

Les torts et les crimes imputés à la société, et malheureusement trop vraisemblables, peuvent bien inspirer de fâcheuses préventions et une grande défiance; mais ces faits ne s'offrent pas avec l'évidence nécessaire dans un procès criminel; et, fussent-ils évidens, ils ne seraient pas concluans contre la société. D'après le texte même des accusations, il est clair que l'on a inculpé DES jésuites, et non pas LES jésuites; et ceux-ci pourraient vous répondre ce que le P. La Chaise disait à Louis XIV, quand il conseillait à ce monarque de prendre toujours son confesseur dans la société de Jésus : « Nous sommes si nombreux, si passionnés pour la gloire du corps, qu'on ne pourrait répondre de rien dans une disgrâce, et *un mauvais coup est bientôt fait.* » Et, en effet, ces jésuites étaient répandus sur toute la surface du globe; ils s'étaient associés à tous les pouvoirs, immiscés dans toutes les familles marquantes; et qui peut répondre de tous les soldats d'une milice si nombreuse?

J'avoue cependant qu'il est effrayant de reconnaître que depuis le règne d'Elisabeth jusque vers la fin du règne de Louis XV, les jésuites, ou plutôt des jésuites se trouvent impliqués, ou publiquement, ou tacitement, dans tous les procès de lèsemajesté. Les PP. Campian, Briand et Skerwin, pendus comme complices d'une conspiration tendante à l'assassinat d'Elisabeth et à l'élévation de Marie Stuart au trône d'Angleterre; le P. Balard, complice d'une autre conspiration ourdie par l'ambassadeur d'Espagne ; le P. Holte, impliqué dans un complot de même nature ; le P. Richard Walpole, instigateur d'un nommé Squire, qui tenta d'assassiner la même reine ; les PP. Garnet, Oldecorne, Gérard et Tesmond, complices de la conspiration des poudres, et dont les deux premiers furent pendus, les deux autres ayant pris la fuite ; les PP. Varade et Guignard, condamnés comme complices des Barrière et des Châtel ; des jésuites désignés comme instigateurs de Ravaillac ; d'autres jésuites soupçonnés de participation au crime de Damiens ; les PP. Malagrida, Mathos et Alexandre, condamnés comme complices du duc d'Aveiro, etc... Voilà, j'en conviens, une masse de faits bien capables d'éveiller de sinistres présomptions ; mais considérons que tous ces crimes, fussent-ils bien démontrés, peuvent être regardés comme des actes individuels ; que la société comptait de vrais fanatiques parmi un grand nombre d'hommes très-éclairés, et que la religion a toujours été la cause ou le prétexte de tous ces assassinats. Or, il n'est aucune classe du peuple qui n'ait payé son tribut au démon ; les rois n'ont pas tous été des saints, les magistrats n'ont pas été tous intègres et irréprochables, les militaires, tous braves et fidèles ; dans toutes les conditions on trouve le meilleur et le pire ; il n'est donc pas étonnant, dira-t-on, que vingt ou trente scélérats ou fanatiques se soient rencontrés dans tant de mil-

liers de religieux : encore, ajoutera-t-on, toutes
ces complicités dans les attentats contre les rois
n'ont-elles pas été prouvées avec évidence.

Diderot, que l'on n'accusera pas de partialité
pour les jésuites, dans l'article *Jésuite* du Dictionnaire encyclopédique, ne me paraît pas avoir
été plus heureux que les autres ennemis de la société. Il fait une longue énumération de toutes les
disgrâces que ces pères ont encourues, de toutes
les accusations qui ont été portées contre eux, de
tous les arrêts qui les ont condamnés; mais tout
cela ne porte pas la conviction dans l'esprit du
lecteur, parce que Diderot présente comme preuve
ce qui a besoin d'être prouvé. On sait d'ailleurs
que quand une société est favorisée par l'opinion
publique, tout ce qu'elle fait paraît admirable ;
mais quand cette opinion s'est retirée, la calomnie
remplace l'adulation. C'est ce qui est arrivé, et
comme le dit Voltaire : « Il faut être bien maladroit
pour calomnier les jésuites. »

La banqueroute scandaleuse du P. la Valette,
qui ruina des négocians de Lyon et de Marseille,
fut la cause dernière et déterminante, en France,
de la dissolution de la société; mais il n'est point
démontré que cette faute grave et si bien punie
soit celle de la société même, et quand il serait
bien prouvé que le provincial de Lyon ait écrit
aux victimes de cette banqueroute : « *Périssez,
périssez tous; nous ne pouvons rien pour vous;* »
cette dureté insolente et barbare ne doit pas être

imputée à l'ordre tout entier; les jésuites ne s'énoncent pas ordinairement avec tant de franchise.

Comment donc faut-il s'y prendre pour détruire le reste de prestige qui environne encore cette société si célèbre et si dangereuse, et pour faire sentir combien son rétablissement serait impolitique, et funeste à ceux même qui l'auraient favorisé? Il faut suivre le conseil du duc de Choiseul, et n'attaquer les jésuites que sur leur doctrine. Ici, je prie le lecteur de me prêter toute son attention.

Les crimes les plus atroces et les plus avérés ne prouvent jamais rien que contre les hommes qui les commettent. Or, certainement dans les statuts de la société, il n'est point question de crimes dont le général pourrait commander l'exécution, et l'obéissance aveugle que ce général exige, peut toujours s'entendre des actes courageux et utiles qu'il peut prescrire à ses subordonnés, au profit de la religion. Mais il n'en est pas de même des écrits des jésuites, et des livres qu'ils ont répandus avec tant de profusion sur toute la surface de l'Europe. Un jésuite ne pouvant rien publier sans l'approbation de ses supérieurs, indépendamment de la censure pontificale, et un conseil de jésuites théologiens étant préposé, dans chaque province, à l'examen des ouvrages de ces religieux, il est évident que les doctrines professées dans ces livres sont celles de la société même. Cela sera plus indubitable encore si l'on observe que les préceptes attentatoires à l'autorité et même à la vie des rois, sont reproduits dans des centaines de volumes, et presque dans les mêmes termes; la conviction enfin sera complète quand on aura reconnu que ces maximes révoltantes, proférées par des centaines de jésuites, n'ont été réfutées par aucun. Or, le calcul des probabilités prouve qu'une pareille coïncidence est moralement impossible, si elle n'a pas été convenue par un consentement antérieur. Ainsi, on peut regarder comme certain que si, sur un millier de personnes, une centaine affirme une chose, qui n'est niée par aucune autre, cette chose a été nécessairement convenue entre tous, et doit être considérée comme un dogme commun. Ce sont donc les livres des jésuites, et non pas les crimes de quelques-uns de ces pères, qui démontreront le danger de rétablir cette secte aussi contraire à la vraie religion qu'au repos et au bonheur des peuples. Examinons maintenant l'esprit de quelques-uns de ces livres.

En 1588, Aquapontanus (Bridgewater) soutient que le pape peut déposer les rois, *par certains motifs*, qu'il ne désigne pas, pour laisser une plus grande latitude à la puissance pontificale.

En 1589, Delrio, dans ses *paraphrases* sur les tragédies de Sénèque, applique aux rois condamnés par le pape, un passage de l'*Hercules furens*, où il est dit qu'aucune victime n'est plus agréable à Jupiter que le meurtre d'un roi injuste; et un roi est toujours injuste quand le pape l'a déclaré tel;

et par une conséquence forcée, on est très-agréable à Dieu quand on assassine un roi qui est injuste aux yeux du pape. Ne nous étonnons donc pas que les jésuites aient demandé la canonisation de Jacques Clément, quoiqu'il fût dominicain, et conséquemment peu agréable à la société.

En 1593, le jésuite Varade avoua que, consulté par P. Barrière, pour savoir si, en sûreté de conscience, on pouvait assassiner le *Béarnais* (Henri IV), il avait répondu : « Je ne puis vous le conseiller, parce que je suis prêtre, et j'encourrais la censure d'*irrégularité*. » Ainsi, il est faux que Varade ait professé la doctrine du régicide, puisqu'il regarde l'assassinat d'un roi comme un acte *irrégulier* pour un prêtre ; mais Barrière n'était pas prêtre, et il comprit ce que le jésuite voulait dire.

En 1595, Grégoire de Valence, dans son *Sommaire de la vraie piété*, proclame le pape comme le seul possesseur légitime de toutes les couronnes, qu'il peut distribuer et reprendre à son gré, comme il peut destituer et condamner les rois, pour défection dans la foi, ou *pour quelque autre chose* ; même latitude que celle donnée au pape par Bridgewater.

En 1698, Salmeron, le plus prolixe des écrivains de la société, déclara dans ses *Dissertations sur les Actes des Apôtres*, que Dieu a donné à saint Pierre une suprématie *directe* sur tous les royaumes de la terre, en vertu de laquelle il peut les changer, les transférer, les aliéner, et déposer les empereurs et les rois.

L'année suivante, parut le livre fameux et bien *orthodoxe* sans doute, intitulé : *De rege et regis institutione*, dans lequel le bon Mariana dit, en parlant de Jacques Clément, que ce pieux assassin s'est acquis une grande gloire en tuant son roi (*cæso rege*), et il le nomme l'éternel honneur de la France (*æternum Galliæ decus*).

Même année 1599, Emmanuel Sa, ou Saa, publia ses *Aphorismes*, dans l'un desquels il dit que le prince qui gouverne tyranniquement une seigneurie, quoique légitimement acquise, n'en peut être dépouillé que par jugement (voilà la Convention absoute, elle a jugé), mais qu'après le jugement, *le premier venu peut en être exécuteur*. Emmanuel Sa est encore plus expéditif que les jacobins. Dans un autre aphorisme, il déclare que la révolte d'un *clerc* n'est point un crime de lèse-majesté, *parce qu'un clerc n'est pas sujet du roi*. Ce dogme est répété dans plusieurs écrits jésuitiques, ce qui prouve qu'il est fondamental. Nous verrons si le roi sera charmé d'accueillir dans ses États des associations d'hommes *qui ne seront pas ses sujets*.

C'est encore dans la même année que le célèbre Bellarmin, jésuite et cardinal, a publié son traité de *l'exemption et de l'immunité des ecclésiastiques*, où il soutient que *les clercs ne sont sujets à aucune loi de l'État*. Nous verrons encore si nos procureurs-généraux obéiront à Bellarmin quand un clerc commettra quelque irrégularité à la façon du P. Varade. Le même cardinal dit dans son livre *De romano pontifice*, que le pape est le maître absolu de toute la terre, qu'il a *directement* la puissance temporelle, et que les souverains ne règnent que par une concession *révocable* du pontife.

En 1602, Molina, dans son livre *De justitiâ et jure*, attribue au pape la même puissance ; il dit même tout franchement que les rois de la terre sont *des sujets du pape*. Comment, d'après cela, les rois ne seraient-ils point molinistes? Comment les peuples ne seraient-ils pas fiers d'être les sujets d'un sujet?

En 1605, Scribani répète, dans son *Amphithéâtre d'honneur*, tous les raisonnemens de Bellarmin.

En 1606, le P. Richeaume, provincial de Lyon, approuva et loua les *Instructions morales* du père Jean Azor, qui accorde aussi au pape la domination *directe et temporelle* sur tous les trônes.

Le même Richeaume, dans un pamphlet dirigé contre l'auteur de l'Anti-Cotton, enseigne l'art de transformer un roi légitime en tyran, pour avoir ensuite le droit de lui ôter le trône et la vie. Ce livre infâme a paru avec l'approbation des théologiens de l'ordre. Ce Richeaume est celui qui avait obtenu de Henri IV le rétablissement des jésuites. Hâtez-vous donc de rappeler ces bonnes gens?

En 1609, Lessius, qui a aussi fait un traité *de*

justitiâ et jure, va plus loin que tous les autres :
selon lui, le pape peut mettre des impôts sur toutes
les nations ; puisqu'il a pleine puissance sur
toutes les choses temporelles ; il peut aussi concé-
der à une ville, à une province, le droit de se
gouverner en république, au préjudice de son
ci-devant roi. Et cela est juste : car si le pape a le
droit de priver un roi de son royaume, il peut, *à
fortiori*, lui enlever une ville ou une province.

Heirsius, Serrarius, Cretzer et le P. Cotton,
adoptent les principes de Mariana et de Bellarmin ;
Cotton ajoute qu'assassiner tous les rois de la terre
serait un moindre péché que de révéler une confession. Il avait ses raisons pour soutenir cette
thèse : il ne voulait pas que l'on fût forcé de révéler
les confessions des Barrière, des Châtel et des
Ravaillac.

En 1612, Bécanus renchérit sur la *doctrine
meurtrière des rois ;* le parlement de Paris informe ;
le pape censure aussi le livre, ce qui arrête la procédure ; Bécanus fait une seconde édition de ses
Traités de controverse, n'y change rien, et Paul V
en accepte la dédicace.

En 1614, Suarès publie sa *Défense de la foi,*
livre écrit dans les principes de Bécanus, et justement brûlé à Paris par la main du bourreau.

Dans les années suivantes, les jésuites Fernand,
Gilles Konink et Jean Lorrin écrivirent dans le
même sens, et le dernier des trois affirme que la
puissance temporelle des papes commença le jour

où saint Pierre coupa une oreille à Malchus. On a
ri de la sottise, mais le dogme du *temporel* ne s'est
pas moins propagé.

En 1626, le parlement de Paris fit brûler les
ouvrages des jésuites Eudémon Jean, Jacques
Keller et autres, comme attentatoires à la majesté
et à la sûreté des rois.

Ajoutons à cette triste liste les PP. Santarel,
Tanner, Estrix, Tirin, Bauny, Héreau, Vasquès,
Valentia, Jouvency, Pirot et Tolet, et le lecteur
aura sous les yeux le quart à peu près des noms
qui devraient être en horreur à tous les royalistes.

Maintenant que nous avons une idée assez claire
de la doctrine des jésuites, figurons-nous des rois
assemblés en congrès, conspirant pour se donner
un maître, et se déclarant vassaux, même au temporel, d'un prince qui réside en Italie. Cela est
absurde, dira-t-on; eh! oui, sans doute; cela
n'est cependant qu'une conséquence de la doctrine
et du rappel des révérends pères.

Laissons maintenant les enfans de Loyola, et
occupons-nous des fragmens recueillis par M. de
Norvins. Mais, que dis-je? les jésuites sont inévi-
tables, et j'en retrouve un des plus noirs dans le
tome qu'il me reste à examiner. L'abbé Georgel se
présente à mes yeux avec son libelle si habilement
enluminé de dévotion, de modération et de douceur. Ce méchant prêtre me commande de lui
consacrer une grande partie de cet article, et de
choisir la scandaleuse affaire du collier comme son

plus beau titre à l'immortalité. L'immortalité ! il a raison, il a le droit d'y prétendre ; mais, comme l'a dit un homme d'esprit, les uns y vont dans un char de triomphe, et les autres en charrette : plaçons donc le jésuite dans ce dernier équipage, et tâchons de le faire avancer.

Quoique aujourd'hui l'on soit certain de se faire lire au moins avec curiosité quand on parle des jésuites, j'aurais détourné mes regards de cet abbé Georgel, dont je n'ai que trop parlé quand ses Mémoires ont paru ; mais puisqu'on reproduit la partie la plus odieuse de son livre, puisqu'un homme plein d'esprit et d'instruction, M. de Norvins, regarde le procès du collier comme *une machination inexplicable*, je sens que je n'ai pas eu le bonheur de convaincre tous mes lecteurs quand j'ai traité cette question. Peut-être ai-je été trop diffus ; essayons si j'atteindrai mieux le but en suivant la ligne la plus courte, et en employant de nouveaux moyens.

Des joailliers avaient présenté à la reine Marie-Antoinette un magnifique collier du prix de seize cent mille francs. Un pareil ornement devait tenter une princesse brillante de beauté, de grâce et d'élégance ; mais le roi avait défendu les profusions, et le collier fut repoussé.

Une société de fripons spécula sur cet événement si simple, convoita le superbe joyau et eut l'art de se l'appropier.

Quels étaient ces fripons ? Des intrigans, des

escrocs, des faussaires, endoctrinés par le charlatan Cagliostro, et présidés par madame de la
Motte, intendante des gros et menus plaisirs du
cardinal de Rohan.

Cette comtesse de la Motte, qui se prétendait
issue de la branche royale des Valois, était née
dans l'indigence; mais elle avait intéressé la bonté
de la reine, qui l'avait tirée de la misère, bienfaisance payée par la plus atroce ingratitude!

Le cardinal avait, dans son ambassade à Vienne,
provoqué et mérité l'aversion de l'impératrice Marie-Thérèse, et conséquemment celle de l'archiduchesse Marie-Antoinette, dont la piété filiale lui
faisait épouser toutes les affections de sa mère.
Cette haine était bien légitime. Une lettre du prélat
ambassadeur, dans laquelle la majesté impériale
était outragée, et même persiflée, avait été divulguée et traînée jusqu'au banquet de madame Dubarry, dont les honnêtes commensaux s'étaient
égayés aux dépens de l'auguste Marie-Thérèse.
L'archiduchesse, devenue reine de France, ne put
jamais voir le cardinal sans une espèce d'horreur,
et quelles que fussent les courbettes du prélat, il
n'obtenait jamais qu'un regard où le mépris se
mêlait à l'indignation. Il en fut désespéré, et il
confia ses chagrins à la sensible comtesse de la
Motte qui en fit son profit.

Après avoir exposé son projet à ses dignes associés les faussaires et les escrocs, elle promit de
faire sa paix avec la reine, sur l'esprit de laquelle

cette intrigante prétendait avoir beaucoup d'empire. Elle conseilla donc au prélat d'acheter le fameux collier et de l'envoyer à la reine, en laissant à sa majesté la faculté de le payer en petites sommes, à différens termes, de manière que la dépense devînt presque insensible.

Le cardinal embrasse avidement cet impudent espoir, mais il veut être autorisé par la reine avant de traiter avec les joailliers. La comtesse se charge de tout ; elle fait fabriquer un billet signé *Marie-Antoinette*, et qui autorise le cardinal à faire l'achat du collier. Le marché est conclu, on prend des atermoïemens ; et le prélat commet l'imprudence de déclarer aux joailliers qu'il achète ce collier pour la reine.

A peine en était-il possesseur, qu'il se croit au comble de la faveur et de la félicité. Un homme couvert de la livrée de la reine se présente ; on lui remet le collier, qui passe dans les mains des escrocs, est dépecé par eux, et, transporté par fragmens en Angleterre, y est vendu au plus offrant. La comtesse ne manque pas de faire au cardinal un récit très-animé de la grande joie *de la reine* à la réception du collier ; elle va jusqu'à dire que sa majesté doit le porter le jour de la Purification ; la traîtresse pousse l'impudence jusqu'à faire entendre que la reine n'a témoigné de la froideur au cardinal que pour déguiser des sentimens très-différens ; et monseigneur se croit appelé aux plus grandes aventures.

Cependant le premier terme du paiement est échu, et l'argent ne vient pas. Vîte une autre lettre *de la reine* excuse ce retard ; les jours s'écoulent, les joailliers menacent, et les lettres se succèdent ; mais ce ne sont pas des lettres de change ; et le cardinal qui n'a jamais d'argent, commence à s'inquiéter. Pour dissiper ses soupçons, on fait jouer, dans le parc de Versailles, une farce nocturne, où le prélat, plus aveuglé que jamais, croit entendre une voix auguste lui permettre le plus doux espoir. Notez qu'alors ce prêtre était âgé de cinquante ans.

Mais les joailliers perdent patience, et s'adressent à la reine elle-même ; et sa majesté, n'écoutant que son indignation, demande vengeance au roi, qui, par un sentiment d'honneur plus que par un conseil de la prudence, fait arrêter le cardinal au moment même où il allait officier pontificalement. On connaît assez le reste de cette histoire, et le procès qui l'a terminée.

Je ne conçois pas ce qu'on peut trouver d'*inexplicable* dans ce récit exact et si rigoureusement vrai qu'il est avoué par l'abbé Georgel lui-même, et confirmé par les débats judiciaires. M. de Norvins a sans doute cru voir une contradiction choquante entre l'arrêt du parlement qui acquitte le cardinal, et l'ordre du roi qui l'exile. Mais cette contradiction n'est qu'apparente. La conduite du prélat prouve un déplorable aveuglement, une crédulité sans bornes, j'en conviens ; ce sera de la sottise, si l'on veut, mais le code pénal ne punit pas la sottise. Coupable aux yeux de tous les honnêtes gens, le cardinal n'avait cependant commis aucun acte contre lequel la justice pût sévir. Et, en effet, quel est son crime? Celui d'avoir cru vraies des lettres qui étaient fausses; tout le reste est l'ouvrage de la comtesse et de ses complices : le parlement a donc bien jugé.

Mais, de son côté, le roi avait toute raison d'expulser de la cour un homme, un prêtre, un prince de l'Église, qui venait d'y causer un si grand scandale. Sa majesté, si j'ose le dire, eut tort d'avoir donné de la publicité à cette misérable intrigue; mais, l'affaire une fois divulguée, le roi pouvait-il s'empêcher de témoigner son horreur pour un homme qui, par un aveuglement et une présomption coupables, avait fait mêler un nom auguste à tant de noms infâmes? Ainsi, tout s'explique naturellement : l'ordre du roi ne fut pas trop sévère, et l'arrêt du parlement ne pouvait pas l'être davantage.

Revenons maintenant à notre jésuite, qui était le grand-vicaire et le *factotum* du cardinal. Il voulut venger son patron; mais fidèle à la doctrine des sous-entendus et des restrictions mentales, il commence par protester de son profond respect pour le roi, pour la reine, pour toute l'auguste famille, puis, par des réticences, par des phrases interrompues, par des exclamations sans motif apparent, il fait naître les plus odieux soupçons.

Il n'articule formellement rien d'injurieux, mais il laisse tout croire, et il force même le lecteur à supposer ce qu'il y a de pire. L'éditeur de ses Mémoires, M. Georgel, neveu de l'abbé, a bien connu les louables intentions du jésuite, puisqu'il nous dit dans une *Notice*, que « *son oncle n'a pas tout-à-fait déchiré le voile, mais qu'il l'a soulevé.* » Eh bien! moi, je le déchire, et je vais démontrer qu'il ne cache rien autre chose que la perfidie de l'abbé Georgel.

Lorsque le cardinal fut arrêté dans *l'œil-de-bœuf*, à Versailles, il feignit de vouloir rattacher sa jarretière, et il traça au crayon, sur un morceau de papier, cette courte phrase : « *Sauvez le portefeuille rouge.* » Ce papier, qu'il put glisser dans la main d'un affidé, fut remis à l'abbé Georgel, qui sauva le portefeuille rouge. C'est sur ce portefeuille que l'abbé a fondé son système de calomnie, avec assez d'adresse pour que l'intention ne fût pas évidente. Il ne dit pas, en effet, que le portefeuille rouge renfermât de véritables lettres de la reine, mais il témoigne, disons mieux, il feint la plus grande frayeur dans la recherche du portefeuille ; puis, quand il l'a trouvé, il se félicite du bonheur d'avoir pu le soustraire ; plus loin il se retrace avec effroi les malheurs qu'aurait causés la saisie du portefeuille rouge ; et même après le jugement, il s'applaudit encore du grand service qu'il a rendu au cardinal en sauvant le portefeuille rouge.

Que signifient ces exclamations, ces frayeurs simulées et cette joie factice? L'abbé veut-il nous faire croire que ce portefeuille contenait de véritables lettres de la reine? Effectivement, tout ce bruit, tout cet éclat ne peut avoir un autre but. Mais une de ces lettres avait été produite en justice; elle avait été reconnue fausse, elle n'avait même rien qui ressemblât à l'écriture de la reine ; le faussaire Villette avait été saisi à Genève : il avait d'abord voulu nier, mais il fut confondu quand on lui montra de sa propre écriture, qui était identique avec celle de la prétendue reine. L'abbé Georgel savait tout cela. Or, si l'une de ces lettres était fausse, toutes les autres l'étaient nécessairement aussi ; car madame de la Motte n'était pas assez maladroite pour présenter au cardinal des lettres d'écriture différente comme étant de la même personne, et, de son côté, le cardinal, tout aveugle qu'il était, n'aurait pas été dupe d'une friponnerie aussi grossière. L'abbé Georgel savait tout cela ; il savait de plus que la prétendue reine avait cessé d'écrire quand Villette était en Angleterre pour y vendre les diamans, et que la correspondance recommença quand le faussaire fut de retour. M. l'abbé savait tout cela, et cependant il pousse des exclamations, quoiqu'il fût évident à ses yeux que le fameux portefeuille rouge ne contenait que des lettres fausses. S'il eût été un honnête homme, bien loin de sauver le précieux portefeuille, il l'aurait produit en justice ; il aurait par là servi la cause de son cher cardinal; car on aurait vu combien de machinations on avait employées pour tromper son éminence. Mais, non; il sait que toutes les lettres sont fausses, il se garde bien de le dire, et il persiste à leur supposer une grande importance pour faire naître dans l'esprit de ses lecteurs les soupçons les plus odieux.

Ce n'est pas tout · dans sa retraite à Fribourg en Brisgaw, il s'occupe de la rédaction de son libelle, et il y attache un préambule où il dit : « Mon intention n'est pas de faire paraître ces Mémoires de mon vivant : le rôle que *de grands personnages doivent y jouer*, quoique retracé *d'après leurs caractères connus* et d'après des faits *bien avérés*, pourrait réveiller des passions assoupies et en déchaîner l'activité. » Il ajoute plus loin qu'*il ne veut pas troubler les derniers momens de sa vie*; et ici au moins il est sincère. N'est-ce pas comme s'il disait :« Quand je n'y serai plus, que la réputation *des grands personnages* soit outragée, avilie, peu m'importe : après moi le déluge !

Ajoutons encore un petit coup de pinceau pour achever le portrait de cet honnête homme. Après avoir bien mis en ordre ses précieux Mémoires, et les avoir légués à la postérité, il eut l'audace d'aller à Mittau, se présenter au roi Louis XVIII, et ce qui est plus impudent encore, à MADAME, duchesse d'Angoulême. Oh ! si en ce moment une puissance surnaturelle l'eût contraint à dévoiler toute son âme, il eût dit à la princesse : Madame,

j'offre aujourd'hui à votre altesse royale mon res-
pectueux hommage et mon entier dévouement;
mais j'ai, dans mon secrétaire, un petit livre de
ma composition où votre auguste mère est passablement outragée.

Qui le croirait? on a prétendu justifier ce dou-
cereux imposteur. On m'écrivit que j'avais commis
une grande faute en accusant ce jésuite : l'abbé
Georgel, disait-on, prenait des notes à mesure
que les événemens se succédaient; il était trompé
comme le cardinal, et il croyait que les lettres du
portefeuille rouge étaient réellement celles de la
reine; ainsi, ce que je regardais comme une infâme
calomnie n'était qu'une erreur excusable.

Oui, l'excuse serait admissible si l'abbé Georgel était mort avant le jugement du procès; mais
après ce jugement, l'abbé ne pouvait plus persister dans son erreur; et comme il a encore vécu
vingt-neuf ans depuis cette époque, et comme,
dans son préambule, il ne se montre nullement
disposé à rendre justice aux *grands personnages*
qu'il avait calomniés, rien ne peut l'absoudre, ni
diminuer l'indignation qu'inspirent ses Mémoires
si perfidement rédigés, si long-temps médités, et
si lâchement destinés à voir le jour dans un temps
où l'auteur ne risquerait plus rien. Observons
d'ailleurs que cet homme si pieux et si royaliste
n'est pas plus l'ami du roi que celui de la reine;
et quand on aura lu ce qu'il dit de la cour de Co-
blentz, *des profusions* et de la conduite des princes,

il sera bien démontré que ce saint homme couvait une haine jésuitique contre toute la famille des Bourbons. En voilà bien assez sur les écrits de l'abbé Georgel ; Dieu veuille qu'on ne me force plus à y revenir !

Parmi les fragmens curieux que M. de Norvins a recueillis, on distingue les Mémoires de M. le duc de Choiseul. L'ex-ministre y rend sommairement compte de son administration ; il s'exprime sur la cour et contre les favorites avec une grande liberté ; le dépit perce quelquefois à travers le calme qu'il affecte, mais on ne peut lui refuser un esprit supérieur, une raison profonde, et l'art d'exposer les choses les plus difficiles avec une admirable clarté. J'ai cependant cru remarquer un défaut de raisonnement dans son écrit sur l'exportation des grains. Il veut prouver que c'est une question oiseuse, parce qu'on ne doit jamais craindre qu'on exporte une quantité de grains trop considérable, et il dit : « Dans les bonnes années, le blé ne sort pas, parce qu'il n'y a pas d'acheteurs au-dehors ; et dans les mauvaises, il trouve son prix chez lui. » Ce dilemme pèche par la base, en ce que ses deux termes contradictoires ne sont ni généralement vrais, ni généralement faux.

Une année peut être bonne pour un pays et mauvaise pour un autre ; cela peut même quelquefois se remarquer de province à province. Il y a vingt-sept ans que nous eûmes un hiver très-rigoureux, tandis que dans le Nord on jouissait d'une température très-modérée ; et en 1816 , quand des pluies continuelles altéraient nos moissons , Marseille éprouvait une telle sécheresse , qu'un verre d'eau y devenait un objet précieux. Pour que le duc de Choiseul eût raison , il faudrait que l'abondance des récoltes ou les calamités se fissent sentir partout en même temps , et l'expérience a prouvé le contraire.

Je me contenterai d'indiquer les Mémoires sur l'abbé Terray , ce grand financier, inventeur du système par lequel on fait le bonheur des hommes en leur enlevant une partie de leur revenu. La preuve que cet abbé était un excellent ministre , c'est que sa doctrine lui a survécu et brille encore de tout son éclat.

J'ai déjà parlé de Linguet et de Beaumarchais ; mais je recommande à la curiosité du lecteur la partie du livre (et qui en emplit presque la moitié) intitulée : *Anecdotes tirées de divers Mémoires.* Il en est plusieurs de fort piquantes ; les jeunes gens liront surtout avec plaisir tout ce qui est relatif au *régiment de la calotte.* C'est une satire générale des vices , des ridicules et des mœurs du temps ; elle s'étend sur tout ce qui se fait remarquer , sur tout ce qui a quelque consistance dans la société, depuis le roi jusqu'au dernier artiste , depuis le pape jusqu'au dernier prêtre. Quiconque commettait une faute ou une sottise , obtenait un grade dans le régiment de la calotte. Louis XIV s'en amusait beaucoup. Il dit un jour à M. Aimon qui en était

le fondateur : « M'avez-vous mis dans votre régiment? » Aimon répondit : « Faites des actions,
Sire, et soyez persuadé qu'on ne fait pas d'injustice dans notre régiment. » Les grands hommes
entendent la raillerie ; les petits esprits sont assez
naïfs pour s'offenser des petites malices.

DU JÉSUITISME ANCIEN ET MODERNE;

Par M. DE PRADT, ancien archevêque de Malines,
avec cette épigraphe :

«Le genre humain est en marche, et le jésuitisme
ne le fera pas rétrograder. »

LES jésuites sont à l'ordre du jour ; les écrits
se multiplient sur un sujet si plein de charmes. Le
jésuitisme et le trois pour cent se disputent la prée-
minence parmi les perspectives agréables ; mais la
résurrection de la fameuse société excite un tout
autre intérêt que la ruine de quelques dupes et le
gain..... Parlons donc des jésuites.

Je ne sais si cette abondance d'écrits contre le
jésuitisme est un bon moyen pour écarter ce fléau ;
si j'ai quelque idée juste sur l'esprit jésuitique, ce
torrent d'invectives ne doit pas lui déplaire. Ils
savent qu'on s'effraie moins des calamités auxquelles on est préparé depuis long-temps, que

quand on est surpris par une apparition imprévue.
Quand un gouvernement médite une guerre qui
n'a pas l'assentiment de l'opinion publique, il fait
d'abord répandre des bruits hostiles ; puis il les
dément, puis il les reproduit, les dément encore,
et enfin les avoue ; et le bon peuple, qui s'est
amusé à discuter le oui et le non, et à parier pour
ou contre, n'est plus étonné quand la guerre sur-
vient ; il se contente de dire : « On devait s'y attendre, il y a si long-temps qu'on en parle. » Nous
en dirons autant du spectre qui nous occupe, quand
il sortira tout-à-coup des ténèbres dont il s'envé-
loppe ; et, malgré nos déclamations, nous subi-
rons la *société* comme nous souffrons une guerre,
une inondation, une épidémie. Un malin lancera
une bonne épigramme sur les revenans, et sera
satisfait ; un plus fin enverra son adhésion, et dé-
clarera qu'il a toujours désiré le rétablissement de
cet ordre si utile ; un plus sage prendra la poste,
et ira chercher un pays où la longue épée, dont la
poignée est à Rome, ne puisse jamais l'atteindre.
Vous quittez votre patrie, lui dira-t-on ? Non ! ré-
pondra-t-il, je quitte le Paraguay. Mais les sages
sont toujours en petit nombre.

En attendant, lisons M. de Pradt, et voyons
s'il nous dira quelque chose de nouveau sur les
jésuites. Je crois qu'il entre un peu tard dans la
lice, et que les plus beaux coups ont été portés
avant lui. Il paraît en concevoir quelque dépit, et
il semble nous reprocher de ne l'avoir pas attendu

pour commencer le combat. Aussi parle-t-il avec
une espèce de dédain de tout ce qui a été dit avant
qu'il fît entendre sa grande voix. « On a assez rappelé à la charge des jésuites, dit-il, *la mort de
Henri IV, les arrêts du parlement, Pascal et
Escobar;* il est temps de sortir de ce cercle étroit
et épuisé. » M. de Pradt a tort ici pour l'expression et pour le sens : d'abord on n'épuise pas un
cercle, et ensuite, c'est une grande maladresse que
de sortir d'un cercle dans lequel l'ennemi est renfermé et vaincu ; Popilius n'a pas fait cette faute et
il a réussi. M. de Pradt ajoute : « A quoi bon parler de régicide ? Est-ce donc que le jésuitisme moderne tuera les rois ? » Et plus loin : « Laissons
donc ces graves riens reposer dans la poussière des
bibliothèques; celles de notre temps n'admettent
plus ces inutilités. » On est donc bien certain que
M. de Pradt se taira sur les régicides imputés aux
jésuites, et qu'il ne reproduira pas ces *inutilités*,
après tant d'écrivains pour qui la poussière des
bibliothèques a tout l'effet du Léthé. Mais M. de
Pradt est un peu sujet à oublier ce qu'il a écrit, et
à la page 170 je trouve des déclamations tant soit
peu contradictoires avec la déclaration précédente :
« Quels ordres religieux, s'écrie l'homme qui défend de parler du régicide, quels ordres religieux
ont subi des arrêts tels que celui que les jésuites ont
lu écrit sur la pyramide de Jean Châtel ?..... quels
ordres religieux se sont trouvés impliqués dans
autant d'affaires détestables, atteignant la personne

des rois, dans autant de tragédies scellées de ce sang auguste, depuis Barrière, leur élève, jusqu'au P. Malagrida? » Ce n'est donc pas sérieusement que M. de Pradt a promis de *laisser ces graves riens;* il a voulu dire seulement qu'un raisonnement n'est bon que quand il découle de sa plume.

Encore s'est-il étrangement mépris sur l'intention des écrivains qui ont reproché aux jésuites ce qu'on nommait *la doctrine meurtrière des rois ;* aucun d'eux n'a eu la sottise de prétendre qu'un jésuite a naturellement du plaisir à tuer un roi, comme un chasseur a de la prédilection pour le faisan ou pour la gelinotte; on avoue même assez généralement que les jésuites aimaient beaucoup les rois qui se laissaient diriger par eux. Je suis moi-même très-persuadé qu'ils n'auraient jamais attenté à la vie d'un Philippe II, ou d'un Charles IX; mais je n'en dirais pas autant de Henri IV, qu'à mes risques et périls je préfère à Charles IX. Ce n'est point dans les crimes de quelques individus, mais dans les principes de la *société,* qu'on a cherché et trouvé l'apologie du régicide. Pour ne plus revenir sur ce sujet, les voici, ces principes, tels qu'ils sont proclamés par les Mariana, les Aquapontanus, les Delrio, les Salmeron, les Emmanuel Sa, les Molina, les Bellarmin, les Suarès, les Bécanus, et cent autres jésuites, tels qu'ils ont été approuvés par les chefs de l'ordre, et tels qu'on les reproduira sans doute, quand l'ultramonta-

nisme aura recruté assez de tartufes et de fanatiques pour devenir le plus respectable de nos
dogmes ; oyez donc, oyez tous : « JÉSUS-CHRIST
*a délégué à saint Pierre et à ses successeurs un
empire indirect sur tous les royaumes de la terre ;
les autres souverains ne règnent que par une concession du pape ; les rois ne sont que ses premiers
sujets : il peut les blâmer, leur infliger des châtimens, les déposer, et transporter les couronnes.
Quand un roi est condamné par le pape, tout
homme peut être l'exécuteur de ce jugement.* »
Avouons cependant que quelques jésuites, timorés
et peu fermes dans la foi, ont regardé le meurtre
d'un roi condamné par le pape comme un *péché
véniel* ; et, selon le P. Varade, le prêtre qui le conseille commet une *irrégularité.* Il résulte de tout
ceci que nous avons parlé de la doctrine du régicide, et que M. de Pradt en parle aussi, quoiqu'il
dise qu'il n'en parlera pas ; que nous avons cité
les maximes pernicieuses des jésuites, et que M. de
Pradt les cite comme nous ; ainsi, toute la différence consiste en ce que M. de Pradt écrit avec
infiniment plus d'esprit, de verve, de chaleur et
de fierté ; cela est très-bien ; mais il serait encore
mieux de ne pas dédaigner les écrivains dont on
répète les raisonnemens, et de ne pas blâmer dans
les autres ce que l'on fait soi-même.

J'ai beaucoup regretté aussi que dans un ouvrage
si plein de choses et de bonnes choses, M. de Pradt
n'ait pas imposé un frein à l'impétuosité de sa verve,

et opposé une digue à la surabondance de ses idées.
Dès qu'il médite un sujet, son esprit pénétrant
voit d'un coup d'œil tout ce qui peut y avoir rapport, soit de près, soit de loin, et comme il ne
veut rien perdre de ce qu'il a conçu, il entoure
son idée première de tout le cortége des idées accessoires, de sorte que le lecteur, toujours occupé
du titre de l'ouvrage, est obligé de tourner bien
des feuillets avant de rencontrer une page qui ré-
ponde à son impatience. Quand on ouvre un livre
intitulé : *Du Jésuitisme*, et quand on le lit dans
les circonstances actuelles, que veut-on savoir,
que désire-t-on apprendre? C'est sans doute si l'on
doit souhaiter ou craindre le rétablissement de la
société. On prévoit même déjà qu'il y aura plus à
craindre, car la désinence du mot *jésuitisme* n'est
pas d'un fort bon augure : la curiosité est donc vivement excitée, et si l'auteur commence par des
digressions, si, en annonçant le siége de Troie, il
débute par l'œuf de Léda, quelque belles que soient
ses périodes, quelque érudition qu'il étale, quelque
brillant que soit son style, le lecteur préoccupé, et
conséquemment inattentif, reçoit avec indifférence
et quelquefois avec humeur, tous ces détails qu'il
admirerait peut-être dans une autre circonstance,
mais qu'il rejette ici parce qu'ils l'éloignent de l'objet désiré.

Ce n'est qu'au treizième chapitre du livre qu'il
est question des jésuites; aussi combien de fois
n'ai-je pas été tenté de sauter par-dessus les préli-

minaires ! combien de fois n'ai-je pas appelé les
jésuites, moi qui voudrais n'en voir jamais !

Hâtons-nous d'ajouter que ces choses mêmes
dont j'aurais désiré la suppression sont cependant
excellentes en soi, comme, par exemple, le chapitre où l'auteur s'occupe de l'influence de la religion sur la civilisation, et de la réaction de la
civilisation sur la religion; cette partie du livre
mériterait de former un livre à part, mais elle a
bien peu de rapport avec le jésuitisme, car cette
influence réciproque a lieu indépendamment de la
présence ou de l'absence des jésuites. C'est par le
même motif que je n'ai point approuvé, dans un
ouvrage sur le jésuitisme, de longues considérations sur la religion, sur le danger des occupations
religieuses trop continues et trop exclusives, sur
la nature du christianisme, sur le mariage des
prêtres, etc.... M. de Pradt sait mieux que personne que *religion* et *jésuitisme* sont deux choses
fort différentes ; il l'a même suffisamment démontré, et quoiqu'il ne parle du christianisme qu'avec
un profond respect, il me semble qu'il ne devait
pas en parler là. La religion, comme le nom du
roi, ne me paraît pas convenablement placée dans
un écrit où l'on blâme ; on a bien assez à faire en
s'occupant de leurs ministres ; cela est bien plus
dangereux sans doute, mais je crois que cela est
plus régulier et plus irréprochable. D'ailleurs, ces
observations pleines de justesse sur le danger de
l'idéologie religieuse, seraient encore un sujet digne

d'être traité spécialement, et sans le mauvais voisinage du jésuitisme. M. de Pradt me fournit lui-
même cette expression, puisque, vers la fin de son
livre, en exposant les funestes conséquences du
rappel des jésuites, il y comprend celle-ci : « Religion, clergé, royauté, tout sera compris dans
les effets de ce fatal voisinage. » Cette phrase contenait un excellent conseil sur les dangers de certains rapprochemens.

Maintenant, débarrassé de ce que ma tâche a
de désagréable, je puis me livrer au plaisir de louer
sans restriction tout ce qu'il y a de remarquable,
de juste, de bien pensé et de bien exprimé dans cet
ouvrage. Jamais les jésuites n'ont été mieux connus, ni jugés avec plus de sagacité, plus de logique
et plus d'impartialité. L'auteur n'est point avare
d'éloges partout où il voit du bien ; mais il tue
quand il condamne, car il prouve. Tout ce qui
n'est point prouvé est rejeté par lui, tout ce qui est
excusable est apprécié comme tel ; tout ce qui tient
à la difficulté des positions cesse d'être compté
parmi les torts ; ainsi, le livre de M. de Pradt n'est
point une diatribe, mais un jugement.

Après avoir tracé rapidement et vivement l'histoire du jésuitisme, et payé un large tribut d'éloges
au génie de saint Ignace, l'auteur ne cherche point
à dissimuler les services que cet ordre a rendus au
christianisme dans les premiers temps de l'institution. Mais tandis que les autres établissemens ne
se détériorent qu'à la longue, celui des jésuites

s'est corrompu avec une effrayante rapidité, de
sorte que depuis l'an 1555 jusqu'à la chute de la
société, elle avait déjà subi trente-sept expulsions
de différentes contrées de l'Europe et de l'Asie, et
ces condamnations étaient motivées sur la morale
pernicieuse de ces pères, sur le mélange du sacré
et du profane, sur la confusion du temporel et du
spirituel, sur leurs attentats en gouvernement, en
morale, en droits de propriété, sur les tracasseries qu'ils excitaient dans les cours et dans le sein
des familles, sur leur audace à braver Rome même,
à s'assujétir le clergé, à transgresser les contrats,
à changer le fait en droit, et à vouloir étendre leur
despotisme sur les princes, les prêtres, les universités et les cours de justice. A toutes ces condamnations ajoutons ce que le cardinal de Bernis écrivit au roi de France en 1774; il dit dans sa lettre :
« Le pape ne serait que trop justifié d'avoir sup-
primé les jésuites, s'il laissait publier les pièces de
leur procès ; mais son amour pour la douceur et
pour la paix l'en ont empêché jusqu'ici. » Faut-il
supposer que les princes, les gouvernemens, les
magistrats, se sont trompés trente-sept fois sur les
jésuites, en France, en Espagne, en Portugal, en
Angleterre, à Naples, à Venise, en Russie, à la
Chine, au Japon et dans vingt-huit autres pays, et
que le pape lui-même a été injuste envers des religieux innocens, honnêtes, sans ambition et sans
artifice? L'abbé Georgel l'a prétendu, mais l'abbé
Georgel était jésuite.

C'est dans les missions étrangères que M. de Pradt voit la véritable gloire des jésuites ; et quoiqu'ici les travaux des individus n'aient été pour la société qu'un moyen d'étendre sa domination, le zèle ; le courage, la constance et l'habileté des missionnaires n'en sont pas moins admirables.

On a beaucoup vanté l'enseignement et l'éducation dirigés par les jésuites ; mais M. de Pradt a grande raison de faire observer que l'on doit distinguer dans le mot *éducation*, celle qui concerne la culture de l'esprit, et celle qui donne les règles des mœurs. Le vulgaire n'est pas habile en distinctions ; et, de ce que les jésuites passaient justement pour de très-bons régens de collége, on a conclu que l'éducation jésuitique était la meilleure. On a eu la maladresse de citer Voltaire comme preuve de leur habileté à développer les talens ; oh ! certes, j'admets cette preuve, mais alors il faut convenir que leur éducation n'était pas propre à faire des élèves orthodoxes, et s'il n'était sorti que des Voltaire des écoles de la société, on n'oserait pas aujourd'hui nous parler de couvens et de jésuites.

Quant à l'éducation qui concerne les mœurs, le jésuitisme, dit M. de Pradt, n'a rien de mieux à faire que d'arracher de son histoire les pages relatives à cette partie si essentielle de l'enseignement. N'est-il pas effrayant d'apprendre que trois cent vingt-six écrivains jésuites ont publié, sur le péché philosophique, sur la simonie, l'impudicité, l'irréligion, le vol, l'homicide, le régicide, etc...,

des maximes qui seraient aujourd'hui, non-seulement condamnées par tous les tribunaux, mais
dont un grand nombre conduiraient les auteurs
aux galères, si on leur faisait grâce de l'échafaud?
M. de Pradt présente la répartition de ces trois
cent vingt-six écrivains pour chacun des crimes ; il
n'en compte que soixante-huit pour l'apologie du
régicide : je m'engage à augmenter ce nombre, si
on l'exige de moi. Je sais que l'on va se récrier ;
mais je répondrai aux incrédules : « Commencez
par lire les livres des jésuites que je vous indique-
rai, et alors seulement vous serez admissibles dans
une pareille discussion. Il n'y a que l'ignorance
ou la mauvaise foi qui donnent un démenti avant
de prendre la peine de s'instruire. »

Après avoir soigneusement exposé tous les services que les jésuites ont rendus, et tout le mal
qu'ils ont fait, M. de Pradt prouve avec une logique
serrée et fort claire que, dans l'état actuel de la
civilisation, ces religieux ne pourraient plus faire
le même bien, et aggraveraient considérablement
le mal. Je ne puis le suivre dans ces détails pleins
d'intérêt ; j'en recommande la lecture à toutes les
personnes qui n'ont pas pris le parti de se mentir
à elles-mêmes, ou l'engagement de mentir aux
autres. M. de Pradt n'a rien écrit de plus convain-
cant et de plus lumineux. Bien entendu que j'excepte toujours les chapitres dont je désire la suppression.

J'ai réservé le peu d'espace qui me reste pour

deux passages de ce livre qui produiront une
grande sensation sur l'esprit du lecteur. Il n'y a
plus moyen de disputer encore sur le rétablissement des jésuites; il n'y a plus moyen de se demander si les hommes qui n'osent encore se montrer à la lumière, et qui, à la manière des taupes,
se pratiquent des communications souterraines,
sont réellement les enfans de Loyola. M. de Pradt
produit une lettre du général actuel des jésuites;
elle est datée du 27 mai 1823; et l'on y trouve ce
fragment : « L'état actuel de notre compagnie, *en*
» *France*, ne permet pas d'en distraire un seul des
» individus qui y sont employés, puisqu'ils suffi-
» sent à grand'peine *aux établissemens que nous*
» *y avons déjà*, et beaucoup moins à ceux qu'*on*
» *nous y offre* de toutes parts, etc. »

   J'ai souvent été en état d'hostilité avec M. de
Pradt, parce que son amour excessif pour les idées
libérales, et sa grande admiration pour l'Assemblée constituante, source de tous nos maux, dépas-
saient de beaucoup ma tolérance en fait d'opposition; mais ni moi, ni personne, je l'espère, ne le
supposerons capable de produire une lettre fausse,
et de déclarer faussement que cette lettre est signée
Fortis, aujourd'hui général de la société. Nous
avons donc les jésuites : ainsi, demandons des
passeports pour la Turquie, ou soumettons-nous.

   Je passe maintenant à un raisonnement si clair,
si effrayant de vérité, qu'il faudra être jésuite et
infecté de *probabilisme* pour même y chercher

une réponse ; il est en même temps si simple et si naturel, que les lecteurs de M. de Pradt s'étonneront de ne l'avoir pas fait depuis long-temps. Parmi les motifs que l'on allègue pour justifier le rétablissement des jésuites, on place au premier rang cette croyance, devenue vulgaire, que *si les jésuites n'avaient pas été supprimés, nous n'aurions pas eu de révolution.* Mais par qui la révolution a-t-elle été faite ? N'est-ce pas par des hommes en âge viril, de trente-six à quarante-cinq ans, ou plus ? Ils étaient donc nés de 1736 à 1745, ils avaient donc de dix-sept à vingt-six ans quand les jésuites ont été supprimés, en 1762 ; ils avaient donc fini leurs études à cette dernière époque ; ils avaient donc été élèves des jésuites, ou du moins ils avaient reçu l'enseignement dans le temps où les jésuites jouissaient de toute leur puissance. Mais allons plus loin : quand les encyclopédistes, les philosophes audacieux, les écrivains séditieux et obscènes du dix-huitième siècles, ont-ils fait leurs études ? N'est-ce pas évidemment dans le temps des jésuites ? Ces religieux n'ont donc pas opposé une digue au désordre ; il n'ont pu empêcher la philosophie de naître, de croître et de s'étendre ? comment donc aujourd'hui, faibles, et reparaissant sous les tristes auspices de la haine publique, opéreraient-ils un prodige qu'ils n'ont pu faire quand ils étaient tout-puissans et respectés ? Réfutera qui pourra de pareils argumens ; je ne m'en sens pas la force.

Le dirai-je cependant? Malgré cette logique victorieuse, malgré ces raisonnemens si évidens qu'ils
sont presque palpables, je doute que le livre de
M. de Pradt produise le moindre effet sur l'esprit des imprudens qui désirent les jésuites, et qui
seront dans la tombe avant que ces jésuites puissent
leur rendre quelques services, mais non pas peut-
être avant qu'ils ne puissent leur occasionner des
malheurs. Supposons M. de Pradt au milieu de
ces robes courtes qui se tournent toujours du côté
de l'Italie, comme les Musulmans du côté de la
Mecque. Il me semble entendre ce dialogue : « Les
jésuites sont la gendarmerie d'élite du despotisme.
— Tant mieux! C'est ce que nous demandons. —
On les voit toujours au milieu des bagages des armées qui vont rétablir le pouvoir absolu. — Tant
mieux! C'est ce qu'il nous faut. — Les jésuites ar-
rêteront les progrès de la civilisation ; ils la feront
reculer. — Oh! tant mieux! Vive le moyen âge!
c'était là le bon temps. — Ils sont incompatibles
avec la Charte ; ils la détruiront. — Dieu vous en-
tende et nous exauce! — Ils aboliront la liberté de
la presse. — Qu'ils paraissent donc vite. — Ils rui-
neront le commerce et l'industrie par d'innombrables prohibitions ; ils précipiteront le peuple dans la
misère. — Bravo! Les peuples pauvres sont dociles;
les riches seuls sont insolens ; nous le savons bien. »
Ainsi M. de Pradt éprouvera peut-être le désagrément de recevoir des félicitations pour avoir cor-
roboré les motifs qui font rappeler les jésuites.

MÉMOIRE A CONSULTER

SUR UN SYSTÈME RELIGIEUX ET POLITIQUE TENDANT A
RENVERSER LA RELIGION, LA SOCIÉTÉ ET LE TRÔNE;

Par M. le comte DE MONTLOSIER.

IL était annoncé cet ouvrage comme devant
produire la plus vive sensation, et, contre l'ordinaire, l'effet a de beaucoup surpassé notre
attente. Si M. de Montlosier a voulu porter la
terreur dans l'âme des honnêtes gens, il n'y a que
trop réussi : puisse cette terreur être salutaire!
mais je suis loin de l'espérer. L'auteur lui-même
paraît fort peu compter sur le triomphe de la raison et de la justice : il indique bien quelques
moyens de combattre le monstre qui nous menace, qui frappe à notre porte, qui étend déjà la
main pour nous saisir; mais toute sa confiance
n'est qu'un faible rayon d'espoir, et son découra-
gement se trahit dans les efforts mêmes qu'il fait
pour nous rassurer. Et que pourrait-il nous promettre? Quand on voit d'un côté la ruse et l'audace, et de l'autre la corruption, l'insouciance et
la lâcheté, le résultat de la lutte n'est plus pro-

blématique. Quelle espérance nous reste-t-il quand nous trouvons un obstacle dans la force qui devait être notre appui, quand nous reconnaissons des complices de nos ennemis dans les hommes que nous avons appelés comme auxiliaires?

Il serait en effet bien extraordinaire que M. de Montlosier se promît quelque succès des moyens qu'il propose, lorsqu'il nous révèle et nous prouve les faits les plus sinistres et les plus honteux pour nous; quand il nous montre le jésuitisme se faire un impudent honneur d'avoir été flétri par la magistrature, chassé par les rois chrétiens et condamné par le souverain pontife, et se disposer à ressaisir sa domination sur les rois et sur les peuples; quand il nous le fait voir escorté de trois autres corporations, distinctes en apparence, mais prêtes à se réunir à lui dans tout ce qui pourra nous humilier, nous asservir, nous réduire au dernier degré d'abjection.

M. de Montlosier nous apprend que la *congrégation* n'est pas, à proprement parler, le jésuitisme; mais le paragraphe suivant nous découvre l'heureuse affinité qui existe entre ces deux classes respectables. « Ce sera, quand il le faudra, de simples réunions pieuses : vous aurez là des anges. Ce sera aussi, quand on voudra, un sénat, une assemblée délibérante; vous aurez là des sages; enfin ce sera, quand les circonstances le demanderont, un bon foyer d'intrigues, d'espionnage et de délation; vous aurez là des démons. » Voilà

donc une immense corporation qui est au jésuitisme ce que les pionniers sont à une armée : elle
prépare les voies.

Vient à sa suite l'ultramontanisme qui détruit
la légitimité, puisque la dignité royale devient
amovible, et qui délie les sujets du serment de
fidélité, puisque dorénavant ils devront cette fidélité à un prince étranger. On sent combien ce
dogme proclamé jadis par tous les jésuites, et
aujourd'hui par de très-respectables évêques et de
très-honorables écrivains qui sont jésuites de corps
et d'âme ; on sent, dis-je, combien cette doctrine, toute céleste, doit relever les espérances de
la dynastie napoléonienne ; car pourquoi un pape
ne pourrait-il pas donner le trône de France au
fils de Buonaparte, quand un pape est venu so-
lennellement consacrer la légitimité du père ? On
n'a peut-être pas pensé à cela ; et je suis étonné
que M. de Montlosier ne l'ait pas dit. Cette supposition résulte si naturellement de l'ultramontanisme, que tous les royalistes doivent en être
épouvantés.

Vient enfin, avec ou sans les jésuites, la faction de ces prêtres pour qui Dieu n'est autre
chose que l'Église, l'Église rien autre chose que
le sacerdoce, et le sacerdoce rien autre chose que
la domination et les richesses, acquises bien légitimement, disent-ils, au nom de Jésus-Christ.
Ces prêtres, indignes d'un nom qui devrait toujours inspirer le respect et la confiance, ont d'au-

tant plus d'audace qu'ils se croient bien assurés de
n'avoir rien à craindre : s'ils réussissent, tout leur
sera soumis sans excepter le monarque, et ils ex-
ploiteront largement la mine féconde de la faiblesse
et de la superstition ; si la résistance qu'on leur
opposera va jusqu'à une révolution, ils en seront
quittes pour imiter le digne évêque et les bons
curés qui ont demandé pardon à la Convention
nationale d'avoir enseigné une religion à laquelle
ils ne croyaient pas.

Mais le peuple, dira-t-on, n'est ni congréga-
niste, ni jésuite, ni ultramontain. Les révélations
de M. de Montlosier vont nous apprendre ce qui
nous reste du peuple, sur les dispositions duquel
de jeunes présomptueux fondent leur espoir.

Il y avait déjà plus de deux ans que la congrégation avait jeté son vaste filet sur la France, et
enlacé tous les pouvoirs, quand les oisifs de la
capitale se demandaient en ricanant si nous aurions les jésuites. Le roi Louis XVIII en connais-
sait-il l'existence? « Je puis répondre affirmative-
ment, dit M. de Montlosier. » Depuis la mort de
ce monarque, ajoute-t-il, on *a imaginé de faire
entrer tout à la fois le ministère dans la congrégation et la congrégation dans le ministère.*« Déjà
les postes, la police de Paris, la direction générale
avaient été données aux affiliés. » Après s'être emparée *des deux polices* et avoir soumis le ministère, la congrégation s'étendit sur toute la France.
« L'espionnage était autrefois un métier que l'ar-

gent commandait à la bassesse ; il fut commandé à
la probité ; par les devoirs que la congrégation
impose, on assure qu'il est devenu comme de
conscience ; on est prêt à lui donner des lettres
de noblesse. » Un peu de patience, lecteur, nous
arrivons au peuple : « Au moyen d'une association
dite de Saint-Joseph, *tous les ouvriers* sont aujour-
d'hui enrégimentés et disciplinés ; il y a dans
chaque quartier une espèce de centenier qui est
un bourgeois considéré dans l'arrondissement. Le
général en chef est l'abbé L..., jésuite secret. Sous
les auspices d'un grand personnage, il vient de se
faire livrer le grand-commun de Versailles. Là il
se propose de réunir, comme dans un quartier-
général, huit ou dix mille ouvriers des départe-
mens. » Voyez que de choses on peut faire avec
un budget quand il n'y a pas de spécialité.

Dirai-je maintenant, d'après mon auteur, que
des marchands de vins sont désignés pour donner
leurs boissons à bas prix, afin de faire servir
l'ivresse au triomphe de la religion? Faut-il ajouter
que des femmes de chambre et des laquais se disent
approuvés par la congrégation? Si ces misérables
moyens font sourire de pitié, voici d'autres détails qui ramèneront le sérieux : Les villages sont
travaillés comme les villes, et il est inutile de demander quel est l'esprit des officiers de la cour
sous ce rapport; mais que la garde royale n'ait pu
échapper à la congrégation, et que la Chambre
des députés compte plus de cent membres affiliés

à cette même congrégation, c'est une triste découverte que m'a fait faire M. de Montlosier, et que
je voudrais pouvoir contester si le noble caractère,
la religion et le royalisme de cet écrivain me per-
mettaient le moindre doute.

Ici se présente une question : M. de Montlosier
affirme tenir d'un député, membre de la congrégation, que cette faction, car ce n'est pas autre
chose, puisque aucune loi ne l'autorise, compte
cent cinq membres dans la Chambre. Ces députés
seront offensés de la révélation, puisqu'ils n'osent
avouer leur affiliation. Appelleront-ils à la barre
l'auteur indiscret qui, parmi les hommes chargés
de faire les lois, en compte cent cinq agrégés secrètement à une corporation qu'aucune loi n'a
permise? S'ils se taisent, nous saurons clairement quelle influence la congrégation aura sur la
législation future. S'ils s'offensent et parlent de
punir, quelle honte pour la congrégation de voir
tant d'honorables membres désavouer avec indignation les rapports qu'on leur suppose avec elle!
La difficulté est embarrassante ; il faut être jésuite
pour s'en tirer.

Maintenant, messieurs du grand siècle, hommes
de la grande nation, vantez bien le progrès des
lumières, placez-vous modestement au-dessus de
tous les peuples, et calculez jusqu'à quelle époque
du moyen âge la perfectibilité indéfinie vous a
conduits en si peu d'années. Le genre humain est
en marche, dit toujours M. de Pradt ; cela est

vrai, car il ne peut rester immobile ; mais il tourne sans cesse, et il croit aller en avant. Pour juger des succès de sa marche, voyez où il est arrivé.

Et vous, messieurs les libéraux, vous avez tenu quelquefois un langage bien hautain, vous avez proclamé vos principes éternels, indestructibles ; vous aviez pour vous tout le peuple français...... Comptez maintenant ce qui vous reste, quand vous aurez fait la part des jésuites, des ultramontains et de la congrégation. En attendant, écoutez ce que vous dit M. de Montlosier qui, relativement à la crise actuelle, ne doit plus vous paraître un adversaire : « Aussitôt que la gent libérale, très-contente d'avoir retrouvé, dans la prépondérance de la petite propriété, quelque chose de l'ancienne souveraineté du peuple, a vu, au moyen de la nouvelle loi électorale, cette prépondérance lui échapper, elle s'est mise à crier que l'ancien régime allait revenir, qu'il était revenu. A sa voix, qui a retenti dans toute la France, on a regardé de tous côtés. Quelle surprise ! au lieu de la Bastille on a aperçu Mont-Rouge ; au lieu de la chevalerie, on a trouvé des moines ; au lieu de la noblesse, la congrégation : tout cela nous est advenu comme une fantasmagorie. Il a fallu plus de deux ans pour y croire. Les jésuites remplissaient la France ; on ne les y savait pas. Les congréganistes occupaient toutes les positions, on ne les voyait pas. Aujourd'hui encore une partie de la France est en doute. »

Ainsi, vous avez été pris pour dupes, et tandis que vous faisiez des discours bien forts, tandis que vous écriviez des articles bien piquans, les enfans de Loyola, sans écrire et sans discourir, ourdissaient tranquillement leur trame, et ils vous cernaient de toutes parts, quand de toutes parts vous attendiez vainement de puissans auxiliaires. Croyez-moi : ne luttez jamais de finesse avec les jésuites ; leurs armes sont fabriquées par la ruse, aux dépens de la crédulité, de la superstition et de la sottise qui ne se lassent jamais de payer. Vous avez plus de brillant, plus d'éloquence, plus de logique, mais ils ont trois qualités qui vous manquent, et qui finissent toujours par triompher : ce sont la souplesse, la patience et la discrétion.

Soumettez-vous donc et soumettons-nous. Les jésuites domineront, et je n'ose dire ici tout ce qui fonde ma conviction à cet égard. Les révérends pères sont bien sûrs de leur fait, et ils ne sont venus qu'à bon escient. On criera pendant quelque temps ; les jésuites garderont le silence, et se nommeront quand nous serons las de crier. *La société* triomphera sans avoir combattu ; elle obtiendra tout sans avoir rien demandé ; elle aura raison sans avoir parlé : et entrée sans permission, elle sera installée légitimement sans qu'on sache comment, ni pourquoi. La cour y verra de la religion, et la laissera faire ; la noblesse s'arrangera avec cette nouvelle puissance ; les Chambres seront sanctifiées comme par enchantement ; les ministres trouveront tout simple que la robe courte obéisse à la longue ; nous verrons des héros, tout couverts de lauriers, baiser la robe d'un jésuite ; les vieux jacobins riront et diront tout bas : « Voilà nos vengeurs ! » les libéraux se lasseront d'une opposition stérile ; les poètes, louangeurs de tous les régimes, feront de jolis petits vers sur l'ombre salutaire de l'éteignoir ; et cette partie du clergé qui a chanté *Domine, salvum fac rempublicam, salvum fac consules, salvum fac imperatorem,* chantera plus gaiement encore *salvum fac regem,* formule qui sera modifiée par les ultramontains.

Je n'ai touché ici qu'une faible partie du livre que j'annonce ; je me suis borné aux faits, et je n'ai pas voulu désespérer mes lecteurs en leur mettant sous les yeux les développemens qui les confirment, les raisonnemens qui en font sentir la gravité. Les personnes qui ne trouvent jamais les émotions assez fortes, peuvent consulter l'ouvrage même, elles seront satisfaites jusqu'à la crispation. Je ne puis pas m'indigner long-temps, et je veux épargner à ceux qui me lisent la plus grande partie des angoisses que cette lecture m'a causées. Ce n'est pas que M. de Montlosier n'ait mis dans son écrit toute la modération humainement possible, mais le sujet est plus fort que sa modération. J'admire comment un homme de beaucoup d'esprit, très-sensible, et conséquemment irritable, a pu se contenir assez pour employer les simples armes de la logique, ornées des fleurs de la politesse, contre des adversaires avec lesquels on ne peut discuter sans prostituer le talent.

Ce qui me désole le plus, c'est la conviction où je suis que ce livre, si fort de choses et de raisons, si rempli de vérités si épouvantablement évidentes, ne sera que le *telum imbelle sine ictu*, qui rebondira vainement sur l'épaisse cuirasse ne nos théocrates. Hélas! malgré les lueurs d'espoir que me laisse ce publiciste, nous serons sous le joug : on asservira les maris par les femmes, les pères par les enfans, les maîtres par les valets, tout le peuple par des autorités complices. On va me dire que je vois tout en noir, et que ma prédiction est insensée ; mais quand elle sera accomplie, chacun se vantera de l'avoir faite comme moi. Oh! messieurs les incrédules, faites en sorte que je me sois trompé, et donnez un démenti, de fait, à ma prévision. Avec plaisir alors j'avouerai ma sottise; et quel baume le bonheur d'échapper au jésuitisme ne versera-t-il pas sur les blessures de mon amour-propre!

Mais quand le fantôme sortira-t-il de ses ténèbres, quand osera-t-il se nommer? il paraît que cela ne tardera pas : « On assure, dit M. de Montlosier, que le plan est fait, et qu'il y a sur ce point deux avis dans le gouvernement. Une partie qui, suivant la direction de M. de La Mennais, veut absolument se précipiter dans le bien, viendra un jour se présenter à la Chambre des députés, déclarer l'existence ignorée de quarante colléges et de vingt mille élèves, et affirmer que le cri de la France entière est pour le rétablissement des jésuites. On assure qu'alors la partie du gouvernement qui, selon la direction de M. d'Hermopolis, ne veut aller *au bien* qu'à pas comptés, demandera par amendement la conservation seulement de quelques maisons d'éducation, avec la clause expresse de leur subordination à l'Université, et de leur soumission aux évêques. On espère alors que toute la partie de la Chambre qui est opposée aux jésuites, saisie dans le piége, et croyant avoir remporté une victoire, acceptera le retour des jésuites avec les modifications. »

La réflexion que cette comédie politique inspire à l'auteur, est beaucoup trop vraie pour que j'ose la transcrire ; c'est à M. de Montlosier seul qu'il appartient de nous montrer où nous conduirait une ruse aussi grossière. Je crois cependant, contre son opinion, qu'une pareille farce pourrait avoir du succès ; je n'y mets qu'une condition : c'est qu'elle sera précédée d'un réglement ou d'une ordonnance qui défende aux députés d'éclater de rire quand on leur dira *que la France entière redemande les jésuites;* et de renouveler ce mouvement d'hilarité quand on assurera que ces bons pères se borneront *à quelques maisons d'éducation,* et qu'ils seront sincèrement subordonnés et soumis. J'espère au surplus qu'on imaginera quelque chose de plus spirituel : le Parisien veut bien être dupe, pourvu qu'on l'attrape avec un peu de finesse et de grâce; nous ne sifflons que la gaucherie.

Le seul reproche que je me permettrai de faire à l'auteur, serait un éloge dans toute autre circonstance : c'est celui d'avoir employé quelquefois des raisonnemens trop profonds et des distinctions trop fines et trop délicates dans une discussion où il était surtout nécessaire de frapper vivement l'esprit de tous les lecteurs, quel que fût le degré de leur intelligence. Les jésuites ne feront point cette faute, parce qu'ils veulent remuer les masses, et qu'ils ne dédaignent, comme on l'a vu plus haut, ni les ouvriers, ni les marchands de vins, ni les laquais, ni les femmes de chambre. Les hommes de beaucoup d'esprit, au contraire, n'adressent leurs pensées qu'aux hommes d'esprit, et ils manquent leur effet sur la multitude. La distinction, par exemple, que M. de Montlosier établit entre la vie religieuse et la vie dévote, est bien réelle; car un scélérat qui prend le masque de la piété ne se contente pas de paraître religieux, il veut passer pour dévot; mais en appliquant cette distinction à l'influence qu'elle peut avoir sur la société, l'auteur a souvent couru le risque de n'être pas entendu de tout le monde; et ce serait grand dommage; car les conséquences qu'il en tire sont d'une grande importance, quoique souvent un peu subtiles.

J'ai vu avec peine aussi qu'il ait poussé la poli-

tesse jusqu'à trouver *ingénieuses* les raisons employées par les jésuites pour justifier leur doctrine.
Les argumens qu'il leur oppose font trop d'honneur à une apologie aussi grossièrement fausse et
à d'aussi misérables sophismes. Je crois qu'il faut
combattre ses adversaires avec les armes qu'ils
méritent. De quoi s'agit-il en effet ? On dit d'abord
qu'il est injuste de tant rechercher les crimes de
quelques jésuites ; tandis que l'on ne déclame pas
avec la même violence contre tant d'autres crimes
qui leur sont étrangers. Puis on demande si ce
sont les jésuites qui ont assassiné Louis XVI,
Marie-Antoinette, madame de Lamballe et le duc
de Berry. On remonte enfin jusqu'aux temps où
il n'était pas question de jésuites, pour rappeler
le massacre des Albigeois et d'autres horreurs du
moyen âge. On fait d'ailleurs observer qu'il ne
faut point imputer à une société nombreuse les
crimes de quelques individus.

Oh ! certainement, une pareille défense ne méritait pas une dissertation méthodique et spirituelle. Ne suffisait-il pas de répondre, si toutefois
on daignait répondre, qu'on impute aux jacobins
les crimes des jacobins, et aux jésuites ceux des
jésuites ; que jamais un assassin n'a été justifié par
les assassinats auxquels il n'a point pris part, mais
qu'il a été justement condamné pour ceux qu'il a
commis. Quant à la distinction des individus et de
la société, on y a déjà répondu vingt fois. On
n'accuse pas la société d'avoir commis un régicide,

mais d'avoir approuvé et enseigné cette doctrine abominable. Cela est prouvé par cent ouvrages écrits par des jésuites, et approuvés par des censeurs pris dans leur société. Tous les ouvrages des jésuites, qui ont été brûlés à Paris par la main du bourreau, étaient revêtus de l'approbation de la Société dite de Jésus.

Mais faut-il rappeler une discussion tant de fois rebattue? Qu'importent d'ailleurs les crimes de cette secte, si le jésuitisme est nécessaire à la prospérité, et surtout à la gloire de la France. On ose nous le dire; plus tard on osera davantage. Mais quelque moyen que l'on prenne pour nous faire subir cette humiliation, quelque apologie que l'on fasse de cette société, je dirai toujours :

. . . . Hæc in nostros fabricata est machina muros,
Inspectura domos, venturaque desuper urbi.

DÉNONCIATION AUX COURS ROYALES,

Relativement au système religieux et politique signalé dans le *Mémoire à consulter;* précédée de nouvelles observations sur ce système et sur les apologies qu'on en a récemment publiées ;

Par M. le comte DE MONTLOSIER.

QUEL a été le motif de M. de Montlosier en publiant son *Mémoire à consulter* et sa *Dénonciation aux Cours royales?* Tous les hommes d'honneur le connaissent, et je n'ai rien à leur apprendre à cet égard. Mais les valets de la fortune, les adulateurs et calomniateurs officiels, les écrivains dont la conscience pourrait être cotée à la Bourse au-dessous du trois pour cent, ont des raisons personnelles pour ne point croire à la sincérité, à la noblesse de caractère et à une résolution généreuse. Il fallait donc supposer des motifs ignobles, et ces messieurs n'avaient pas à aller chercher bien loin. L'un attribuait cet *esclandre* au dépit causé par une disgrâce de cour ; l'autre à une ambition déjouée ; celui-ci à la suppression d'un traitement pécuniaire ; celui-là enfin à la démence.

Je répondrai bientôt aux trois premiers soupçons : quant à la démence, il n'y a que manière de voir les choses, et c'est ce que je vais expliquer. Je me promenais un jour au bord du Rhône ; un jeune homme qui avait voulu, par bravade, franchir un pas périlleux, tomba dans le fleuve ; au même instant un homme assez âgé s'y précipite sans considérer l'escarpement de la rive, la profondeur et la rapidité du courant, et il eut le bonheur de sauver le jeune étourdi, non sans beaucoup de peines et de danger. Pendant cette lutte, l'un des spectateurs attirés par les cris, laissa naïvement échapper l'expression de ses sentimens : « Il faut » être bien fou, dit-il, pour s'exposer ainsi dans » un fleuve si dangereux : j'aurais laissé le noyé » flotter jusqu'à Beaucaire. » Cette jolie phrase me fit regarder celui qui la prononçait ; je pris des informations sur ce prudent personnage , et depuis cet événement j'ai reconnu que le courage et l'humanité pouvaient légitimement passer pour folie , aux yeux des lâches et des égoïstes.

Mais je vais raconter une folie bien plus grande que celle de se jeter dans un fleuve , et je vais livrer l'auteur de la dénonciation aux Cours royales , aux sarcasmes de ses nobles adversaires. En 1814, immédiatement après la restauration , M. le comte de Montlosier s'occupa de composer un livre qui , selon toute probabilité , devait paraître sous le gouvernement du roi. La fortune en décide autrement , et quand l'ouvrage va être publié , Napoléon arrive de l'île d'Elbe. Dans une pareille conjoncture , les détracteurs de M. de Montlosier auraient fait preuve d'une grande sagesse ; l'ouvrage aurait été remis dans le secrétaire , où il aurait été retravaillé et repeint jusqu'à ce qu'il eût acquis un coloris impérial. Mais M. de Montlosier éprouvait déjà sans doute un commencement d'aliénation mentale , car il livra son ouvrage au public , sans y changer un seul mot , et il le fit précéder d'un *Avertissement* dont voici quelques fragmens curieux :

« Si l'homme qui s'est remis à la tête de nos destinées , avoit eu pour principe d'ordonner et de réparer , de conserver et d'améliorer , je pourrais dire , voilà un pas de plus vers la réhabilitation de l'ordre social , et concevoir ; relativement à nos

bouleversemens passés, des espérances favorables.
On n'a pas eu cette pensée. Des desseins que je ne
sais comment caractériser, ont porté à changer de
nouveau et à bouleverser. Loin de nous donner
un ordre social, on a cru devoir nous replonger
dans le chaos.... Sans nécessité, comme sans motif,
on appelle sur ce pays un nouveau bouleversement; on présente à la France, comme aliment,
la révolution qu'elle a vomie; on invite à ce festin
tous les souverains de l'Europe; on prétend aussi
obtenir l'amitié et la paix!

» Qui pourra jamais croire que les décrets de
Lyon, les proclamations, surtout cette inconcevable déclaration du Conseil d'état, aient eu un
objet pacifique? Et puis la résurrection officielle
du dévergondage révolutionnaire sous le nom de
Fédération, le soulèvement universel de toutes les
passions, de toutes les cupidités, de toutes les
vanités.... Si cela est du sublime, il est complet,
rien n'y manque...... Quelques personnes ont la
bonté de croire à un nouvel ordre social; je suis
bien plus disposé à me croire à la fin de toutes
choses..... »

Quand M. de Montlosier accueillait ainsi le re-
venant impérial, que faisaient les hommes qui le
traitent aujourd'hui de séditieux et d'insensé? Les
uns criaient vive l'Empereur! les autres se disaient
tout bas : « Attendons; s'il réussit, nous nous ar-
rangerons avec lui; s'il succombe, nous dirons
que nous l'avons abattu. » Voilà du savoir-vivre,

voilà de la sagesse! La bonne femme qui brûlait un cierge pour saint Michel et un cierge pour le diable, était un Socrate femelle ; nos Socrates sont ses enfans.

Mais voici un autre champion de Mont-Rouge, bien plus digne sans doute d'être combattu ; car M. de Montlosier, qui n'a pas daigné nommer les autres, consacre à celui-ci plus de quarante pages, qui sont le trop long *post-scriptum* d'une courte préface. M. le vicomte de Bonald a publié un écrit intitulé : *Réflexions sur le Mémoire à consulter de M. le comte de Montlosier*. Quoique la réponse de M. de Montlosier soit pleine de raison, étin-celante d'esprit et forte de logique, j'aurais désiré que M. de Montlosier laissât à M. de Bonald la satisfaction d'avoir rempli sa tâche, sans le forcer à une réplique. Quoique ce combat en champ clos ait fini par le triomphe de M. de Montlosier, et quoiqu'il ait fort bien tué son homme avec des armes courtoises, ce qui rend le fait plus remar-quable, j'ai souhaité plus d'une fois qu'il ne fût pas entré dans la lice. J'en dirai les raisons :

La première est que le public attendait avec l'impatience de l'inquiétude, la *Dénonciation aux Cours royales*, acte si important et si grave que le sort de la France y est peut-être attaché ; et lors-que le lecteur veut arriver promptement à cet objet de ses vœux et de sa crainte, il se trouve arrêté par une polémique, une discussion qui, malgré tout le talent de l'auteur, est un objet bien minime en comparaison de la grande question qui est le sujet principal, et devaït être le sujet unique de l'ouvrage. Ce n'est pas, ce me semble, dans une circonstance aussi sérieuse, qu'il faut peloter avant partie.

Je crois en outre que, surtout, il ne fallait point répondre à M. de Bonald : Eh! pourquoi? parce que M. de Bonald ne peut avoir tort. Si, par exemple, en attaquant M. de Montlosier, il n'avait fait qu'accomplir un devoir, devait-on le lui reprocher? L'avocat nommé d'office est-il responsable de la perte de son procès? M. de Bonald, d'ailleurs, n'est-il pas affilié d'âme, d'esprit et d'opinion à la société qu'il défend pour l'acquit de sa conscience, et faut-il demander à Suarès ce qu'on doit penser de la doctrine de Molina? Ce qu'il y a de certain, c'est que l'on savait d'avance tout ce que dirait M. de Bonald. Il est du nombre des écrivains bien estimables sans doute, mais dont les pensées manifestes sont connues *à priori;* et loin de regarder les réflexions de M. de Bonald comme une réfutation du Mémoire de M. de Montlosier, le Mémoire de M. de Montlosier m'a paru, au contraire, une réfutation anticipée de tout ce qu'allait dire M. de Bonald. Y répondre une seconde fois était donc un oubli de l'axiome *non bis in idem.* Cependant, mon opinion, à cet égard, devant céder à celle de M. de Montlosier, je vais, quoiqu'à regret, suivre cette polémique.

M. de Bonald a la bonté de dire qu'il eût désiré

voir ses opinions politiques et religieuses discutées par M. de Montlosier, et *il eût trouvé légitime que M. de Montlosier les eût combattues.* Que M. de Bonald ait désiré cette discussion, cela est, ce me semble, d'une très-petite importance pour le public; mais que M. de Montlosier, occupé d'une affaire qui intéresse toute la France, se soit arrêté à discuter les opinions de M. de Bonald, j'avoue que je n'en vois ni la nécessité ni même l'utilité. Mais je reproche à M. de Montlosier de n'avoir pas assez admiré la générosité d'un adversaire qui permet de combattre ses opinions. Il fallait dire à l'Europe, au monde entier : « Nous sommes si libres en France que, non-seulement nous pouvons censurer les actes publics des ministres, mais même combattre les opinions de M. de Bonald. » A cela près, la réponse de M. de Montlosier est excellente, et je la transcris pour la satisfaction de M. de Bonald :

« Il y a une grande partie des opinions politiques et religieuses de M. de Bonald que je ne puis combattre, car je les partage. Dès le premier moment de ma rentrée en France, j'ai eu le bonheur de me trouver d'accord avec lui sur les grandes questions du divorce, du mariage, de la famille, sur l'institution de la noblesse, sur l'excellence et la prééminence de la religion catholique, ainsi que du gouvernement monarchique : sous ce rapport, j'ai désiré long-temps l'occasion de me lier avec lui. Quand je me suis aperçu ensuite qu'il était dans la coterie des prêtres (1); qu'il partageait et favorisait leur système d'envahissement; quand je me suis aperçu qu'il était Romain *presque autant* que Français, que *presque* toute sa monarchie était dans le pape, presque tout son Évangile dans le Rituel; quand je me suis aperçu qu'il couvait avec beaucoup d'autres l'œuf que depuis on a vu éclore, j'ai continué sans doute à voir en lui un ami de la religion et de la monarchie, mais, puisqu'il faut le dire, l'ami le plus hostile, le plus dangereux, le plus funeste. »

Rien n'est parfait en ce monde. Dans ce paragraphe, dont la douceur est relevée par une agréable acidité, il y a un mot qui choquera vivement M. de Bonald; c'est le mot *presque;* aussi, l'ai-je souligné pour qu'on l'imprimât en caractère ultramontain. On accuse M. de Bonald d'être Romain *presque autant que Français;* il a le droit de répondre qu'avec Rome il n'y a point de *presque.* Il faut être plus Romain que Français; disons mieux : il faut être Romain et rien autre chose. Le pape est le possesseur légitime de tous les trônes; les rois ne sont que ses premiers sujets; il a donc sur eux une incontestable suprématie, même au temporel; c'est donc à lui que les peuples doivent soumission et fidélité. Puisqu'on nous impose les jésuites, il serait absurde de nous interdire leur doctrine. Il serait beau vraiment de nous dire :

(1) Elle ne lui a pas été inutile.   (*Note de l'auteur.*)

Recevez les jésuites, mais ne les écoutez pas! Il n'y a donc point de *presque* dans M. de Bonald; ce mot est injurieux, et c'est bien dommage, car toute cette page est bien jolie.

Un peu plus loin, M. de Bonald veut enseigner à M. de Montlosier ce que c'est qu'une conspiration, et il en donne cette définition remarquable : « Les conspirations ne sont pas de simples théories, mais des intentions criminelles mises en action. » Je pourrais d'abord faire observer que la définition est fausse : un projet criminel formé par plusieurs personnes, est bien certainement une conspiration, quand même il n'y aurait point d'action commencée; on n'agit pas aussitôt que l'on conspire, mais on conspire pour agir. Passons néanmoins sur cette inexactitude, et voyons ce que dit M. de Bonald quand il a besoin de qualifier les conspirations d'une autre manière : « Des conspirations! s'écrie-t-il, il s'en est tant fait pour le crime et vous les craignez pour la vertu!... Vous voulez que les honnêtes gens restent isolés. Plût à Dieu qu'ils sussent conspirer pour maintenir tout ce qu'on veut renverser! » Cet aveu donne à M. de Montlosier l'occasion de démontrer qu'il n'a pas rêvé une conspiration, puisqu'on est plus disposé à s'en glorifier qu'à la nier. Mais ces deux phrases de M. de Bonald sont bien fécondes, et font naître une foule de réflexions que M. de Montlosier a sans doute cru devoir négliger.

J'y vois d'abord que les conspirations sont *des*

intentions criminelles, et la définition citée plus
haut ne distingue et n'excepte rien. Je vois ensuite
qu'il peut y avoir *des conspirations pour la vertu*,
et, selon la définition, cela signifie des intentions
criminelles favorables à la vertu. Ces deux propositions sont-elles bien concordantes? On ne cesse
de répéter que M. de Bonald est un écrivain obscur ; ce n'est pas moi qui lui ferai ce reproche,
car sa contradiction est d'une clarté parfaite.

Je vois encore que les honnêtes gens peuvent et
doivent conspirer, c'est-à-dire, selon la définition, que les honnêtes gens doivent *mettre en action des intentions criminelles, pour maintenir ce
qu'on veut renverser*. Mais que veut M. de Montlosier, que veulent tous ceux qui l'approuvent?
Maintenir les lois qui ont chassé les jésuites, maintenir la déclaration de 1682 qui pose des limites
entre le sacerdoce et l'Empire. Maintenir et renverser sont-ils devenus synonymes dans la logique
de M. de Bonald? Mais retournons sa phrase,
et nous la trouverons d'une justesse admirable :
« Plût à Dieu que les honnêtes gens sussent cons-
» pirer pour maintenir les lois que les ultramon-
» tains veulent renverser! » Ici les mots sont à
leur place, et ils expriment une vérité. Il faut espérer que M. de Bonald adoptera cette variante ;
sans cela, sa phrase n'aurait point de sens, car
comment voudrions-nous renverser ce qui n'est
pas encore rétabli, ce que vous n'osez encore rétablir, et que vous introduisez furtivement, comme

on lâche des espions dans le camp de l'ennemi? Autant vaudrait dire que je viole aujourd'hui la loi que l'on fera l'année prochaine.

Mais M. de Bonald qui veut donner aux honnêtes gens la permission de conspirer, aurait bien dû nous apprendre comment les gouvernemens distingueront les conspirations pour le crime ou pour la vertu. Toutes s'annoncent de la même manière, toutes cachent le véritable but, toutes prennent pour prétexte le bonheur du peuple ou la gloire de Dieu. Dans quel paquet sera la bonne drogue quand l'étiquette est pareille? Je ne vois qu'un moyen de nous tirer de cette difficulté, c'est de déclarer que toute conspiration dont sera M. de Bonald, doit être considérée comme vertueuse, mais toutes les autres sont criminelles.

M. de Bonald invoque en faveur des jésuites les philosophes du dix-huitième siècle. M. de Montlosier répond : « Je ne récuse pas pour ma cause leurs dépositions ; le témoignage de tels hommes en faveur des jésuites, fait partie de mes pièces de conviction. » Avouons cependant que M. de Bonald a raison ; d'Alembert écrivait : « Ils nous auraient aidés *à écraser l'infâme*. » Diderot parle ainsi de la célèbre société : « A peine fut-elle formée qu'on la vit riche, nombreuse et puissante. En un moment elle exista en Espagne, en Portugal, en France, en Italie, en Allemagne, en Angleterre, au Nord, au Midi, en Afrique, en Amérique, à la Chine, aux Indes, au Japon, par-

tout également ambitieuse, redoutable et turbulente ; partout s'affranchissant des lois, portant
son caractère d'indépendance et le conservant,
marchant comme si elle se sentait destinée à commander à l'univers. Depuis sa fondation, il ne s'est
presque écoulé aucune année sans qu'elle se soit
signalée par quelque action d'éclat. » Diderot nous
explique ensuite quelles sont ces *actions d'éclat ;*
ce sont des jésuites chassés de toutes les contrées
de l'Europe, des jésuites assassins, des jésuites pendus, etc.... D'Holbach, sans les aimer, souriait au
but de domination qu'ils se proposaient : « Au
moins, disait-il, ils nous auraient délivrés de l'a-
mour et de la crainte de Dieu, ces deux grandes
sources de superstition. » Les jésuites ayant été accusés d'un crime invraisemblable, Voltaire s'écria :
« Il faut être bien maladroit pour calomnier les
jésuites ! » Je ne finirais pas si je voulais épuiser
la masse de preuves qui constatent l'observation
de M. de Bonald ; mais que faut-il en conclure ?
Nos saints personnages, nos dévots patentés, ne
cessent de nous dire que les philosophes sont les
ennemis de Dieu et du roi : si cela est vrai, est-il
étonnant qu'ils aient fait cause commune avec les
jésuites ? et n'est-il pas plaisant que l'on croie justifier les jésuites en leur donnant de pareils apologistes ? C'est absolument comme si un dévot,
voulant louer un confrère, avait la naïveté de dire :
« La preuve qu'il est bien pieux, c'est que le diable
a des bontés pour lui. »

A la page 26 de ses Réflexions, M. de Bonald a dit : « L'Europe avait autrefois assez de milices religieuses. Ce qui lui manquait, et que les jésuites lui ont donné, était une milice *politique* et religieuse tout à la fois. » Cet aveu est bien précieux pour M. de Montlosier ; car le fait avoué est précisément la base de la Dénonciation aux Cours royales. Comment un esprit, ordinairement juste, a-t-il pu s'égarer au point de présenter, comme justification des jésuites, ce qui est un juste motif d'accusation ? Une milice politique ! Eh ! dans quel État bien gouverné souffrirait-on une milice dont le chef est hors de l'État ? Quel souverain en Europe, hors ceux qui ont jugé à propos d'envoyer leur sceptre à Rome ; quel souverain, pénétré du sentiment de sa dignité et soigneux de sa sûreté, pourrait permettre dans son royaume l'établissement d'une milice *politique* qui ferait serment à un souverain étranger ? Autant vaudrait lever en France des régimens qui prêteraient serment d'obéissance à l'empereur d'Autriche, ou au roi de Prusse.

Et remarquez surtout combien ce mot *milice* est équivoque, et digne des hommes que défend M. de Bonald ! Appliqué à la religion, il est purement métaphorique ; car certainement on ne veut pas dire que les prêtres et les moines s'exerceront à la marche militaire, au maniement des armes, et qu'ils apprendront à tuer des hommes, pour mieux servir un Dieu de paix. Mais le mot *milice*, uni à l'adjectif *politique*, reprend son acception propre, et indique une force physique. Ainsi, le roi pourrait licencier son armée : la congrégation lui suffirait ; et, comme cette congrégation, qui se grossirait d'une manière effrayante, obéirait, avant tout, au souverain qui a la suprématie spirituelle et *temporelle*, selon les jésuites ; le sort de la France ne dépendrait plus du roi, mais de la congrégation, mais de cette énorme ligue dont la sœur aînée a proscrit le roi légitime dans le seizième siècle, et a voulu faire asseoir un étranger sur le trône de France.

« C'est une chimère, va crier la troupe soldée de la littérature ; jamais les papes ne se brouilleront avec nos rois. » Non, sans doute, quand nos rois consentiront à n'être plus rois. Mais lisez notre histoire, comptez combien de rois de France ont été excommuniés, combien de fois le royaume a été mis en interdit, combien de ligues les papes ont formées contre la France, combien de guerres ils y ont excitées ; puis souvenez-vous de l'axiome de logique *ab actu ad posse valet consecutio*. D'ailleurs, messieurs, vous qui voulez nous repousser jusqu'au moyen âge, vous ne devez pas mépriser les leçons de ce bon temps.

« Tout le monde sait que l'expulsion des jésuites fut l'œuvre des passions et le triomphe des fausses doctrines. » Et c'est M. de Bonald qui écrit cela, comme s'il ne devait avoir pour lecteurs que des sots ou des ignorans. Avant que M. de Montlosier prouvât que l'expulsion des jésuites a été si *universelle* qu'on pourrait la nommer *catholique*, j'avais déjà repoussé cette étrange assertion. Pour en finir plus tôt, accordons à M. de Bonald que le parlement de 1762 n'était composé que de jansénistes ou de partisans de Voltaire et de Diderot, et qu'il a été très-injuste envers ces bons jésuites; mais le parlement de 1593, qui les a condamnés et chassés pour les mêmes raisons, plus d'un siècle avant qu'il n'y eût ni jansénistes ni philosophes; mais les souverains qui les chassèrent de la Bohême, de la Moravie, de Malte, de la Hollande, de Venise, avant le dix-huitième siècle; mais les Anglais qui, dans ce temps, en ont fait pendre une demi-douzaine, avaient-ils lu Voltaire et Diderot, qui n'étaient pas nés? et si le parlement de 1762 a rendu contre les jésuites le même arrêt qui avait été prononcé deux siècles auparavant, cet accord parfait d'intention et de motifs ne prouve-t-il pas clairement que les derniers juges ont eu raison?

Mais laissons M. de Bonald, et occupons-nous spécialement de la Dénonciation aux Cours royales.

Un homme plein de respect pour la religion, plein d'amour pour son roi, un homme courageux, éclairé, et qui n'a jamais trempé sa plume dans une encre sale, livre son honorable vieillesse à toutes les tracasseries, à toutes les haines, à tous les dangers patens ou occultes qui menacent tou-

jours les hommes d'honneur chez les nations corrompues ; il brave tout pour nous avertir des malheurs qui se préparent, et pour en préserver ceux
mêmes qui, croyant les diriger, finiraient par en
être les victimes; et à peine cet homme qu'on accuse de démence, parce qu'on ne peut rien lui reprocher, a-t-il élevé la voix pour nous sauver du
précipice, toutes les passions de commande, toutes
les vues sordides s'élèvent à la fois ; et les hypocrites politiques, et les hypocrites de religion, et
toute la bande noire, *obscænique canes, impor-
tunæque volucres*, crient, aboient où croassent
autour de lui pour obtenir les récompenses, la
proie, la curée qu'on leur a promises.

Écoutons-le lui-même ; il s'énonce avec bien
plus de modération et de dignité que mon indignation ne me permet de le faire : « Je corrige des
vices, disait saint Jérôme, on m'appelle faussaire;
j'extirpe des erreurs, on m'accuse de les semer. »
« Je puis dire de même : J'écris pour ma religion,
on m'accuse de l'ébranler ; pour mon prince, on
m'accuse de l'offenser ; pour ma patrie, on m'accuse de la troubler. Je conviens que, sous un rapport, tout n'a pas été aimable dans ma conduite.
J'ai mis en évidence des turpitudes qu'on se dis-
simulait peut-être, et qu'au moins, pour le public,
on aurait voulu tenir cachées. J'ai déjoué des trames
qu'on ourdissait dans l'obscurité, et qu'on aurait
voulu laisser ignorées. Mon grand tort a été aussi
de montrer une religion d'amour à des hommes

qui prêchent une religion de crainte ; de montrer
une religion douce à des hommes qui veulent une
religion terrible ; enfin , il a été de parler le langage de la charité à des hommes qui n'affectionnent
que celui de la domination. »

Ce n'est pas d'aujourd'hui que des prêtres ont
voulu substituer la terreur à l'amour dans les
croyances religieuses. La douzième épître de Boileau nous prouve que cette question était vivement agitée de son temps. « Il est inutile d'aimer
Dieu, disait-on : il suffit de le craindre pour être
sauvé. » Et Boileau répondait :

Cessez de m'opposer vos discours imposteurs ,
Confesseurs insensés , ignorans séducteurs ;
Qui, pleins de vains propos que l'erreur vous débite ,
Vous figurez qu'en vous un pouvoir sans limite
Justifie à coup sûr le pécheur alarmé ,
Et que sans aimer Dieu l'on peut en être aimé.

On sent qu'une religion de terreur est bien plus
favorable à l'ambition sacerdotale , et surtout plus
lucrative ; la crainte du diable fait ouvrir la bourse
du pécheur plus largement que ne ferait l'amour
de Dieu. Aussi , chez les docteurs dont parle Boileau, l'Évangile avait peu de crédit ; et l'on sait
que le jésuite Tournemine , prêchant à Caen en
1730, eut l'impudente audace de dire : « Il n'est pas
bien certain que l'Évangile soit Écriture-Sainte. »
C'est dans une église qu'a été proféré ce blasphême
jésuitique !

M. de Montlosier n'est pas moins odieux à la congrégation pour avoir indiqué l'humilité chrétienne comme le caractère du véritable prêtre. L'humilité! répond l'ultramontain, l'humilité, à moi dont la puissance est celle de Dieu même! à moi qui commande aux nations et aux monarques! Mais le plus grand motif de haine, la première cause de l'horreur que le *Mémoire à consulter* et les *Dénonciations aux Cours royales* inspirent à toute la faction ultramontaine, est d'avoir osé dire que le prêtre doit entièrement se consacrer à la religion; qu'il ne doit point profaner son caractère dans les affaires mondaines; qu'il doit attendre les chrétiens au temple, et ne pas les exposer au sacrilége en les y entraînant avec violence; qu'il ne doit pas s'introduire d'autorité dans les familles, pour y faire naître la mésintelligence, pour y établir une recherche inquisitoriale, armer la femme contre le mari, et les enfans contre le père. Il y a bien de l'audace, je l'avoue, à vouloir défendre à ces hommes si saints de venir parader dans nos fêtes, et à prétendre infliger une vie toute spirituelle à des hommes qui chérissent le temporel avec tant de dévotion. Aussi ne suis-je point étonné du beau discours qui a été prononcé, le dimanche 9 avril de cette année (1826), dans la cathédrale de Clermont, discours ou sermon dans lequel l'orateur a clairement désigné l'auteur du *Mémoire à consulter,* en le plaçant au milieu des *officines d'impiété* et des *laboratoires d'anarchie.* N'ai-je

21.

pas eu raison de dire que le jésuitisme triompherait ? Puisqu'il a pu faire de M. de Montlosier un athée et un jacobin, osez dire que quelque chose lui est impossible...... Mais je me trompe : oui, une chose, une seule chose lui est impossible, c'est de se faire aimer des honnêtes gens.

Depuis long-temps on parle de la doctrine ultramontaine, et bien des gens ne s'en font pas clairement une idée. Ils comprennent seulement qu'elle vient d'au-delà des monts, c'est-à-dire de l'Italie, et ils ne conçoivent pas que des principes professés à Rome, ville sainte par excellence, aient pu être repoussés par des monarques très-religieux, tels, par exemple, qu'était Louis XIV. Qu'ils apprennent donc, une fois pour toutes, si ce dogme purement politique peut être admis dans une monarchie sagement gouvernée; citons d'abord un passage du livre de M. de Montlosier : « Si on veut en croire le cardinal Pallavicini, *l'unique règle du gouvernement politique de l'église est sa félicité selon la chair en ce monde et en l'autre, sous l'autorité toute puissante d'un roi, seul monarque de l'univers, qui est le pape (signor del mondo), dont tous les rois et les chrétiens sont les tributaires et les sujets, dont le patrimoine est composé des richesses de toutes les nations.* »

Mais c'est peu d'avoir cité le cardinal Pallavicini; on ne manquerait pas de répondre que l'opinion exagérée d'un prince de l'église ne prouve rien contre la doctrine italienne; il fallait donc, ce me

semble, ajouter que ce dogme est général au-delà
des monts, et qu'il nous menace de devenir général en France, malgré la déclaration de 1682, et
malgré les libertés de l'église gallicane, libertés qui
s'en iront avec toutes les autres. Ce dogme est spécialement celui des jésuites; il se trouve explicitement dans tous leurs écrits; on lit même dans
plusieurs que non-seulement les rois sont sujets du
pape, mais que les religieux, les clercs *ne sont pas
sujets du roi*, parce qu'obéissant au pape, ils ne
peuvent pas avoir deux maîtres; ils en concluent
que la révolte d'un clerc contre le roi n'est pas un
crime de lèse-majesté. Ce n'est pas tout encore :
non-seulement les jésuites professent cette doctrine, mais ils y sont obligés, puisqu'elle est la
condition *sine quâ non* de leur institution. (Écoutez! écoutez!) Il avait été résolu à Rome, au milieu du seizième siècle, de ne plus permettre d'établissement d'ordres nouveaux, parce que les anciens
étaient déjà trop nombreux; aussi la proposition
d'Ignace de Loyola fut-elle accueillie très-froide-
ment; mais quand il offrit de s'engager, lui et les
siens, par un vœu spécial, à obéir *en toutes choses*
au pape seul, *comme au supérieur et maître de
toute autre puissance*, le pape ne crut pas pouvoir
refuser son consentement à une proposition si favorable à la tiare. Ne blâmons donc pas les jésuites
de chérir et d'enseigner des principes sans lesquels
ils n'eussent point existé, et sans lesquels ils cesse-
raient d'être jésuites; mais plaignons les souverains

qui casernent chez eux et soudoient une pareille
milice, et accusons les valets qui veulent avoir
deux maîtres afin de pouvoir choisir selon les circonstances, et de pouvoir s'autoriser de l'un pour
intimider l'autre, et en obtenir tout ce qu'ils voudront. Voilà l'ultramontanisme; faut-il s'étonner
que tant de *bons français* soutiennent une si belle
thèse?

Quiconque a quelques notions du passé et
quelque théorie du calcul des probabilités pour
l'avenir, ne pourra lire sans effroi les deux chapitres qui traitent *des dangers de la royauté.* Les
royalistes les plus confians dans la stabilité des
bonnes choses, et les moins habiles à conjecturer
sur les chances futures, auront peut-être le tort
de considérer comme une menace coupable ce
qui n'est qu'un avertissement salutaire; mais qu'ils
lisent, qu'ils réfléchissent, et le bon sens leur fera
sentir qu'un ennemi de la monarchie légitime se
serait bien gardé de donner un pareil avis, et surtout de présenter le remède.

Quant au chapitre qui concerne les *dangers à
l'égard de la religion et des prêtres,* il ne fera aucune impression sur les hommes qu'il devrait intéresser le plus : les bons prêtres, c'est-à-dire ceux
qui ne pensent pas que la qualité de prêtre les dis-
pensent d'aimer leur patrie et d'obéir à leur roi,
espéreront toujours que Dieu, dont cependant ils
ignorent les desseins, ne voudra pas frapper deux
fois la France d'une plaie aussi affreuse qu'une ré-

volution. Les autres, je veux dire ceux qui ne voient dans la religion qu'une métairie productive et un moyen d'asservir les hommes, sont trop confians dans leur propre habileté pour redouter les pronostics importuns de M. de Montlosier. D'ailleurs, les uns et les autres partagent l'erreur qui pèse sur tous les hommes, erreur qui consiste à regarder comme immuable l'état dans lequel nous nous trouvons bien, tandis qu'au moindre mécontentement nous ne cessons de dire : « Cela ne durera pas. » Voilà pourquoi les uns voient une révolution imminente, lorsque d'autres la regardent comme impossible. On ne peut trop admirer la justesse d'esprit et l'impartialité avec lesquelles M. de Montlosier a fait la part des chances probables, et l'on ne peut trop s'effrayer des résultats de ce calcul. Cet effroi ne diminue pas quand on lit le paragraphe suivant : « Au sujet des nobles, malgré quelques préventions subsistantes, on commence à se rassurer. Il est reconnu que la prétendue résurrection des dîmes et des droits féodaux est une chimère. D'un autre côté, peu à peu les positions respectives se sont faites; les intérêts se sont rassurés; aujourd'hui, on peut dire qu'il n'y a plus de danger sur ce point. Du côté des prêtres, il n'en est pas de même. A cet égard, l'irritation est outre mesure; elle est telle que, si ce n'était le respect particulier qu'on porte au monarque ainsi qu'à toute la maison régnante, *je n'ose dire ce qu'il arriverait.* » Doutez-vous de cette irritation?

Doutez-vous qu'elle soit aussi généralement répandue en France? Recueillez les votes à scrutin secret..... Avant quinze jours Mont-Rouge et Saint-Acheul seront des maisons à louer; les prêtres reconnaîtront, de meilleure grâce, la suprématie temporelle du roi; M. de Villèle avouera que les jésuites n'ont pas rempli ses coffres et consolidé son trois pour cent; M. de Corbière nous apprendra tardivement qu'il connaissait d'avance l'opinion de la France sur la congrégation; M. le ministre de la guerre trouvera très-juste que son budget ne soit pas rogné au profit de la milice politique et religieuse, et M. de Bonald taillera sa bonne plume d'une manière moins oblique.

M. de Montlosier n'a plus besoin d'éloges, mais peut-être encore d'apologie; il n'est pas inutile, pour le succès de son entreprise, de détruire la prévention qui poursuit tous les hommes courageux quand ils expriment des plaintes et quand ils signalent des dangers. On croit difficilement que leur censure se dirige uniquement sur les choses, et l'on suppose presque toujours que leur véritable intention est d'attaquer les personnes. Si le caractère de M. de Montlosier ne suffit pas pour écarter un pareil soupçon, j'invite les incrédules à lire les quatre premières pages du chapitre III, intitulé : *Dangers du Gouvernement.* Non-seulement l'auteur n'y attaque point les ministres, comme on le dit souvent fort injustement des hommes éclairés qui se plaignent de la direction générale et vicieuse des affaires; mais M. de Montlosier loue dans chacun de nos ministres les qualités estimables ou brillantes qui le distinguent, et l'on reconnaît facilement que ces éloges ne sont point une précaution oratoire, car alors il aurait fait des concessions beaucoup plus larges. Puis à cet examen du personnel, il ajoute ces lignes :

« Eh bien! augmentez ces qualités, si cela est possible, exagérez tant que vous voudrez ce que nos ministres ont de vertus et de talens : quelques personnes en font de grands hommes; si ce n'est pas assez, qu'elles en fassent des anges; ces anges, s'ils veulent se tenir dans la ligne qui est tracée aujourd'hui, ne gouverneront pas mieux que nos ministres. »

Il ne s'agit donc point ici d'évoquer l'ombre de Sully, ou celle de Colbert, ou même celle du grand ministre sous lequel régna Louis XIII, pour l'appeler à notre secours; il ne s'agit point de demander un changement de ministre dans l'intention de se mettre à sa place ; M. de Montlosier se plaint uniquement *de la ligne qui est tracée,* de la direction qui est commandée, du principe vicieux qui donne l'impulsion générale.

Réussira-t-il dans un projet si noble et si courageux que la bassesse et la sottise y ont vu de la démence? Hélas! j'en doute, ou plutôt je ne doute point, car je suis persuadé que M. de Montlosier ne recueillera de cette grande entreprise d'autre fruit que l'honneur de l'avoir tentée. J'ai déjà dit

les raisons qui me font croire au triomphe tempo-
raire, et peut-être long, des hommes que le génie
du mal a revomis sur notre sol ; ces raisons sub-
sistent plus que jamais : quand le malade s'obstine
à prendre le poison pour le remède, il n'y a plus
espoir de guérison. M. de Montlosier lui-même ne
paraît pas avoir une grande confiance dans le succès de sa démarche ; il laisse apercevoir son inquiétude dans le passage où il compare le temps présent
à celui où l'antique autorité du parlement pouvait
conjurer les orages politiques et prévenir les coups
d'État ; mais la crainte d'échouer n'affaiblit point
en lui le sentiment du devoir, et, ce qui est le
propre des âmes fortes, il persévère avec courage,
par cela même que le succès lui paraît plus douteux.

Mais quels présages sinistres se répandent dans
le public ? Pourquoi M. de Montlosier écrit-il ces
lignes effrayantes : « Un sentiment général, mêlé
d'irritation et d'impatience, fait craindre partout
des violences, et prochainement peut-être des catastrophes ? » Pourquoi tant d'écrivains rappellent-
ils le souvenir d'une exécrable journée qui a couvert la France de sang et d'opprobre ? Est-ce parce
que nous sommes au mois d'août, et que le 24
approche ? Quel homme féroce, quel monstre a dit
en riant : « Il ne faudra qu'une nuit pour finir tout
cela ? » Et en effet, des voix naguères sonores et
audacieuses, n'articulent plus que des sons équivoques ; des écrivains, si courageux quand le danger se voyait en perspective, alignent aujourd'hui

leurs phrases avec une circonspection qui est quelque chose de plus que de la prudence. Bientôt M. de Montlosier sera le seul homme debout quand tous les autres seront courbés ; il me rappelle ce juif intrépide qui, voyant périr son temple et sa patrie, ne cesse de crier : « Malheur à Jérusalem ! » et qui, frappé d'un trait mortel, tombe en disant : « Malheur à Jérusalem et malheur à moi ! »

Je voudrais moi-même cesser d'écrire sur un aussi triste sujet, mais ma lassitude ne provient que du sentiment de ma faiblesse et de mon impuissance. Rien ne m'arrêterait si j'avais l'espoir d'être utile. Pour la première fois, je me félicite d'être vieux, je n'ai plus à perdre que des infirmités et des ennuis. Je n'ai pas eu trop peur en 1793, ce n'est plus la peine d'avoir peur aujourd'hui. Terminons donc par une considération que je crois nouvelle, et que, par cela même, je présente avec beaucoup de défiance.

Chaque fois que nos publicistes ont agité la question qui m'occupe aujourd'hui, ils ne l'ont considérée que sous le rapport des conséquences qu'elle peut avoir dans l'intérieur de la France, mais aucun, que je sache, n'a pensé à l'effet qu'elle peut produire sur les puissances étrangères. L'Europe est encore armée comme si elle avait un autre Napoléon à combattre ; malgré la paix profonde qui règne depuis douze ans, le nombre de ses soldats n'a presque pas diminué ; il ne faut pas se dissimuler que la France est pour beaucoup dans les motifs de cette attitude guerrière. L'Europe veut se précautionner contre les nouveaux troubles qui pourraient s'élever au sein d'une nation si populeuse et si entreprenante. Notre calme et notre inaction est tout ce qu'elle désire. De quel œil doit-elle voir le brandon de discorde qu'on a lancé au milieu de nous? Que doit-elle penser des hommes qui nous agitent et nous exaspèrent, lorsque, devenus plus sages et fatigués de troubles, nous ne demandons qu'à suivre la ligne tracée par le roi restaurateur, et à maintenir les lois que son successeur à sanctionnées par un serment solennel? Si notre destinée est d'éprouver un nouveau bouleversement, contre qui sa vengeance sera-t-elle dirigée? Viendra-t-elle punir ceux qui veulent le maintien des lois et l'indépendance du monarque? Viendra-t-elle protéger ceux qui, au mépris des lois, introduisent furtivement dans le royaume des artisans d'intrigues et de dissensions, ceux qui cultivent sur notre sol ces germes d'une révolution si redoutée de l'Europe? Je veux croire qu'elle a souri à la vue des moyens que l'on emploie pour nous asservir et nous retenir dans un calme stupide; mais si le narcotique nous rend furieux au lieu de nous endormir, approuvera-t-elle les médecins qui nous l'auront administré? Quelle que soit la cause d'une nouvelle révolution, elle doit lui être également odieuse, et les auteurs, quels qu'ils soient, lui paraîtront également coupables.

Dira-t-on cette fois que c'est le peuple, quand depuis long-temps on l'irrite par une manœuvre clandestine, et l'on paraît s'impatienter de sa tendance au repos? La première coalition fut légitime, formée contre un peuple qui renversait violemment son gouvernement et ses lois : celle que l'on formerait contre le peuple qui veut conserver l'honneur du trône et l'intégrité des lois, serait-elle juste, serait-elle honorable? Supposons cependant que notre malheur arrive jusque-là, quel spectacle pour le monde, quelle matière pour l'histoire! Il me semble entendre l'AUTRICHE nous dire : « Pourquoi ne voulez-vous pas ces jésuites que je ne veux pas moi-même? » La RUSSIE : « Pourquoi refusez-vous de recevoir ces révérends pères que j'ai chassés de mon territoire? » La PRUSSE : « Pourquoi n'adoptez-vous pas la doctrine de ces bons religieux qui veulent exterminer tout ce qui n'est point catholique, sans excepter mon peuple et mon roi? » L'ANGLETERRE enfin : « C'est moi qui soudoie une nouvelle coalition contre vous, parce que vous repoussez ces respectables jésuites que j'ai fait pendre autrefois, mais qu'aujourd'hui j'enverrais à Botany-Bay, s'ils mettaient le pied sur mon domaine »

Je livre ces idées aux réflexions des hommes clairvoyans, peut-être les mépriseront-ils aujourd'hui; et, en effet, elles sont bien chimériques, diront nos sages. Puisse l'avenir ne pas leur donner un poids effrayant et une importance funeste!

HISTOIRE,

ACTES ET REMONTRANCES

DES PARLEMENS DE FRANCE, CHAMBRES DES COMPTES,
COURS DES AIDES, ET AUTRES COURS SOUVERAINES,
DEPUIS 1461 JUSQU'A LEUR SUPPRESSION;

Par P.-S. DUFEY (de l'Yonne), avocat.

JAMAIS livre n'a pu paraître plus à propos : il
présentera jusqu'à l'évidence la solution d'une
triste question qui nous agite, et nous menace de
nouveaux troubles. Dans le cours de cette année,
on a souvent cité les actes des parlemens, soit pour
s'en faire une autorité, soit pour les calomnier
sans pudeur; mais parmi les personnes assez âgées
pour avoir vu les parlemens, il en est peu qui les
connaissent bien. Oh! sans doute ces cours souveraines, étant des réunions d'hommes, elles ont
dû quelquefois payer leur tribut à la faiblesse humaine; mais les éclatans services qu'elles ont
rendus à la nation, mais le courage avec lequel
elles ont si souvent opposé une digue aux irrup-
tions du despotisme, mais un si grand nombre

d'actes fondés sur la raison et sur la justice, devraient au moins conseiller le silence à ces décla-
mateurs fanatiques ou intéressés, qui se bouchent
les oreilles pour ne pas entendre la vérité, et fer-
ment les yeux pour n'être pas forcés de reconnaître les preuves de leur erreur ou de leur
ignorance. Quant aux hommes qui savent, et qui
spéculent sur le mensonge, je ne m'en occupe
point; leurs cris et leurs injures ne sont pour moi
que le bourdonnement des insectes importuns. On
a partagé le peuple en *classes*, mais on n'a pas
fait une classe des lâches et des fripons; quoique
fort nombreuse, elle n'est point comptée dans la
hiérarchie sociale. C'est cependant celle-là qui
aspire à être la première, et à dominer toutes les
autres.

Je connais tel éditeur qui, voulant nous offrir
l'histoire des parlemens, nous aurait accablés
d'une énorme masse de volumes : M. Dufey a été
plus sage. Dans l'immense dédale des archives
parlementaires, il a choisi avec discernement les
actes et les décisions qui peuvent nous éclairer
aujourd'hui sur des questions de la plus haute
importance, que nous renouvelons imprudem-
ment; et il a su renfermer en deux tomes tout
ce qu'il y a d'intéressant ou de curieux dans les
délibérations parlementaires depuis plus de trois
siècles. Cet ouvrage ne doit pas être considéré
comme une compilation. Quoique les actes et les
remontrances des cours souveraines, les rapports

des commissaires, les discours des avocats-géné-
raux, et les arrêts du conseil, soient la matière
première et la partie la plus importante du livre,
la part qu'y a prise M. Dufey est encore assez
grande par les détails historiques dont il a fallu
éclairer chacun de ces actes pour en faire comprendre les motifs, et par les nombreuses explica-
tions qui servent de lien commun à cette multitude
de fragmens, pris avec choix dans tous les parlemens du royaume.

Cet ouvrage n'étant, à proprement parler,
qu'une analyse raisonnée et substantielle de l'histoire parlementaire, il m'est impossible de la soumettre à une nouvelle analyse qui la rendrait mé-
connaissable. Je me bornerai donc à deux sujets
qui sont le plus à l'ordre du jour, et sur lesquels
je présenterai des citations qui étonneront le lecteur, et le forceront à l'attention la plus sérieuse.

SACRILÉGE. Les casuistes de la société déclarent
que le sacrilége n'empêche pas de remplir les préceptes. François de Lugo, commentateur de saint
Thomas, et qu'il ne faut pas confondre avec Jean
de Lugo, cardinal, soutient que l'on satisfait au
précepte de la communion en la recevant *d'une
manière indigne.* Voici le texte latin : « Lex præcipiens actum præcipit substantiam ejus, non verò
modum ; ergo lex ecclesiastica præcipiens communionem, obligat solùm ad substantiam actûs, quæ
sufficiénter impletur per communionem *etiam sa-
crilegam.* » (De l'Eucharistie, liv. 4, chap. 10,

n° 29.) Comme il faut que les dames sachent combien la religion des jésuites est commode, je traduis le passage précédent : « La loi qui commande un acte en commande la substance, et non pas le mode. Donc la loi ecclésiastique qui vous ordonne de communier, vous oblige seulement à la substance de l'acte, c'est-à-dire à communier ; et ce précepte est suffisamment rempli par une communion *même sacrilége*. » Puis notre jésuite cite Suarès et Vasquez, comme étant du même sentiment.

Georges Gobat demande si un homme qui a fait à Pâques une communion indigne, est obligé de communier une seconde fois. Il répond que plus *probablement* il n'y est pas obligé ; et il s'appuie sur les décisions de Suarès, de Tauner, du cardinal de Lugo, jésuites comme lui. Voici le comble de l'escobarderie et de l'impudence : on objectera peut-être, ajoute Gobat, que le concile de Latran décide qu'il faut recevoir Jésus-Christ avec révérence ; mais il répond : « Ce concile conseille cette révérence, mais ne l'ordonne point. *Suadet non præcipit.* » (Œuvres morales, tome I, traité 4, sect. 2, n° 34 et 44.) Ainsi, en communiant, pensez que la communion n'est qu'un acte puéril, et que l'hostie n'est qu'un pain à cacheter, un vain simulacre ; c'est égal ; vous avez communié, cela suffit. Nous verrons plus bas le but politique de cette généreuse concession. La Chambre des députés a été un peu embarrassée de la loi du sacrilége :

pourquoi aussi ne l'a-t-elle pas fait fabriquer à
Mont-Rouge, comme les Romains allèrent chercher leurs lois dans la Grèce? Cette loi du moins
eût été plus douce.

IRRÉLIGION. Escobar (Théologie morale, tom. I,
liv. 4, sect. 2, n° 246) enseigne que tout péché,
même le blasphême et le parjure, commis dans
l'ivresse, n'est point un péché, mais *l'effet du
péché.* Ainsi, il ne me reste que le péché de
l'ivresse, qui est véniel. Par une conséquence forcée, il suffira de bien boire avant de tuer son
homme pour le voler, l'ivresse couvrira tout.

Guimenius, dans son Traité de la Foi, proposition 2, page 36, soutient qu'une foi explicite des
mystères de la Trinité et de l'Incarnation n'est
point nécessaire au salut. Layman, Soto et De-
lacroix pensent de même. Notez bien que, selon
la doctrine du *probabilisme*, qui est le fonds de la
langue jésuitique, le sentiment d'un seul docteur
suffit pour rendre une opinion probable, comme
le dit Georges de Rhodes : « Ergò unius doctoris
auctoritas sufficere potest ad opinionem probabilem. » (*Theol. Schol.*, disput. 2; des Actes humains, question 2, sect. 3.) Et selon C. A. Casnedi :
« Toute opinion, quoique moins probable qu'une
autre, donne la même sûreté de conscience : «Est
summè et æquè tuta. » (Jug. théol., tome II, disput. 10; sect. 2, n° 27.) Mais voici le fin de la doctrine : selon J. de Salas (*Disputationes*, tome Ier,
tract. 8, n° 51, sect. 6) et selon Henri, Vasquez

et Perez; s'il s'agit d'un homme du peuple, *ho-mine imperito et illitterato*, il faudra suivre l'opinion que cet homme croit probable. Ainsi, le confesseur devra se soumettre à l'opinion du pénitent, si celui-ci est ignorant et illettré. On voit que les révérends pères voulaient agir sur les masses, et se les rendre favorables ; tout était excusé chez les hommes dont ils pouvaient avoir besoin. Les hommes lettrés, moins crédules, obtenaient moins d'indulgence.

PARJURE, FAUX TÉMOIGNAGE, PRÉVARICATION DE JUGES. Selon Emmanuel Sa, on ne commet point un faux lorsque, pour remplacer un titre qu'on a perdu, on en fabrique un semblable. (*Aphor.*, verbo *Falsarius*.) Le même dit:«Quand un témoin ignore qu'il y a semi-preuve d'un délit, il peut déposer qu'il ne sait pas ce que cependant il a entendu dire. » (*De Fals. Testim.*, pag. 218.) Tolet va plus loin : il permet à un coupable de se servir d'équivoques en répondant au juge.

Suarès (Précepte du Serment, liv. 3, assert. 2, n° 5.) dit que si quelqu'un a promis ou contracté, sans intention de tenir sa promesse, il peut simplement répondre que *non*, parce que cela peut avoir un sens légitime, savoir : « *Je n'ai pas promis d'une promesse qui m'oblige.* » Quelle grossière finesse !

Sanchez (ouvrage moral, part. 2, liv. 3, chapitre 6, n° 31.) nous donne ce beau précepte : « Celui qui peut cacher quelques biens, parce

22.

qu'il en a besoin pour vivre, de peur qu'ils ne soient saisis par les créanciers, interrogé par le juge, peut jurer qu'il n'a aucuns biens cachés; et ceux qui le savent peuvent jurer la même chose, pourvu qu'ils soient assurés qu'il a caché ces biens pour une telle fin. Fillincius, Fagundez, F. de Lugo, Escobar, Casnedi et grand nombre d'autres, sont uniformes sur ce point. » Le précepte suivant est encore plus joli :

Fabri, Taberna, Layman et Fegeli pensent qu'un juge est tenu de restituer, s'il a reçu quelque chose pour rendre *un jugement juste ;* mais que, s'il a reçu de l'argent pour rendre *un jugement injuste,* il est probable qu'il peut conserver cet argent. Taberna dit que c'est le sentiment de cinquante-huit docteurs. Busembaum est du même avis, et Lacroix, qui l'approuve, le justifie ainsi, dans sa Théologie morale, tome Ier, liv. 4, question 268 : « Le juge n'était point tenu de rendre cette sentence injuste; elle tourne au profit du plaideur, et cette injustice expose le juge à un grand danger, surtout par rapport à sa réputation, s'il venait à en être convaincu ; or, s'exposer pour le service d'un autre à un tel danger, *est chose estimable à prix d'argent.* » Et cinquante-huit jésuites ont professé cette maxime ! et chacun des cinquante-huit a été approuvé par un provincial et trois théologiens de la société !

VOL, COMPENSATION OCCULTE. Opinion d'Emmanuel Sa (*Aphor.,* verbo *Furtum*) : « Ce n'est pas un vol de prendre une petite chose en cachette de son mari ou de son père. » Opinion d'Étienne Fagundez (sur le Décalogue, tom. II, liv. 7, chap. 3, n° 12) : « Lorsqu'un fils fait ailleurs les affaires de son père, ou demeure dans sa maison pour vendre ses marchandises, il peut en cachette prendre du bien de son père, autant que son père donnerait à un étranger pour le même travail. » Ce misérable jésuite feint de ne pas voir que cette maxime détruit tout amour entre le père et le fils : le père haïra le fils qui le vole, et ce fils qui diminue son propre héritage en volant son père, traite ce père comme il traiterait un étranger, et s'assimile à un valet qui vole son maître. Mais la politique de la société était de désunir les familles, et de se rendre complice et protectrice des vices des femmes, des enfans et des domestiques, pour s'en faire des délateurs et des auxiliaires contre les maris, les pères et les maîtres. Poursuivons : le même Fagundez ajoute : « Si les maîtres exigent de leurs domestiques des services au-delà de ceux dont ils étaient convenus, ceux-ci pourront prendre quelque chose pour les services qu'ils auront rendus au-delà de leurs conventions. » Ainsi, lecteurs, faites bien vos conventions ; car si vous faites seulement porter une lettre par une servante, sans avoir stipulé ce genre de commission, elle peut légitimement, et même dévotement vous voler ce que vous auriez donné à un commissionnaire. Cette doctrine a fructifié. Depuis l'établissement de la congrégation, les cuisinières prélèvent le cinq pour cent (et non pas le trois pour cent) de tout ce qu'elles achètent. Autrefois cela s'appelait *faire danser l'anse du panier*; aujourd'hui c'est un droit, et en l'exerçant, on entre au paradis par la porte des jésuites.

Mais Fagundez est-il le seul qui ait ainsi élargi le chemin du ciel! Nous allons voir : Jean Cardénas (Jug. théolog., dist. 23, chap. 2, art. 1.) dit que les « valets et les servantes peuvent voler secrètement leurs maîtres pour compenser un travail *qu'ils jugent plus grand que le salaire qu'ils en retirent.* »

Jean de Reuter (Instructions pratiques pour les confesseurs, part. 2, chap. 8, n° 234.) soutient que « l'obligation de restituer étant fort onéreuse, » quelle naïveté! « on ne doit pas y forcer le voleur, s'il y a une opinion *probable* qui le favorise, parce que dans le doute on doit favoriser celui qui possède. » Or, on a vu plus haut que l'avis d'un seul docteur, *unius doctoris*, suffit pour rendre probable l'opinion la moins probable, *minùs probabilem*; ainsi, le confesseur lui-même peut être ce docteur; et si le pénitent est ignorant et illettré, *imperitus et illitteratus*, le confesseur doit adopter l'opinion de cet homme.

On a vu que, selon Emmanuel Sa, il est permis à la femme, au fils et au domestique de voler *une petite chose*; mais plusieurs petites choses peuvent en composer une grande; faut-il alors exiger la restitution? Trachala (Méthode sûre pour les con-fesseurs, titre 13, p. 162.) résout cette grande difficulté. « Tous les docteurs, dit-il, pensent qu'alors même le voleur n'est pas obligé à resti-tution, pourvu qu'*à priori* il n'ait pas eu l'inten-tion de composer une grosse somme avec un grand nombre de petites ; il n'a péché que véniel-lement, *quia illa furta tunc semper manent inter se disparata*, parce que ces petits vols demeurent toujours séparés l'un de l'autre. » Ainsi, Lafleur ou Lisette, tu peux voler régulièrement dix francs par jour, pourvu que tu ne connaisses pas assez Barême pour prévoir que ces dix francs quoti-diens feront trois mille six cent cinquante francs au bout de l'année.

Homicide. Selon Henriquez (Théologie morale, liv. 14, chap. 10, n° 3.) : « Si un adultère, même clerc (c'est-à-dire prêtre ou abbé), bien instruit du danger, est entré chez la femme adultère, et que, surpris par le mari, il le tue *pro necessariâ vitæ aut membrorum defensione*, pour défendre sa vie ou ses membres, il ne paraît pas encourir l'irrégularité. » Quoi! pas même l'irrégularité! Pauvre mari, qui lisez cet article, si un jour vous apprenez qu'un P. Girard est enfermé avec votre femme ou votre fille, gardez-vous d'entrer dans la chambre. Mais ne pourrait-on pas au moins exiger de MM. les jésuites qu'en pareil cas ils aient l'attention de laisser leurs sandales à la porte?

Georges Gobat (Œuvr. morales, tom. 2, part. 2,

trait. 5, n° 54) : Ici est une atrocité étendue dans
un paragraphe latin trop long pour être cité et traduit en entier ; mais j'affirme qu'en voici la substance : « Un fils peut jouir du parricide qu'il a commis dans l'ivresse, parce que ce crime lui procure
un héritage. Il peut jouir licitement, *licitè gau-
dere*, non-seulement des richesses, ce qui est bien
clair, mais même de l'acte coupable, *actione prohibitâ*, qui les a procurées, non point parce que
cette action est défendue, *prohibitâ*, mais parce
qu'elle est la cause d'un heureux événement, *causa
boni eventûs*. » Envoyez donc vos enfans chez ces
bons pères, choisissez-les pour directeurs de vos
femmes, forcez vos domestiques de se confesser à
ces honnêtes gens. En vérité, il faut être bien pro-
fondément corrompu, bien vil ou bien stupide
pour demander les jésuites quand on connaît leur
doctrine et leur morale. Religion sainte, c'est pour
te protéger qu'on appelle de tels hommes !

RÉGICIDE. J'ai déjà fourni tant de preuves, j'ai
cité tant d'ouvrages relativement à la *doctrine
meutrière des rois*, que j'épargnerai au lecteur la
peine de relire ce que j'ai déjà écrit. S'il veut des
additions aux infamies que j'ai déjà signalées, il
peut consulter cette *Histoire des Parlemens*, à
partir de la page 62 du second volume.

Mais est-il bien vrai que les jésuites excusent
même l'athéisme. Vous allez en juger : Par la doctrine du *péché philosophique*, doctrine attribuée
au cardinal de Lugo, l'athéisme n'est pas seule-

ment excusé, mais il est l'excuse de tous les crimes.
« L'action la plus criminelle en elle-même blesse
bien la raison, mais elle n'offense point Dieu, et
ne mérite point la condamnation éternelle *si celui
qui la commet ne connaît point Dieu, s'il ne pense
point à lui, ou s'il ne réfléchit pas qu'il l'offense.* »
Il fallait bien, au reste, qu'on excusât les plus grands
crimes, puisqu'on voulait élever des régicides *à
la brochette,* pour effrayer les rois indociles.

Mais encore, est-il vrai que tous les jésuites
ayent professé les principes que renferment les
écrits de deux ou trois cents de ces religieux? J'ai
déjà fait voir que tous ces livres étaient approuvés
par les provinciaux et les théologiens de la société;
voulez-vous d'autres preuves, lisez la troisième
partie, chapitre Ier, n° 28, des Constitutions de la
société; vous y verrez que chez elle des doctrines
différentes ne sont point admises, *doctrinæ dif-
ferentes non admittantur;* que si quelque père
pense différemment des autres, il doit cependant
suivre ce que la société a décidé, *afin que nous
professions et disions tous la même chose, ut sic
idem sapiamus et idem dicamus omnes.* Cela est-il
assez clair, et d'après cela, des centaines de jésuites auraient-ils osé établir d'autres règles, publier d'autres principes? Les provinciaux et les
théologiens de la société les auraient-ils approuvés?

Maintenant, que répondront les adorateurs du
Baal à mille têtes? Diront-ils que ces livres n'existent pas, que j'ai forgé ces citations? Qu'un avocat

de l'Yonne en a imaginé de semblables, par hasard, à celles que j'ai fournies? S'ils recourent aux sources indiquées, quel sera leur étonnement d'y trouver vingt fois plus de maximes odieuses, infâmes, révoltantes que je n'ai pu en faire entrer dans cet article! Mais, non; ils ne consulteront rien; ils n'ouvriront pas ces livres; ils n'en parleront pas; mais ils continueront à vanter les jésuites comme les plus fermes soutiens de la religion, comme *les amis des rois,* comme les hommes les plus dignes de diriger nos femmes et d'instruire nos enfans; et le *servum pecus* s'écriera: « Ils ont raison. »

Consacrons maintenant quelques lignes aux congrégations, et renvoyons le lecteur au livre même pour plus ample informé.

Les congrégations sont les armées des jésuites; c'est là qu'ils ont choisi leurs séides, et ces armées n'obéissent au roi que quand le roi lui-même obéit aux jésuites. Dès le commencement du seizième siècle, l'Église et le gouvernement furent effrayés de ces réunions, de ces attroupemens qui ont la religion pour prétexte, mais dont le vrai mobile est l'ambition de quelques chefs se proposant un but qui n'est connu que d'eux. Les ordonnances de Villers-Cotterets et de Moulins, les états-généraux d'Orléans et de Blois, les ont défendues sous les peines les plus sévères; mais les jésuites, pour qui les ordonnances des rois sont de nulle valeur, avaient rétabli ces congrégations de leur propre autorité. Cependant l'Église s'était réunie au pouvoir temporel pour proscrire ces associations qu'elle regardait comme aussi funestes à la religion qu'au bon ordre. Le Synode de Cognac, le concile de Poitiers, le synode de Langres, le concile provincial de Sens, le concile de Chartres et celui de Rouen, ont formellement défendu les confréries et les congrégations. Les mêmes condamnations ont été portées par les conciles de Reims, de Bourges et de Milan. Le 9 mai 1760, le parlement de Paris a renouvelé ces défenses par un arrêt solennel, qu'une loi seule peut abroger aujourd'hui. Les jésuites reparaissent, et les congrégations se montrent impudemment, au mépris des lois et de la magistrature. Nous avons donc au milieu de nous un délit vivant et menaçant. Et ceux qui violent les lois sont réputés sujets fidèles! et ceux qui veulent le respect et le maintien des lois sont traités de mutins et de révolutionnaires! Sommes-nous descendus assez bas? Pour nous punir de l'orgueil des victoires, faudra-t-il nous plonger dans le cloaque de Mont-Rouge, comme dans le Styx, pour nous rendre invulnérables à la honte et au remords.

UN LECTEUR,

AU RÉDACTEUR EN CHEF DU JOURNAL DES DÉBATS.

Paris, 30 janvier 1828.

MONSIEUR,

DANS les excellens articles que vous avez publiés, et notamment dans ceux du 2 et du 27 de ce mois, vous avez présenté les jésuites comme les soutiens du despotisme et les ennemis les plus dangereux des libertés publiques. C'est une vérité qui depuis long-temps me paraît évidente : aux yeux de tout homme qui connaît l'histoire et les écrits des jésuites, il n'y a pas de doute que l'ultramontanisme, réduit à sa plus simple expression, ne soit *le despotisme politique, fondé sur le despotisme religieux.* Mais, permettez-moi de le dire, vous avez oublié ou négligé d'établir une distinction bien importante dans la circonstance actuelle.

Si le but des jésuites n'avait été que de faire accorder aux princes un pouvoir absolu, il ne faudrait pas s'étonner de la faveur dont ils ont joui dans presque toutes les cours de l'Europe. Il est malheureusement trop vrai que le despotisme, si odieux aux hommes qui obéissent, se présente de

fort bonne grâce aux yeux de ceux qui comman-
dent; et ce serait peut-être assurer le crédit des
jésuites que de les accuser d'être les satellites des
despotes et les héros de la servilité. Il est donc bien
utile de dévoiler leur doctrine tout entière, et de
prouver que, selon le besoin de leur politique, ils
sont, dans l'occasion, les flatteurs des peuples
comme les flatteurs des rois, et qu'ils forment une
faction aussi dangereuse pour les rois que pour les
peuples. Très-certainement ils veulent qu'un roi
soit despote, mais sous la condition que ce despote leur soit soumis, qu'il n'ait de volonté que
la leur, qu'il ne pèse le juste et l'injuste qu'avec
leur balance, qu'il ne voie le crime et la vertu qu'à
travers le prisme de Loyola, qu'il jure quand ils
le conseillent, qu'il se parjure quand ils l'ordon-
nent, qu'il soit jésuite enfin, faute de quoi ils deviennent, à l'instant même, les plus ardens *amis
de la liberté;* ils reconnaissent *la souveraineté du
peuple, et le droit, dans ce peuple, de juger, de
déposer et de condamner son roi.* Ceci vous étonne,
sans doute, monsieur, mais la suite vous étonnera
bien davantage, et il ne vous sera pas possible de
douter puisque vous aurez les preuves à votre disposition.

Je dois d'abord vous faire observer que j'écarte
avec soin des écrits des jésuites, tous les passages
qui ont rapport au pape. Ainsi, je ne veux pas
constater que les jésuites ont approuvé et conseillé
le jugement, la déposition et le meurtre des rois,

quand ces rois étaient condamnés par le pape, car
c'est là une vérité que personne n'ignore ; mais je
vais faire voir qu'ils ont accordé ce droit de jugement, de déposition et de condamnation au peuple
même, réuni en *États-généraux* ou en *république*.
Ainsi, ces bons amis des rois, ces sages instructeurs de la jeunesse, reconnaissent que la *république*, dans une monarchie, peut légitimement
déposer et condamner le monarque légitime. Les
juges de Louis XVI n'ont rien dit dans ce déplorable procès, ils n'ont invoqué aucun principe,
proféré aucune maxime qui ne soient approuvés
et proclamés, sans équivoque, dans les écrits des
jésuites les plus célèbres : et pour ne laisser aucun
doute sur l'unité de doctrine si impérieusement
commandée à tous les écrivains de la société, ajoutons que chacun de ces ouvrages a été examiné et
approuvé par quatre théologiens jésuites, et revêtu
de l'approbation du provincial du lieu où il a été
imprimé. Ne frémit-on pas quand on apprend que
ces manuels du régicide ont circulé en France,
avec la permission des censeurs royaux et le privilége du roi ?

Voyons maintenant comment ces bons pères ont
mérité la protection des rois et l'amour des ministres ; ils vont parler eux-mêmes :

Emmanuel Sá ou Saa, dans ses *Aphorismes
des Confesseurs*, au mot *Tyrannus* : « Celui qui
» gouverne tyranniquement un État qu'il a juste-
» ment acquis, ne peut en être dépouillé que par

» un *jugement public*, mais dès que la sentence a
» été prononcée, tout homme peut s'en rendre
» l'exécuteur. Un tel prince peut être déposé *par*
» *le peuple* quand bien même ce peuple lui aurait
» juré une fidélité éternelle, lorsqu'après avoir été
» averti de sa mauvaise administration, ce prince
» ne se corrige pas. — Quant à celui qui usurpe
» tyranniquement la puissance souveraine, tout
» homme du peuple peut le tuer, s'il n'y a pas
» d'autre remède, car c'est un ennemi public. »

Partout, dans les écrits des jésuites, sur cette
matière, vous trouverez la distinction entre le tyran
légitime et le tyran usurpateur, avec cette différence que le premier ne peut être déposé et puni
que par un jugement du peuple, tandis que l'autre
peut être justement tué par le premier venu.

Grégoire Valentia, dans ses *Commentaires*,
disp. 5, quest. 8, *de l'Homicide*, point 3 : « Est-il
permis à tout citoyen de tuer un tyran? Réponse :
Ou le tyran est tel, non pour avoir injustement
usurpé la puissance, mais pour faire d'une autorité, d'ailleurs légitime, un usage pernicieux à la
société ; ou bien il est tyran pour s'être arrogé un
pouvoir dans lequel il ne se maintient que par la
force. Dans le premier cas, il n'est permis à aucun
particulier de le mettre à mort, *car il n'appartient
qu'à la* RÉPUBLIQUE *de le réprimer, elle seule ayant
le droit de l'attaquer et d'appeler tous les citoyens
au secours de l'État.* Mais s'il est tyran en la seconde manière, tout homme peut le tuer, pourvu

que de ce meurtre il ne doive pas s'ensuivre un plus grand dommage pour la société. »

Mariana, dans son livre *du roi et de l'institution du roi*, liv. Ier, chap. vi, question : s'il est permis de tuer un tyran,

Après avoir donné de grands éloges à Jacques Clément, assassin de Henri III, et avoir longuement expliqué ce qu'il entend par tyrannie dans un prince même légitime, il conclut ainsi : « Quiconque attentera à la vie d'un tel prince, jamais je ne le croirai coupable d'une action injuste; ainsi, l'on peut bien controverser la question *de fait*, savoir : Quel est le prince que l'on doit regarder comme un tyran? Mais la question *de droit*, savoir : s'il est permis de tuer un tyran, ne souffre aucune difficulté. »

Cl. Bonarscius, dans son *Amphithéâtre d'honneur*, liv. Ier, chap. 12, fait cette belle apostrophe à la ville de Rome : « Par quel droit as-tu détrôné Tarquin, banni son père, sa femme et ses enfans? L'insulte faite à Lucrèce t'a autorisée à faire subir ce juste châtiment à toute sa famille; et tu n'auras pas sujet de détrôner le roi de France, un roi tyran, *oppresseur de la liberté!* » Notez que ce tyran est notre Henri IV. « Et il ne se trouvera aucun soldat pour prendre les armes contre cette bête féroce! »

Eudémon Jean, *Apologie d'Henri Garnet*, page 274.

C'est ici que tout l'esprit jésuitique se décèle.

Pour ne pas compromettre les confesseurs qui n'osent ouvertement conseiller le régicide, et pour leur laisser le moyen de l'approuver en ayant l'air de le blâmer, il fait ce raisonnement : « Tout ce que je prétends dire, c'est que si un pénitent veut suivre une opinion qui ne manque pas de probabilité, mais qui est contraire à celle que le confesseur croît être vraie, il le peut et on doit l'absoudre, parce que le confesseur ne doit chercher qu'à empêcher l'offense de Dieu ; or, Dieu n'est point offensé par celui qui fait ce qu'il croit lui être permis. » Ainsi, un confesseur impliqué dans un procès de régicide, pourra dire aux juges : « Quand le pénitent, Garnet ou autre, m'a confié son dessein, je l'ai fortement blâmé ; mais j'ai été cependant forcé de l'absoudre, parce que j'ai acquis la conviction qu'il croyait fermement faire une action légitime. »

Jean de Salas, *Traité des Lois*, quest. 95, disp. 7, sect. 2, n° 17. Celui-ci est le plus franc de tous ; il dépose et tue les rois sans recourir au probabilisme, et même sans invoquer l'autorité du pape. Voici son opinion claire comme le jour : « De même que vous dites que Dieu donne aux rois le pouvoir de punir de mort les malfaiteurs, je dirai aussi que Dieu, comme auteur de la nature, le donne à la RÉPUBLIQUE, et que *c'est elle qui peut le céder aux rois ;* comme aussi, par l'institution de la nature elle-même, la RÉPUBLIQUE a le droit de déposer un tyran, et même de le tuer, si elle ne peut autrement s'en défaire. »

François Suarès, *Défense de la Foi catholique*, liv. VI, de la *Forme du Serment de fidélité*, chap. IV, n° 14 :

« Un roi, légitimement déposé, n'est plus roi, ni prince légitime ; et, s'il persiste dans son obstination, il pourra désormais être traité comme un tyran, et il sera permis à tout particulier de le tuer. » Ceci est encore plus expéditif. Suarès craint sans doute qu'un jugement n'entraîne des longueurs : il charge le premier venu de juger et d'exécuter.

Antoine Fernandius, *Commentaires sur les Visions de l'Ancien Testament*, Vis. XXI, de Daniel, chap. II, sect. VIII, n° 3 :

« Il est dit, au quatorzième chapitre des Proverbes, que la multitude du peuple fait la dignité du roi, parce qu'en effet personne n'est appelé roi pour quelque chose qui se trouve réellement en lui, mais à cause de l'opinion par laquelle le peuple l'a reconnu pour roi, *ce qui se doit entièrement rapporter au bon plaisir du peuple.* » Les partisans de la souveraineté du peuple n'ont rien dit de mieux.

Adam Tanner, *de la Justice*, quest. 8, doute 3, n° 32 :

« Non-seulement les particuliers peuvent se mettre à l'abri de la violence injuste qu'on leur fait, mais les *États-généraux*, ou l'Assemblée commune de la république, peuvent se concerter pour réprimer l'injuste oppression ; et, si la ty-

rannie est si intolérable qu'on ne voie point d'autre
moyen de la faire cesser qu'en déposant le tyran
de sa puissance, cela est permis, et même de le
punir selon ses mérites. » Un bon jacobin ne manquera pas de s'écrier : « La Convention nationale
a-t-elle fait autre chose ? ».

Jean Bridgewater, *Disp. de l'égl. cathol. en An-*
gleterre contre les calvino-papistes, fol. 348 :
« Zonaras écrit que le patriarche de Constantinople
dit librement et en face de l'empereur Isaac Com-
nène, que comme il avait reçu l'Empire par ses
mains, il le perdrait s'il ne gouvernait pas avec
sagesse. C'est donc à ces seules conditions que les
rois sont sacrés et couronnés. *S'ils rompent eux-*
mêmes ces liens du serment, s'ils violent la pro-
messe qu'ils ont faite à Dieu et au peuple, non-
seulement le peuple peut à son tour, mais il est
obligé, et son devoir exige qu'il ne garde point la
fidélité qu'il avait promise à de tels princes. »

Jacques Keller, *Façon de penser du catholique*
sur le meurtre d'un tyran, quest. 2.

A l'exemple de ses confrères, ce jésuite distingue d'abord le tyran usurpateur du tyran légitime, puis il dit de ce dernier : « S'il est parvenu
au trône par succession, élection ou autre droit,
il ne peut être tué par aucun citoyen ni par un
étranger. Cependant vous me demanderez quelle
peut donc être, dans ce cas, la consolation de la
patrie éplorée ? Ceux qui ont pesé ces choses avec
maturité répondent que si l'on ne peut traduire ce

23.

tyran à un tribunal supérieur, les choses, en ce
cas, étant désespérées, les thomistes conseillent
de le déposer. Vous demanderez ensuite si le tyran
déposé peut être tué par le premier venu ? Sachez
que, suivant le sentiment des auteurs approuvés,
sa position est précisément celle des autres crimi-
nels. »

Antoine Escobar, *Théologie morale*, tr. 5,
ex. 5, ch. v, n° 69 :

« Qu'est-ce qu'une sédition ? La dissension des
citoyens ; c'est un crime spécial contre la charité.
Que si elle se fait pour soustraire une ville à l'autorité du prince, c'est un crime de lèse-majesté.
Si elle n'a pour but que de déposer des magistrats,
c'est une sédition ; mais quand elle est contre un
tyran, ce n'est ni un péché ni une sédition, parce
que le gouvernement tyrannique n'est pas dirigé
au bien commun. »

Paul Comitolus, *Décisions morales*, livr. IV,
quest. 10, n° 15 :

« L'innocence étant toujours plus utile à la société que l'injustice, un prince qui maltraite les
citoyens est une bête féroce, cruelle, pernicieuse,
et doit être traité comme telle. »

Bellarmin, jésuite et cardinal, *Controverses*,
liv. V, chap. vi :

« Si les chrétiens n'ont pas autrefois déposé
Néron, Dioclétien, Julien l'Apostat, Valens et tant
d'autres, c'est qu'ils n'étaient pas assez puissans ;
car il est évident qu'ils avaient le droit de le faire. »

Je vous épargne, monsieur, d'autres citations qui deviendraient innombrables, si j'y joignais celles où les auteurs font intervenir le pape, comme souverain de toute la terre, et ayant le droit de juger les rois, de les déposer et de les punir ; mais pour conserver l'heureuse conformité qui existe entre les jésuites et nos jacobins, j'ai transcrit de préférence les passages ou les révérends pères proclament la souveraineté du peuple, et reconnaissent dans ce peuple le droit de juger, de déposer et de tuer les rois. A la vérité, ils n'accordent ce droit que contre les tyrans ; mais souvenons-nous que Henri IV a été tyran à leur manière, et qu'un roi ne pourra jamais être sûr d'échapper à ce titre qu'en devenant réellement tyran selon leurs vœux.

Vous voyez maintenant que M. de Montlosier n'avait pas tant de torts quand il a montré les jésuites comme très-indifférens entre saint Pierre et Confucius, et très-disposés à faire servir soit la monarchie, soit la république, à la plus grande gloire de leur société.

J'ai l'honneur d'être, etc.

Un de vos lecteurs.

P. S. J'oubliais une remarque essentielle. On demandera sans doute pourquoi cette partie de la doctrine jésuitique n'est pas aussi bien connue que les autres. Voici ma réponse : Dans ces derniers temps, on n'a guère attaqué les jésuites que d'après les rapports des commissaires nommés par les

divers parlemens du royaume, pour faire des recherches dans les écrits des révérends pères. Or,
ces commissaires, et notamment M. Bureau de
Saint-Pierre, à Dijon, ont faiblement inculpé, ou
totalement négligé les passages dans lesquels le
jugement des rois est attribué au peuple, tandis
qu'ils ont tonné contre tous ceux dans lesquels le
pape est désigné comme le juge des rois. Est-ce
par hasard ou par quelque motif politique qu'ils
ont écarté ou ménagé les premiers? Il y a beaucoup
à penser sur cette différence. Quoi qu'il en soit,
les jésuites ont la gloire d'avoir proclamé les premiers la souveraineté du peuple, et cela suffit bien
pour leur faire mériter toute la faveur des rois.

11 février 1828.

MONSIEUR,

Le style épistolaire n'exigeant pas les formes
oratoires, convient parfaitement à ma faiblesse, et
d'ailleurs il n'exclut pas la raison : je m'en servirai
donc, si vous voulez bien le permettre, pour répondre à un apologiste des jésuites qui vient de
m'honorer de ses pieuses injures. Jamais circonstance ne fut plus favorable à une pareille discussion, car aujourd'hui il ne s'agit point seulement de
savoir si l'on tolérera des corporations d'hommes
en frocs blancs, noirs ou bruns, mais si l'on fera

subir à la France le joug d'une faction qui veut faire descendre le roi au rang de vassal, qui enrégimente les prolétaires pour s'en faire une armée, et qui sachant combien les hommes vicieux tiennent de place dans une vieille civilisation, se croient bien certains d'y obtenir une imposante majorité en prêchant une morale indulgente à tous les vices.

Voici d'abord l'épître de mon adversaire ; elle est adressée à MM. les rédacteurs du *Journal des Débats.*

« MESSIEURS,

» J'ai lu ce matin (31 janvier), dans votre » journal, une lettre signée *un de vos lecteurs*, » dans laquelle les jésuites sont accusés d'être les » auteurs et les fauteurs de la doctrine du régicide. » S'il vous plaît d'admettre également, dans » votre journal, la réponse que je suis prêt à faire à » cette lettre, je m'offre de démontrer que *M. votre* » *lecteur*, malgré cet appareil d'érudition qu'il étale » si complaisamment, en citant des auteurs *qu'il* » *n'a jamais lus*, de même que Pascal n'avait pas » ouvert un seul des livres dont il indiquait si » effrontément les titres, les pages et les nombres ; » je m'offre, dis-je, de démontrer que *votre lec-* » *teur est un parfait ignorant*, ou un homme de » la plus insigne mauvaise foi.

» Acceptez ma proposition, messieurs, ou je » vous répéterai ici ce que j'ai eu l'honneur de vous

» dire dans ma première lettre, à laquelle vous
» n'avez pas répondu : « Cessez de parler de liber-
» tés publiques et légales, d'équité, de bonne foi,
» d'impartialité. »

» J'ai l'honneur, etc........

> » *L'un des éditeurs des Documens historiques,*
> » *critiques, apologétiques, concernant la*
> » *Compagnie de Jésus.* »

Je néglige un *post-scriptum* qui m'est tout-à-fait
étranger, et dans lequel Pascal est traité *d'igno-*
rant, de *menteur* et *calomniateur*. Laissons en
paix l'illustre auteur des *Provinciales*; il ne m'appartient pas de protéger si haute renommée; mais
examinons avec soin la lettre de M. l'éditeur, et ne
perdons rien des beautés qu'elle renferme. Je vois
d'abord que mon noble adversaire prend la peine
de s'annoncer comme apologiste des jésuites. Eh!
bon Dieu! a-t-il cru que je ne l'eusse pas deviné?
Son style, son ton despotique et tranchant, sa
haine contre Pascal, sont plus caractéristiques que
sa longue soutane et les cornes de son bonnet. Sa
lettre, d'ailleurs, papier, encre, caractères, tout
exhalait une vapeur jésuitique, trop connue des
hommes assez vieux pour avoir vu ces révérends
pères dans le temps où ils péchaient en eau
trouble.

L'urbanité de M. l'éditeur était un autre indice :
je me souvenais que le P. du Cerceau, jésuite qui
a fait des comédies, conseillait les injures comme

des armes excellentes dans la discussion : « Les
anciens, disait-il, ont donné l'exemple de la chaleur et de la colère dans la dispute : Cicéron, en
plein sénat, traitait de stupide, de bête brute et
d'insensé, Pison, homme consulaire et distingué
par une naissance illustre. » Le révérend père en
concluait que les écrivains modernes, étant en
commerce habituel avec les anciens, devaient naturellement les imiter sous tous les rapports. Le
père Garasse ne s'en est pas tenu à la théorie. Ses
apostrophes les plus modérées étaient celles-ci :
« Sot par nature, sot par bécarre, sot par bémol,
sot à la plus haute gamme, sot à double semelle,
sot à double teinture, sot en cramoisi. » Quand il
s'animait, les expressions devenaient plus énergiques ; c'était : « homme sans humanité, chrétien
sans religion, avocat sans conscience, monophile
sans cervelle, capital ennemi du saint-siége, etc... »
Dieu soit loué! les jésuites se civilisent : celui-ci
ne me reproche que de l'ignorance et de la mauvaise foi, il n'en dit guère plus de Pascal; dans un
homme de cette robe c'est presque de la politesse,
et il m'est impossible de nier la perfectibilité, même
dans les jésuites.

Mais qu'est-ce que Pascal vient faire ici?
Qu'a-t-il de commun avec ma lettre? Cela s'explique cependant : l'orgueil d'un jésuite le place
dans une sphère si élevée, que, de ce point sublime, tous les objets paraissent également petits
à ses yeux : l'aigle et le moucheron, l'éléphant et

la musaraigne, Pascal et moi, nous sommes des
êtres trop peu importans pour qu'il daigne s'occuper des différences qui nous distinguent. Pascal
a dit : « L'infini est un globe dont le centre est
partout, et la circonférence nulle part. » Ce centre,
c'est le jésuite : il est partout; nous ne le savons
que trop; la probité, la bonne foi, les vertus
réelles, sont sur la circonférence, et y resteront
tant que le jésuite sera au centre. Ce commentaire
d'une grande pensée adoucira, j'espère, la colère
de M. l'éditeur.

Il m'accuse de citer des auteurs que je n'ai point
lus : s'il les avait lus lui-même, il aurait indiqué celles de mes citations qu'il aurait reconnues
fausses; il m'aurait dit : « Voici Emmanuel Sa,
voici Eudémon Jean, Comitolus, Mariana, Jean
de Salas et Grégoire de Valence. » Il en aurait
au moins nommé un seul, et m'aurait défié de lui
montrer les phrases que j'ai citées comme en ayant
été extraites. Mais, que dis-je? il n'a pas même lu
ma lettre, quoiqu'il prétende y répondre. J'y accuse, dit-il, les jésuites *d'être les auteurs et les
fauteurs de la doctrine du régicide;* je n'ai point
dit cette bêtise, car si les jésuites en sont les *auteurs,* il serait trop niais de dire qu'ils en sont les
fauteurs; et s'ils n'ont fait que la favoriser, ils n'en
sont point les auteurs. L'honneur de cette doctrine appartient au docteur Jean Petit, que l'honnête Charlier, plus connu sous le nom de Gerson,
fit condamner, en 1415, par le concile de Cons-

tance. Les Mariana et consorts n'ont été que les
plagiaires de Jean Petit. Mais je n'ai pas dit un mot
de tout cela dans ma lettre ; je n'ai point parlé du
régicide comme assassinat, ce que l'on pourrait
croire d'après la phrase de M. l'éditeur ; je n'ai
cité ni les braves jésuites Campian, Skerwin et
Briant, si méchamment mis à mort pour conspiration contre la reine Elisabeth ; ni le célèbre Varade, confesseur du régicide Barrière ; ni le bon
P. Guignard, apologiste de Jean Châtel, ni les ingénieux inventeurs de la conspiration des poudres,
ni les très-révérends pères Malagrida, Mathos et
Alexandre, dont l'histoire est connue de tout le
monde : aucun jésuite pendu ne figure dans ma
lettre ; je n'ai pas même nommé ceux que la justice a déclarés pendables.

Au reste, monsieur le rédacteur, vous savez
très-bien, vous qui lisez tout ce que vous admettez
dans votre feuille ; vous savez, dis-je, que je me
suis renfermé dans un seul point : c'était de démontrer que les jésuites cités par moi, ont reconnu dans le peuple le droit de juger, de déposer,
de condamner son roi, et de le tuer si l'on ne peut
s'en défaire autrement. J'ai dit expressément, et
plusieurs fois, qu'ils n'accordent ce droit à aucun
particulier, à moins que le prince n'ait été déjà
condamné par le peuple, réuni en *états-généraux*
ou en *république*. Voilà tout ce que j'ai dit, et je
reste dans le cercle que je me suis tracé : c'est là
seulement que mon adversaire doit me combattre ;

je ne me laisserai entraîner ni dans les sentiers tortueux de Saint-Acheul, ni dans les souterrains de Mont-Rouge.

M. l'éditeur promet de nous envoyer les preuves de mon ignorance ou de ma mauvaise foi. Je les attends avec résignation, et je les ferai connaître pourvu qu'il désigne clairement celles de mes citations qui sont inexactes, mensongères ou altérées. A cette condition, je promets à mon tour de mettre en évidence ces preuves de mon erreur coupable, et de les éclairer d'une lumière plus vive que celle du gaz hydrogène.

Je prie mon savant et honnête adversaire de croire que j'écris sans haine personnelle et sans humeur chagrine. Je ne suis pas étonné qu'il se trouve des hommes capables de se faire apologistes des jésuites : eh! pourquoi pas? N'ai-je pas lu un bel éloge de la folie, un éloge de la fièvre? Nous connaissons une apologie de la Saint-Barthélemi, et Linguet a fait le panégyrique de Tibère. Pourquoi donc ne louerait-on pas ces bons jésuites, dont la grande machine est une excellente échelle pour atteindre à certaines éminences où l'on croit trouver le bonheur!

Je suis si peu effrayé des preuves dont on me menace, que je vais aider M. l'éditeur dans ses recherches. J'ai d'abord cité les *Aphorismes des confesseurs* d'Emmanuel Sa : mon adversaire aurait bien du malheur s'il ne pouvait pas se procurer ce bel ouvrage, car il en existe une édition de

Barcelone, une de Paris, une de Lyon, une d'Anvers, une de Cologne et une de Douai. C'est d'ailleurs un joli petit volume qui ne fatiguera pas la main de M. l'éditeur; je l'invite donc à y chercher les mots *Clericus* et *Tyrannus*, car la pagination est différente dans les différentes éditions.

Les *Controverses* de Bellarmin n'ont pas été moins répandues; mais comme telle édition est en deux, et telle autre en quatre volumes in-folio, M. l'éditeur voudra bien y chercher le chap. VII, liv. V; il pourra même s'amuser à lire le chap. VI, qui n'est pas moins curieux. Mais qu'il n'aille pas se tromper; car, si au lieu des *Controverses* il s'avisait de lire le livre *sur les Obligations des évêques,* du même auteur, il y verrait que presque tous les évêques sont damnés, et je serais fâché qu'il éprouvât ce désagrément.

Mariana est trop illustre pour que j'aie rien à indiquer sur le plus bel ouvrage de ce grand jésuite. Celui qui a dit que Jacques Clément s'était couvert de gloire en tuant son roi (*cæso rege*), doit être cher à toute la société, et son livre, brûlé par le bourreau, doit avoir une bien belle place dans la bibliothèque des révérends pères.

Eudémon Jean, apologiste de Garnet, n'est pas à beaucoup près aussi célèbre que les précédens; mais je vais rapporter une anecdote qui le fera connaître, et, si jusqu'ici j'ai un peu ennuyé le lecteur, je suis certain qu'il va m'écouter avec plus d'intérêt: Cet André Jean, qui s'est donné le nom d'Eudémon, et qui aurait dû prendre celui de *Cacodémon*, est auteur d'un livre intitulé : *Admonitio ad regem Ludovicum XIII;* ce libelle tomba entre les mains du respectable Léonor d'Estampes, alors évêque de Chartres, et depuis archevêque de Paris. Ce digne prélat dressa la censure du livre où les droits du roi étaient violemment attaqués. L'assemblée du clergé, en 1626, adopta unanimement cette censure; mais bientôt après, un grand nombre d'évêques se retractèrent et refusèrent de signer. Et pourquoi refusèrent-ils? C'est parce que douze ans auparavant, aux états-généraux de 1614, le tiers-état avait fait de grands et inutiles efforts pour faire déclarer que : « *Aucune puissance temporelle ni spirituelle n'a* » *droit de disposer du royaume, ni de délier les* » *sujets de leur serment de fidélité.* » Mais les deux premiers ordres rejetèrent cette doctrine, et la déclaration ne fut pas faite. Ainsi, ce tiers-état, cette classe moyenne, car on n'envoyait pas la lie du peuple aux états-généraux, était alors ce qu'elle est encore aujourd'hui, et ce qu'elle sera toujours, le plus ferme appui du trône contre l'ambition des grands, et les intrigues des ultramontains.

En voilà bien assez, ce me semble, pour aider M. l'éditeur à prouver que je n'ai rien lu, pas même l'anecdote que je viens de rapporter; qu'il prouve donc, mais non pas à la jésuite, en démontrant ce qu'on ne conteste pas, et en taisant ce que l'on attaque. Je l'invite surtout à ne pas faire de méprise sur les noms des auteurs que j'ai cités, car souvent un jésuite a bien des noms, sans compter ceux qu'il mérite. A cette occasion, je crois devoir faire une remarque assez plaisante.

On a vu plus haut que mon adversaire se désigne comme éditeur *des Documens historiques, critiques, apologétiques, concernant la Compagnie de Jésus;* je ne sais comment, moi qui ne lis rien, j'ai cependant jeté les yeux sur une note (1) que voici : « Nicole se cachait sous le nom de Wendrok; Pascal, sous celui de Montalte. Les jansénistes avaient un goût tout particulier pour publier ainsi leurs ouvrages sous des noms supposés. » Comme M. l'éditeur a toute la bonne foi qu'il me refuse, il approuvera sans doute ce que je vais ajouter à cette note. Je dirai donc que les jésuites n'étaient pas hommes à se laisser vaincre en déguisement par les jansénistes, mais qu'ils leur en ont souvent donné l'exemple, en traduisant, en altérant ou en changeant totalement leurs véritables noms. Bridgewater a traduit le sien par *Aquapontanus;* La Pierre, par *Cornelius à lapide;* Robert Person s'est nommé *Andreas Philopater;* Charles Scribani s'est appelé *Clarus Bonarscius;* et l'horrible Mathieu de Moya s'est prudemment caché sous les noms d'*Amadeus Guimenœus.*

Je dois justifier l'épithète que j'attache au nom

(1) Numéro 11 des *Documens*, page 10.

de Moya : ce jésuite est auteur d'un petit écrit intitulé : *Opusculum*, et traitant de la morale ; je
n'en ai aucune connaissance, mais la Sorbonne l'a
trouvé si infâme, qu'en le condamnant, elle n'a
osé citer que les premiers mots des passages im-
prouvés, « craignant, a-t-elle dit, d'offenser la
modestie et la pudeur des oreilles chastes, en co-
piant des propositions honteuses, scandaleuses,
impudentes, détestables, qui doivent être abo-
lies entièrement de l'Église et de la mémoire des
hommes. » M. l'éditeur répondra peut-être que la
Sorbonne était janséniste, et que le livre de Moya
contient de fort jolies choses, desquelles on peut
dire : *legi*, *perlegi maximâ cum voluptate;* cela
peut être ; les jésuites ont l'art de faire de l'or avec
tout ; mais il sera toujours certain que M. l'éditeur
a eu grand tort d'attribuer aux jansénistes un goût
tout particulier pour le déguisement, car le Gui-
menæus et le Bonarscius valent bien le Montalte
et le Wendrok.

J'allais oublier une chose essentielle : M. l'éditeur se plaint de ce qu'on ne lui a pas encore
répondu ; mais que pourrait-on lui dire ? Il parle
d'une réponse qu'*il est prêt à faire;* un journaliste
n'entretient le public que des choses faites, et non
pas de celles qu'on est prêt à faire. J'étais très-
dispensé moi-même de répondre à la seconde
lettre de M. l'éditeur ; car, si je sais très-bien qu'il
n'a encore rien dit, j'ignore absolument ce qu'il
dira. Je me suis déterminé cependant à justifier

ma lettre du 31 janvier, parce qu'étant vieux, je me hâte de mettre à profit le présent, sans compter sur l'avenir ; je ne compte pas même sur une bonne réponse de la part de M. l'éditeur. Quoi qu'il en puisse être, je le prie d'agréer un dernier conseil : c'est celui de lire, non-seulement les ouvrages qu'il veut citer, mais ceux qu'il publie lui-même ; avec sa permission, je pourrais bien extraire de ses *Documens apologétiques* certains passages qu'un homme de sens n'aurait point publiés, s'il les avait lus. S'il méprisait cet avis salutaire, il pourrait bien arriver qu'il me demandât un jour : « Avez-vous lu ma réponse ? » et que je lui répondisse, comme Piron : « Oui ; et vous, monseigneur ? »

J'ai l'honneur d'être, etc.

Un de vos lecteurs.

---

27 février

Ne vous effrayez pas, monsieur, de me voir reparaître avec tout mon attirail jésuitique : nous sommes obsédés du malin esprit de Mont-Rouge, et il est bien temps de savoir si nous en serons enfin possédés. L'année 1828 ne doit pas s'écouler sans qu'il soit décidé si les lois du royaume resteront impuissantes, si le roi de France sera soumis, même au temporel, à un souverain étranger, et si la religion d'Escobar sera substituée à celle de l'Évangile. La charte et les jésuites ne peuvent pas vivre ensemble, il faut opter. On n'a que trop négligé le précepte *principiis obsta*. Pour peu que nous tardions, la contagion sera générale, et nous serons réduits à dire tristement : *Serò medicina paratur*. Telle est l'espérance de nos ennemis; ils comptent sur notre dégoût des choses sérieuses, et sur une inconstance de caractère qui nous empêche de nous occuper long-temps du même objet. Ils croient retrouver aujourd'hui les Français du règne de Louis XV; tout ce qui s'est passé depuis l'expulsion des jésuites est nul pour eux; tout le temps que la *sainte* société (c'est ainsi qu'ils la nomment) a été dissoute, la terre n'a pas tourné sur son axe, les planètes n'ont pas circulé dans leurs orbites, et la France n'a été peuplée que d'automates qui marchaient, chantaient ou pleuraient, et ne vivaient pas. La révolution, qui semblait les venger, a réjoui les enfans de Loyola, d'abord, parce qu'elle a été commencée par des hommes qui sortaient de leurs écoles, mais surtout parce que le règne de la terreur nous ayant habitués aux calamités, ils ont pensé que nous serions moins épouvantés de la réapparition d'un jésuite. Ils ont encore quelque modération, quelquefois même de la douceur; ils prennent le masque de l'innocence persécutée, et semblables à ces pauvres captifs récemment échappés aux bagnes des Barbaresques, l'œil morne et la tête baissée, ils se bornent à demander un pieux asile et le bonheur de prier pour nous. Mais laissez-les faire, et bientôt vous pourrez dire :

Agnorum sub pelle lupi tua limina tangunt;

quand les congrégations seront assez nombreuses et assez corrompues, ces hommes humbles lèveront la tête; ils jetteront leur grand filet sur la France; leur pouvoir, long-temps occulte, se manifestera, et un nouveau Le Tellier se fera tracer le plan d'une nouvelle Bastille.

Grâces à Dieu, ces bons pères n'en sont encore qu'à leur apologie, et c'est de cela, monsieur le rédacteur, que je veux aujourd'hui vous entretenir.

J'ai reçu une nouvelle lettre de M. l'éditeur des *Documens historiques, critiques, apologétiques, concernant la Compagnie de Jésus.* Ce savant homme me répète dans les mêmes termes que je suis un *parfait ignorant;* c'est une grande vérité, qui malheureusement est bien isolée dans sa lettre; il ajoute que je montre *l'assurance de ces poltrons qui chantent parce qu'ils ont peur;* il y a bien encore ici quelque chose de vrai; mais sans être poltron, on peut bien avoir peur d'un jésuite. M. l'éditeur paraît regretter de ne pouvoir faire passer dans votre journal ses *Documens apologétiques,* et, en effet, ce serait un assez bon moyen pour leur procurer des lecteurs. Eh! que sait-on,

24.

monsieur? ce serait peut-être pour vous une
bonne spéculation ; l'éloge des jésuites aurait sans
doute une tout autre importance que les séances
de la Chambre des députés. Vous pourriez y perdre
la charte, mais vous gagneriez le ciel; je ne crois
pas qu'il y ait à hésiter. M. l'éditeur se console
enfin en disant qu'il a déjà répondu dans ses *Do-*
cumens apologétiques, à toutes ces accusations
odieuses et mensongères.

Je ne puis donc rien faire de mieux pour mon
instruction et celle de tous vos lecteurs, que de
puiser dans ses documens et d'en tirer quelques-
unes de ces vérités édifiantes qui s'y trouvent en-
tassées en pure perte pour notre salut. Mais avant
d'aborder ces archives du jésuitisme, je dois m'accuser d'une grande faute que j'ai commise dans
ma dernière lettre. En parlant de Jean Châtel, j'ai
nommé le P. Guignard, tandis que je devais dire
le P. Guéret; M. l'éditeur ne me reproche pas
cette bévue ; mais elle ne lui a sûrement pas
échappé. J'ignore encore comment j'ai pu confondre ces deux illustres jésuites : les enfans même
savent que le révérend P. Guignard a été pendu,
tandis que le révérend P. Guéret n'a été que
chassé; c'est une grande différence, j'en conviens,
et j'en fais ici ma coulpe avec la plus sincère con-
trition. Maintenant que ma conscience est plus
légère, feuilletons les *Documens.*

Vous savez, monsieur, avec quelles expressions
M. l'éditeur a voulu disculper ses chers jésuites

d'avoir été *les auteurs et les fauteurs* de la doctrine du régicide ; vous savez comment il a promis
de faire éclater ma mauvaise foi ; mais, ce que
vous êtes loin de savoir et de soupçonner, c'est
que, plusieurs mois avant ma première attaque,
M. l'éditeur avait fait un aveu qui confirme pleinement ma lettre du 31 janvier. Il y a ici quelque
chose de si extraordinaire que vous refuserez de
m'en croire si vous ne prenez pas la peine de vérifier l'observation que je vais faire ; et mon adversaire lui-même ne pourra s'empêcher de rire
de la singulière bévue qui lui est échappée. Ouvrez, je vous prie, le troisième numéro des *Documens* recueillis par M. l'éditeur, à la page 34 ;
vous y verrez l'aveu que quelques jésuites ont en
effet favorisé *l'opinion affreuse* du tyrannicide.
Mais l'auteur se récrie beaucoup sur le nombre de
soixante-dix-neuf auquel on a porté la phalange
des coupables. Toute la page est employée à éli-
miner, tantôt six noms, tantôt huit, puis d'autres
encore ; mais après avoir tiré des griffes du diable,
d'abord Garnet, puis Parsons, puis Eudémon
Jean, puis Malagrida, puis soixante autres victimes *innocentes*, un reste de conscience lui arrache violemment cette déclaration, page 35,
lignes de 4 à 7 : « Mais si je me borne à la question
du tyrannicide, dont on fait le chef principal d'accusation, à quoi se réduira cette multitude d'auteurs ? au nombre de *quatorze.* » Il y a donc au
moins quatorze jésuites condamnables, même aux

yeux de M. l'éditeur. Quelle sera maintenant votre
surprise, lorsqu'en reprenant ma lettre du 31 janvier, vous y verrez que les jésuites cités par moi
sont justement au nombre de *quatorze*, ni plus ni
moins! J'ai donc été parfaitement d'accord avec
M. l'éditeur, sur le nombre des coupables, et cependant je suis menteur, calomniateur, ignorant,
poltron, etc.... C'était bien la peine de faire tant
de bruit, et de me prodiguer tant de jolies épithètes que je suis obligé de restituer à M. l'éditeur!
Je m'acquitte de cette dette légitime, et j'espère
que mon honnête adversaire m'en donnera quit-
tance.

On a fait depuis long-temps, à MM. les jésuites,
une immense concession sur ce nombre *quatorze*,
auquel je me suis borné, parce que je suis poltron. On a feint d'y croire; mais on a persisté à
dire que cette opinion sur le régicide était celle de
la société, puisque les ouvrages des quatorze coupables étaient approuvés par le général, par le
provincial du lieu de l'impression, et par trois ou
quatre théologiens de l'ordre. M. l'éditeur prétend
que les examinateurs ne sont qu'au nombre de
trois; je soutiens, moi, que le même ouvrage a
toujours eu au moins quatre approbateurs, souvent cinq et six, quelquefois dix, douze, et davantage. Prenez les *Disputationes* de Jean de Salas,
vous verrez, dans le titre même, le nom du général Aquaviva, et ces mots clairs comme le jour:
« *Post recognitionem et approbationem* QUATUOR

ejusdem societatis theologorum. » La *Theologia moralis* de Paul Layman, imprimée à Paris en 1627, porte, dans son titre, la permission de Gualtier-Mundhrot, autorisé par le général Vitelleschi ; et ces mots : « *Post approbationem* QUATUOR *theologorum ejusdem societatis ad id deputatorum.* » Une autre Théologie morale, compilation ornée du beau nom d'Escobar, s'annonce pour avoir eu trente-sept éditions en Espagne, trois à Lyon, et une à Bruxelles. Que d'approbateurs pour tout cela ! Honoré Fabre, auteur d'une Apologie de la morale des jésuites, nomme, dans le titre, ses neuf approbateurs, dont huit sont Français. Thomas Tamburini, dans le titre de ses *Trois Opuscules*, les présente comme revêtus d'une *multiplici approbatione;* et, en effet, il y a tant de noms, que je n'ai pas la patience de les transcrire. Terme moyen, on peut affirmer que chaque ouvrage des quatorze jésuites a eu pour le moins six approbateurs, en comptant les provinciaux ; ainsi, voilà bien quatre-vingt-dix-huit révérends pères qui ont écrit ou approuvé, sur la question du régicide, une opinion que M. l'éditeur nomme *affreuse.* A qui persuadera-t-on que de pareilles maximes eussent obtenu tant d'approbations, si elles avaient été contraires à la doctrine de la société ?

Mais puisque les Campian, les Garnet, les Varade, les Guéret, les Malagrida et leurs ayans-cause étaient innocens comme le poupon qui vient de naître, il faut bien reconnaître qu'un jésuite n'a jamais tort, et les révérends pères ont cru pouvoir justifier les approbateurs des ouvrages coupables. Lisez la page 27 du numéro 11, vous y verrez que le général des jésuites *ne peut pas lire;* que les provinciaux ne lisent pas davantage, et qu'ils abandonnent l'examen des livres à trois personnes *qui ont pour règle principale de leur jugement, non pas leurs propres idées, mais les sentimens communément reçus dans les universités et dans les écoles catholiques.* Ainsi, de tant de jésuites qui approuvent les mauvais livres, les uns ne les lisent pas, et les autres ne les jugent pas d'après les idées des jésuites, mais d'après des idées étrangères à la société. Quand on voudrait recevoir une aussi misérable excuse, quand on pourrait se persuader que ce sont les écoles catholiques et les universités qui ont enseigné aux jésuites une doctrine aussi déplorable, on fait malgré soi une réflexion qui réduirait au silence le plus effronté disputeur. Eh bien! leur dirait-on, nous voulons supposer ou que vous n'avez pas lu, ou que vous n'avez pas aperçu le poison caché dans les livres soumis à votre examen. Mais quand plusieurs de ces livres ont été condamnés et brûlés par la main du bourreau, vous avez dû y faire attention; et si, au contraire, vous avez résisté aux jugemens des Cours souveraines, il a bien fallu reconnaître que vous aviez un parti pris et une doctrine arrêtée.

Au bas de la page 28 du même numéro, je trouve cet autre argument, digne de celui que je viens de

rapporter : « Plaisant raisonnement ! s'écrie le lo-
gicien des *Documens*. Le provincial d'une province d'Espagne approuve un livre sur les suffrages
de trois Espagnols de la société ; donc ce livre, en
tant qu'approuvé par ce supérieur, contient l'esprit de toute la société ! » Non, M. l'éditeur ; si ce
livre reste en Espagne, je n'en accuserai pas les
jésuites de Paris ou de Vienne ; mais si, comme
les Aphorismes d'Emmanuel Sa, et tant d'autres
livres, il est réimprimé à Lyon, à Paris, à Bruxelles,
à Douai et à Anvers, et s'il est approuvé dans toutes
ces villes par les bons examinateurs, voudrez-vous
me persuader que l'esprit de ce livre reste concen-
tré en Espagne ? En vérité, les jésuites ont bien
dégénéré ! Comment des hommes qui doivent avoir
lu Escobar et Suarès, se défendent-ils d'une manière aussi niaise ? Quoi ! les théologiens examinateurs des livres composés par les jésuites, sont de
bonnes gens, bien simples et bien humbles, qui
n'ont point d'idées propres, qui ne suivent point
la doctrine admise dans la société, et qui se sou-
mettent aux décisions des écoles catholiques et des
universités ? Quelle modestie ! et quand ils trouvent
des maximes favorables au régicide, ils les laissent
publier par respect pour les écoles ! Et ce beau raisonnement prouve avec évidence que la société est
innocente de tout ce qu'approuve la société ! Sans
être janséniste, on est forcé de reconnaître que la
logique de Port-Royal vaut mieux que celle de
M. l'éditeur.

Soyons justes cependant, et remercions les jésuites du grand service qu'ils nous rendent en ce moment : l'horreur qu'ils inspirent à tout ce qui a de l'honneur et un sens droit, la crainte de retomber sous un joug aussi honteux, et les efforts qu'ils font pour ressaisir la puissance, ont stimulé les Français les plus paresseux, et les forcent à s'occuper des affaires publiques. Plus ils publieront d'apologies, plus ils verront se grossir le nombre de leurs ennemis, et ils peuvent se vanter que l'opposition politique leur doit une grande partie de sa force.

Je dois moi-même des actions de grâces à M. l'éditeur : les documens qu'il publie me fourniront les meilleures armes pour le combattre ; je vais terminer cette lettre par un raisonnement qui lui appartient tout entier, puisqu'il est annoncé comme un *Avertissement de l'éditeur*. Quoique les jésuites se vantent de répondre à tout, je les tiens pour sorciers s'ils répondent à ce qui va suivre.

Voici quelques-unes des réflexions que M. l'éditeur fait sur Arnaud, Pascal et Nicole, dans les pages 13 et 14 du numéro 11. « La proposition de M. Arnaud, après plusieurs délibérations faites en Sorbonne, avait été condamnée et déclarée téméraire, impie, blasphématoire, déjà foudroyée d'anathême et hérétique ; il avait lui-même été honteusement chassé de Sorbonne......... Jamais parti n'avait été plus mal mené et plus accablé par les puissances ecclésiastiques et par les puissances sé-

culières...... M. Arnaud vit bien que toutes les apologies sérieuses qu'il faisait pour Jansénius et pour
lui-même, ne manqueraient pas d'être toujours
sérieusement examinées. Il reconnut qu'ayant à dos
le pape, le roi, le chancelier de France, toutes les
universités, toutes les communautés (car le jansénisme fut anathématisé partout), il ne pourrait
pas long-temps tenir la partie. *Il est difficile d'avoir
tant d'accusateurs, de récuser tant de juges, de
perdre sa cause à tant de tribunaux, et de persuader long-temps avec tout cela qu'on est innocent.* »

M. l'éditeur a-t-il remarqué l'admirable conformité avec laquelle ce passage s'applique à ses chers
jésuites? Je vais suivre fidèlement son argumentation, et en tirer la même conséquence. Je dirai
donc : Quand on a été condamné tant de fois en
justice, quand on a eu tant d'écrits brûlés par la
main du bourreau, quand on a été impliqué dans
tant de procès de régicide, quand on a été chassé
de France à deux époques différentes, chassé du
collége de Breda, chassé de Venise, chassé de Bohême, chassé de Moravie, chassé de la Chine et du
Japon, chassé de Malte, chassé du Portugal, de
l'Espagne, de Naples et de Parme, quand on a été
condamné par presque tous les souverains de
l'Europe, et presque tous les parlemens de France,
quand on a été déclaré banqueroutier à Séville,
en 1646, et à Paris, en 1760, quand on a été jugé
complice d'attentat contre la vie d'une reine et de

deux rois., et enfin quand on a eu tant de pendus
dans sa famille, il est difficile, comme le dit très-
bien M. l'éditeur, d'avoir tant d'accusateurs, de
récuser tant de juges, de perdre sa cause à tant de
tribunaux, et de persuader avec tout cela qu'on
est innocent. Remarquez que cette conclusion est
textuellement la même que celle de M. l'éditeur.

Et c'est à de tels hommes qu'on a voulu livrer
la jeunesse! et l'éducation serait confiée aux confrères des Mariana, des Escobar et des Varade! On
ne peut rien faire de mieux si l'on pense qu'il n'y
ait pas assez d'hypocrites en France. Leur doctrine
n'a pas changé; faibles encore, ils la désavouent;
laissez-les se rétablir, ils en feront l'apologie, elle
sera la loi de l'État. Avec les grands, leur morale
sera sévère en apparence pour capter la considération, mais l'insidieux *probabilisme*, que M. l'é-
diteur défend encore dans ses Documens, leur
fournira le moyen d'excuser et même de conseiller
les crimes utiles. Avec le peuple, leur doctrine
sera d'une souplesse admirable; le vol modéré et
bien secret, la compensation occulte, l'irréligion
modifiée, l'impudicité avec un assaisonnement jésuitique, le parjure; le faux témoignage, l'homicide, le régicide, ne seront que des péchés véniels
qui, passés au tamis de Loyola, deviendront une
poudre impalpable. Tout ce qu'il y a d'impur et
de vicieux chantera les louanges des bons pères,
comme les soldats indisciplinés vantent le général
qui permet le viol et le pillage, et le nombre des

partisans paraîtra une preuve de mérite quand il
ne prouvera réellement que le dernier degré de la
corruption et de la bassesse. La France subira-t-elle
cette ignominie? Le grand siècle et le grand peuple
sont-ils condamnés à tant d'opprobre? Est-ce au
triomphe du jésuitisme que la perfectibilité doit
nous conduire? La France enfin sera-t-elle une
autre Espagne?

J'ai l'honneur, etc.

Un de vos lecteurs.

P. S. Je reçois à l'instant une nouvelle lettre de
M. l'éditeur; mais elle remplit six pages et demie
in-folio. Il me faut le temps de la lire et de l'étudier. Si elle contient quelque chose de plus important pour le public, que mon ignorance et ma pol-
tronnerie, j'aurai l'honneur de vous en faire part.

DE LA DOCTRINE DES JÉSUITES.

Ce n'est plus comme correspondant de M. le
rédacteur en chef du *Journal des Débats* que je
parlerai de la faction jésuitique ; fatigué des reproches de mensonge et d'imposture que je reçois
journellement, je rentre dans l'arène. Je reprends

cette lettre Z, bien peu recommandable sous le
rapport du talent , mais qui n'a jamais signé que ce
qui était conforme à ma pensée et à ma conviction.

Lorsque j'annonçai non-seulement la présence,
mais la puissance des jésuites dans cette France
d'où ils avaient été chassés pour leurs crimes, un
déluge d'injures me punit de cette révélation de
l'évidence. Les plus modérés des incrédules m'é-
crivaient : « Vous parlez des jésuites , nous ne les
» voyons pas. » Ceux-ci étaient sincères ; ils ne
voyaient pas. Semblables aux passagers qui dorment paisiblement dans un vaisseau quand il y a
déjà quatre pieds d'eau dans la cale , ces bonnes
gens étaient dans le filet de la congrégation , et demandaient encore si l'on verrait des jésuites aux
Tuileries ou à l'Opéra.

Aujourd'hui qu'il faut bien se résoudre à les
voir , et que l'on commence à les sentir , on est
obligé de reconnaître que ce ne sont plus des religieux du collége de Clermont, des Cordicoles , des
Pacanaristes , des Pères de la Foi , mais d'épou-
vantables jésuites , parens de cœur et d'âme des
Garnet, des Guignard , des Malagrida , des Escobar et du banqueroutier La Valette. On a commencé par en nier l'existence ; puis quand on a vu
que la grande nation avait une grande patience ,
un pieux évêque a fait l'*aveu* de la réapparition de
la noire société ; je dis l'*aveu*, car c'est le mot
propre ; on énonce les bonnes actions, on avoue
les mauvaises. Bientôt après , on a osé faire l'apo-

logie des hommes qu'on n'avait paru que tolérer,
et maintenant, la tête levée, on fait impudemment
leur panégyrique. Remarquez cette gradation : on
les cache, on les avoue, on les disculpe, on les
exalte ; il ne reste plus qu'à les introniser ; eh !
pourquoi pas ? Il n'y a pas de milieu : il faut qu'ils
soient chassés ou qu'ils règnent. Leur dernier général l'a dit : « *Sint ut sunt, aut non sint !* » Cela
signifie : « Que les jésuites soient tels qu'ils sont,
ou qu'ils n'existent plus ! » Ce général avait raison ;
il valait mieux laisser dissoudre la société que de la
faire renoncer à cette mystérieuse institution qui
lui avait donné l'Empire du monde. Quoi ! des
hommes qui régnaient sur les rois mêmes, qui s'é-
taient introduits dans toutes les familles, qui tenaient dans leurs mains tous les ressorts de l'administration, seraient devenus de simples moines,
et auraient été réduits à prier Dieu ! quelle honte !
Non, dit le brave général « *Sint ut sunt, aut
non sint !* »

C'est ce que l'on dit aujourd'hui, c'est ce que
l'on imprime ; c'est ce que l'on s'efforce de répandre dans toutes les classes de la société. Comme
au beau temps de la ligue, nous avons des troupes
de triacleurs, de marchands de catholicon et d'*higuiero d'infierno*. Un de ces boutiquiers me presse
d'annoncer ces pots d'orviétans narcotiques et ses
fioles d'élixir stupéfiant. Douze numéros ont déjà été
jetés dans la circulation, avec peu de succès vraisemblablement, puisqu'on s'adresse au *Journal*

des Débats pour en obtenir l'annonce ; et cependant le prix de ce baume augmente chaque jour comme le crédit des jésuites, car les six premiers numéros ne coûtaient qu'un franc, et les six autres se sont successivement élevés jusqu'à 2 fr. 25 cent. On dit enfin que le treizième numéro est encore entre les mains du manipulateur. Courez donc dans la rue de l'École de Médecine, n° 4 ; hâtez-vous de savourer cette infusion de doctrine jésuitique ; elle vous instruira dans l'ignorance, elle vous inspirera le courage de la servitude, et comme l'eau de Dupleix enlevait des étoffes les taches les plus rebelles, le baume jésuitique effacera les souillures de la prostitution mâle ou femelle, du vol, du parjure, de l'homicide, du régicide et d'autres peccadilles semblables.

C'est pour avoir tardé méchamment à annoncer ce précieux élixir que j'ai encouru la grande colère de M. le pharmacien, éditeur des fioles. Je me rends à mon devoir, j'obéis à l'injonction de M. l'éditeur à longue robe et de ses garçons apothicaires à robe courte, mais je me réserve le droit d'analyser les gouttes anodines, et de rechercher un jour si le catholicon est de bon aloi, et si l'*higuiero d'infierno* n'y entre pas dans une trop grande proportion.

Dans ce moment, un autre devoir m'appelle ; je suis accusé d'imposture, et il faut que je renonce à écrire quoi que ce soit, ou que je prouve avec évidence que le mensonge et l'imposture, *de première qualité*, se trouvent à la même boutique où l'on vend les fioles.

Admirez la tactique de MM. de Loyola : j'avais cité des maximes affreuses, extraites des ouvrages de différens jésuites, tous morts depuis plus d'un siècle, lorsqu'un jésuite vivant me prend à partie, et m'accuse de mauvaise foi. Le maître Gonin n'a garde de nier formellement que tel passage se trouve dans tel livre cité, car en montrant le livre je pouvais le confondre. Il se contente donc de soutenir que je n'ai pas lu l'ouvrage. Si je prouve que j'ai lu, il attaque la traduction dont je me suis servi ; si je démontre qu'elle est exacte, il suppose qu'il n'existe qu'une seule édition du livre, que mes citations ne sont extraites que de celle-là, et que *la date de cette édition est contestée*. Si enfin la date est confirmée, il répondra, comme il l'a fait, *qu'il serait téméraire d'assurer que ces aphorismes ont été imprimés tels qu'ils étaient sortis de la main de l'auteur.* Pour convaincre un tel adversaire il faudrait ressusciter le jésuite mort il y a plus de deux siècles, et lui demander s'il reconnaît son ouvrage. Avec une pareille argumentation aucun livre ne ferait foi ; Virgile même ne serait plus en sûreté, et un jésuite soutiendrait qu'un autre Annius de Viterbe a composé l'*Énéide*.

Voyons maintenant si ma manière de procéder a été aussi tortueuse. Il existe six éditions d'Emmanuel Sà. Une seule a été publiée six ans avant

la mort de l'auteur ; toutes les autres sont posthumes. Ce n'est donc point parce que les ennemis
des jésuites se sont servis de l'édition de 1590,
que je l'ai préférée, mais parce que, choisissant
l'ouvrage imprimé du vivant de l'auteur, je me
croyais plus en sûreté contre les ruses des Escobar et des Bauny. Que fait alors mon invulné-
rable adversaire ? Il déclare cette édition suspecte ;
et il nous est ordonné de croire qu'une édition
faite du vivant de l'auteur doit être plus incorrecte
et plus altérée que celle qui est publiée trente ans
après sa mort. Voilà la logique de Mont-Rouge.

Cet habile homme savait bien que les infâmes
Aphorismes avaient été corrigés par les jésuites
dans les deux éditions faites en France, telles que
celle de Paris en 1609, et celle de Lyon en 1612.
Tout homme de bon sens devinera le motif de ces
changemens. En 1609, Henri IV vivait encore,
et les jésuites qui avaient déjà été chassés pour
attentat contre la vie de ce prince, n'avaient garde
de laisser subsister des provocations au régicide
dans un livre qu'ils publiaient à Paris même. Ils
furent encore plus sévères pour l'édition de Lyon;
car ils n'ont conservé au mot *Tyrannus* qu'une
phrase insignifiante. Mais dans celle de Paris, soit
par inadvertance, soit pour y laisser le cachet de
la société, il reste encore cette phrase qui en dit
plus qu'elle n'est longue, et qui contient virtuel-
lement toute la substance du long paragraphe ex-
trait de l'édition de 1590. Voici cette phrase :

« *Tyrannicè gubernans justè acquisitum dominium, non potest spoliari sine publico judicio.* » Ainsi, l'un de ces fidèles amis des princes, l'un de ces soutiens de la monarchie, déclare qu'un prince légitime, gouvernant avec tyrannie, ne peut être déposé *que par un jugement public.* Les juges de Louis XVI n'en demandent pas davantage, et ils peuvent se passer de l'édition de Cologne ; celle de Paris, quoique très-*expurgata*, suffit à leur apologie.

Mais puisque mon adversaire a voulu me faire sortir de Cologne et me conduire à Paris, j'y arrive sur ses traces, et je vais démontrer que l'honnête Emmanuel Sa, quoique bien décrassé et bien déguisé par les jésuites de Paris, est encore un monstre difforme qui n'oserait paraître aux yeux des honnêtes gens ; et son livre bien corrigé et bien approuvé par Brasicheller, par Armand, par Pardo, par Soto et par Vassagle, *ejusdem societatis* ou *ejusdem farinæ*, est encore si horrible, qu'un malheureux écrivain publiant aujourd'hui des maximes semblables, s'exposerait au danger le plus imminent, à moins qu'il ne se déclarât jésuite. Alors, je l'avoue, l'impunité lui serait acquise, et le ministère public se contenterait de dire :

Naturam expellas furcâ, tamen usque recurret.

Pour bien apprécier le sens de ces admirables Aphorismes, rappelons-nous d'abord qu'ils doi-

vent servir de règles aux confesseurs ; supposons
ensuite que tout ce qu'il y a de vicieux, d'impur,
de corrompu et d'infâme dans Paris, est divisé par
classes, et rassemblé sur différentes places. Commençons par les prostituées, auxquelles je suis
forcé de réunir les hommes du même métier. J'en
demande bien pardon à mes lecteurs, mais c'est
un jésuite qui m'entraîne. Voyons maintenant le
révérend père s'avancer vers la troupe si tristement joyeuse, et tenant à la main le joli petit livre
d'Emmanuel Sa. Il l'ouvre, et il lit d'abord en
latin : *Potest fœmina quœque et mas, pro turpi
corporis usu, pretium accipere et petere, et qui
promisit tenetur solvere;* c'est-à-dire : « Toute
femme et tout homme peut recevoir et même demander un salaire pour la prostitution de son
corps, et celui qui l'a promis est obligé de payer. »
Quelles acclamations n'entendrons-nous pas sortir
de cette masse de corruption! « Vivent les jésuites!
ces bons pères veulent qu'on nous paie ; cela est
bien juste ; tout n'est pas plaisir dans notre *état.* »
Cette belle maxime se trouve aux pages 326 et 327,
et au mot *Luxuria,* dans cette édition si honnête
et si bien corrigée de Paris, que j'ai dans ce moment sous les yeux; et si l'on en doute, je m'engage à la mettre sous les regards des incrédules.

Voilà donc déjà une belle et nombreuse clientèle
acquise aux jésuites, et c'est là le secret des progrès
que cette secte fait dans le sein des nations corrompues. Passons maintenant à la place où sont

réunis les sicaires, les coupe-jarrets, les braves qui promettent à Venise de jeter un homme dans les canaux, à Rome dans le Tibre, et à Paris de l'envoyer aux filets de Saint-Cloud. C'est encore un assez beau rassemblement, et l'interprète d'Emmanuel Sa va y recueillir d'honorables suffrages. Il ouvre le livre au mot *Restitutio*, et il lit : « *Qui aliquid accepit ut malum faceret, si non fecit tenetur restituere, non autem si fecit.* » Cette phrase si laconique veut dire en français : « Celui qui a reçu un salaire pour commettre une mauvaise action, est tenu de le restituer si cette mauvaise action n'a pas été commise, mais s'il l'a commise, il n'est pas tenu à restitution. » Entendez-vous cet assassin à gages qui s'écrie du milieu de la foule : « Vivent les jésuites ! Si j'ai été payé pour tuer un homme, et si je ne le tue pas, je suis un fripon et je dois rendre l'argent ; mais si je le tue, l'argent est bien gagné. Vivent les jésuites ! » Nouvelle clientèle pénétrée d'amour et de respect pour la société, et ce n'est pas peu de chose que d'avoir pour soi tout ce qu'il y a de coquins dans une capitale immense. La maxime bien morale que je viens de transcrire et de traduire, se trouve à la page 435, n° 18, édition de Paris. Je ne cite plus celle de Cologne qui est suspecte, selon M. l'éditeur. En vérité, on croit rêver quand on lit de pareilles choses, et je pardonne l'incrédulité des lecteurs si leur doute ne provient que de l'horreur qu'ils éprouvent. Si cependant on me demande

quel peut être le but d'une société qui approuve
et publie de telles maximes, je répondrai : Quand
les rois ne sont pas dociles, la secte peut avoir
besoin d'un fanatique tel que Barrière, Châtel,
Balthazar, Gérard ou Damiens. Une somme lui
est livrée tant pour salaire que pour moyen d'exécution. Le fanatique sait que s'il échappe au supplice, il jouira de cette fortune, ou que ses parens
en profiteront s'il succombe, mais qu'il faudra la
restituer religieusement si la crainte ou le remords
lui fait manquer son coup. Ainsi, la maxime
d'Emmanuel Sa est un lien qui l'attache au crime,
et lui en fait en quelque sorte un devoir. Quoi qu'il
en soit, l'aphorisme existe, et celui qui soutient le
contraire en a menti par la gorge, comme disaient
nos anciens chevaliers.

Il est temps de nous transporter vers le groupe
des jureurs, des faux témoins et des faussaires. Le
jésuite soulage leur conscience par la lecture de ce
bel aphorisme : « *Testis nihil potest accipere pro
veritatis testimonio, sed pro damno quod patitur.
Quòd si accipiat pro falsitate, aut pro eo ad quod
non tenetur, non tenebitur restituere.* » C'est-à-
dire : « Un témoin ne peut rien recevoir pour dire
la vérité, mais seulement pour le dommage qu'une
déclaration vraie peut lui occasionner. Si, au contraire, il s'est fait payer pour mentir en justice, ou
pour dire ce à quoi la probité ne l'oblige pas, il
n'est pas tenu de restituer. » Nouvelles acclamations en faveur des jésuites; un faux témoin de

profession s'écrie avec une effusion de reconnaissance : « Comme c'est bien expliquer la justice !
Qu'on ne reçoive rien pour dire la vérité, cela est
tout simple ; il n'en coûte rien de dire que deux
et deux font quatre, mais mentir en justice, faire
un faux serment, c'est autre chose ; cela mérite
bien qu'on le paie, et comme cet argent est bien
acquis, point de restitution. » Cet aphorisme ne
se trouve pas au mot *Testis*, comme on pourrait
le croire, mais aux mots *de Testibus*, page 288,
édition de Paris, et à la page 220, édition de Cologne. M. l'éditeur aurait dû se douter que j'avais
lu quand j'ai dit que la pagination était différente
dans les différentes éditions.

Voici quelque chose de plus exécrable que tout
ce qu'on vient de voir. C'est une troupe de scélérats capables de laisser planer sur un innocent le
soupçon du crime qu'ils ont commis, et de voir
pendre, sans dire un mot, le malheureux que,
par erreur, la justice a déclaré coupable. Eh bien !
de pareils monstres obtiennent l'hommage d'un
aphorisme ; le voici : « *Nec (tenetur restituere)
qui videt aliquem puniri per errorem pro eo quod
ipse fecit, et tacet.* » Pour éviter l'amphibologie
du pronom *il*, je transporte le précepte à la seconde personne, et je traduis ainsi : « Vous n'êtes
pas tenu de restituer si, ayant reçu un salaire pour
commettre un crime, vous voyez punir par erreur l'homme qui en est innocent, et si vous gar-
dez le silence. » Nouveaux transports : « Oh ! les

bons pères! diront en chorus les scélérats. Quoi! nous pourrons garder l'argent, et voir tranquillement pendre un pauvre homme pour le crime que nous aurons commis! Ce n'est plus de la justice, c'est de la munificence. »

Mais adoucissons un peu les couleurs, et présentons aux yeux du lecteur effrayé quelque tableau moins horrible. Quelle est cette foule qui remplit la vaste enceinte de la plus grande place de Paris? Ce sont les femmes qui volent leurs maris, les enfans qui volent leurs pères, les valets et les servantes qui volent leurs maîtres. Voici le précepte qui s'adresse directement aux femmes et aux enfans; je parlerai des valets et des servantes quand il sera question de la *compensation occulte.* « *Clàm à viro aut patre rem non magnam accipere non est furtum; quòd si sit notabilis, restituenda.* » Cela signifie que prendre en cachette quelque petite chose à son mari ou à son père n'est point un vol, mais que, si la somme est considérable, il faut restituer. Ici, le faiseur d'aphorismes est presque un honnête homme; il n'aime pas le scandale, et un vol considérable ferait de l'éclat; mais des enfans élevés par les jésuites sauront se modérer, et ne dérober à leur père qu'une petite somme à la fois. Cet aphorisme paternel se lit au mot *Furtum*, page 211 de l'édition de Paris.

On m'a écrit un grand nombre de lettres pour me démontrer que je n'avais pas lu les jésuites que je citais. J'ai répondu : « Venez les voir vous-

mêmes, je les ai sous la main. » Ils refusent de
voir, et ils continuent à crier : « Vous n'avez pas
lu! » M. le rédacteur de la *Gazette de France* a
pris parti pour la faction jésuitique, et il s'est fait
l'écho des marchands de catholicon. Voici ma réponse à son article : « Ayez la bonté, monsieur de
la *Gazette*, de m'indiquer le jour et l'heure où il
me sera permis de vous présenter le grand Suarès
et le petit Emmanuel Sa; vous pourrez à loisir
confronter mes citations avec l'original, et quand
vous serez bien assuré que j'ai copié textuellement
et fidèlement traduit, je n'aurai pas la cruauté
d'exiger de vous une rétractation : je sens trop
qu'un acte de loyauté et de franchise pourrait nuire
à votre journal. »

Horace a bien raison de dire que la crainte de
tomber dans une faute en fait quelquefois commettre une plus grave : cela m'est arrivé. Lorsque
je citai, pour la première fois, des maximes jésuitiques, je n'osai les traduire moi-même, dans la
crainte d'être accusé d'infidélité, et je me servis
de la traduction où les commissaires des divers
parlemens ont puisé pour composer leurs rapports.
Les Escobar modernes en conclurent que je n'avais
pas lu le texte, et cependant j'aurais pu les tromper à cet égard, pour peu que j'eusse été jésuite
moi-même, car j'avais sous les yeux le rapport
fait au parlement de Dijon, dans lequel presque
toutes les citations sont en latin. Mais les originaux ne m'ont point manqué, et je crois que mes

lecteurs ne seront pas fâchés d'apprendre comment ils me sont parvenus.

Lorsque moi, pauvre petit rat, je me décidai à attacher le grelot au cou du rominagrobis de Mont-Rouge, des personnes honnêtes, mais très-circonspectes, m'offrirent les secours de leurs bibliothèques ; croira-t-on ce qui va suivre? Dans ce temps où l'on doutait encore de la résurrection des jésuites, ils inspiraient déjà une telle terreur, que les livres m'étaient envoyés avec le mystère et les précautions qui couvrent les conspirations les plus terribles et les plus noires. Un jour, des in-folio m'arrivèrent, si bien enveloppés et cousus dans une toile, qu'ils ressemblaient à des ballots de marchandises. Une autre fois, un joli petit livre, portant au dos ces mots : *Affaires de l'Église*, et sur la couverture : *Archives du clergé*, en belles lettres d'or, me fut remis, avec une moitié de lettre découpée en zig-zag, et invitation de rendre le livre au commissionnaire qui montrerait la seconde moitié de la lettre. Un seul de mes bienfaiteurs en jésuitisme se fit voir un moment, pour me prier de ne point lui renvoyer les volumes, et me dire qu'il les ferait reprendre chez moi, tant il craignait que sa demeure ne fût connue. Que cette terreur est honorable pour les révérends pères! Ils étaient encore à moitié cachés dans les carrières de la barrière d'Enfer, que le bruit de leur retour agitait déjà des hommes de la grande nation, de la perfectibilité, du grand siècle. Jamais les vieilles femmes de la Basse-Bretagne n'eurent plus peur des *âmes en peine* et des esprits qui viennent, disent-elles, les tirer par les pieds pour leur demander des messes.

Aujourd'hui, grâces au ciel! j'éprouve moins de difficultés pour fouiller dans la bibliothèque de Loyola. La libéralité avec laquelle on me laisse consulter ce grimoire est d'un fort bon augure. Elle me prouve que le *trois pour cent* de Mont-Rouge a baissé de quelques centimes, et que les actions de la charte ont monté de quelques francs. En attendant mieux, revenons à mes jésuites, qui sont assez amusans quand ils ne font pas horreur.

Il y a tant de vilenies dans leurs ouvrages, que j'en oublie toujours quelques-unes. En donnant le signalement du petit livre d'Emmanuel Sa, j'ai négligé une pièce qui porte le véritable cachet de la société, et qui, par une profanation sans exemple, mêle la religion à ce qu'il y a de plus impur et de plus honteux. On se rappellera peut-être les jolis aphorismes que j'ai cités plus haut, mais personne ne devinerait ce qui les précède : c'est une prière à la bienheureuse mère de Dieu (*oratio ad beatissimam Dei matrem*). Ainsi, c'est sous la protection de la Vierge que l'on débite des maximes dignes d'un Lupanar. Cette Vierge, conduite en si mauvais lieu, me rappelle l'excessive dévotion de quelques dames qui jouent le rôle de dévotes parce qu'on ne leur en donne plus d'autres sur la scène du monde, et qui prennent le masque et le domino quand le carnaval est fini pour elles.

Messieurs du catholicon et monsieur de la *Gazette* ne voudront peut-être pas me devoir le plaisir de connaître la bonne édition des Aphorismes ; il faut donc que j'achève de la leur indiquer de manière à ne pas s'y méprendre. Elle porte au bas du frontispice : « *Parisiis, apud Michaelem Nivellium, viâ Jacobeâ ; sub signo Trium Secularum.* 1609. *Cum privilegio regis.* » C'est-à-dire : « A Paris, chez Michel Nivelle, rue Jacob, à l'enseigne des Trois Faucilles. 1609. Avec privilége du roi. » Comme M. l'éditeur est un grand latiniste, je le laisse décider si *trium secularum* signifie *des trois faucilles* ou *des trois serpettes* ; je sais seulement que ce sont des instrumens avec lesquels MM. de Mont-Rouge veulent nous couper l'herbe sous les pieds.

Abordons le grand Suarès avec tout le respect qu'il mérite. Celui-ci n'est point obscène ; du moins dans son livre ; il distille le poison d'un air grave, et presque avec dignité. Il est aussi verbeux que son confrère est laconique, et si sa *Défense de la Foi* a été brûlée par le bourreau, pour les maximes odieuses qu'elle renferme, je l'aurais fait brûler, moi, pour l'ennui qu'elle m'a causé. On m'a prédit que je me repentirais d'avoir parlé contre les jésuites : hélas! je m'en repens déjà, car pour en parler il a fallu les lire...

Les trois livres les plus remarquables de cet ouvrage sont le 3ᵉ, le 4ᵉ et le 6ᵉ. Le titre du troisième fait connaître l'esprit qui a présidé à sa com-

position : c'est l'ultramontanisme dans toute sa
pureté. Parmi les jésuites, je ne connais que Bellarmin qui ait attribué au pape un pouvoir aussi
humiliant, aussi contraire à l'indépendance et à la
dignité de nos rois. Ce livre est intitulé : *De Summi*
Pontificis supra reges temporales excellentiâ et
potestate; c'est-à-dire « De la suprématie et du
pouvoir du Souverain Pontife sur les rois temporels. « Ces *rois temporels* m'ont un peu embarrassé,
car je n'en connais point d'autres; si ce n'est peut-
être que Dalaï-Lama et le Daïri du Japon paraissaient aux yeux de Suarès, des pontifes égaux au
nôtre, et non soumis à sa juridiction. Mais la suite
m'a révélé l'intention de mon jésuite, et l'on va
voir que l'adjectif *temporel* est presque un trait
d'esprit.

Ce beau livre III remplit 183 colonnes de l'in-
folio, et cette seule observation prouve combien
il a fallu ergotter pour changer un grand monarque
en un humble vassal. Suarès prouve d'abord,
comme tout jésuite prouve, que le pouvoir du
pape sur les rois, même au temporel, est *d'insti-*
tution divine. Voilà donc un démenti formel donné
à l'apôtre qui a dit : « *Subditi estote principibus*
etiam discolis; soyez soumis à vos princes quand
même ils seraient dans l'erreur. » A la colonne 376,
n° 1, vous lisez que « *pontificem maximum potes-*
tate coercivâ in reges uti posse usque ad depositio-
nem; que le pouvoir coercitif du pape envers les
rois peut aller jusqu'à prononcer leur déposition. »

Le nº 2 de la même colonne ajoute : « *In summo pontifice est verè potestas iniquos reges coercendi;* dans le pape, réside véritablement le pouvoir de réprimer, de châtier les mauvais rois. » Ainsi, le pape est le juge de l'équité ou de l'iniquité des rois, et il peut les traiter en conséquence de ce jugement. La colonne 380, nº 10, expliquera pourquoi je me sers des deux mots *réprimer, châtier* pour traduire le *coercendi* : « *Posse pontificem temporales reges pœnis etiam temporalibus punire;* que le pontife peut infliger aux rois temporels des peines également temporelles. » On voit maintenant que les rois ont été nommés temporels pour pouvoir dire avec élégance qu'on peut leur faire subir des châtimens de même nature. Or, des peines temporelles sont nécessairement des châtimens physiques : depuis la verge jusqu'au glaive, le pontife peut choisir. Les prédicateurs de l'ultramontanisme veulent donc nous faire revenir, par un chemin semé de fleurs, aux heureux temps où deux grands monarques, tous deux du nom de Henri IV, ont subi les peines temporelles dont parle Suarès. Au moins, notre immortel Béarnais n'a reçu le châtiment que sur les épaules de deux cardinaux; mais longtemps avant lui, l'empereur Henri IV n'obtint pas la faveur de se faire remplacer, et après avoir passé, nu-tête et pieds nus, la nuit la plus froide de l'année dans la cour du pape, après avoir été fustigé, déposé, chassé de ses États, il fut réduit à demander, sans pouvoir l'obtenir, une place de sous-chantre dans la cathédrale de Liége, où cet héritier des Césars mourut dans un tel état de misère, que le sonneur de cette église ne cessait de se féliciter de n'être point empereur.

Messieurs du catholicon ne peuvent pas nier ces faits, puisque leurs complices ne les ont pas seulement avoués, mais s'en sont vantés. C'est ce qu'on apprendra quand j'examinerai le faux Bonarscius ou le vrai Scribani, que j'ai maintenant sous la main. On verra comment ce jésuite triomphe du châtiment infligé à notre excellent Henri IV, auquel il daigne accorder quelques éloges, après l'avoir nommé : « *Belluam, Galliæ quadrigarium, hominum ructatoriam carnem, stomachum cruditantem de visceribus Iberorum, occano sanguinis innatatorem.* Bête féroce, charretier conducteur de la France, anthropophage, estomac regorgeant des entrailles des Espagnols, nageur dans un océan de sang. » Cette belle tirade se trouve au liv. Ier, chap. XII, page 101, de l'ouvrage intitulé : *Amphithéâtre d'Honneur,* et que Pasquier et Casaubon nommaient si justement un amphithéâtre d'horreur.

Rassurons-nous cependant ; on nous annonce tout récemment que les jésuites ont beaucoup mitigé leurs opinions relativement aux rois. Non seulement ils ne disent plus qu'un mauvais roi peut être tué par le premier venu, *à quocumque privato potest interfici,* mais ils sont assez prudens pour ne plus parler de déposition ni de peines temporelles. Eh ! qu'importe à la France que les

jésuites soient devenus plus timides et plus hypocrites? De ce qu'ils craignent une troisième expulsion, faut-il conclure qu'ils aient changé de doctrine? Ceux qui ont toujours une restriction mentale
en réserve seront-ils crus sur parole? Et quand ils
seraient sincères, miracle inespérable! pourrions-
nous recevoir une apologie aussi humiliante pour
nous? Quoi! la sûreté de nos rois, leur indépendance, leur suprématie dépendraient de la modération réelle ou simulée de quelques moines! La
dignité d'un roi de France ne tient pas à d'aussi
misérables considérations. Que les jésuites promettent et disent tout ce qu'ils croiront utile à leur
situation présente, ce n'est pas une raison pour
leur rendre cette influence occulte et cette puissance
qui les feraient bientôt changer de langage. Peut-
on croire que des princes catholiques aient reconnu
l'ultramontanisme, et se soient humblement soumis à ses conséquences? Mais transporter la fidélité et l'obéissance de ses propres sujets à un prince
étranger, n'est-ce pas abdiquer soi-même, et un
prince peut-il abdiquer en faveur de tout autre
que son héritier légitime? Si, par impossible, un
roi de France reconnaissait la suprématie *temporelle* du pape, nous ne serions plus que les sujets
d'un sujet. Cela seul mérite bien qu'on y pense.
Malheur aux princes le jour où leurs peuples
s'écrieraient en chorus : « Nous sommes les sujets
du pape. » Les rois verraient alors si leur couronne, plus brillante, serait plus affermie sur leur

tête, et si leur trône reposerait sur une base plus solide.

Je n'ai présenté ici que les corollaires de la dissertation de Suarès : tout lecteur judicieux devinera de quelle nature peuvent être les raisonnemens qui conduisent à de pareilles conséquences.

Passons au quatrième livre. J'y lis ce titre suffisamment explicatif des opinions de l'auteur : « *De immunitate ecclesiasticâ, seu exemptione clericorum à jurisdictione temporalium principum :* De l'immunité ecclésiastique, ou de l'exemption des clercs (prêtres et moines) de la juridiction des princes temporels. » Cette longue dissertation commence à la colonne 421. Tous les jésuites sont unanimes sur ce point. La seule différence que j'aie remarquée entre les divers auteurs de la secte, consiste en ce que les uns se contentent d'établir l'immunité des biens, tandis que d'autres déclarent également l'immunité des personnes. Quelques-uns mêmes réclament le privilége du crime, comme on le verra plus bas. Il en est qui regardent comme un sacrilége l'audace de livrer au juge séculier le prêtre qui aurait commis un attentat; enfin Emmanuel Sa avait dit : « La révolte d'un clerc contre le roi n'est pas un crime de lèse-majesté, parce que le clerc n'est pas sujet du roi. » Mais les jésuites, qui avaient reçu une leçon en 1594, modifièrent cet aphorisme dans l'édition de Paris, et dirent au mot *Crimen*, page 92 : « *Crimen læsæ majestatis non incurrit qui non est principi subdi-*

tus : celui qui n'est point sujet du prince ne peut être accusé du crime de lèse-majesté. » La pensée est voilée dans cette version, mais on voit toujours passer l'oreille du jésuite ; car il n'y a que les clercs qui puissent prétendre à n'être pas les sujets du roi : il n'est donc question que des clercs dans le nouvel aphorisme.

Voici les décisions de Suarès sur les différens points des immunités : Dans les colonnes de 428 à 441, les prêtres et moines jouissent de l'immunité et de l'exemption au spirituel et au temporel : *In causis spiritualibus et in causis temporalibus.* Aux colonnes 469 - 473 : L'exemption des clercs est fondée sur le droit divin et sur le droit humain : *In divino et humano jure fundari.* A la colonne 504, les clercs ne sont pas soumis, au civil, aux jugemens des tribunaux séculiers : *Clerici in causis civilibus à judicio secidari exempti sunt.* Dans les colonnes 511-519 : Exemption des clercs dans les causes criminelles : *Exemptio clericorum in causis criminalibus.* A la colonne 521, il traite de l'exemption des clercs relativement aux charges de l'État : *De ecclesiæ à secularibus oneribus exemptione.* A la colonne 526, le croirait-on ? les biens ecclésiastiques ne sont soumis ni aux lois civiles, ni aux jugemens des tribunaux séculiers : *Bona ecclesiastica etiam à legibus civilibus sunt exempta ; et bona ecclesiastica exempta sunt à judiciis secularibus.* Allez donc, d'après cela, vous aviser de plaider contre un clerc ! Les colonnes

558-575 présentent enfin cette solution de toutes les difficultés : *Omnia clericorum bona exemptione gaudent* : tous les biens des clercs jouissent de l'exemption. » Et, comme si cette phrase n'était pas assez lucide, il ajoute : « *Bona clericorum à tributis, ab oneribus, et à communibus expensis exempta sunt* : Les biens des clercs sont exempts de tout tribut, de toutes charges, de toutes dépenses communales. » Exemption des personnes, même au criminel ; exemption des biens, au civil ; affranchissement de tout tribunal civil ou criminel ; faculté de toujours acquérir, sans jamais rien payer : on voit que l'état de clerc serait assez doux, et que notre clergé pourrait devenir un peu plus riche que les apôtres. Aussi les jésuites ont-ils une grande tendresse pour le généreux Suarès, et ils soutiendront toujours que je ne l'ai pas lu.

Ils ne doivent pas moins de reconnaissance à l'aimable Emmanuel. Nous allons voir des immunités d'un autre genre : elles font peur.

« *Clericus, ob falsum testimonium coram judice seculari non potest per eum puniri* : Un clerc qui a fait un faux témoignage devant un juge séculier, ne peut être puni par lui. » Voilà donc la justice forcée de respecter le parjure ; car n'oublions pas que le témoin jure qu'il dira la vérité, et que conséquemment un faux témoignage est un parjure. Cet aphorisme se trouve au mot *Clericus*, page 50 de l'édition de Paris. Quand Emmanuel

Sa écrivait cette honnête maxime, il savait bien qu'elle pourrait être utile à ses confrères.

Au même mot, et à la même page : « *Clericus, post delictum sine fraude est exemptus à potestate seculari; quòd si cum fraude, potest quidem in rebus puniri, non in corpore.* » Après un délit sans fraude, un clerc est exempt de la puissance séculière ; s'il y a fraude, il peut à la vérité être puni dans sa fortune, mais non corporellement.» Ainsi, la fraude, dans un prêtre, est moins punissable que dans un laïque. Celui qui a fait cette distinction ménageait le péché habituel de la sainte société.

La page 48, au même mot, surpasse tout cela ; c'est, comme je l'ai dit, le privilége du crime. Le paragraphe est trop long pour être cité ; mais je garantis qu'en voici la substance : « Un clerc qui, même après avoir quitté son costume ecclésiastique, commet un crime énorme, *enormiter se gerit*, ne peut être appréhendé au corps qu'après un mandat de l'évêque, et après que le coupable a été abandonné à la puissance séculière. » Supposons donc qu'un autre abbé Bardi assassine son frère, le coupe en morceaux, qu'il enferme dans une malle ses membres palpitans, il faudra respecter ce monstre, et le laisser fuir, en attendant le mandat de l'évêque, et la permission de livrer le coupable aux bras séculiers !

Hâtez-vous donc d'accueillir ces bons amis des rois, ces honnêtes instructeurs de la jeunesse. Et l'on dit qu'ils ont renoncé à la doctrine qui a fait leur puissance! Fiez-vous-y. J'estime cent fois mieux leur ancien général : *Sint ut sunt, aut non sint*, qu'ils soient tels qu'ils sont, ou qu'ils périssent! Cela est fier, au moins, et ce nouveau Catilina

Meurt encore en Romain, quoique indigne de l'être.

Voici venir le grand Suarès de Grenade, le faux Bonarscius de Bruxelles et le brave Keller de Seckingen ; soyez le bien venu, fier Espagnol : vous êtes du pays du Catholicon, vous devez passer le premier; d'ailleurs, je vous ai commencé, il faut que je vous achève. Votre beau livre a été brûlé par le bourreau, et loué par M. l'éditeur; ce sont deux titres de gloire qui méritent tout mon respect.

Un grave reproche m'a été fait relativement à cet Espagnol : *j'ai si peu entendu son latin, que j'ai pris une objection pour la réfutation de cette objection*. S'il est vrai que j'aie commis cette erreur, les évêques, les facultés de théologie qui ont condamné, et le parlement qui a livré cet ouvrage aux flammes, le parlement qui a forcé quatre jésuites à être témoins de l'exécution, n'ont pas été meilleurs latinistes que moi. C'est ce dont le lecteur va juger.

Suarès, comme ses confrères, distingue deux espèces de tyrans, c'est-à-dire le prince légitime qui gouverne tyranniquement, et l'usurpateur qu'il nomme *tyrannus in titulo*, tyran en titre. Mais selon lui, le tyran, même légitime, devient tyran

en titre lorsque, après sa déposition prononcée
par la république, il s'obstine à conserver la puissance. A la colonne 815, livre VI, chap. IV, n° 7,
il dit, et il répète même dans une note marginale,
que le tyran en titre peut être tué justement, *tyrannus in titulo licitè occiditur.* Quant au tyran
légitime, et non déposé, Suarès cite le décret du
concile de Constance, qui a condamné la doctrine
de Jean Petit. Ce Jean Petit affirmait que tout particulier pouvait, devait même tuer un tyran, *potest et debet licitè et meritoriè*, sans égard pour
le serment qu'il lui aurait prêté; et, notez bien
ceci : « Sans attendre le jugement ni le mandat
d'un juge quelconque, *non spectatâ sententiâ vel
mandato judicis cujuscumque.* » Suarès approuve
le concile qui a eu horreur d'une pareille proposition ; et quand il examine ensuite la question
« si un roi peut être justement tué pour cela seul
qu'il gouverne avec tyrannie, *an rex potest occidi
propter solam tyrannicam gubernationem,* » mon
jésuite, animé par les meilleurs sentimens, refuse
ce droit à tout particulier, quand même il s'agi-
rait de défendre ses biens et toute sa fortune.

Voilà donc Suarès bien disculpé d'avoir approuvé le régicide, me voilà calomniateur, et les
évêques, les théologiens, les magistrats, qui ont
condamné ce bon jésuite, expient sans doute leur
coupable erreur en enfer, où je dois bientôt les
rejoindre. C'est du moins ce que penseront tous
ces bons chrétiens qui, comme M. l'éditeur, s'ar-

rêteront à ce paragraphe, parce qu'ils se diront suffisamment convaincus de mon imposture. Mais lisons un peu ce qui suit, et voyons comment un jésuite sait retourner une question qu'il paraît avoir décidée : jamais soldat français, ou prussien, ou russe, n'a su faire le demi-tour à droite avec plus de prestesse et d'élégance.

Il a condamné le particulier qui, pour son intérêt privé, attente à la vie de son roi. « Mais si le particulier, ajoute-t-il, défend la république, a-t-il le droit de tuer l'oppresseur? Par exemple, si le tyran attaque la ville, s'il l'opprime injustement, s'il fait périr les citoyens, ou s'il fait quelque chose de semblable, *vel quid simile.* » Dans ce cas, voici ce que prononce le grand Suarès, et je donne ici le texte même : « *Tunc certè*, dit le jésuite, *licebit principi resistere, etiam occidendo illum, si aliter fieri non possit defensio. Tum quia si pro vitâ propriâ hoc licet, multò magis pro communi bono, tum et jam quia civitas ipsa tunc habet justum bellum defensivum contrà injustum invasorem, etiam si proprius rex sit.* » Mots que je souligne à dessein : « *Ergò quilibet civis ut membrum reipublicæ et ab eâ vel expressè vel tacitè motus potest rempublicam defendere in eo conflictu, eo modo quo poterit.* » Cela signifie, je crois : « Dans ce cas, il sera permis de résister au prince, même en le tuant, si l'on ne peut le faire autrement, d'abord, parce que si cela est permis quand on défend sa propre vie, cela est permis à plus forte raison pour le bien général : ensuite, parce qu'alors la ville elle-même fait une juste guerre défensive à un injuste envahisseur, *quand même il serait son propre roi* : donc tout citoyen, comme membre de la république, et autorisé par elle, soit expressément, soit tacitement, a droit, dans ce conflit, de la défendre de toute manière qu'il le pourra. » Cette traduction ne me vaudra pas le prix de l'élégance, mais mon professeur jésuite ne pourra m'accuser d'inexactitude.

Le paragraphe que je viens de citer prouve trois choses : 1° Que j'ai eu raison de dire : « Les jésuites reconnaissent une république dans une monarchie ; » 2° que j'ai eu raison d'ajouter : « Ils donnent à cette république le droit de juger et de condamner les rois ; » 3° enfin, qu'il ne s'agit pas ici d'un agresseur étranger, mais du roi même de cette république, *etiam si proprius rex sit.*

Maintenant amusons-nous à voir comment le confrère d'Escobar sait revenir sur le concile de Constance pour en éluder le décret. A ce n° 14, que j'ai si mal lu, selon mes honnêtes adversaires, Suarès fait observer que le concile n'a condamné *que l'homme qui de son autorité privée tuerait un méchant prince, sans attendre la sentence ou le mandat d'un juge quelconque;* mais « si un juge légitime, quel qu'il soit ou quel qu'il puisse être, a prononcé une sentence juste, par laquelle il a déposé le prince, alors la définition du concile n'est plus applicable. » Voici le texte : « *Si judex legitimus talis regis, quicumque ille sit, vel esse possit, contrà illum justam sententiam tulit quâ eum à regno deposuit, jàm non procedet concilii definitio.* Le premier raisonnement n'a plus de force, et la première assertion, quoique juste et légitime, n'a plus lieu dans cette circonstance; *cessat etiam ratio facta, et ità non habebit locum prima assertio ut proposita est juxta et legitima;* et ce n'est pas de son autorité privée qu'agit l'agresseur dont je viens de parler, mais c'est en vertu d'une sentence, et comme instrument de l'autorité publique, *et sic non procedit aggressor auctoritate privatâ, sed in virtute sententiœ, et consequenter ut instrumentum auctoritatis publicœ.* » Voilà le décret du concile tout-à-fait retourné, et nous trouverons dans Keller une escobarderie du même genre.

Le long et ennuyeux paragraphe de Suarès se termine par la phrase que j'ai déjà citée, et finit par décider que le prince d'abord légitime, commence à devenir tyran en titre, *incipit esse tyrannus in titulo;* et s'il s'obstine à conserver la puissance, *à quocumque privato poterit interfici,* il pourra être tué par *le premier venu,* malgré M. l'éditeur, qui ne veut pas que ces mots : *un particulier quelconque,* ou *le premier venu,* soient des expressions équivalentes.

Je n'ai pas cité la centième partie des subtilités qui sont amoncelées par Suarès pour arriver à la belle conséquence qu'on vient de lire. Cette ver-

beuse et déplorable dialectique fera naître plus
d'une réflexion dans l'esprit de mes lecteurs. On
se dira sans doute que la politique des jésuites
avait grand besoin de tenir l'épée de Damoclès toujours suspendue sur la tête des rois, puisqu'ils ont
écrit tant de volumes, entassé tant de raisonnemens, construit tant de syllogismes captieux et de
sorties perfides, pour arriver à la doctrine en
vertu de laquelle on peut, *licitè et meritoriè,* juger,
condamner et même assassiner les rois. C'est par
cette terreur et par la crainte du diable qu'ils espéraient asservir l'esprit des princes faibles et crédules, comme c'est par une indulgence intéressée
pour les vices et les crimes qu'ils se font tant de
prosélytes et tant de séides dans les classes les plus
corrompues de la population. Et cependant, on a
eu l'impudence de m'écrire que Suarès avait posé
des conséquences et des maximes toutes contraires
à celles que je rapporte. Mais à quel esprit stupide
et grossier persuadera-t-on que la première cour
de justice d'un royaume aurait condamné au feu
le livre dans lequel l'auteur aurait commandé le
respect pour les droits et pour la personne du monarque?

Le faux Bonarscius ne m'occupera pas long-
temps. Ses expressions sont si basses, ses images
si dégoûtantes, qu'il faut être aguerri pour soutenir
avec lui une lecture d'un quart-d'heure. Je ne le
fais paraître ici que pour affirmer que le passage
exécrable dont j'ai donné la traduction le 31 jan-

vier, se trouve dans le livre Ier, chap. XII, pages 100 et 101 de l'*Amphithéâtre d'honneur.* J'affirme que les noms de charretier, d'anthropophage et de bête féroce y sont donnés à notre bon Henri, au seul roi dont le pauvre ait gardé la mémoire. J'affirme enfin que ce Bonarscius, ou plutôt Charles Scribani, mérite de figurer avec ces bons jésuites que l'on nous présente aujourd'hui comme les plus fidèles sujets et les plus fermes soutiens du trône. Ce n'est point par une tortueuse dialectique, comme l'a fait Suarès, mais par l'invective et la fureur, qu'il prêche le régicide. C'est après un déluge d'injures atroces contre notre Henri IV, qu'il s'écrie : *Et nullus in hanc belluam miles erit?* Dans son délire, il en fait tantôt un Tarquin, tantôt un Arius, tantôt un Mahomet, tantôt une bête. Dans les questions étrangères au régicide il est aussi dégoûtant qu'il est odieux, quand il lève la hache sur la tête de nos rois. Voici un échantillon de la prose qu'il adresse à l'un de ses adversaires; il se trouve au livre IV, chap. VIII, page 385; je le donne sans traduction : « *Perge, Burdi, non degener caninœ stirpis, hirrire, adlatrare, mordere, missilia spargere Cloacinœ manibus macerata.* »

Ce volume in-4°, édition de 1606, renferme des milliers de vers. En voici quelques-uns :

Indè sedet tibi brennus in ore in pectore brennus,
Indè asini stercus, stercus cacodœmonis indè est,
Stercoris aggeries, dilutum stercore cœnum,
Stercoreus cento, vel si quid pejus oleret,

Et matulæ, et sellæ labes ipsissima nasorum ;
Hæc ova, hæ, sunt lactucæ, hæc sunt embammata cœnis
Digna, molosse, tuis......, etc.

Quand on a lu Bonarscius, Garasse paraît un jésuite de bon ton. Car *sot à double semelle* et *sot
en cramoisi* sont des expressions joviales, en comparaison du *stercus*, du *cœnum* et des *matulæ* du
R. P. Scribani. Il faut avouer que voilà d'excellens instructeurs pour la jeunesse. Entre leurs
mains, un écolier possédera bientôt tout le vocabulaire de Cloacine. Mon noble adversaire pourra
désormais puiser à cette source ; j'espère qu'il ne
s'offensera pas de mon conseil : je l'envoie chez
ses amis.

Passons au *Tyrannicidium* de Jacques Keller,
auteur des *Mysteria politica*, livre condamné par
la Sorbonne, et brûlé par sentence du Châtelet.
Si le *Tyrannicidium* n'a pas eu le même sort,
c'est une nouvelle preuve du *habent sua fata li-
belli*, car il y a de l'injustice à lui refuser cet honneur. Le titre seul promet assez, et le livre ne
dément point cette unité de doctrine si justement
attribuée aux jésuites, et si pauvrement contestée.

Keller n'est point diffus comme Suarès ; il n'est
pas grossier comme Bonarscius, mais il est plus
retors et plus dangereux en ce qu'il pince sans rire
et sans se fâcher. Son livre du Tyrannicide a été
approuvé par les théologiens de la société, par le
provincial Théodore Busée, à Ingolstadt, et im-

primé à Munich, en 1611. C'est un in-4° de 152
pages seulement, divisé non point par chapitres,
mais par questions qui se trouvent réunies au
nombre de neuf, aux pages 10 et 11, et qui sont
ensuite examinées successivement par l'auteur. La
question 2 est la plus remarquable ; en voici le titre
*in extenso : Quid catholicorum theologi de tyran-
norum cœde senserint; et num docuerint homini
privato licere necem moliri? Atque hìc tàm jesui-
tarum quàm aliorum hâc de re sententiœ eam ob
causam examinantur, ut orbi pateat universo,
jesuitas novi nil docuisse, nihil typis vulgasse, imò
in mitiorem semper hujus controversiœ sententiam
ivisse.* » L'ouvrage entier paraît avoir été composé
pour disculper les jésuites d'avoir favorisé le régicide, et le résumé du long titre que je viens de
transcrire est que « les jésuites n'ont rien enseigné,
rien imprimé de nouveau sur le tyrannicide, et
qu'ils ont au contraire toujours suivi l'opinion la
plus modérée dans cette discussion. »

Quoi ! tant de jésuites auront écrit tant d'ouvrages pour ne rien dire de nouveau, et pour répéter modestement ce qu'on avait dit avant eux !
Allons ! efforçons-nous de le croire ; mais aujour-
d'hui qu'on est si ingénieusement sévère dans
l'examen des ouvrages, aujourd'hui que la *tendance*
interroge notre intention lors même qu'elle n'a
point été exprimée, comment recevrait-on l'auteur
qui croirait faire son apologie en disant : « Je n'ai
rien pensé, rien écrit que ce qu'ont écrit et pensé

avant moi les Spinosa, les Hobbes, les d'Holbach, les Diderot, etc... » Cette justification serait peut-être admise à l'égard d'un jésuite, mais quel sort serait réservé à tout autre ? c'est cependant ainsi que les *documens* prétendent disculper les jésuites : *ces bons pères n'ont fait que répéter ce qu'on disait partout.* Et je suis certain que telle puissance à robe courte trouve cette apologie excellente, tandis qu'elle m'inscrit sur son *nigrum*, parce que j'ose m'élever contre les tueurs de rois et les corrupteurs des peuples.

Mais voyons si le souabe Keller a suivi lui-même l'opinion la plus modérée dans cette discussion.

A l'exemple de ses confrères, il distingue le tyran, prince légitime, du tyran usurpateur, centième preuve de l'unité de doctrine et de la solidarité de la société pour toutes les publications qu'elle permet, qu'elle approuve, qu'elle loue. Keller demande ensuite *ce que c'est qu'un tyran*, et il fait observer, page 20, quest. 2, que cette mauvaise qualité peut s'attribuer à un roi, à un comte, à un baron, et même à toi, dit-il à son adversaire, dans ta hutte, *in tuo mapali*. Puis il fait ce raisonnement : « *Quod cùm ità sit, eodem jure potuisses pro rege sutorem nominare, atque ejusmodi thesin ponere : an privato licitum sit sutorem occidere ; aut bubulcum qualis ante regnum fuit magnus Tamerlan ;* cela étant, vous auriez pu tout aussi bien substituer un cordonnier au roi, et poser ainsi votre thèse : Est-il permis à un particulier

de tuer un cordonnier ou un bouvier, tel que fût
le grand Tamerlan avant son avènement au trône?»
On voit par là qu'il refuse à un particulier le droit
de tuer un roi, mais il le refuse par cette seule
considération qu'il n'est pas permis de tuer même
un cordonnier.

Il semble cependant se reprocher son équité,
car il cite un grand nombre de jésuites, tels que
Grégoire de Valence, Lessius, etc........., qui ont
regardé le meurtre comme très-permis. Parmi
toutes les autorités qu'il allègue, l'opinion de Caïetan est la plus originale. Je crois que ce Caïetan
n'est point jésuite, mais il mérite de l'être, comme
on va voir. Il semble dire aux révérends pères :
« Vous êtes bien fous de tant disputer pour savoir
si le droit de tuer un méchant prince appartient à
tout homme privé ou seulement à la république :
Observandum est tyrannum peremptum non cen-
seri privatâ manu cecidisse, sed publicâ; nam
publicus minister est qui pro publico ingens hoc
factum patrat. Observez bien qu'un tyran tué n'est
point censé avoir été frappé par une main privée,
mais par la main publique ; car on doit regarder
comme ministre public celui qui, pour le bien public, fait un si bel exploit, *ingens factum patrat.* »

Malgré cet admirable raisonnement, l'honnête
Keller doute encore qu'un pareil meurtre soit permis à un particulier, mais il ne lâche pas sa proie,
et il prend un long détour, comme Suarès l'a fait
pour battre en brèche le décret d'un concile. J'ar-

rive ici au passage que j'ai cité dans ma lettre du 31 janvier, passage qui a tant ému la bile de M. l'éditeur, précisément parce qu'il était traduit avec une fidélité parfaite. Je n'en donnerai aujourd'hui que la substance ; on pourra lire le texte à la page 31.

Si l'on ne peut tuer le tyran, demande Keller, quelle sera la consolation de la patrie, quel sera le remède à tant de maux ? Le voici : Si le tyran a un supérieur, c'est à ce supérieur qu'il faut demander justice ; si le tyran n'a rien au-dessus de lui, les thomistes conseillent de prononcer sa déposition. Mais vous allez encore me demander si le tyran déposé peut être mis à mort, et je vous répondrai qu'alors sa condition est celle de tout autre coupable : *eum ejusdem esse sortis cujus sunt rei cœteri.*

J'avais terminé là ma citation ; mais, puisqu'on m'a chicané, j'y vais ajouter quelque chose. « Ne croyez pas cependant, dit Keller, qu'après une telle sentence, il soit permis à tout homme de tuer le tyran : cet office n'appartient qu'à celui qui a mandat ou pouvoir de la république : *Neque tamen, etiam dictâ sententiâ, quivis manus inferre potest, sed is duntaxat cui vel mandatum à* COMITIO, *vel potestas datur.* » Voyez-vous ce *comitium*, cette autorité publique, jugeant et faisant exécuter le tyran. Toujours même doctrine.

J'avais fait des citations courtes ; on m'a grondé ; j'en donne aujourd'hui plus que M. l'éditeur n'en

demande ; et , puisque je ne suis qu'un pauvre auteur d'opéras comiques , je finis en chantant avec
Colombine :

> Qui veut tout voir
> Et tout savoir
> Trouve souvent plus qu'il ne pense.

La question que je traite est immense, elle est
vitale ; je veux dire que de sa solution dépend le
destin heureux ou malheureux de notre vie politique. Les armées étrangères dont la présence au
milieu de la capitale humiliait votre orgueil, et
vous donnait une sévère leçon sur l'instabilité des
prospérités humaines, ces Autrichiens, ces Prus-
siens , ces Russes, ces Anglais surtout, anciens rivaux dont l'aspect blessait plus sensiblement votre
fierté nationale , ne sont point venus pour vous
imposer des lois, pour corrompre votre morale
ou votre religion ; ils n'ont pas eu la prétention
de vous livrer à un souverain étranger ; ils ne se
sont point emparés de vos enfans pour dénaturer
leur caractère, et pour en faire les délateurs de
leurs propres familles ; si leurs yeux lascifs ont
convoité vos filles et vos femmes, ils ne les ont
pas autorisées à voler, à trahir leurs pères ou leurs
époux ; les baïonnettes étrangères n'ont point été
pour vous les fourches caudines ; du milieu de leurs
faisceaux est sorti cet acte de paix et de liberté présenté par un roi de votre nation ; acte qui, à notre
honte , n'a trouvé des ennemis que parmi nous.

Vous avez murmuré cependant! et aujourd'hui, sans vous émouvoir, sans vous alarmer, vous voyez d'ignobles ennemis qui triomphent sans combat, qui ont envahi vos villes sans avoir osé s'y montrer à découvert, ni articuler leurs noms; qui vous apportent le despotisme sans gloire; qui viennent couvrir votre renommée d'un voile monacal; qui corrompent la morale pour se faire autant de souteneurs qu'il y a d'hommes vicieux; qui se vantent hautement de transporter les lois du Tibre sur les bords de la Seine; qui transforment vos femmes et vos enfans en espions de toutes vos démarches; qui enrôlent des régimens parmi lesquels vous devez compter vos domestiques, et les tiennent en réserve pour le moment où sonnera l'heure de votre servitude; qui prêchent le régicide pour s'offrir ensuite comme protecteurs des rois obéissans; qui, à l'exemple de l'ancienne Venise, vous permettraient les jouissances de tous les vices pour compensation à la perte de votre honneur et de votre liberté. On offre de vous fournir les preuves de cette conspiration toujours imminente, dans la doctrine uniforme et immuable de vos ennemis, et vous écoutez ces avis avec distraction, vous souriez comme si l'on vous parlait de farfadets et de revenans; et vous ne daignerez y réfléchir que quand on viendra vous demander des billets de confession, et quand le gouffre du déficit, vrai patrimoine de la horde, menacera d'engloutir votre fortune.

Malgré les offres que j'ai faites de montrer les preuves originales et irréfragables, il est resté quelques doutes dans l'esprit des personnes mêmes qui n'avaient pas pris d'avance le parti de se refuser à toute conviction. Je ne m'en étonne point : on conçoit difficilement un aussi vaste plan de corruption, et tant de préceptes infâmes, produits au grand jour par un aussi grand nombre d'hommes qui se disent religieux : ceux même qui ont ces livres dans leur bibliothèque n'ont peut-être pas quitté leur fauteuil pour chercher les infamies que j'ai signalées dans les 888 colonnes in-folio de Suarès, ou dans les 3804 colonnes, de même format, de Sanchez, son digne compatriote. J'ai tout fait cependant pour abréger les recherches ; je montrerai les livres, les pages, les lignes, et les incrédules paresseux n'auront que la peine de lire et de comparer. Je n'ai point fixé de terme à l'accomplissement de ma promesse : on peut tous les jours me la rappeler, et j'attends avec impatience cette épreuve qui, selon les vils échos de Mont-Rouge, devait me couvrir de confusion. Que puis-je faire de plus ? On m'attaque, je me présente, et mon fantôme hargneux s'évanouit dans l'ombre. Faut-il qu'à l'exemple de Laocoon, je lance une javeline contre le cheval de bois ? Faut-il que j'aille crier au milieu de la congrégation, au risque d'être mordu par les serpens de la barrière d'Enfer ?

Non : je poursuivrai ma tâche ; et, puisqu'il faut faire entrer le coin par le gros bout, je frapperai si

27.

juste et si long-temps, qu'il pénétrera dans les crânes les plus durs et les plus insensibles.

Le régicide excusé, conseillé, enseigné par des moines que l'on veut faire passer pour les plus fermes soutiens des trônes, est le point sur lequel j'ai d'abord inspiré le moins de confiance. On voulait bien convenir du crime individuel de quelques misérables jésuites; mais qu'un ordre religieux tout entier, qui se dit la Société de Jésus, constamment protégé et enrichi par nos monarques, ait publié, approuvé, loué une pareille doctrine, c'était une supposition qui paraissait blesser le sens commun. Cette vérité, cependant, deviendra si évidente, que pour la méconnaître il n'y aura plus d'excuse que cet esprit de vertige et d'erreur dont parle Racine dans Athalie.

Je n'ai d'abord cité que quatorze coupables, quoique j'en connusse un bien plus grand nombre. Mais il ne suffit pas d'être convaincu soi-même, il faut encore être sûr de convaincre les autres, et je ne pouvais alors fournir des preuves que pour le nombre que je viens de désigner. Depuis ce temps, les spectres de la cohorte assassine se sont impudemment offerts à mes yeux, tenant en main leurs livres tout dégoûtans du sang royal, et revêtus du privilége du roi. On saura quel est leur nombre : il fera peur; et, contrairement à la croyance commune, d'indignes Français fraterniseront pour le crime avec les Espagnols, les Flamands et les Italiens. Je révélerai leurs titres

de gloire, et je les ferai tous défiler sous les yeux
du lecteur, jusqu'à ce que le seul nom de jésuite
excite des nausées.

J'espère que tous mes lecteurs auront fait une
remarque bien essentielle dans cette discussion :
c'est que je n'ai appelé à mon secours aucun des
philosophes du siècle dernier, aucun écrivain soup-
çonné d'irréligion, aucun ennemi des jésuites; je
n'ai pas cité les paroles des magistrats qui ont condamné la société; je n'ai pas emprunté les phrases
des Chauvelin, des La Chalotais, des Montclar,
des Cambon-la-Bastide, des Vatimont et autres
commissaires nommés par les divers parlemens.
Les jésuites avaient dit : « Si vous voulez connaître
notre doctrine, lisez nos ouvrages. » J'ai obéi religieusement au commandement de ces bons pères;
je les ai lus et je les lis encore tous les jours. Jusqu'ici je les ai fait comparaître l'un après l'autre :
ayant acquis, depuis qu'ils sont morts, la bonne
foi qui leur a manqué pendant toute leur vie, ils
sont venus déposer en ma faveur, et prouver que
je les avais lus, compris, expliqués avec une attention et une exactitude parfaites. Maintenant je
vais faire encore mieux : ce ne sont plus dix ou
douze jésuites, mais plus de mille à la fois qui
vont attester ma véracité, et accuser d'imposture
tous mes adversaires. J'ai évoqué les ombres de
tous les jésuites qui existaient en France à l'é-
poque de leur dernier procès, et cette noire phalange m'a fourni un *document* qui ne sort pas de

la boutique où l'on vend les fioles de Catholicon.
Il est assez curieux pour me donner le droit de ré-
clamer toute l'attention du lecteur.

En 1762, les jésuites qui exploitaient la France,
et qui jusque alors avaient été si fiers de leur pouvoir, virent se former un orage qui les menaçait
d'une destruction prochaine ; la peur produisit un
tel effet sur leur caractère d'airain, que leur orgueil s'humilia, leur morgue s'assouplit, et les
cornes de leur bonnet en furent raccourcies de
moitié. Dans cette crise, ils ne demandaient plus
de lettres de cachet contre les jansénistes ; ils n'auraient pas détruit Port-Royal, ils n'auraient conseillé ni la révocation de l'édit de Nantes, ni les
conversions acerbes des Cévennes. Dans ce danger
commun, réunis d'esprit et d'âme, ils composè-
rent leur apologie qui, pour la première fois, fit
remarquer de la modestie, de la clarté et de la
modération dans un ouvrage de jésuite.

Cette apologie est un Mémoire de 424 pages
in-8°, dont voici le titre : « *Mémoire concernant
l'institut, la doctrine et l'établissement des Jésuites en France.* A Rennes, chez Nicolas-Paul
Vatar ; 1762. » L'exemplaire que j'ai sous les yeux
s'annonce comme une « nouvelle édition, plus
ample, plus fidèle et plus correcte. » On voit par
là que l'ouvrage eut du succès, et cela devait être ;
des jésuites humbles étaient une rareté, et ils auraient fait fortune s'ils s'étaient montrés à la foire
Saint-Germain. Ce Mémoire fut présenté au roi,

aux ministres, aux évêques et à plusieurs membres des parlemens de France ; je dis *à plusieurs*, car il ne le fut pas à tous. Il est divisé en trois parties, dont deux, quoique curieuses à lire, sont étrangères à mon sujet. Je ne m'arrêterai qu'à la doctrine, c'est l'arsenal où j'ai pris mes meilleures armes ; j'y ai trouvé une Durandal, une Fresberte, une Balisarde et même un Courtin.

Si un millier de jésuites viennent en corps avouer et condamner les maximes fausses, pernicieuses, scandaleuses et détestables de leurs chers confrères ; s'ils portent cet aveu au pied du trône et devant les parlemens, que direz-vous, messieurs à robe courte? Si, parmi les coupables, ils nomment ceux que j'ai accusés moi-même, et que vous avez voulu défendre, direz-vous encore que j'ai calomnié la vertu, l'innocence et la piété? Voyons donc par quelles circonlocutions ces honnêtes gens arrivent péniblement à une confession arrachée par la peur.

Les pages de 273 à 296 sont employées, 1° à prouver que long-temps avant l'institution des jésuistes, des maximes hardies et répréhensibles avaient été publiées dans un grand nombre d'écrits; 2° à décrire les troubles, les révoltes, les désordres qui ont agité la France pendant le seizième siècle. Après ces précautions oratoires, les jésuites disent, page 296 : « Telles furent les malheureuses circonstances qui engagèrent tant de casuistes italiens, allemands, espagnols et flamands, à débiter ces pernicieuses maximes sur les droits des souverains, qu'ils savaient avoir été soutenues avant eux. » *Pernicieuses!* Qu'il en a coûté pour articuler ce mot! Voyons la page 297 : « La plupart des casuistes de la société ont vécu dans ces temps de trouble et de confusion. » *La plupart!* Ils étaient donc plusieurs. « Est-il étonnant qu'ils se soient laissés entraîner comme tant d'autres par le torrent des opinions qu'ils voyaient accréditées et appuyées par le concours d'un si grand nombre de suffrages?» Que cela soit étonnant ou non, ils l'ont fait, et l'on a eu l'impudence de me soutenir le contraire. Lisons à la page 298 : « Au reste, les circonstances dont on vient de parler ne justifient pas sans doute les casuistes qui ont avancé sur ce sujet des propositions fausses et insoutenables. » *Ne justifient pas* : oh! je le crois, car un voleur n'échapperait pas à la Cour d'assises en disant qu'on a volé dans tous les temps et chez tous les peuples. On lui répondrait : « Cela est vrai; mais dans tous les temps les voleurs ont été pendables. » Si on leur objecte que leur général a gardé le silence sur ces livres condamnables, voici comment les révérends pères rétorquent cet argument, page 323 : « Quand on voit que les livres d'Emmanuel Sa, de Martin Delrio, de Robert Person, d'Aquapontanus, de Louis Molina, d'Alphonse Salmeron, de Grégoire Valentia, de Charles Scribani, de Jean Azor, de Jacques Gretzer, de Jacques Keller, de Léonard Lessius, de François

Tolet, d'Adam Tauner, d'Antoine Escobar, de
Jacques Tirin, n'ont été condamnés en France
pour la première fois qu'en 1761, quoique les
livres de ces auteurs soient imprimés depuis plus
d'un siècle. » Avez-vous vu reparaître ici les jésuites sur lesquels on prétend que j'ai menti? Mais
suivons : « Il est vrai que, dès l'an 1614, M. Ser-
vin, avocat-général, avait dénoncé au parlement
de Paris les livres de Bellarmin, Bécan, Bonarscius, Richeaume, Vasquez... » J'abrège la kyrielle.
« Mais la condamnation ne porta que sur le livre
de Suarès, et les autres ne furent pas même désignés ; ce qui prouve bien clairement que l'on peut
garder le silence sur le livre d'un auteur même
dénoncé, sans que ce silence puisse être regardé
comme une approbation même tacite de sa doctrine. » Savourons un peu cette période jésuitique.
Elle veut insinuer que le général et les provinciaux
sans doute désapprouvaient *in petto* les ouvrages
de tous ces jésuites, quoiqu'ils gardassent le silence sur les dénonciations qui en étaient faites.
Mais qu'importe votre désapprobation secrète, si
vous laissez imprimer, publier et réimprimer ces
livres jusqu'à cinq ou six éditions? et comment
supposer la désapprobation secrète, quand on voit
que tous ces livres portent l'approbation patente
du général, des provinciaux et des théologiens de
la société ?

Suivons cependant une confession qui me justifie et donne un si beau démenti à mes nobles

adversaires. Aux pages 336 et suivantes, dans des
paragraphes trop longs pour être transcrits, mes
jésuites *repentans*, affirment qu'ils ont souscrit,
en tout et partout (ce sont eux qui soulignent),
à la censure faite du livre intitulé : *Admonitio ad
Regem*, mais ils n'en nomment pas l'auteur, qui
est Eudémon Jean, l'une de mes connaissances,
mais non pas un de mes amis. Ils déclarent ensuite
qu'ils improuvent, rejettent et condamnent le livre
de Santarel, contenant « quantité de choses scandaleuses, séditieuses, qui tendent au renverse-
ment des États, à retirer les sujets de l'obéissance
due aux rois, aux princes et aux souverains; qui
troublent leurs États, et qui mettent même leurs
personnes en grand danger et péril. » Cette dernière phrase est copiée textuellement. Ils citent
ensuite le désaveu qu'ils ont fait du livre du père
Jouvency, et enfin ils s'écrient « qu'ils n'ont jamais professé, ni adopté, ni ne professeront, ni
n'adopteront des maximes aussi fausses et aussi
détestables que celles qui se trouvent répandues
dans le livre de Busembaum et le commentaire de
la Croix. » Certes, je n'en ai pas dit si long quand
j'ai été traité de calomniateur. Quant à ce bon
Suarès, que j'ai si injustement accusé, voici son
arrêt prononcé par ses confrères, à la page 345 :
« Malgré les modifications qu'il avait imaginées
pour s'éloigner du système de Mariana, son livre
(*Défense de la Foi*) subit en France *la flétrissure
qu'il méritait*. » Cela est court, mais cela est bon.

Voilà donc la déclaration de tous les jésuites exis-
tans en France, en 1762; et encore quelle bévue
ai-je faite? J'ai dit qu'ils étaient un millier, et dans
leur Mémoire apologétique, ils se disent *trois mille*.
Je ne croyais pas avoir tant d'auxiliaires; et que
diront mes adversaires, quand ces trois mille revenans apparaîtront dans une nuit d'orage, et leur
reprocheront d'avoir si mal défendu leur cause en
niant ce qu'ils avaient avoué? Celui qui m'accu-
sait de n'avoir pas lu, a-t-il mieux lu que moi?

Il résulte de cette déclaration que les jésuites de
1762 rejetèrent tout l'odieux de leur doctrine sur
les jésuites du seizième siècle; cela est tout simple :
les morts doivent avoir tort. Mais, après avoir fait
ce dur sacrifice à la peur, ils affirment que, depuis
ces temps de trouble et de désordre, aucun jésuite
ne s'est rendu coupable; que tous leurs écrits sont
irréprochables, comme leur doctrine; qu'ils ont
été les plus fidèles sujets du roi, les religieux les
plus soumis aux évêques, et qu'ils n'ont jamais
donné aucun sujet de plainte aux autorités religieuses ou civiles. Aujourd'hui, des brochures
qui traversent les rues de Paris sous un modeste
incognito, répètent ces assertions; et des hommes
qui ne doutent de rien, parce qu'ils n'examinent
rien, vous disent avec assurance que, passé le
temps déplorable de la ligue, les jésuites ont été
des anges de paix, et ont formé une sainte société.

Jamais plus impudent mensonge n'a été articulé.
Les raisonnemens tenant trop de place, je vais

me borner aux faits dont j'ai les preuves sous la
main. D'abord, outre les jésuites qui ont été accusés
et qui ont vécu dans le dix-septième et même dans le
dix-huitième siècle, les bons pères ont fait réimprimer
des ouvrages coupables, dans le temps même où
l'on prétend qu'ils étaient devenus si sages et si
vertueux. On n'en doutera plus quand j'offrirai
de prouver que les livres dont j'ai parlé, et ceux
dont je dois parler encore, portent tous, à l'exception d'un seul, des dates du dix-septième siècle; non
que leurs auteurs aient tous vécu dans cette période de temps, mais parce que les révérends
pères en firent de nouvelles éditions, nouvellement
approuvées par des provinciaux et des théologiens
qui étaient alors, dit-on, de sincères amis de l'ordre,
et les plus fidèles sujets du roi. Ayrault, au collége de
Clermont, en 1644; Bauny, dans sa *Somme des péchés*, en 1653; Longuet, au collége d'Amiens, en
1655; Lessau, au même collége d'Amiens, en 1656;
Charly, au collége de Rodez, en 1722; Lemoyne, au
collége d'Auxerre, en 1726, dictèrent des propositions qui furent sévèrement censurées par les évêques, et qui excitèrent l'indignation de presque tous
les curés de France; et en 1757, Montauzan fit
réimprimer, avec commentaire, la théologie morale
de Busembaum que, comme on l'a vu plus haut, les
jésuites, même en 1762, ont déclarée *détestable*.

Une nouvelle série de faits va démontrer l'heureuse métamorphose qui s'était opérée dans les
jésuites quand les fureurs de la ligue n'ont plus

altéré leur candeur naturelle. En 1655, plaintes des curés de France contre la morale des jésuites ; en 1656, *avis* donné par les curés de Paris et par la voie de l'impression, à tous les curés de France, sur la doctrine pernicieuse des jésuites. Cet avis est signé *Roosse*, curé de Saint-Roch, et *Dupoys*, curé des Saints-Innocens.

L'année suivante, requête contre les jésuites, signée par trente-un curés de Paris ; autre requête signée par vingt-six curés de Rouen, et cinq autres écrits sur le même sujet, publiés et signés par les curés de Paris ; factum de huit curés d'Amiens, lettre signée des treize curés de Sens ; puis requête de dix curés de la ville et banlieue de Lisieux ; dans cette année et dans les trois suivantes, censures prononcées contre ces nouveaux casuistes, par les archevêques, les évêques, la Sorbonne et les grands-vicaires. Puis trois autres factums des curés de Paris contre les enfans de Loyola. On voit combien les révérends pères sont propres à maintenir la paix et l'union dans le clergé, et c'est sans doute pour cela que des évêques les appellent à leur aide, et se déclarent dans l'impuissance d'envoyer nos âmes au ciel sans le secours des jésuites.

Cet amour de plusieurs évêques pour les intrus de Mont-Rouge provient certainement du respect que les jésuites ont toujours eu pour les évêques, et de la docilité avec laquelle ils se conformaient à leurs instructions pastorales. Nous allons voir quelle a été leur obéissance.

En 1620, ils ont eu querelle ouverte avec M. de la Roche-Posay, évêque de Poitiers; en 1622, avec M. de la Rochefoucauld, évêque d'Angoulême; en 1626, avec M. le Prêtre, évêque de Cornouailles; en 1634, avec l'évêque de Gap, qui fut obligé d'invoquer l'autorité du parlement de Grenoble contre l'insolence des jésuites; en 1643, avec l'archevêque de Paris, auquel le P. Nouet fut condamné à demander pardon à genoux; en 1644, avec M. de Caumartin, évêque d'Amiens; en 1649, avec M. de Gondrin, archevêque de Sens; en 1659, avec M. de Lévi de Vantadour, archevêque de Bourges; la même année, avec M. Arnault, évêque d'Angers; en 1667, avec M. de Caulet, évêque de Pamiers; en 1669, avec M. Joly, évêque d'Agen; en 1697, avec M. Le Tellier, archevêque de Reims; en 1716, avec M. le cardinal de Noailles, archevêque de Paris; en 1728, avec M. de Caylus, évêque d'Auxerre. Dans le reste du dix-huitième siècle, leurs débats ne furent ni moins vifs, ni moins scandaleux avec M. Colbert, archevêque de Rouen; avec M. de Lorraine, évêque de Bayeux; M. de Thourouvre, évêque de Rodez; M. de Rastignac, archevêque de Tours; M. de Vertamont, évêque de Luçon, et M. de Bossuet, évêque de Troyes, qui eut recours au parlement de Paris pour réprimer la rébellion de ces moines, et venger la mémoire du grand Bossuet, son oncle, qu'ils avaient indignement calomnié.

Hâtez-vous donc, messieurs les curés de Paris; accueillez avec empressement ces bons missionnaires qui édifient vos paroissiens en leur faisant chanter les louanges de Jésus-Christ et de la Vierge sur l'air de *la Marchande de goujons;* cédez votre presbytère à ces hommes si religieux, si vous les trouvez plus dignes que vous d'enseigner nos saints mystères, et humiliez-vous bien vite devant ces saints de contrebande, contre lesquels vos prédécesseurs ont écrit neuf *factums* tout remplis de dures vérités.

Hâtez-vous surtout, messeigneurs, qui vous croyez inhabiles ou insuffisans pour gouverner vos diocèses; faites supposer que vous n'avez pas assez de foi, puisque vous appelez les Pères de la Foi à votre secours; vantez bien leurs vertus et surtout leur doctrine; forcez la France à leur restituer le sceptre de l'enseignement religieux, et rendez-les assez puissans pour qu'ils puissent bientôt se moquer de vous, comme ils l'ont fait de vos prédécesseurs !

NOTE DE L'ÉDITEUR. — Cet article est le dernier que M. Hoffman ait écrit; il n'a même paru que plusieurs jours après sa mort. Nous l'avons inséré ici pour ne pas intervertir l'ordre des matières. En le publiant, le rédacteur en chef du *Journal des Débats* crut devoir le faire précéder de la note suivante :

« L'article qu'on va lire renouvellera dans l'âme

de nos lecteurs, comme il réveille dans la nôtre,
le souvenir de la perte récente d'un de nos plus
savans et plus ingénieux collaborateurs. Plusieurs
jours avant sa mort, M. Hoffman nous avait trans-
mis ce dernier monument de son opposition au
rétablissement d'un ordre qu'il avait toujours considéré comme le fléau du trône et de la patrie. On
y retrouvera cette force de dialectique qu'il savait
assaisonner, avec tant de goût, du sel de la plaisanterie, et embellir des charmes d'un style clair,
élégant, naturel. C'est le dernier écrit d'un homme
qui portait jusqu'à l'abnégation de ses plus chers
intérêts le besoin de l'indépendance personnelle. »

LITTÉRATURE ANCIENNE.

IDYLLES DE THÉOCRITE,

TRADUITES EN FRANÇAIS;

Par J.-B. GAIL, professeur de littérature grecque au Collége de France.

COMME cet article sera presque entièrement consacré à l'examen de deux questions littéraires qui
ont occupé les hommes les plus habiles, je prévois
qu'il ne me sera guère possible d'y parler des
idylles de Théocrite en particulier. Je crois donc
devoir dire, avant d'entrer en discussion, que cette
traduction est le fruit d'un immense travail, qu'elle
se fait remarquer par son élégance et sa concision,
mérite rare quand il s'agit de traduire du latin ou
du grec, et qu'elle est très-propre à détruire la
prévention défavorable que les gens du monde ont
conçue contre les poésies de Théocrite. Les lecteurs
les moins familiarisés avec les auteurs anciens,
trouveront dans cette traduction de M. Gail assez
de charme et d'intérêt pour être convaincus de

l'injustice des beaux-esprits, qui nous ont présenté le poète sicilien comme un chantre sauvage et grossier qui ne quitte jamais les rustiques pipeaux ; et les lecteurs les plus instruits y admireront l'érudition du traducteur, la justesse de sa critique, l'importance et l'étendue de ses recherches.

Dans cette édition, remarquable par la beauté des caractères et par sa correction, on trouve le texte grec en regard avec la traduction française, et, au-dessus, la version latine aussi littérale qu'il est possible de la désirer.

Le troisième volume est entièrement rempli d'observations critiques sur les idylles de Théocrite. M. Gail y donne une notice de toutes les éditions, et de toutes les traductions complètes ou particlles que l'on a faites de ce poète ; il y éclaircit les passages obscurs, il y discute le sentiment de tous les savans qui se sont exercés sur cette matière ; il indique toutes les imitations anciennes ou modernes de ces idylles, et il termine par une traduction exacte des Bucoliques de Virgile, en comparant, dans des notes pleines de goût, tous les passages où le poète latin a imité ou presque traduit le poète grec.

A ces éloges que la vérité me dicte, je dois en ajouter un d'un genre bien différent : ces idylles sont ornées de fort jolies gravures. J'ai honte de citer ce futile ornement comme un mérite ; mais malheureusement, c'en est un aujourd'hui ; et M. Gail aura la douleur de voir que ces bagatelles sont une grande cause de publicité, et conséquemment un puissant véhicule au succès et à la réputation.

Je vais maintenant exposer les deux questions que M. Gail discute dans un discours préliminaire et dans une dissertation adressée à M de La Harpe : questions sur la première desquelles il revient dans son troisième volume.

Elle peut être exprimée dans ces termes : Théocrite est-il supérieur à Virgile ? M. Gail se décide pour l'affirmative. Si ce savant traducteur n'avait parlé que du talent poétique, de la vérité et de la force de l'expression, de la vivacité des couleurs, de la variété des tons, de l'harmonie des vers, de la justesse, de la beauté des images, je me garderais bien d'entrer dans cette dissertation qui serait fort au-dessus de mes connaissances ; mais il a fondé cette supériorité de Théocrite sur des preuves que la simple raison peut apprécier, et dès-lors je puis, comme tout le monde, examiner à quel point le commentateur s'est laissé entraîner par le charme de son poète favori. Ce n'est point le désir ridicule de mettre du mien dans cette discussion qui me la fait entreprendre, mais je crois pouvoir démontrer que la différence des opinions à cet égard n'a pour cause qu'un mal-entendu ; et que toute dissertation sur ce sujet n'est, à proprement parler, qu'une dispute de mots. Elle consiste en ce que les pastorales de Virgile sont intitulées *Bucoliques*, tandis que les poëmes de Théocrite sont nommés *Idylles*.

28.

Théocrite, dit M. Gail, *se renfermant dans son genre, n'a dépeint que des objets champêtres.* Cette proposition paraît d'abord fort inexacte ; car les idylles II, XIV, XV, XVI, XVII, XVIII et plusieurs autres, n'ont rien de champêtre, et les interlocuteurs n'y sont ni bouviers, ni bergers, ni chevriers.

Virgile, ajoute-t-il, *dès sa première églogue, afflige l'âme par l'idée de la misère et de la pauvreté.* Dans la XXIe idylle de Théocrite, je trouve des pêcheurs si pauvres qu'ils n'ont pas un seul vase pour apprêter leur nourriture, pas un chien pour les suivre, et qu'ils couchent misérablement sur des branches d'arbres, situation que M. Gail adoucit en traduisant ῥάμνα par *feuillage.*

Il reproche même à Virgile l'intention dans laquelle ce poète a écrit sa première et sa neuvième églogues, et l'on ne doit, dit-il, *en composant un ouvrage, avoir d'autre chose en vue que la perfection de l'ouvrage même.* Mais si Virgile a eu tort de flatter Auguste pour en obtenir la restitution de son patrimoine, que doit-on dire de Théocrite qui demande très-clairement de l'argent à Hiéron ? *Que faites-vous de cet or entassé dans vos coffres,* dit-il ? *Il faut donner aux poètes. Ce sont eux qui nous feront vivre dans la postérité ; sans eux vous serez confondu avec l'ignoble ouvrier qui a les mains calleuses.* Virgile ne satisfera pas davantage, continue M. Gail, *du moins comme poète bucolique, soit que dans la sixième églogue,*

*il décrive en vers sublimes le désordre du chaos
et le grand œuvre de la création, soit que la lyre
en main* (Egl. IV), *il célèbre la naissance d'un
illustre enfant avec qui renaîtra l'âge d'or.* Si cet
arrêt est juste Théocrite ne doit pas me satisfaire
quand il flatte Ptolémée dans une idylle de cent
quarante vers; quand, dans une autre, il reproche
à Hiéron son avarice, en lui présentant les muses
affamées qui pleurent sur des coffres vides.

‒Telles étaient les réflexions critiques que je faisais sur la dissertation de M. Gail, lorsqu'après
avoir lu ces trois volumes et être revenu sur le
premier, j'ai aperçu une distinction fine qui éclaircit
un peu la difficulté, et sur laquelle ce traducteur
motive sa préférence. Toute la critique consiste
en ce que le mot *bucolique* signifie très-exactement
un poème champêtre, tandis que le mot *idylle* n'a
aucun sens déterminé, et ne désigne pas spécialement un poème pastoral. Théocrite a donc pu
traiter des sujets même héroïques dans des idylles,
tandis que Virgile n'a pas dû parler d'Auguste, de
Pollion et de Gallus dans des bucoliques. Si j'ai
bien saisi le sens des définitions que donne M. Gail,
j'ai raison de dire que tout cela se réduit à une
dispute de mots, en ajoutant cependant que Théocrite a été purement pastoral dans celles de ses
idylles qui sont purement bucoliques, tandis que
Virgile s'écarte quelquefois du genre pastoral dans
celles de ses églogues où il n'introduit que des
bergers et des bouviers. Si M. Gail avait commencé

par établir clairement cette distinction, il aurait épargné beaucoup d'embarras à ses lecteurs, et à moi, en particulier, le chagrin de l'avoir contredit mal-à-propos. Mais je puis assurer que beaucoup d'autres y seront trompés comme moi; je crains même que, malgré cette explication, il ne trouve encore un grand nombre d'incrédules. Il faut donc conclure de tout ceci que si les dix églogues de Virgile portaient le nom d'idylles, M. Gail aurait beaucoup moins de reproches à leur faire; et si les grammairiens grecs qui ont recueilli les ouvrages de Théocrite, leur avaient donné le nom de *bucoliques*, au lieu de leur donner celui d'*idylles*, M. Gail dirigerait contre les poëmes de l'auteur grec une partie des reproches qu'il adresse au poète latin.

La seconde question a été souvent examinée. Il s'agit de savoir s'il faut traduire les poètes en vers ou en prose. Les uns ont dit : « Il faut traduire les » poètes en vers ; cette maxime n'est vraie qu'au- » tant qu'on suppose que le traducteur sera poète. » S'il n'est qu'un versificateur dépourvu de senti- » ment et de verve, il s'éloignera plus de la poésie » de l'original; il aura moins de chaleur, de mé- » lodie et d'esprit poétique dans ses rimes mono- » tones et forcées, qu'un bon écrivain dans sa prose » vive et libre. » Il résulte de cette décision que si nous avions un traducteur véritablement poète, la traduction en vers serait alors préférable, mais M. Gail paraît se décider pour la prose dans tous les cas, et c'est, je crois, outrer le principe :

« Fénélon, dit-il, est-il peintre moins heureux
» qu'Homère, lorsqu'il décrit ou les combats du
» fils d'Ulysse, ou les agrémens de cette grotte
» qui, avec une apparence de simplicité rustique,
» offrait tout ce qui peut charmer les yeux? » Je
n'hésite pas à répondre qu'il est un peintre moins
heureux qu'Homère, et que si à son rare talent il
avait joint celui de faire des vers comme Racine,
le Télémaque serait un ouvrage encore plus parfait. Comme je ne puis pas faire autorité par moi-
même, j'adopte de grand cœur l'opinion de M. de
Chateaubriand, lorsqu'il dit : « Je ne suis point
» un de ces barbares qui confondent la prose et les
» vers. Le poète, quoi qu'on dise, est toujours
» l'homme par excellence; et deux volumes entiers
» de prose descriptive ne valent pas cinquante
» beaux vers d'Homère, de Virgile ou de Racine.»
Ce jugement est d'autant plus remarquable qu'il
est plus désintéressé, et que l'auteur le prononce
en nous donnant un ouvrage en prose qui a la
forme et le mouvement d'un poëme.

M. Gail ajoute : « Les règles gênantes de la ver-
» sification, la monotonie d'hémistiches toujours
» semblables, l'imperfection même de notre langue,
» peuvent-elles promettre au traducteur poète
» d'autre mérite que celui de l'imitation? » Je répondrai : 1° *les règles gênantes de la versification*
sont précisément ce qui rend le poète admirable
quand il a su s'en affranchir heureusement; 2° si
la monotonie d'hémistiches toujours semblables

est un obstacle au traducteur, elle doit en être un
pour le poète même, et il faudrait conclure de là
que les Français ne doivent jamais écrire en grands
vers, car les hémistiches y sont toujours semblables;
3º l'imperfection de notre langue ne gêne guère
moins le prosateur que le poète, ce qui m'est démontré par les reproches que l'on fait tous les
jours aux nombreuses traductions en prose des
poètes anciens ou étrangers; 4º enfin si le poète
né peut espérer d'atteindre qu'à l'*imitation*, le
prosateur est très-souvent réduit à cette seule espérance, soit que notre langue manque d'expression
pour rendre le texte, soit qu'il faille choisir un
équivalent, soit qu'il faille adoucir une image trop
crue, une métaphore trop hardie, soit enfin que
l'on veuille familiariser avec nos yeux des objets
trop contraires à nos mœurs et à nos usages. La
traduction de M. Gail, tout exacte, tout élégante
qu'elle est, me fournit mille preuves de cette nécessité. Je n'en citerai qu'un petit nombre : je demande à ce savant helléniste s'il a rendu avec une
exactitude littérale le vers 18e de la première idylle,
s'il n'a rien ajouté au vers 135 de la même, ni au
vers 26 de la seconde; si l'antithèse qu'il attribue
au vers 18 de la troisième idylle est aussi marquée
dans le grec; s'il a pu rendre toute la force du
20e vers de la même idylle; s'il a trouvé dans le
texte des vers 8 et 10 de l'idylle V, les expressions
voilà ta ressource, et *tu assommes avec ton babil*,
qui sont des tournures purement françaises. Quand

M. Gail ne se sert pas d'équivalens, il dit avec le poète grec : *la jambe vient après le genou*, ou bien, *les Amours ont éternué pour le fils de Simichus* : phrases qui, tout exactes qu'elles sont, rendraient une traduction bien bizarre, si elles étaient plus multipliées. Il est donc évident que le prosateur même ne peut s'astreindre à une exactitude littérale ; et puisqu'il faut plus ou moins s'écarter du texte, pourquoi serait-il défendu de chercher des équivalens dans la poésie, au lieu de prendre des *à-peu-près* dans la prose ?

Les beaux esprits du siècle dernier ont beaucoup décrédité les idylles de Théocrite. Racine et Boileau les admiraient ; et le premier de ces poètes a heureusement imité plusieurs vers du chantre de Syracuse. Charles Perrault s'est moqué de tous les anciens, et a par là mérité qu'on se moquât de lui. Fontenelle a critiqué les pastorales de Théocrite ; et ses sophismes auraient été d'une conséquence fâcheuse pour la gloire du poète grec, si Fontenelle n'avait aussi composé des Pastorales qui n'ont servi qu'à prouver combien l'esprit et le talent même peuvent égarer un cœur froid, incapable de sentir les beautés de la nature. Dans le cours du dix-huitième siècle, des hommes d'un esprit plus subtil que juste, n'osant approuver Fontenelle, et connaissant trop peu Théocrite, ont cru concilier tous les partis, en disant que dans la poésie pastorale, il faudrait choisir un juste milieu entre les bergers de Théocrite et ceux de

Fontenelle, et s'éloigner de l'âpre rusticité des uns, comme de la ridicule afféterie des autres.

Les gens du monde qui ne lisent que sur parole, ont tout-à-fait négligé le poëte grec ; et quoiqu'on en ait fait un assez grand nombre de traductions complètes ou partielles, on peut dire qu'il y avait peu d'auteurs anciens moins connus que Théocrite. Il est donc fort utile de démontrer l'injustice de quelques critiques, de réparer les erreurs de quelques autres, et d'apprendre aux amateurs du beau et du vrai ce que la plupart d'entre eux paraissent ignorer.

La rusticité que l'on reproche au poëte sicilien n'existe réellement que dans quelques-unes de ses idylles ; et dans celles-là même, elle n'exclut ni la force ni l'élégance de l'expression, et n'empêche pas qu'on ne voie sans cesse briller les grâces naturelles que Théocrite possédait au suprême degré. Mais ce que les détracteurs de ce poëte auraient dû avouer, s'ils avaient été justes, c'est que sur trente idylles, dont plusieurs sont fort longues, il n'y en a pas douze qui soient de véritables bucoliques ; Servius même n'en compte que dix qui soient absolument pastorales.

La seconde est un chef-d'œuvre de poésie, de verbe et d'expression passionnée. Jamais l'amour n'a été peint avec plus d'énergie ; jamais ses fureurs n'ont eu plus de charmes ; jamais son délire n'a été plus touchant. Il ne resterait que ce monument de la littérature grecque, qu'il nous don-

nerait la plus haute idée de la langue dans laquelle
cet ouvrage est écrit, et du siècle où il a été composé.

L'idylle XVIIᵉ, écrite d'un style noble et élevé,
n'a rien qui rappelle les bouviers et les troupeaux;
la XVIIIᵉ serait une ode si elle était divisée en
strophes, et elle en a presque toujours l'élévation. Celle des Pêcheurs, que quelques critiques
rangent parmi les plus grossières, forme un apo-
logue charmant dont la morale est aussi juste
qu'utile. Que de gens aujourd'hui, semblables au
pêcheur de Théocrite, rêvent qu'ils ont pris un
poisson d'or, et oublient que le travail seul peut
leur procurer ce que leur avidité poursuit jusque
dans les songes! La XXIIᵉ ou les Dioscures, débute par le ton de l'ode, devient dramatique dans
un dialogue plein de vivacité, et finit par un récit
digne de la poésie épique. La XXIIIᵉ n'est point
grossière, mais fort scandaleuse; et son indécente
ingénuité est telle que M. Gail a bien de la peine à
la rendre présentable aux lecteurs tant soit peu
modestes. Au reste, le vice honteux que Théocrite
célèbre avec tant de complaisance dans cette idylle,
en déshonore beaucoup d'autres, et nous prouve
que le bon vieux temps n'a pas toujours été le
temps des bonnes mœurs. La XXIVᵉ et la XXVᵉ
sont consacrées à la gloire d'Hercule : dans la première, la description des serpens qui se glissent sur
le bouclier qui sert de berceau au jeune Alcide, et
les efforts du divin enfant pour étouffer ces mons-

tres; dans la seconde, la peinture des innombrables troupeaux d'Augias, et le récit du combat
dans lequel le fils d'Alcmène terrasse le lion de
Némée : tous ces tableaux sont d'une force, d'une
vérité, d'une expression admirables. La XXVIIe,
peut-être trop voluptueuse, est d'une grâce, d'une
naïveté et d'une fraîcheur qui se font sentir aux
lecteurs les plus insensibles, et que les écrivains
les plus habiles peuvent à peine imiter. Je pourrais citer beaucoup d'autres idylles où, loin d'être
grossier, Théocrite est un modèle d'élégance, de
grâce et de noblesse ; mais je suis retenu dans des
bornes étroites, et forcé de renvoyer le lecteur
à la traduction de M. Gail, pour y trouver les
preuves multipliées de l'excellence du poète grec.

Je ne puis cependant résister au désir de parler
de la XIVe idylle, intitulée, l'*Amour de Cinysca*;
elle est d'une naïveté si piquante, et il en résulte
un effet si comique, qu'on ne peut s'empêcher de
rire des lamentations du pauvre amant qui a été
trompé par sa maîtresse. On y trouve une expression proverbiale qui a passé jusqu'à nous, et qui
s'applique aux mêmes occasions. Mais de tous les
poëmes de Théocrite, celui qui étonnera le plus
les gens du monde, est, sans contredit, la XVe
idylle ou les Syracusaines. Dans ce petit ouvrage,
écrit il y a plus de deux mille ans, on voit avec
surprise un dialogue qui paraît avoir été composé
pour nous et pour notre siècle. Des dames d'A-
lexandrie veulent aller au palais de Ptolémée pour

y voir une fête ; les traits de satire contre les maris, le caquet de ces femmes sur les mystères de la toilette et les petits détails du ménage, la mauvaise humeur contre la servante, la négligence pour l'enfant qu'on laisse entre les mains de la bonne, l'empressement à se parer, à se montrer, la peinture des embarras de la ville et de la foule qui se porte où il y a foule, tout cela est d'une vérité si conforme à nos mœurs, que l'on croit lire une scène de Molière ou tout au moins une satire de Boileau.

J'ai déjà dit mon opinion sur la traduction de M. Gail ; l'estime du public et le succès de l'ouvrage ne feront, j'espère, que la confirmer. Je me contenterai d'ajouter ici que les gens du monde ne doivent point en redouter la lecture ; elle est si naturelle, si élégante et tellement appropriée au génie de notre langue, que les plus grands ennemis de l'antiquité pourront la lire comme un bon ouvrage français.

M. Gail y fait sans cesse un heureux échange de nos tournures contre les tournures grecques, qui nous paraîtraient quelquefois barbares si elles étaient servilement imitées. Les occasions où il est forcé de préférer *l'équivalent* au *littéral*, sont extrêmement nombreuses, et elles prouvent, quoi qu'il en dise, qu'il est permis de traduire en vers les poètes anciens. Puisque dans la prose même, il se trouve à chaque instant dans l'impossibilité de s'astreindre à une exactitude scrupuleuse, pourquoi ne permettrait-il pas la même liberté au poète ?

Il me reste à parler du troisième volume de cette traduction. C'est là que brille l'immense érudition de M. Gail. On est en quelque sorte effrayé quand on voit quelle énorme quantité de volumes il lui a fallu lire, que dis-je? étudier, dévorer, pour parvenir à éclaircir quelques passages obscurs, déterminer quelques sens douteux dans les idylles de Théocrite. Ce qui n'est pour le lecteur qu'une instruction facile, et même un amusement, a dû être pour le traducteur un travail bien long et bien pénible; oserai-je ajouter que c'est un travail bien ingrat? En effet, jamais le public n'accorde, dans ce cas, une récompense proportionnée à la peine et au mérite. Celui qui, au prix de ses veilles et au préjudice de sa santé, se sacrifie en quelque sorte pour les sciences, obtient sans doute l'estime oisive des gens instruits et des gens de bien, mais il s'attire souvent aussi le mépris des sots et la haine active des méchans. J'ai des raisons pour croire que M. Gail a obtenu cette triple récompense, et je voudrais de tout mon cœur qu'on ne lui eût accordé que la première.

L'ouvrage est terminé par les *Bucoliques de Virgile*, que le même professeur a traduites, et sur lesquelles il fait aussi des remarques où Théocrite est un peu trop supérieur à Virgile, mais où l'on trouve des rapprochemens ingénieux et des observations pleines de goût.

DISCOURS DE M. T. CICÉRON,

Traduits et analysés par M. Henry, chef d'école secondaire.

Que dire encore de Cicéron, après tant d'écrits, de notes, de commentaires, d'interprétations, d'éloges et de discussions dont ce grand orateur a été la cause ou l'objet? Je suis donc dispensé de tout préambule, puisque je serais réduit à répéter ce que personne n'ignore. Ce que je puis dire de plus nouveau sur Cicéron, c'est qu'on ne le lit plus; et à l'exception de quelques amis de la belle latinité, l'orateur romain n'est plus guère connu que des professeurs et des écoliers. Si l'on me demande sur quoi je fonde cette assertion, je répondrai : lisez les discours de nos orateurs; et ceux qui concourent aux prix académiques, et ceux qui obtiennent des couronnes, et ceux mêmes qui, prononcés dans des occasions solennelles, au nom du premier corps littéraire, semblent exiger de la pureté, de la dignité, de l'élégance, et surtout de la clarté, vous serez alors forcé d'avouer, ou que Cicéron a eu tort, ou qu'on ne lit plus Cicéron; et pour me servir d'une expression cicéronienne, nos orateurs ne me donnent-ils pas le droit de dire : *Jam obsolevit Ciceronis eloquentia?*

Beaucoup d'écrivains, je le sais, cherchent à accréditer cette opinion si fausse, *qu'on n'a pas besoin de recourir au grec ou au latin pour bien parler français;* je ne chercherai point à la combattre, puisqu'elle est déjà *re multò magis, quam verbis refutata,* et qu'il suffit de comparer les écrits des hommes qui ont lu les anciens, aux écrits de ceux qui les méprisent. Mais que ces ennemis du latin, parce qu'ils ont négligé de l'apprendre, consultent au moins les bonnes traductions, et si dans ces copies, bien peu fidèles, ils trouvent cependant des leçons utiles et d'admirables exemples, ils sentiront bientôt de quel secours leur serait la lecture des originaux.

Malheureusement les bonnes traductions sont plus rares encore que les bons ouvrages. Je n'en conclurai pas cependant, avec certains traducteurs, qu'il faille plus de talent pour traduire que pour composer. Je ne me jetterai pas dans un autre excès, en disant *qu'une traduction n'est jamais qu'une tapisserie vue à l'envers;* mais je paierai un juste tribut d'éloges aux littérateurs qui font heureusement passer dans notre langue les beautés des langues anciennes, sans exiger d'eux cette perfection rigoureuse que la différence des idiomes a rendue impossible.

M. Henry, chef d'école secondaire, offre au public trois discours de Cicéron (*pro Milone, pro Marcello, pro Lege Maniliâ*), et il attend le succès de cette traduction, pour publier successivement d'autres chefs-d'œuvre de l'orateur romain. Dans une préface d'une page et demie, sobriété bien rare à présent, il s'exprime avec cette modestie qui est encore moins à la mode : « J'avais en vue, non-seulement de leur faciliter (il parle de ses élèves) l'interprétation du texte, mais de diriger leur goût, et de les aider à suivre plus sûrement la marche de l'orateur et le développement progressif de ses idées; c'est ce qui m'a engagé à *ajouter* à chaque discours une analyse raisonnée, à laquelle leur intelligence, secondée par le travail, trouvera encore beaucoup à *ajouter*. Ainsi cette traduction peut, en quelque sorte, être regardée comme classique et élémentaire. Si cet essai obtient quelqu'encouragement, il me sera agréable de le continuer, et je ne tarderai point à publier la traduction des Catilinaires; sinon je laisserai volontiers à des mains plus habiles le soin de remplir une tâche si difficile. »

Il est aisé de s'apercevoir que M. Henry n'a de commerce qu'avec les auteurs anciens, ou avec les anciens modernes ; car s'il s'était modelé sur les plus nouveaux, sa préface eût été un peu plus volumineuse que son livre, et sa traduction eût été suivie de notes, notices, remarques et sur-notes dans lesquelles il nous aurait prouvé qu'on n'avait rien fait de bon avant lui dans ce genre ; que lui seul était digne de sentir, d'apprécier et de traduire Cicéron; que ses lecteurs n'avaient rien de mieux à faire que d'admirer, et la critique, d'autre

parti à prendre que de se taire. Au lieu de toutes
ces belles choses, qui sont du goût le plus moderne, il nous dit simplement que si son travail
n'est pas agréable au public, il laissera à des mains
plus habiles le soin de remplir cette tâche, et la
gloire de faire mieux. Oh! certainement M. Henry
doit déjà être regardé comme un auteur ancien.

Mais si sa modestie l'a empêché de louer son
ouvrage, je dois d'autant moins lui refuser des
éloges que je crois justes, et que ses lecteurs sans
doute confirmeront. Sans comparer sa traduction
à celles des du Ryer, des Auger, des Lallemant et
des de Wailly, chez qui l'on retrouve bien rarement l'éloquence de Cicéron, je ne crains pas d'affirmer que M. Henry a toujours été fidèle au sens,
clair, pur et élégant dans son style; qu'il a eu l'art
de dérober à l'orateur romain tout ce que la langue
latine lui permettait de transporter dans la nôtre;
et s'il ne m'appartient pas de dire qu'on ne peut
mieux faire, je crois au moins que l'on n'a pas
mieux fait. Autant éloigné de ceux qui rampent
sous *la tyrannie de la lettre*, que de ceux qui prê-
tent à Cicéron un genre d'esprit qu'il n'avait pas,
le nouveau traducteur a substitué d'heureux équivalens aux expressions que n'admet pas notre
langue, et a reproduit avec une rigoureuse exactitude toutes celles dont il pouvait nous enrichir.
Il a senti que ces longues périodes qui ont tant de
grâce dans le latin, sont rarement élégantes et
claires dans le discours français, et il a su s'y mé-

nager des repos avec tant d'adresse, que tous ces membres épars ne forment qu'un seul corps, et que la période y paraît conservée. Il use du même artifice chaque fois qu'une longue parenthèse suspend le sens d'une phrase déjà trop étendue ; quand il trouve trois épithètes ou trois verbes dont le nombre n'a été commandé que par l'élégance latine, il les réduit souvent à deux qui les égalent en force et en clarté, parce qu'il sent bien que ce qui est abondance dans le texte, deviendrait souvent redondance dans la traduction.

Cette manière de traduire le latin me fournit l'occasion de faire une observation qui ne sera peut-être pas dénuée d'intérêt. Ceux qui ont reproché à Cicéron cette surabondance de phrases, cette accumulation de mots, et la reproduction d'une même idée sous plusieurs formes différentes, ne paraissent pas avoir senti combien un discours destiné à être lu dans le silence du cabinet, diffère de celui qui doit être prononcé dans une place publique, devant un sénat, devant un peuple assemblé. Dans le premier cas, le lecteur instruit et attentif n'exige, ne désire que ce qui est nécessaire à la clarté et à l'élégance du discours ; il se révolte chaque fois que l'auteur a l'air de douter de son intelligence, et fait des efforts pour éclaircir ce que le lecteur a déjà fort bien entendu ; mais quand on s'adresse à tout un peuple, il faut parler à toutes les passions, à toutes les préventions ; il faut un style pour tous les esprits, une logique pour tous les degrés d'intelligence : ce n'est point alors assez de frapper fort, ni même de frapper juste, mais il faut souvent frapper plusieurs coups au même endroit, afin que si les premiers ont trouvé des insensibles, le dernier au moins produise son effet. Cicéron n'a donc pas dû parler au *Forum* comme dans le sénat, ni au sénat comme il écrivait pour des lecteurs intelligens, lettrés et attentifs.

Le traducteur doit observer toutes ces nuances ; et comme les discours de Cicéron ne sont plus destinés au peuple, celui qui les reproduit dans notre langue doit s'appliquer à saisir ce juste milieu où, sans s'éloigner de l'orateur romain, il le rende cependant intelligible et agréable à des lecteurs français. Une citation fera mieux sentir ce que j'ai voulu dire, et que j'ai faiblement exprimé.

Cicéron plaidant pour Milon qui a tué Clodius, veut prouver que le meurtre cesse d'être un crime dans le cas où l'on est réduit à défendre sa vie contre une injuste agression. C'est une vérité que personne ne conteste ; mais il parlait devant des hommes prévenus, amis de Clodius, et ennemis de Milon ; il fallait donc qu'il eût dix fois raison pour ne point paraître avoir tort ; la redondance n'était donc là que suffisante, et il ne pouvait trop accumuler les moyens. Il dit : « Il est une loi, Romains, non pas écrite, mais née avec nous ; une loi que nous n'avons ni apprise, ni reçue des hommes, mais que nous avons comme arrachée et surprise à la nature ; une loi qui ne vient ni de l'instruction

ni des préceptes, mais que nous portons en nous-
mêmes, et qui est gravée dans nos cœurs : cette
loi nous dit que si notre vie est menacée, si nous
sommes exposés à la violence des voleurs, ou aux
traits de nos ennemis, tout moyen de conserver
nos jours est honnête et légitime. En effet, les lois
se taisent au milieu des armes ; elles n'exigent point
que nous attendions leur appui, lorsque celui qui
voudrait l'attendre s'exposerait à une mort injuste,
avant d'obtenir une juste satisfaction. »

Un latiniste renforcé, un amateur du *mot à mot*
ne manquera pas de faire observer que M. Henry
n'a point scrupuleusement rendu toutes ces expressions latines : *didicimus, accepimus, legimus,
arripuimus, hausimus, expressimus*; il se plain-
dra de ne point retrouver dans le français toute
la force de cette phrase : *Lex ad quam non docti,
sed facti; non instituti, sed imbuti sumus*; mais
je demande à tout homme raisonnable si ces mots
hausimus, imbuti sumus, peuvent se traduire littéralement, et s'il fallait absolument placer six
verbes dans la phrase française, parce que Cicéron en a mis six pour arrondir sa période.

On lui fera peut-être le même reproche dans
le discours pour la loi Manilia, lorsqu'il fait dire
à Cicéron : « Vous devez effacer la tache qu'a imprimée sur vous la dernière guerre de Mithridate,
et dont la honte n'a que trop long-temps souillé
la pureté du nom romain. » Sans doute on ne retrouve pas ici l'énergie de la phrase latine ; mais

notre langue, si timide dans ses métaphores, et plus dédaigneuse encore que sévère dans le choix de ses expressions, admettra-t-elle jamais la traduction littérale de cette phrase vigoureuse : *Macula quæ pœnitus jam insedit, atque inveteravit in populi romani nomine?* Et quand Cicéron dit ailleurs : *Rumorem, fabulam falsam, fictam, levem pethorrescimus*, ne sera-t-on censé avoir traduit que quand on aura servilement exprimé toutes ces nuances si légères, toutes ces épithètes qui diffèrent si peu entre elles? Non sans doute. Ce n'est point du latin que nous demandons au traducteur, mais un discours français qui nous offre, autant qu'il est possible, l'élégance et l'énergie latine. A cet égard, M. Henry me paraît avoir fait tout ce qu'on avait le droit d'espérer ; car Cicéron, qui est si facile à comprendre, est peut-être de tous les Latins le plus difficile à traduire dignement.

Comme je n'ai cité que quelques phrases de cette traduction estimable, je croirais être injuste envers M. Henry, si je ne faisais connaître plus amplement sa manière et son style. En retraçant ce qu'a dit un excellent orateur ancien dans une occasion solennelle, je vais donner les moyens d'apprécier ce qu'ont dit des orateurs très-modernes qui se sont trouvés dans la même circonstance. Si ce parallèle ne plaît pas à tout le monde, on aura tort de m'en vouloir : ce ne sera pas moi qui serai méchant, ce sera Cicéron.

Je choisirai quelques fragmens du discours pour

Marcellus : cet illustre Romain, dont l'éloquence
approchait de celle de Cicéron, descendait du Marcellus qui prit Syracuse défendue par Archimède.
Il avait suivi le parti de Pompée, et n'avait jamais
su déguiser la haine qu'il portait au vainqueur de
Pharsale. Retiré à Mitilène, il semblait avoir renoncé à Rome pour jamais, quand César, touché
par les prières du sénat, fit grâce à Marcellus, et
lui permit de rentrer dans sa patrie. Cicéron rom-
pit alors le silence auquel il s'était condamné depuis long-temps, et prononça, au nom du sénat,
un discours, fruit d'une inspiration soudaine, et
qui cependant, par l'élégance du style, la vivacité
des sentimens, la délicatesse des éloges et la noblesse de l'expression, égale ou surpasse peut-être
ce que l'antiquité nous a laissé de plus parfait en
ce genre. Voici le début de la première partie :

« L'orateur le plus éloquent, le génie le plus
riche et le plus fécond, loin de prétendre, César,
embellir vos exploits, oserait à peine entreprendre
de les raconter : j'ose assurer néanmoins, sans
craindre de vous offenser, que la gloire qu'ils vous
ont procurée n'a rien de plus éclatant que celle
que vous venez d'acquérir aujourd'hui.

» Je pense souvent en moi-même, et je me plais
à publier que les hauts faits de nos généraux, ceux
des plus illustres potentats, ceux des peuples les
plus puissans et des nations les plus belliqueuses,
ne peuvent entrer en comparaison avec les vôtres,
soit pour la grandeur des intérêts, la diversité des

entreprises ou la promptitude de l'exécution, soit pour la multitude des combats ou la variété des régions qui en ont été le théâtre ; et qu'enfin vous avez parcouru en conquérant les distances les plus éloignées avec plus de rapidité que n'aurait pu le faire un voyageur.

» Il faudrait s'aveugler volontairement pour ne pas convenir que de telles actions sont au-dessus de ce que la pensée même peut concevoir. Cependant il en est qui ont plus de droit encore à notre admiration ; car il est bien des gens qui s'efforcent à diminuer la gloire des exploits guerriers ; ils en accordent une partie aux soldats pour la ravir aux chefs..... La fortune surtout se croit en droit de s'en attribuer la meilleure part, et se regarde presque comme la seule cause des succès.

» Mais cette gloire que vous venez d'obtenir, personne ne la partage avec vous. Quelque grande qu'elle soit, elle vous appartient tout entière : ni le soldat, ni l'officier n'y ont aucun droit. La fortune même, cette souveraine maîtresse des événemens humains, ne vient pas vous en disputer l'honneur : elle vous le cède et vous en laisse tout le mérite ; car la témérité ne s'unit pas à la prudence, et le hasard n'est point admis aux conseils de la sagesse. »

Il est fâcheux, sans doute, qu'à la fin du second paragraphe le traducteur n'ait pu transporter dans sa phrase toute l'énergie du latin ; en effet, il n'est pas heureux de finir cette belle période par la marche d'un voyageur, tandis que l'orateur romain la couronne par ces mots qui l'ennoblissent encore : *quàm tuis, non dicam cursibus, sed victoriis perlustratœ sunt.* Mais notre langue ne permet pas ces inversions hardies qui rejettent à la fin des phrases les mots les plus sonores, les plus nobles et les plus énergiques; et il serait injuste de reprocher au traducteur un défaut qu'il n'a pu éviter.

La seconde partie de ce discours est peut-être encore supérieure à la première. Après avoir parlé des guerres civiles, Cicéron cherche à détruire les soupçons et la défiance que pouvaient inspirer à César tous les hommes qui avaient suivi le parti de Pompée. Où sont vos ennemis, dit-il?

« Tous ont perdu la vie par leur opiniâtreté, ou l'ont conservée par votre clémence. Vous n'avez donc plus d'ennemis...... Quel est l'homme assez peu versé dans les affaires, assez étranger aux intérêts de la république, assez indifférent sur le salut commun et sur le sien propre, pour ne pas sentir que de votre conservation dépendent la sûreté et la vie de tous les citoyens.....

» C'est donc avec peine que je vous ai entendu prononcer cette parole, d'ailleurs si sage et si belle: *j'ai assez vécu, ou pour la nature, ou pour la gloire.* Assez, peut-être, pour la nature; j'ajouterai même, si vous le voulez, pour la gloire, mais trop peu certainement pour la patrie, qui est avant tout. Laissez aux philosophes ce mépris fastueux de la mort, et n'affectez point une sagesse si contraire à nos intérêts. On me dit souvent que vous ne cessez de répéter que vous avez assez vécu pour vous. J'en conviens, et je l'entendrais avec moins de regret, si vous ne viviez, ou si vous n'étiez né que pour vous seul. Mais aujourd'hui que vos victoires ont lié le salut de tous les citoyens et celui de la république entière à la conservation de vos jours..... pourriez-vous, en fixant des bornes à la durée de votre vie, consulter plutôt les dispositions de votre âme que l'intérêt de la république? Et si je vous disais que ce n'est pas assez pour cette gloire même, dont vous ne pouvez nier, tout sage que vous êtes, que vous ne soyez extrêmement jaloux! Quoi donc! me dites-vous, ne laisserai-je pas après moi un nom assez illustre? Assez, sans doute, pour beaucoup d'autres, mais trop peu pour vous seul : car les plus grandes actions laissent encore à désirer, dès qu'il y a quelque chose au-dessus.... Quand vous vous serez acquitté de ce que vous devez à la patrie, et que vous aurez fourni la carrière prescrite par la nature, alors, si vous le voulez, dites que vous avez assez vécu.....

» Et ne regardez pas comme votre vie, celle qui dépend de l'union passagère de l'âme et du corps. La véritable vie, César, la seule qui soit digne de vous, c'est celle dont vous jouirez dans les siècles à venir, et dont la postérité la plus reculée se plaira à conserver et à étendre le souvenir. Voilà où doivent tendre tous vos efforts; c'est pour cette postérité que vous devez travailler. Vous avez déjà

fourni une ample matière à son admiration ; vos
combats, vos victoires, vos triomphes sur le Rhin,
sur le Nil, vos emplois, vos magistratures, et tous
les monumens de votre grandeur, exciteront l'é-
tonnement de nos derniers neveux.....

» Maintenant que la victoire et la clémence du
vainqueur ont mis fin à nos dissensions, il ne doit
plus y avoir entre tous les citoyens qu'une seule et
même volonté. Les hommes sages, et ceux qui ont
quelques lumières, sont aujourd'hui persuadés que
notre salut dépend de votre sûreté et de votre persévérance dans les sentimens de modération que
vous avez montrés jusqu'ici, et dont vous nous
avez donné, en ce jour, une preuve si éclatante. »

Il m'en coûte beaucoup de morceler ainsi ce
beau discours, et je renonce avec peine au plaisir
de le transcrire tout entier ; mais je m'en console
en songeant que la traduction de M. Henry sera
bientôt dans les mains de tout le monde, et que
les personnes les plus étrangères à la langue latine
pourront y prendre une idée assez juste de l'éloquence de Cicéron.

Supposons maintenant qu'au lieu de Cicéron, il
se fût présenté devant César un de ces beaux par-
leurs qui cherchent l'éloquence dans les traits d'esprit, l'élégance dans l'affectation, la force dans la
rudesse, la pompe dans l'emphase, et l'originalité
dans la bizarrerie ; que cet orateur (et ce n'est pas
Cicéron que je cite) ayant voulu parler de la guerre
d'Espagne, et féliciter César sur sa victoire de

Munda où il défit les restes du parti de Pompée, eût fait entrer dans sa harangue ; par un singulier mélange d'emphase et de trivialité, *ces magnifiques échanges de lumières, ce commerce presque céleste des esprits,* où GAIN ET PERTE TOUT EST PROFIT; supposons de plus qu'il eût dit au prince : *V̓otre* NOM, *César, ce* NOM *glorieux a été inscrit dans la liste des* NOMS *du sénat,* NON *pour l'honorer,* NON *pour en être honoré,* sans s'effrayer de l'étrange harmonie de tous ces *non, non,* et sans daigner nous apprendre qui doit être honoré du nom ou de la liste; supposons encore qu'en parlant des grands écrivains de son temps, il les eût représentés comme *fortifiés par l'immense fardeau de gloire dont les siècles précédens les ont chargés,* image bizarre qui montre des hommes fortifiés par un fardeau qui ferait gémir Atlas; supposons enfin qu'il eût placé César à la tête d'une *milice spirituelle* qui va conquérir *des vérités,* que serait-il arrivé? Cela se devine aisément : ni le discours, ni le nom de l'orateur ne seraient parvenus jusqu'à nous, et l'un des plus beaux traits de la vie de César nous serait encore inconnu.

Les princes doivent donc bien désirer que les hommes chargés de faire leur éloge, ou de leur adresser des discours solennels, réfléchissent, avant de parler, sur ce qu'ils veulent, sur ce qu'ils doivent dire ; qu'ils assujétissent leur pensée aux règles de la logique et du bon sens ; qu'ils s'efforcent de donner à leur style la véritable couleur du sujet ;

qu'ils songent sans cesse au nom de qui ils parlent, et à qui ils s'adressent ; qu'ils...... mais je ne m'aperçois pas que cette disgression m'entraîne trop loin, et j'oublie que je n'ai pris la plume que pour recommander à mes lecteurs l'excellente traduction de M. Henry.

TRADUCTION NOUVELLE DE SALLUSTE;

Par C.-L. MOLLEVAUT, professeur au Lycée de Nancy, et correspondant de l'Institut.

SALLUSTE est, peut-être de tous les historiens, celui sur le mérite duquel l'opinion des gens de goût a le moins varié. Les deux ouvrages qui nous restent de lui sont généralement considérés comme deux chefs-d'œuvre. Si quelques critiques ont préféré la constante et abondante élégance de Tite-Live, si d'autres ont encore plus admiré la philosophie profonde et un peu morose de Tacite, personne néanmoins ne lui a refusé le double mérite de la pensée et du style. Martial n'hésite pas à le déclarer le premier, le prince des historiens latins ; et Quintilien, dont le jugement est plus décisif que celui de Martial, compare Salluste à Thucydide, pour l'élégance, la concision attique

et les belles maximes qui sont abondamment répandues dans ses écrits. Si quelques anciens lui
ont reproché d'employer des mots vieillis, des
expressions forcées, ce sont des nuances qui nous
échappent à la distance où nous sommes de cet
historien ; et les érudits qui se flattent d'apercevoir
ces défauts , pourraient bien se tromper sur ce
point, comme sur la prétendue *patavinité* de Tite-
Live.

Le seul reproche que j'oserais faire à Salluste,
parce qu'il est fondé sur le simple bon sens, c'est
d'avoir prêté son éloquence et son genre d'esprit
à tous les hommes dont il prétend rapporter les
discours. Toutes ses harangues ont la même physionomie ; elles sont fort longues par leur étendue,
et cependant d'une concision affectée dans chacune
de leurs phrases ; partout l'antithèse y domine, et
quelquefois même elle y est recherchée ; comme
quand il fait dire à Sylla : *Nec quemquam decére,
qui manus armaverit, ab inermis pedibus auxi-
lium petere;* ce qui veut dire littéralement, *qu'un
soldat ne doit pas attendre du secours de ses pieds
qui sont sans armes, tandis qu'il a les mains
armées.* Cette phrase et quelques autres nous paraîtraient peu dignes de la gravité de l'histoire, et
nous dirions : *C'est de l'esprit.*

Quelques personnes ont blâmé dans Salluste
cette extrême concision qui, comme dans Tacite,
produit souvent l'obscurité. Je ne sais si je me
trompe ; mais il me semble que dans Tacite, l'obs-

curité provient plus souvent de l'altération du texte ; et dans Salluste, de la concision même, et de l'absence continuelle de toutes ces *particules* qui servent à la liaison et à l'intelligence des phrases.

Maintenant il se présente une difficulté que les critiques les plus habiles, les rhéteurs et les commentateurs, n'ont encore pu parvenir à résoudre ; et, sur ce point, Salluste fournit plus qu'aucun autre matière à la discussion. Faut-il traduire un auteur avec toutes les singularités, toutes les nuances, et même toutes les imperfections de son style, ou se contenter de rendre fidèlement sa pensée, et substituer aux tournures étrangères du texte, la manière et les tournures propres à la langue du traducteur? Qui le croirait? Des hommes d'esprit et de goût, des critiques éclairés et nombreux, veulent que le traducteur s'astreigne à reproduire scrupuleusement la manière, les tournures, les tâches même de l'original. Malgré l'autorité des partisans de l'exactitude servile, je n'hésite pas un moment à prononcer qu'ils se trompent. Moins fort de mon opinion particulière que de celle de Dumarsais, je dirai, d'après lui : « Le traducteur doit parler » sa propre langue, *et non pas celle de son auteur,* » parce qu'il ne parle qu'à des personnes de sa » nation ; ainsi, il doit rendre les expressions parti- » culières de l'original par d'autres expressions » particulières *de sa propre langue;* en un mot, » il doit parler *comme l'auteur aurait parlé s'il*

» *avait écrit en la langue du traducteur.* » Ceci
me paraît si clair et si vrai, que je ne conçois pas
les motifs de toute opinion contraire ; et quant à
l'obligation imposée au traducteur de reproduire
jusqu'aux défauts et aux taches de l'original, elle
me semble complètement ridicule ; car, alors, nous
traduirions le grec et le latin dans le style de Ron-
sard ; nous deviendrions tudesques avec les Allemands : ces locutions étranges passeraient bientôt
des traducteurs aux auteurs, et nous finirions par
n'avoir plus de langue, pour avoir voulu les posséder toutes.

Je crois néanmoins que dans cette disputeil y a
du mal-entendu, comme dans presque toutes celles
qui divisent les hommes. Ne serait-il pas possible
de concilier les opinions extrêmes, en disant que
lorsqu'il s'agit de faire connaître aux jeunes gens
le caractère de style et la manière d'un auteur latin, et de leur faire sentir la différence qui existe
entre ces mêmes auteurs, la traduction ne sau-
rait être trop exacte, puisque l'enseignement consiste à faire sentir les défauts comme les beautés ?
Mais quand on écrit pour toutes les classes de
lecteurs, il n'y a pas de doute que le précepte
de Dumarsais ne doive être la règle de toute traduction ; en effet, si le lecteur sait le latin, ce n'est
pas dans une traduction, mais dans le texte, qu'il
ira chercher les nuances qui caractérisent l'original ; si, au contraire, il ignore la langue latine,
outre qu'il ne pourra pas apprécier votre fidélité ;

il vous reprochera sans doute d'avoir altéré la langue qu'il entend, pour imiter les tournures d'une langue qu'il ne peut comprendre.

M. Mollevaut a traduit Salluste dans le système de ceux qui exigent une scrupuleuse exactitude, et je me garderai bien de lui en faire un reproche, car sa qualité de professeur et le désir de rendre son travail utile aux jeunes gens confiés à ses soins, lui imposaient l'obligation d'une fidélité rigoureuse. M. Mollevaut s'est déjà fait une réputation littéraire par une traduction en vers de Tibulle, qui annonce un véritable talent. Cependant une traduction en vers, quelque mérite qu'on lui accorde, n'était pas un sûr garant d'une bonne traduction en prose, et surtout d'un auteur aussi difficile que Salluste. L'exactitude parfaite, la profonde connaissance de la langue originale, ne sont pas les qualités qu'on exige le plus impérieusement dans un poète; ainsi, après avoir réussi avec Tibulle, M. Mollevaut pouvait échouer contre Salluste. Il n'a pas été effrayé de ce danger, et il a voulu prouver qu'il pouvait imiter la sévère concision du prosateur, comme il avait approché de la grace et de l'élégance du poète.

Je ne comparerai pas M. Mollevaut aux nombreux traducteurs de Salluste; mais je crois qu'aucun d'eux n'a été plus fidèle au sens, au caractère et à la manière de l'original. Du côté de la concision il égale Salluste, et, ce qui paraît presque impossible, quelquefois il le surpasse. C'est sans doute un mérite que de vaincre une pareille difficulté dans nne langue qui, comme la nôtre, ne marche qu'avec l'attirail embarrassant des *pronoms* et des *articles*, et qui, exigeant une grande clarté, a, par cela même, besoin de ces liaisons et de toutes ces *particules* dont Salluste se débarrasse; mais un mérite plus réel, c'est d'avoir, malgré cette concision, conservé presque partout l'élégance, et souvent la force d'un auteur aussi pur et aussi énergique. Veut-il, par exemple, imiter le laconisme de cette phrase : *Quœ homines arant, navigant, œdificant, virtuti omnia parent?* il dit : « Agriculture, navigation, architecture, tout obéit « au génie. » Et dans ce passage du discours de César, sur les complices de Catilina : *Equidem ego sic œstumo, omnes cruciatus minores quàm facinora illorum esse; sed plerique mortales postrema meminêre; et, in hominibus impiis, sceleris obliti, de pœnâ differunt, si ea paulò severior fuit.* M. Mollevaut traduit avec autant d'élégance que de fidélité les expressions latines : « Certes, dit-il, » je pense que toutes les tortures n'égaleront ja» mais leur attentat; mais la plupart des mortels » gardent les dernières impressions : ils oublient » les crimes des grands coupables, et s'entretien» nent de leur supplice, s'il fut un peu trop ri» goureux. » *Gardent les dernières impressions* était, ce me semble, ce qu'il y avait de mieux pour rendre *postrema meminêre.* On croit retrouver le coloris de l'original dans cette peinture d'un champ

de bataille, sur la fin du combat : « Alors quel
» affreux spectacle dans ces campagnes décou-
» vertes ! On poursuit, on s'échappe, on tue, on
» arrête; les chevaux et les guerriers sont écrasés;
» les blessés ne peuvent ni fuir, ni rester; ils se
» relèvent avec effort, et tout-à-coup retombent.
» Aussi loin que la vue s'étend, les traits, les ar-
» mures, les cadavres jonchent la plaine teinte de
» sang. » Le traducteur a quelquefois l'art de réunir en une même phrase plusieurs *membres* séparés dans le latin, et par là il a le double avantage
de donner du nombre à sa période, et d'éviter la
conjonction qui nuit si souvent à la rapidité du
style.

Je regrette beaucoup de ne pouvoir multiplier
les citations; elles justifieraient l'opinion avantageuse que j'ai conçue du talent de M. Mollevaut.
Mais je n'aurais rempli que la moitié de ma tâche
si je fermais les yeux sur les défauts de cette traduction, ou du moins sur ceux que j'ai cru apercevoir; car n'étant rien moins qu'érudit, je présente
mes observations avec défiance, et sous la forme
du doute. Celui qui m'a le plus frappé, provient,
il est vrai, d'une belle cause; mais il ne m'en paraît
pas moins répréhensible. Le respect de M. Mollevaut pour son auteur, et le désir de le suivre pas
à pas, l'ont rendu quelquefois obscur et peu cor-
rect; l'amour de l'exactitude ne doit pas aller
jusques là. Lorsqu'en parlant des conspirateurs,
il dit : « S'il est une peine égale à leurs forfaits,

30.

» que l'on innove, j'y consens ; si la grandeur de
» leur attentat surpasse toutes les tortures, n'al-
» lons pas au-delà des lois. » Il n'a pas fait entendre le sens de l'auteur, et pour comprendre la
phrase française, j'ai été obligé de recourir au latin. Salluste a voulu faire dire à César : Si en in-
novant, on peut imaginer un supplice qui égale
leur forfait, que l'on innove, j'y consens ; mais
dans ces mots : *S'il est une peine égale à leurs
forfaits*, on ne retrouve pas le *reperitur* sans lequel
la phrase devient inintelligible. Plus loin, César
dit en parlant de Silanus : « Je connais ses mœurs
» et son équité. Son avis me semble *donc*, je ne
» dirai point cruel (que peut-on exercer de cruel
» contre de tels hommes), mais contraire à nos
» mœurs. » Le *donc* que j'ai souligné présente un
sens faux ; un avis contraire aux mœurs ne peut
être la conséquence des mœurs et de l'équité. Dans
le latin il y a *verum* qui est précisément le contraire de *donc*, puisqu'il fait opposition. Il y a de
plus ici une petite négligence dans la répétition du
mot *mœurs*.

Dans la *Guerre de Jugurtha*, Adherbal dit au
sénateur romain : « Vos bienfaits me sont arrachés,
» et mon outrage est le vôtre. » Cela est concis,
mais cela n'est point clair ; le mot outrage pouvant
être pris dans un sens actif ou passif, il fallait écarter toute ambiguïté. Il n'y en a pas dans le latin :
Vos in meâ injuriâ despecti estis ; en m'outrageant, c'est vous que l'on offense. Cette autre

phrase : « Je sais combien la plupart diffèrent de
» conduite dans la demande et dans l'exercice
» d'une place, » pêche également contre la clarté et
contre l'exactitude. *La plupart* ne peut pas s'employer isolément ; il faut qu'il soit immédiatement
suivi d'un substantif, ou qu'il se rapporte à quelques objets énoncés antérieurement : ici, il n'y a
rien de cela, et notre langue ne permet pas d'é-
conomiser des mots nécessaires dans l'intention
d'être plus concis.

Quelquefois aussi, pour vouloir traduire trop
littéralement, M. Mollevaut n'a pas présenté le
sens de l'original ; il traduit ces mots : *Lascivia
atque superbia incessére*, par ceux-ci : *La débauche
et l'arrogance s'avancèrent.* Outre que le verbe
s'avancer est ici d'une extrême faiblesse, il n'a pas
même le mérite du mot à mot ; car il ne s'agit pas,
dans le latin, du verbe *incedere*, qui veut dire
marcher, s'avancer, mais d'*incessere*, qui est ici
l'équivalent d'*ingruere*, d'*irruere*, et qui signifie
assaillir.

Je vois avec peine qu'un professeur aussi distingué que M. Mollevaut ne se soit pas fait un scrupule d'employer des mots nouveaux tels qu'*influen-
cer, moralité*, et quelques autres : le premier pourrait encore être justifié, par la raison qu'il tient
lieu d'une périphrase ; mais le second étant déjà
admis dans l'acception de *sens moral*, il ne doit
jamais être pris dans celle de *bonnes ou mauvaises
mœurs*. J'aurais désiré qu'un traducteur aussi fidèle

n'eût jamais eu le désir de renchérir sur l'original ;
et quand Salluste, après avoir parlé des craintes
et des incertitudes de Cicéron, ajoute : *Igitur
confirmato animo*, je pense qu'il ne fallait pas
traduire : *Enfin, raffermissant sa grande âme....*
C'est aller au-delà du sens, et cela ressemble à de
la prétention. J'ajouterai ici une observation qui
paraîtra minutieuse, mais que je crois juste · il ne
faut pas traduire *Picenum* par le *Picentin ;* ce sont
deux contrées différentes : la première, sur la mer
Adriatique, est ce que nous nommons la *Marche
d'Ancône ;* et l'autre, sur la mer de Toscane, près
de Lucques et de Pistoie. J'avoue cependant que
le passage de Salluste est obscur ; et comme il dit
que Catilina voulait passer dans la Gaule transal-
pine, je ne sais trop si par *Pistorienses* il faut entendre les peuples de *Pistoie.*

Je sens combien mes critiques paraîtront vétil-
leuses, car j'ai en quelque sorte fait la guerre aux
mots ; mais le talent de M. Mollevaut m'a rendu
exigeant, et ne lui ayant pas trouvé de grands défauts, j'ai voulu faire valoir mes petites remarques.

THÉATRE COMPLET DES LATINS ;

Par J.-B. Levée, ancien professeur de rhétorique et de littérature latine, et par feu l'abbé Lemonnier ; augmenté de dissertations par MM. Amaury Duval, de l'Académie des Inscriptions, et Alexandre Duval, de l'Académie Française.

On n'a pas encore tout dit sur la comédie des anciens ; les traducteurs et commentateurs l'ont surtout considérée sous le rapport de l'érudition et de l'archéologie, mais incomplètement sous celui de l'art dramatique. MM. Duval viennent, en quelque sorte, d'ouvrir cette carrière ; mais, s'imposant l'obligation d'être concis, ils ont fait des rapprochemens plutôt que des dissertations, et, en excitant vivement la curiosité du lecteur, ils lui laissent regretter tout ce qu'ils se sont abstenus de dire. On sent en effet tout ce qu'aurait de piquant, d'instructif et d'utile un ouvrage dans lequel les sujets, la marche, les convenances morales et sociales, les caractères, le dialogue et le comique de la comédie ancienne seraient comparés aux mêmes parties de la comédie moderne, comparaison qui se ferait en analysant successivement toutes les scènes des meilleures pièces de Plaute et de Térence, et en y faisant distinguer ce

qui est bien chez tous les peuples et dans tous les
âges, de ce qui est bien sous l'empire de telles
mœurs et de tel gouvernement. Il en résulterait
cette vérité, qu'il y a deux espèces de comique
d'un mérite fort différent, quoique le succès ne
soit pas toujours en raison du mérite : l'un, puisé
dans la nature de l'homme, ferait rire l'habitant
de la Chaussée-d'Antin comme celui du Marais,
le peuple de Paris comme celui de Rome ou d'A-
thènes; l'autre, dépendant des usages, des institutions, des convenances temporaires, tient aux
ridicules de tel ou tel siècle, et agit plus ou moins
fortement sur telle ou telle classe de la société.
Une pareille étude ne ferait pas seulement connaître l'art dramatique, on y puiserait encore des
leçons d'histoire, de morale et de philosophie.

MM. Amaury et Alex. Duval ont eu évidemment
cette pensée, ils l'ont développée autant que le
leur ont permis les bornes qu'ils étaient forcés de
se prescrire; mais ils ont été renfermés dans un
cercle trop étroit, et dans leurs notes supplémen-
taires ils semblent avoir posé les bases d'un ouvrage nouveau qui jetterait un grand jour sur les
secrets, le but et l'influence de l'art dramatique.

Pour en finir sur la part que les deux académiciens ont prise au travail de M. Levée, et pour
pouvoir ensuite m'occuper uniquement du traducteur, je vais développer à mon tour une observation qui est due à MM. Duval, et qui me
paraît d'une grande importance. Si je ne me

trompe, elle nous éclaire sur le véritable caractère de la comédie latine, sur le but que les auteurs se sont proposé, et sur la manière de juger
les ouvrages qui nous restent. Quelque respect que
nous ayons pour des hommes tels que Plaute et
Térence, il nous est impossible de lire leurs comédies sans être choqués des invraisemblances, je
dirais presque des absurdités dont elles fourmil-
lent. Au premier aperçu, ces deux comiques nous
paraissent avoir méconnu la première règle du
théâtre, celle qui nous commande de présenter une
action et non pas un discours, de faire parler des
personnages et non pas un auteur, et d'offrir aux
spectateurs des tableaux si fidèles qu'ils puissent
les prendre pour des réalités. Mais tout nous
prouve que les anciens n'ont jamais eu et n'ont
pu avoir la prétention de porter l'art jusqu'au
prestige, et de faire prendre la représentation
pour l'action même. Tout démontre, au contraire,
qu'ils ont donné la comédie pour ce qu'elle est,
comme on le verra par les remarques suivantes,
qui sont autant de faits et autant de preuves.

Bien loin de vouloir produire ce que nous
nommons l'*illusion*, et dont nous nous exagérons
peut-être le mérite, les comiques latins la ren-
daient impossible en transportant dans des pièces
grecques, les mœurs, les usages des Romains, et
en montrant dans Athènes, les rues, les places et
les édifices de Rome. On y voit un Grec sortir de
sa maison d'Athènes ou de Calydon, pour aller au

Forum, au *Velabrum*, ou à la porte par laquelle les trois Horaces sont allés combattre les trois Albains. C'est absolument comme si, dans une pièce dont l'action se passerait à Londres, la décoration représentait la place Vendôme ou la rue Saint-Honoré. Cette singularité se répète trop souvent pour être une inadvertance ; elle est trop grossière pour que des hommes tels que Plaute et Térence se la fussent permise sans aucun motif.

Les prologues des comédies nous éloignent encore plus de toute illusion ; dans l'un, le comédien dit nettement aux spectateurs : « Le sujet de cette pièce *est une vieille histoire* que je vous présenterai rajeunie. » Dans un autre, il dit plus clairement encore : « Cette pièce que nous représenterons réellement, ne sera pour vous qu'une comédie (*vobis fabula*). » Dans presque tous, l'acteur du prologue, qui ressemble beaucoup à un *impressario* italien, explique le sujet de la pièce, en trace la marche, et en annonce même le dénouement. Térence enfin, dans la plupart de ses prologues, fait l'apologie de ses ouvrages, se plaint d'un auteur rival et jaloux par lequel il prétend être calomnié, et qu'il nomme *le vieux poète*.

Dans la comédie même, les personnages, ou plutôt les comédiens, expliquent non-seulement ce qu'ils ont fait hors de la scène, mais même ce qu'ils vont faire et ce qu'ils vont dire. A chaque instant ils s'interrompent par de longs *aparté*, pour préparer la confidence, la ruse ou la réplique

qu'ils vont faire à l'interlocuteur. Ici, l'on voit
des personnages qui se cherchent long-temps sur
une place ou dans une rue, quoique l'on soit en
plein jour; et, pendant cette recherche, ils débi-
tent un assez grand nombre de vers qui sont entendus de l'un d'eux, tandis que l'autre est censé
ne rien entendre. Ailleurs, c'est une femme qui
attend avec impatience l'esclave chargé d'une commission; elle le voit venir, et, au lieu de l'aborder,
elle se retire dans le fond de la scène, le laisse
réciter un long monologue; et quand l'esclave va
quitter la place, elle se dit encore à elle-même : Je
crois qu'il faut l'appeler. Dans une pièce où une
femme accouche presque sur le théâtre, puisqu'on
l'entend crier : *A moi, Junon Lucine!* je vois une
servante chargée d'aller chercher la sage-femme,
s'arrêter pour déclamer le monologue obligé, débiter ensuite une longue scène où elle a plus d'*a-
parté* que de répliques, et sortir enfin en disant
fort tranquillement : Je vais chercher la sage-
femme. Observons encore que toutes les pièces,
sans exception, finissent par le mot *plaudite,*
adressé aux spectateurs, et que très-souvent un
acteur y apprend au public que le dénouement
se fait dans telle ou telle maison, de telle ou
telle manière, car il ne se fait pas toujours sur le
théâtre.

Si ces invraisemblances, qui se reproduisent
dans toutes les pièces et dans presque toutes les
scènes, étaient les fautes de quelque auteur obscur,

d'un écrivain médiocre, nous pourrions en conclure, comme on l'a fait un peu légèrement, que la comédie, chez les anciens, était encore dans son enfance. Mais quand on est forcé de reconnaître que ces ouvrages sont, en général, bien conduits, que les caractères y sont parfaitement tracés et conservés, que les situations y sont préparées avec art, et que le dialogue, plein de raison, de naturel et de verve, est toujours conforme au sujet de la pièce, à la condition, au caractère des personnages, et aux circonstances dans lesquelles ils se trouvent, il est juste, ce me semble, de rechercher les causes qui ont fait commettre des fautes aussi graves à des hommes aussi habiles que Plaute et Térence. Voyons donc ce que devait être la comédie pour le peuple de Rome avant l'établissement de la monarchie.

Les théâtres étaient immenses, et par *théâtre* j'entends, comme on le faisait alors, la partie de l'édifice où siégeait le public. Les spectacles s'y donnaient gratuitement; toutes les classes de la société y étaient admises, les esclaves mêmes y assistaient à la *summa cavea*. Il fallait, en conséquence, que la pièce représentée plût aux hommes de tous les états, et flattât l'orgueil de ce peuple si fier qui se croyait destiné à commander au monde. Voilà pourquoi les auteurs lui adressaient tous leurs prologues, dans lesquels ils cherchaient à capter la faveur populaire; c'est encore dans l'intention de le flatter que l'on ne désignait jamais

que des magistratures romaines dans les comédies
dont le sujet était grec, et que l'on donnait à la
ville d'Athènes les rues, les places et les édifices de
Rome. Tout était romain dans ces pièces grecques,
et nous aurions mauvaise grâce à le blâmer, nous
qui donnons un air français aux héros grecs et
romains.

Dans une salle qui contenait trente ou quarante
mille spectateurs, et quarante mille hommes libres,
il n'était pas très-facile de se faire entendre, et
c'était obtenir un beau triomphe que de forcer le
peuple-roi au silence et à l'attention. Le succès de
la pièce dépendait cependant du plus ou moins
d'art que l'auteur avait mis à la faire comprendre.
Répéter les phrases deux ou trois fois eût été un
moyen grossier, et il aurait d'ailleurs choqué l'a-
mour-propre ou la patience des spectateurs. Il fallait donc employer l'artifice, et tellement préparer
les situations et les scènes qu'elles devinssent intelligibles à l'homme le moins éclairé, sans le forcer
à une attention trop servile. Si ces réflexions ont
quelque justesse, elles serviront à expliquer les invraisemblances des comédies anciennes, et les prétendus défauts de leurs auteurs. Un prologue an-
nonçait le sujet, indiquait la marche de la pièce et
le caractère des personnages. A mesure que chacun
entrait en scène, il exposait dans un monologue,
ou dans un *aparté*, tout ce qui s'était passé antérieurement, et même ce qu'il allait faire, afin que
le public prévenu fût curieux d'observer comment

il ferait, ou comment il dirait. L'obligation de préparer ainsi les actions et les scènes, pour les rendre claires et intelligibles à la multitude, excluait toute prétention à produire l'illusion. Aussi voit-on que les auteurs n'y ont pas même songé. Il faut donc considérer la représentation des comédies anciennes comme des espèces de lectures faites par plusieurs personnes, et qu'elles interrompent de temps en temps par des *aparté* ou des monologues, pour en expliquer les difficultés et en préparer les effets. Je ne parle point ici des expressions triviales, des équivoques obscènes et des plaisanteries basses qui nous choquent trop souvent dans le dialogue de Plaute. La licence républicaine, l'entrée gratuite au théâtre où tout se jouait *pour et par le peuple*, et la nécessité d'amuser la *plebs* et la *plebecula*, répondent suffisamment à ce reproche. Quelques années plus tard, la société ayant acquis plus de politesse, et la populace ayant perdu son influence, il fut permis à Térence d'être plus pur et plus châtié. Ceci nous explique pourquoi Cicéron, tout républicain, admirait Plaute, dont Horace, courtisan, blâmait les *sels* un peu grossiers. Les défauts des comiques anciens sont ceux du temps et de la nécessité; leurs beautés leur appartiennent en propre, et ont mérité d'avoir Molière pour imitateur. S'il restait encore quelques doutes, j'espère qu'une seule réflexion les dissipera. Supposons que l'on veuille aujourd'hui donner des spectacles gratuits, et en plein air, comme étaient les théâtres anciens, à trente ou quarante mille hommes de toutes les classes du peuple, n'est-il pas évident qu'il faudrait créer un nouveau répertoire, substituer la comédie générale à la comédie spéciale, et recourir aux artifices employés par les anciens pour se faire entendre à cette multitude et pour l'amuser?

Je crains d'avoir trop étendu la pensée de MM. Duval, qui, de leur côté, ont été trop laconiques ; et c'est peut-être par amour-propre que j'ai été diffus, car j'avais depuis long-temps la même idée. Ce nouveau point de vue me semble d'ailleurs très-propre à faire apprécier à leur juste valeur les chefs-d'œuvre des anciens, et je ne vois pas d'autre moyen de concilier le grand talent de Térence et de Plaute avec des fautes dont nos pièces des boulevards sont exemptes. Si La Harpe s'était bien représenté ce que devait être la comédie dans Rome républicaine, et dans le siècle d'Annibal, il n'aurait pas traité Plaute avec un dédain qui peut faire douter s'il l'a bien lu.

Ne soyons pas trop fiers de notre supériorité sur les anciens, même en fait de comédies ; et, avant de condamner ce qu'ils ont fait, instruisons-nous un peu de ce qu'ils ont dû, de ce qu'ils ont pu faire. On siffle déjà Molière : ne nous étonnons donc pas qu'un Plaute et un Térence soient méprisés par des hommes qui ne pourraient pas les lire.

M. Levée a publié le texte de Plaute et de Térence ; il a traduit tout le théâtre du premier de ces auteurs ; il s'est servi, pour le second, de la

traduction de l'abbé Lemonnier; il a fait un grand
nombre de notes philologiques et archéologiques,
soit pour expliquer les difficultés du texte, soit
pour rappeler les usages auxquels certains passages font allusion, soit enfin pour justifier sa traduction de Plaute; il a publié aussi les notes de
l'abbé Lemonnier sur Térence, et il en a ajouté de
nouvelles quand elles lui ont paru nécessaires pour
rectifier quelques erreurs de version, ou pour
éclaircir des passages difficiles. Le tout est précédé
d'une bonne dissertation sur Plaute et sur ses
écrits, par M. Levée; d'une préface de l'abbé Lemonnier sur Térence, et l'on trouve à la fin de
chaque volume des observations fort curieuses de
MM. Amaury et Alexandre Duval, sur les comédies que l'on vient de lire, observations que cependant on a tort d'annoncer dans le titre comme
des dissertations.

De deux auteurs latins, Térence est celui que
l'on cite le plus souvent, et que l'on nous offre
comme un modèle d'excellente latinité; il est aussi
le plus sage, le plus régulier, et surtout le plus
décent. Quoique ses comédies portent l'empreinte
du temps et des mœurs romaines, elles se rap-
prochent davantage de la comédie moderne. Les
invraisemblances y sont beaucoup plus rares que
dans Plaute, et toujours moins choquantes. Son
dialogue, toujours élégant et pur, se fait surtout
remarquer par une raison profonde; les scènes y
sont liées avec beaucoup d'adresse; des phrases,

des mots jetés comme par hasard, y préparent les scènes et les situations suivantes ; quelques-unes de ces comédies, enfin, nous prouvent que l'art n'était plus à son berceau, comme on le dit un peu trop légèrement ; et, quoique ces pièces ne puissent plus convenir dans leur totalité aux peuples modernes, il n'en est pas une où l'auteur comique ne puisse trouver de bons exemples et puiser d'utiles leçons. Si, parmi les pièces modernes, je voulais chercher quelque analogie avec la manière de Térence, c'est dans la comédie allemande que je croirais pouvoir la découvrir.

Mais si l'auteur de l'*Andrienne*, des *Adelphes*, et surtout de *Phormion*, paraît l'emporter sur son devancier, ce n'est pas au moins sous tous les rapports ; il lui cède même dans la partie la plus essentielle de l'art, dans le comique. Nul doute que Plaute n'ait plus de vivacité, plus de verve, et, malgré La Harpe, plus de variété. Si la comédie doit faire rire, si elle doit être pour les spectateurs un objet d'amusement plutôt qu'un sujet d'étude, les pièces de Plaute sont plus comédies que celles de Térence. Oh ! certes, je ne me dissimule aucun de ses défauts. Des plaisanteries communes et grossières, des équivoques de mots qui, quelquefois, n'ont pas même le mérite des calembours, des obscénités portées jusqu'au dégoût, une exagération souvent ridicule des caractères, ou trop vils, ou trop vicieux, quelques tableaux si révoltans qu'ils nous inspirent un profond mépris pour les

vertus républicaines du grand peuple, voilà ce
qu'on ne peut y méconnaître ; mais n'oublions pas
quel était alors le but de la comédie latine, et te-
nons pour certain que, si nous avions eu les mêmes
théâtres, si la même foule y avait été appelée, et
si le spectacle eût toujours été un *gratis*, Molière
n'aurait jamais pensé à faire un *Misanthrope*, et
il nous aurait montré autant de Mascarilles qu'il
y a de Syrus, de Dave et de Geta dans la comédie
latine. Considérons d'ailleurs par combien de traits
piquans et agréables, par combien de détails pleins
de finesse, par quelle vérité de dialogue et par quelle
énergie d'expression Plaute a racheté des défauts qui
étaient ceux de son temps et de ses contemporains ; et
ne soyons pas étonnés si les ancêtres d'Horace *Plau.*
tinos laudavére sales; aujourd'hui même Térence
est sans doute plus admiré, mais tout lecteur de
bonne foi conviendra que Plaute l'amuse davantage.

Les traducteurs de Plaute et de Térence diffèrent entre eux comme les deux comiques latins.
M. Levée a serré son auteur de plus près ; il n'a
pas prétendu *franciser* un Romain du siècle de
Scipion ; il n'abandonne l'esprit et l'expression de
Plaute que quand la tournure latine est incompa-
tible avec le génie de notre langue, et il ne corrige
la crudité du texte que quand trop de fidélité
deviendrait de l'indécence, comme dans quelques scènes de l'*Asinaire*, et surtout de *la Casina*.
M. Levée nous a donc présenté Plaute avec autant
de vérité qu'on peut le faire en français.

L'abbé Lemonnier a traduit Térence d'après un autre système : il semble avoir voulu donner un costume moderne aux personnages de l'ancienne comédie, et traduire l'*Eunuque*, l'*Hécyre* et les *Adelphes*, comme si ces pièces devaient être représentées sur notre théâtre. Aux proverbes, aux idiotismes, et aux allusions qui indiquent des mœurs et des habitudes anciennes, il substitue, non pas des équivalens, mais des à peu près, empruntés à nos mœurs et à nos usages. S'il trouve dans le texte : *Fallaciam portare*, il traduit : *dresser une batterie*. Le mot *expiscari* pouvait se rendre par *amorcer*, qui serait une métaphore tirée de l'art de prendre le poisson en lui présentant un appât; il a mieux aimé dire : *Tirer les vers du nez*, ce qui n'offre pas une image très-agréable. Lorsqu'il est question de payer la somme d'un *grand talent* au parasite Phormion, le vieillard Chremès s'écrie avec humeur : *Immo malum hercle!* et l'abbé Lemonnier a trouvé plus plaisant de lui faire dire : *Un grand diable qui l'emporte*. Ailleurs, Antiphon dit en latin : *Satin, illi di sunt propitii?* et en français : *Est-ce qu'il a le diable au corps?* Je sais que, dans une imitation de cette scène, Molière fait dire à Argante : « Qu'il aille au diable avec son mulet! » Mais Molière écrivait pour un théâtre et pour des spectateurs français, tandis que l'abbé Lemonnier devait nous conserver l'esprit et le caractère d'une pièce latine faite pour un théâtre de Rome. Lorsque Térence a fait

31.

dire : *Quid, si animam debet? S'il doit jusqu'à son âme?* le traducteur fait observer que cette expression serait *fausse pour nous, parce que nos lois n'adjugent pas au créancier la personne du débiteur insolvable.* Eh! voilà précisément pourquoi l'expression serait excellente puisqu'elle est caractéristique, et tient aux usages du peuple que l'on met en scène. Si, dans une comédie dont le sujet serait pris chez les Turcs, il était question d'empaler un scélérat, l'abbé Lemonnier aurait dit sans doute que ce supplice n'est pas dans notre Code pénal. Il s'agit bien de nos lois dans une pièce de Térence! Le traducteur aurait dû voir que cette conformité de la traduction avec nos mœurs était absolument impossible; le théâtre latin où les valets sont des esclaves, où il est question des *édiles* et du *préteur,* où l'on achète des femmes au marché comme des comestibles, où une mère peut, *légalement* vendre sa fille à un homme pour un temps déterminé, où un père entre en négociation avec son fils pour partager avec lui les faveurs d'une maîtresse, où tout se fait selon les usages anciens, et selon les mœurs très-corrompues des républicains de Rome, ne peut jamais avoir le caractère des comédies françaises, et c'est pour cela qu'il fallait lui conserver son caractère original, et ne pas produire la disparate choquante de deux choses inconciliables. Autant vaudrait donner aux Geta et aux Syrus, l'habit de grande livrée, et montrer les Antiphon et les Pamphile en habit de

cour, ou en frac à l'anglaise. Cette manie d'employer nos expressions communes a fait pâlir la
traduction de Térence. Cette phrase, par exemple,
« j'ai extorqué de l'argent aux vieillards, » rend-
elle l'énergie du latin *emunxi argento senes*? Et
combien de fautes pareilles ne pourrais-je pas citer! Observons cependant que ces fautes ne sont
que des erreurs de système, que l'abbé Lemonnier a très-bien senti le mérite de Térence, que sa
traduction est d'ailleurs fort élégante, et que, s'il
est par fois inexact, c'est quand il a cru devoir éviter son auteur au lieu de le suivre.

Je vais faire quelques observations sur la traduction de Plaute, et sur les notes archéologiques
de M. Levée. Dans le texte de l'Hécyre, je lis ce vers
au bas de la page 122 :

Perii! pudet Philumenœ, sequimini me huc intro ambœ.

C'est la courtisane Bacchis qui parle ; or, comment
peut-elle dire : *Sequimini ambœ*, quand il n'y a
en scène que la nourrice et deux hommes? L'un
de ce deux hommes est Phidippus, père de Philu-
mena, qui peut conséquemment dire : Suivez-moi
toutes deux chez ma fille ; il faut donc que le vers
soit écrit ainsi :

BACCHIS.

Perii! pudet Philumenœ.

PHIDIPPUS.

Sequimini me huc intro ambœ.

Dans la traduction des *Captifs*, Hégion dit,

page 229 : « Ce Philocrates vient d'agir comme un
» honnête homme. » M. Levée n'a pas vu que dans
le texte *Philocrates* est suivi d'une virgule, et qu'il
est conséquemment au vocatif, puisque Hégion
croit parler à Philocrates lui-même. Il faut donc
lire : « Philocrates, ce Tyndare, vient d'agir comme
un honnête homme. »

Voici un passage dont le texte et la traduction
m'embarrassent également. Dans l'*Aululaire*, l'a-
vare Euclion cache son or dans une marmite ; la
peine qu'il se donne pour enfouir et déterrer sans
cesse la marmite, l'importance qu'il attache à cet
or, qui est toute sa fortune, font croire que la
somme est très-considérable, et le valet Strobile
qui découvre la marmite, s'écrie qu'il n'y a pas
d'homme au monde plus riche que lui. Cependant
le latin dit : *Quadrilibrem aulam, auro onustam.*
M. Levée a traduit : *Une marmite pleine d'or, du
poids de quatre livres.* Il semble, en conséquence,
qu'il n'y ait que quatre livres d'or ; et, certes, une
somme de 6000 fr. à peu près n'était pas une grande
fortune dans ce temps-là, puisque, dans la même
pièce, on paie un écu d'or à un cuisinier pour le
travail d'une journée, et uniquement pour sa peine,
numo sum conductus. C'est donc la marmite qui
pèse quatre livres, et qui, formée d'un métal peut-
être fort mince, peut avoir une grande capacité,
et contenir bien plus de quatre livres d'or. Le texte
quadrilibrem aulam, auro onustam, favorise ma
conjecture.

M. Levée, dans sa dissertation sur Plaute, établit, comme une vérité constante, qu'il était défendu aux poètes grecs et latins de montrer au théâtre des femmes de condition libre. Cependant Alcmène dans *Amphitryon*, Artémone dans l'*Asinaire*, Cléostrate et Murrhine dans *la Casina*, Phanostrate dans *la Cistellaire*, sont des épouses de citoyens romains ou grecs ; car ce sont vraiment des Romains que Plaute fait agir sous des noms grecs. Dans Térence, trois Sostrate, une Myrrhine et une Nausistrate, sont aussi des femmes de condition libre ; cela me fait croire qu'il y a méprise sur le sens de l'expression, et qu'il faut dire : Les lois défendaient aux femmes libres de paraître sur la scène, mais non pas aux auteurs de présenter des femmes libres comme personnages de comédie.

Dans la scène d'Amphitryon, où Sosie se plaint de ce que la nuit est plus longue qu'à l'ordinaire, M. Levée traduit le nom du dieu *Nocturnus* par celui de *Vesper*. C'est une faute. Vesper présidait au soir, Nocturnus au milieu de la nuit, Lucifer au matin. Si l'esclave Sosie disait que Vesper s'est endormi, il ferait un contre-sens, car la paresse de Vesper aurait allongé le jour plutôt que la nuit, puisque le soir serait arrivé plus tard ; mais, Nocturnus s'endormant, Lucifer ne pouvait se lever, et la nuit devenait plus longue.

Le traducteur dit dans une note que la *taille ordinaire* du soldat romain était de six pieds romains ou de *cinq pieds huit pouces* de notre an-

cienne mesure. Il se trompe : les six pieds romains
répondent exactement à cinq pieds cinq pouces de
notre pied de roi ; jamais cinq pieds huit pouces ne
furent une taille ordinaire, pour les Romains surtout qui n'étaient pas d'une haute stature, tandis que
leurs femmes étaient assez généralement grandes.

M. Levée a eu tort d'en croire l'ancien traducteur Limiers, sur la signification du mot *basilique*.
Ce n'était point une *place*, mais un édifice assez
magnifique pour mériter ce beau nom. A l'établissement du christianisme, les temples payens n'étant
pas assez vastes pour qu'on en fît des églises, Cons-
tantin consacra au nouveau culte quatre superbes
basiliques, sur l'emplacement desquelles s'élèvent
encore aujourd'hui les églises de Saint-Pierre du
Vatican, de Saint-Jean de Latran, de Sainte-Marie-
Majeure et de Saint-Paul, hors des murs, qui
portent toujours le nom de basiliques.

Les deux commentateurs, MM. Duval, ont plutôt
énoncé que traité une question dont il est impossible cependant qu'ils n'aient pas senti toute l'importance. J'ai déjà essayé de développer leur idée,
et des motifs, que le lecteur appréciera sans doute,
m'invitent à y revenir. Il s'agit de savoir si le théâtre
des anciens peut se comparer au nôtre, et si les
règles qui les guidaient, dans la composition de
leurs comédies, peuvent s'appliquer à la comédie
moderne. Je réponds négativement, et l'on verra
bientôt que cette question n'est point intempestive;
je suis excité, provoqué à la résoudre par une foule

d'écrits où, à défaut de raison, l'orgueil brille dans tout son éclat.

Charles Perrault est ressuscité, il reproduit ses déclamations contre les anciens, et plus fier encore de revivre dans le siècle des lumières, il proclame notre prééminence, non seulement sur les anciens antiques, mais même sur les anciens modernes. Il n'est pas étonnant qu'il fasse des prosélytes; il n'est point embarrassé de trouver des Scudéry et des Chapelain pour propager sa doctrine, tandis que pour la combattre nous n'avons pas un grand nombre de Boileau et de Racine, dans ce siècle qui vaut cependant mieux que tous les autres. Je me garderai donc bien de renouveler la querelle de prééminence; depuis que tout se décide à la pluralité des voix, il est démontré que l'instruction, le goût, le talent et le génie ne sont plus le partage du petit nombre, mais celui de la multitude; et nos romantistes, par cela seul qu'on les compte par centaines, sont en effet très-supérieurs au petit nombre d'écrivains qui soutiennent la gloire chancelante du théâtre classique, et conservent un respect superstitieux pour les reliques du siècle de Louis XIV.

Notre supériorité dans tous les genres étant reconnue et proclamée, il faut bien me résoudre à reconnaître notre supériorité dans l'art du théâtre; ainsi, j'avoue humblement et d'un cœur contrit, que le génie dramatique date de 1789, année qui a produit toutes les bonnes choses; j'avoue que ce bel art était dans l'enfance chez les Grecs et les Latins ; nous valons beaucoup mieux, je le confesse, que les Aristophane, les Ménandre, les Plaute, les Térence, et même que ce Molière, qui était cependant *un garçon d'esprit* aux yeux de M. de Visé, mais qui n'est plus aux nôtres qu'un écrivain grossier et de mauvais ton. Mais je demande en grâce qu'on me permette de mitiger l'arrêt, et de prouver que les auteurs anciens ne peuvent être comparés aux modernes, puisqu'ils se sont proposé un but différent, et qu'ils ont considéré la comédie sous d'autres rapports. Si j'y réussis, il faudra bien en conclure que la comédie ancienne n'est ni meilleure ni plus mauvaise que la moderne, mais qu'elle est d'une autre nature, et qu'elle a été composée dans une autre intention et d'après d'autres principes. Il ne s'agira plus de savoir si les anciens ont fait plus ou moins mal, mais ce qu'ils ont été forcés de faire, et ce que nous aurions fait nous-mêmes sous les mêmes conditions et dans les mêmes circonstances. Après cette précaution oratoire, dont on ne me tiendra pas compte, j'entre en matière.

Nos théâtres sont petits, ils sont fermés et couverts, la voix naturelle de l'acteur peut s'y faire entendre, on y paie les places, et la différence dans le prix divise la société qui assiste aux représentations en différentes classes de spectateurs, mais dont la dernière est plus policée et moins turbulente que la *plebecula* des Romains. A Rome, au contraire, les théâtres étaient immenses, ils étaient découverts, et la moindre pluie interrompait le spectacle ; les places y étaient gratuites, et tout être à forme humaine avait droit d'y assister, sans excepter la lie du peuple, les esclaves, les sicaires et les filles publiques. Ces théâtres, c'est-à-dire ces salles, pouvaient contenir, les uns 30, les autres 40,000 spectateurs, et le peuple étant le *souverain* qu'on voulait y amuser et y flatter, il fallait nécessairement que, dans la composition du drame, les auteurs consultassent plutôt le goût populaire que le goût académique. Cette différence dans la constitution physique des théâtres anciens et modernes en nécessite une grande dans le résultat. Pour se faire voir et entendre à de grandes distances par quarante mille spectateurs, les acteurs ont été forcés de s'élever sur des échasses, et de grossir le volume de leur voix par un moyen mécanique : ces moyens auraient été insuffisans pour parler intelligiblement à cette foule indocile et peu silencieuse ; il a donc fallu noter le dialogue et en faire une espèce de récitatif, afin de ralentir le débit et de soutenir les voix des récitans sur un haut diapason ; on ne parlait donc pas, mais on chantait, même dans la comédie, et, si l'on en doute, on peut consulter le titre d'un grand nombre de pièces latines ; on y lira : « Flacus, affranchi de Claudius, a écrit la musique de cette comédie pour deux flûtes égales. » Ou bien, tel autre a fait la musique pour deux flûtes inégales, etc. Or, la comédie n'avait pas des

chœurs comme la tragédie ; c'était donc le dialogue
qui y était récité sur une espèce de mélopée sou-
tenue par des flûtes. Cette difficulté de se faire entendre a nécessairement influé sur la composition
des scènes. De là, sont venus ces longs et fréquens
monologues où les acteurs exposent ce qu'ils vont
faire, afin que le public, attendant ou espérant un
effet, apportât plus d'attention à l'action ou à la
scène suivante ; de là, ces prologues où l'analyse
de la pièce est présentée d'avance, afin que l'intrigue en soit plus claire ; de là, ces apostrophes
aux spectateurs qui, interpellés par l'acteur, l'écoutent avec moins de distraction. Tantôt on leur parle
directement : *Qui sedetis;* tantôt indirectement :
Qui sedent; et, dans tout le cours de la pièce,
on voit que l'auteur tend à un seul but, celui de se
faire comprendre, et n'a qu'une crainte, celle de
n'y pas réussir. De tant d'exemples que je pourrais
citer de ces allocutions au public, je choisirai celui
qui, en servant de preuve, offre d'ailleurs une singularité très-remarquable. C'est ce passage où
Plaute expose une des règles de l'art dramatique
dans une scène où il n'est nullement question de
comédie, et donne cette leçon par la bouche d'un
personnage qui a cependant l'air d'être occupé de
tout autre chose.

Dans le *Pœnulus* (le Carthaginois), l'esclave
Milphion vient d'apprendre sur la scène une nouvelle qui rétablit les affaires de son maître, et va
lui causer la joie la plus vive. Les spectateurs ont

entendu raconter la nouvelle qui va tout changer
dans l'action ; et si l'auteur avait fait arriver dans
ce moment le maître de l'esclave, celui-ci aurait
été obligé de répéter ce que le public savait déjà.
Plaute n'a eu garde de commettre cette faute, dans
laquelle plusieurs auteurs tombent encore aujour-
d'hui, quoique l'art ne soit plus *dans l'enfance*.
L'auteur latin se tire de cette difficulté par le moyen
dont j'ai parlé plus haut ; il fait dire à Milphion :
« Je vais rentrer pour tout raconter à mon maître,
car *ce serait une faute* que de lui dire et de répéter
ce que vous venez d'entendre (quæque audivistis
modo). » Milphion est seul en scène, *audivitis* ne
peut donc s'adresser qu'aux spectateurs. L'esclave
continue et dit : « Ce serait une preuve d'ignorance
(inscitia). J'aime mieux entrer, et répéter cette
nouvelle à mon maître, que de vous ennuyer en
vous la redisant. » Ce petit fragment de poétique
dramatique paraîtrait fort ridicule sur notre théâtre,
mais les Romains étaient habitués à ces digressions
dans lesquelles le public était considéré comme
présent à l'action du drame. Plaute a senti qu'il y
aurait de la maladresse à dire une chose deux fois,
mais en même temps qu'il était nécessaire de fixer
sur ce point l'attention du spectateur, afin qu'on
ne s'étonnât pas du dénoûment qui est une suite
naturelle de la nouvelle apprise à Milphion. C'est
comme s'il avait dit : « Les règles de l'art me dé-
fendent de répéter ce que vous avez déjà entendu,
mais ne l'oubliez pas. »

Le résumé de toutes ees observations, dont je pourrais multiplier les preuves, est que les comiques latins n'ont jamais pu avoir la prétention, ni même l'idée, de produire ce que nous nommons *l'illusion*; ils n'ont jamais voulu faire croire aux spectateurs qu'ils voyaient une *action réelle*, mais ils ne leur présentaient qu'une *fable*, une action fictive dans laquelle les acteurs ne parlaient point spontanément, mais récitaient des rôles appris d'avance. Le public prenait la comédie pour ce qu'elle est réellement, et ne voyait que des comédiens dans de prétendus personnages.

Notre méthode vaut bien mieux, va-t-on dire; j'y consens, et la manière mise à part, Molière serait encore, je le crois, le premier des comiques anciens et modernes; mais il ne faut pas demander aux anciens ce qu'ils n'ont pas voulu et ce qu'ils n'ont pu faire. Ne sommes-nous pas d'ailleurs un peu trop fiers de cette vraisemblance rigoureuse que nous croyons mettre dans nos drames, et de cette illusion que nous croyons produire? Ne nous faisons-nous pas illusion nous-mêmes sur les effets de cette illusion toujours trop imparfaite? Quiconque a vu deux fois la comédie peut-il en être dupe? Ces salons, ces chambres qui n'ont jamais que trois murailles, ces personnages qui se rangent constamment sur la ligne où devrait être la quatrième, ces hommes, ces femmes qui se parlent en se regardant de côté, ces *aparté* par lesquels on se fait entendre de mille personnes qui sont

loin, quand celle qui est tout près doit faire la
sourde, ces chassis de toile peinte, ces arbres roides
et immobiles pendant la tempête, ces ciels de toile,
ces montagnes sur lesquelles un nain devient un
géant, ce soleil enfin qui est aux pieds des acteurs
et projette les ombres de bas en haut, c'est avec
tout cela que vous voulez faire illusion! Ce sont
des conventions, me direz-vous, ce sont des concessions que le public fait à l'auteur, et sans lesquelles l'art dramatique ne pourrait exister. Eh
bien! les anciens avaient aussi leurs conventions,
et le public faisait alors les concessions que ren-
daient nécessaires la vaste étendue des salles, le
nombre immense des spectateurs, la difficulté de
se faire entendre, et l'obligation d'amuser un peuple
souverain et difficilement amusable. On insiste encore, et l'on me dit que, malgré nos quinquets,
nos arbres en peinture ou nos chambres à trois
murailles, nous savons produire l'illusion puisque
nous faisons rire et pleurer. Je réponds que même
à la répétition d'une tragédie intéressante, si les
comédiens disent bien leurs rôles, nous serons
très-émus et nous verserons même des larmes,
quoique la princesse y soit en bonnet de nuit,
quoique le Brutus y porte un frac, ou l'Agamen-
non une redingote. Eh! qui vous dit que l'on ne
pleurait pas et qu'on ne riait pas aux théâtres des
anciens? Nous savons au contraire quels transports
excitaient les chefs-d'œuvre du temps, et l'on voudra bien m'accorder que les habitans de Rome et

d'Athènes n'étaient pas tous des hommes stupides.
Si nos grands auteurs étaient nés dans le siècle de
Plaute ou de Térence, s'ils avaient été obligés de
parler à tout un peuple, d'employer les échasses,
le porte-voix et le récitatif accompagné de flûtes ;
si Plaute et Térence étaient nés parmi nous, les
mêmes hommes qui les méprisent vanteraient leur
génie, et s'en feraient une autorité pour proclamer
notre prééminence sur les anciens.

Quoique tous les auteurs dramatiques chez les
Latins aient été obligés de se soumettre à une loi
commune, celle qui leur imposait l'obligation
d'amuser un peuple immense et de consulter le
goût de la multitude, plutôt que les règles de l'art ;
quoique les mœurs du temps aient forcé les auteurs à renfermer la comédie dans un cercle assez
étroit, et à la revêtir de formes peu variées, on
remarque cependant une grande différence, non-
seulement entre les ouvrages de Térence et ceux
de Plaute, mais entre les différentes pièces de
chacun de ces deux auteurs. Plaute surtout nous
offre une telle disparate, qu'on serait tenté d'attribuer ses comédies à différens siècles, si le caractère de son style ne se faisait reconnaître par
des qualités et des défauts qui lui sont propres.
Lorsque Térence est né, Plaute n'avait que vingt-
cinq ans, et cependant ces deux écrivains paraissent avoir vécu dans des temps éloignés par un
long intervalle. Lorsque le moins ancien de ces
auteurs occupait le théâtre, l'aristocratie romaine

s'était emparée de la puissance, la civilisation avait
fait des progrès, et il a été permis à Térence d'être
plus poli, plus pur, plus raisonnable et plus froid
que ses prédécesseurs. Au temps de Plaute, le
peuple avait plus de pouvoir, et il fallait flatter son
goût et ses caprices sous peine d'être exclu du
théâtre. C'est peut-être à cette influence du goût
dominant que l'on doit les jugemens contradictoires
portés sur les comédies de Plaute par les meilleurs
écrivains latins. Cicéron, tout républicain, admirait ce poète comique ; Horace, courtisan et com-
mensal de Mécène, trouvait Plaute un peu grossier.
Il n'est peut-être pas inutile de remarquer qu'il s'est
écoulé à peu près le même temps entre la mort de
Cicéron et d'Horace, et entre la naissance de Plaute
et de Térence ; ainsi une trentaine d'années ont
suffi pour produire une aussi grande différence
dans le langage de la comédie, et dans l'opinion de
deux écrivains illustres sur la comédie ancienne.

On a tout dit sur Térence, sur l'urbanité, l'élégance, la pureté de son style, sur la profonde raison de son dialogue, sur les excellentes maximes
dont il fourmille ; la même unanimité d'opinion ne
se fait pas remarquer à l'égard de Plaute, et, en
effet, il n'y a point d'auteur plus inégal ; mais
cette inégalité n'est pas celle du talent, de la verve,
ou de l'inspiration, elle est méthodique et fondée
sur un système. Dût cette idée paraître bizarre,
elle me poursuit depuis long-temps, je la crois
juste, et je la consigne ici.

Dans Térence, les esclaves et le *parasite* (personnage particulier aux Latins), ne se distinguent pas à beaucoup près autant par leur dialogue des personnages plus relevés, que dans les comédies de Plaute. Les esclaves y ont un meilleur ton, le parasite y est moins exagéré, et dit beaucoup moins de sottises; il n'y a même que deux pièces, des six qui nous restent de Térence, qui offrent un parasite. On voit par là qu'au beau temps des Scipion, le gros rire n'était plus ce qui faisait réussir une comédie. La même révolution s'est faite chez nous : les soubrettes du *Méchant* et de *la Métromanie* ne ressemblent plus aux servantes de Molière, elles ont bien plus d'esprit, et parlent quelquefois le français plus purement que leurs maîtres ; et, sous prétexte d'épurer le langage de la scène, nous en sommes venus aux soubrettes de Marivaux : c'est toujours là que conduit la perfectibilité.

Plaute, au contraire, a deux styles qui paraissent être ceux de deux hommes vivant dans d'autres temps et sous l'empire d'autres mœurs. Ses vieillards, ses personnages de condition libre, parlent avec une raison, une sagesse, souvent avec une élégance et une pureté qui ne diffèrent pas beaucoup du dialogue de Térence : on observe seulement dans Plaute un plus grand désir de montrer de l'esprit; mais ses esclaves, ses parasites, ses personnages ridicules, tels que le *Miles gloriosus* et d'autres, passent toutes les bornes de la vraisemblance, de la décence et même celles du mauvais goût permis au théâtre quand on y introduit des personnages grossiers. Plaute a suivi, à la lettre, le précepte qui ordonne aux auteurs comiques de faire parler à chaque personnage son langage naturel: il a poussé l'imitation beaucoup trop loin; décent, poli et délicat avec les gens du monde, il devient complètement valet avec les valets, bouffon grossier avec les bouffons, et je dirais presque goujat avec les goujats. Il n'y a pas de gravelures, de mauvais *rébus*, d'équivoques et de lazzi ridicules qu'il n'ait ramassés dans les rues de Rome pour en orner le dialogue de ses esclaves. On me dispensera de citer les obscénités, mais on sera sans doute curieux de connaître jusqu'où a pu descendre un écrivain plein d'esprit, de verve, d'énergie et d'originalité, quand il a voulu désopiler la rate du peuple souverain.

Le moyen qu'il a le plus souvent employé pour exciter le rire bruyant a été de répéter fréquemment le même mot, de le présenter quelquefois en une même phrase dans toutes les phases de la déclinaison, ou de lui opposer le mot contraire. Cet artifice se reproduit de manière à fatiguer le lecteur. En voici quelques exemples entre mille que je pourrais citer : *Induviæ tuæ, uxoris exuviæ. — Viris meis morigera moribus. — Hoc animo decet animatos esse amatores. — Misere miser sum; fiam miserorum miserremus. — Ludis me ludo. — Ante tenebras persequor tenebras. —*

32.

In re adversâ vorsari.—Fateor deberi grates gra-
tias, etc., etc. Si je n'offre pas ici la traduction
française, c'est que ces gentillesses sont intradui-
sibles à quelques exceptions près. Voici un morceau plus long, du même genre, dont je vais
transcrire une partie :

> . . . . *Bona in scenam affero :*
> *Nam bona bonis ferri reor æquom maxume*
> *Ut mala malis ; ut, qui mali sunt habeant mala,*
> *Qui boni, bona : bonos quod oderint mali.*
> *Sunt mali ; malos quod oderint boni, bonos*
> *Esse oportet,* etc.........

Il y a dix vers entiers sur les *boni* et les *mali.* Ces
jeux de mots, je l'avoue, pourraient avoir leur
côté plaisant dans certaines occasions, et si, selon
l'expression de la Corinne grecque, l'auteur les se-
mait *avec la main,* mais Plaute *renverse le sac,* et
cette profusion de quolibets plaisait sans doute beaucoup aux républicains de la grande ville, car elle
est la même dans toutes les comédies de Plaute,
ce que l'auteur aurait évité si le public avait sifflé
la première. Encore ce défaut est-il bien léger en
comparaison d'un autre qui atteint le *maximum*
du mauvais goût, qui se reproduit aussi souvent,
et qui n'était pas moins agréable au peuple, puisqu'il se retrouve dans les vingt pièces qui nous
restent de cet auteur. Je veux parler de ces misérables et pénibles équivoques, produites par l'ac-
couplement forcé de deux mots qui ont une simple
ressemblance littérale, mais n'ont aucun rapport

pour le sens. Tantôt c'est le mot *adsum* (me voilà)
que l'on oppose à l'adjectif *assum* qui signifie
rôti, et fournit le prétexte de répondre par *elixum*
(bouilli); une autre fois, c'est *limem*, subjonctif
du verbe *limare* que l'on fait jouer avec *limo*, datif
de *limus*; trop souvent enfin le lecteur est rebuté
par ces plaisanteries de cabaret, que le délicat Horace nommait *Plautinos sales*, et qui n'ont pas
même l'honneur de pouvoir être assimilées aux
calembours. N'oublions pas cependant que ces
traits, indignes de la comédie, ne se trouvent que
dans les scènes d'esclaves ou de personnages mé-
prisables, et que ces défauts si choquans et si nombreux sont rachetés par le dialogue le plus vif, le
plus gai, le plus naturel, par les expressions les
plus énergiques, et les tournures les plus originales. Que l'on place tant que l'on voudra Térence fort au-dessus de Plaute, il est au moins
certain que ce dernier est plus amusant, soit malgré ses défauts, soit à cause de ses défauts même.

A ne considérer ces comédies que sous le rapport
du sujet et de la conduite, on trouve entre elles
autant de différence qu'entre les deux styles employés par Plaute pour distinguer les maîtres des
valets. Plusieurs de ces pièces sont aussi régulières
que les bonnes pièces modernes; d'autres offrent
un tel désordre, qu'elles paraissent ne nous être
point parvenues dans leur pureté. Dans la plupart,
le dénoûment est vicieux; quelquefois même c'est
un esclave qui vient dire au public comment la

pièce se dénoue, dans la chambre voisine, et sans
que les personnages se montrent. Cette manière
de finir une comédie ne serait pas supportée sur
nos théâtres; mais, comme je l'ai déjà fait observer,
les anciens n'avaient pas la prétention de produire
l'illusion dramatique; ils présentaient au peuple
une comédie et des comédiens, et non pas une
action et des personnages; voilà pourquoi ils ter-
minaient brusquement une pièce quand ils n'a-
vaient plus rien de saillant à dire aux spectateurs.
Au reste, un bon dénoûment, mérite bien réel,
mais que l'on exagère peut-être un peu, est une
chose fort rare dans une bonne comédie, et quelques pièces médiocres en ont un excellent. Mon
choix serait bientôt fait; j'aime mieux un plaisir
continu pendant deux heures, qu'une médiocre
satisfaction suivie d'un moment de surprise et de
contentement. Le plus parfait des auteurs comiques n'est pas riche en bons dénoûmens; cela seul
prouverait que cette partie de l'art n'en est pas la
plus importante et la plus indispensable.

Les deux académiciens qui ont concouru à cette
édition, en joignant l'examen qu'ils ont fait des
comédies latines à la traduction de M. Levée, ont
donné une courte analyse de chaque pièce, et les
ont très-bien appréciées sous le rapport de l'art
dramatique. Sur une seule de ces comédies, je suis
ou je crois être en contradiction avec eux; je dis
je crois, parce qu'ils ne se sont pas complétement
expliqués. Il s'agit ici des *Ménechmes* de Plaute,

qu'ils comparent aux *Ménechmes* de Regnard. La Harpe avait déjà fait ce parallèle, et il y avait traité Plaute avec un superbe dédain. Ce grand littérateur n'avait pas tenu compte à l'auteur latin des mœurs de son temps et de sa nation, et il jugeait une comédie républicaine d'après les idées du dix-huitième siècle. Une seule phrase de la pièce aurait suffi cependant pour lui faire voir que nos règles de morale et de bienséance ne sont point applicables aux anciens Romains. Dès la seconde scène, un mari sort de chez lui, et dit à sa femme : « Je vais passer la journée chez une maîtresse à qui j'ai donné un rendez-vous pour souper. » Sur nos théâtres, cette déclaration maritale exciterait une tempête à laquelle la pièce ne résisterait pas; chez ces Romains, si vertueux, c'était une chose toute simple; et notez encore que le traducteur a été très-chaste en parlant d'une *maîtresse*, car le latin porte le mot *scortum* qui est mieux ou pire. Plaute a dû peindre les mœurs de son temps, et M. de La Harpe ne devait pas lui en faire un crime. Que dira-t-on de nous dans vingt siècles? C'est le temps qui s'est écoulé depuis Plaute jusqu'à nos jours, et cette considération ne doit pas échapper à la critique.

MM. Duval ont rendu plus de justice à Plaute; mais sans se prononcer formellement, ils semblent placer les *Ménechmes* latins fort au-dessus des *Ménechmes* de Regnard. Si telle est leur opinion, je ne la partage pas; et pour me décider en faveur

de Regnard, il ne m'a fallu faire qu'une seule ob=
servation qui a échappé à La Harpe et aux nouveaux commentateurs ; la voici : dans la pièce
française, Ménechme le campagnard croit très-
fermement que son frère est mort, et il a d'excellens motifs pour le croire, puisque ce frère n'a pas
reparu depuis près *de vingt ans.*

> La guerre m'a défait d'un frère, heureusement.
> Depuis près de vingt ans, à la fleur de son âge,
> Il a de l'autre monde entrepris le voyage.

Cette circonstance, habilement imaginée par l'auteur français, donne de la vraisemblance à toutes
les surprises du campagnard ; il peut, sans être un
imbécile, s'étonner de l'accueil qu'il reçoit de
gens qu'il ne connaît point ; il serait même ridicule de l'attribuer à sa ressemblance avec un frère
mort depuis vingt ans. Plaute n'a pas été aussi
adroit ; il a même commis une faute qui influe dé-
sagréablement sur toute sa comédie. Son Ménechme Sosiclès ne croit pas que son frère soit
mort, puisqu'il voyage pour le chercher ; c'est dans
l'espoir de le retrouver qu'il vient à Epidamne
pour la première fois :

> *Hodiè in Epidamnum venit eum serva suo.*
> *Hunc quæritatum geminum germanum suum.*

Ces deux vers sont d'une clarté parfaite. Comment
donc ce Ménechme, lorsqu'il est interpellé par les
passans, lorsqu'il est traité en ami par des inconnus, et lorsqu'on l'appelle par son nom ; comment,

dis-je, n'en conclut-il pas que son frère est dans
cette ville, et que tous ces incidens sont un effet
de la ressemblance? Une femme va jusqu'à lui
dire : « Je vous connais; vous êtes Ménechme,
fils de Moschus; vous êtes né à Syracuse où commandait Agathocle, maintenant c'est Hiéron qui
est votre roi. » Et ce Ménechme, dont cependant
Plaute n'a pas fait un homme stupide, ne soupçonne pas qu'on le prend pour son frère, lui qui
vient chercher *geminum suum*, et qui doit conséquemment se douter de ce que peut produire la
ressemblance? Je ne crains pas de l'assurer, toute
chose égale d'ailleurs, cette seule faute de l'auteur
latin, qui rend tout invraisemblable dans le cours
de l'ouvrage, ce seul trait d'adresse qui rend tout
naturel dans la pièce française, suffisent pour placer les *Ménechmes* de Regnard fort au-dessus des
Ménechmes de Plaute.

M. Levée avait entrepris une tâche difficile, et
il s'en est habilement acquitté. Plaute n'est pas facile à traduire ; son latin mêlé de grec, et plein de
barbarismes, met le lecteur à la torture. Je ne connais pas de plus grand *forgeur* de mots que le poète
de Sarsines. Un grand nombre de termes qu'il
emploie ne se trouvent dans aucun dictionnaire, et
plusieurs de ceux qu'on y rencontre n'ont d'autre
autorité que celle de Plaute même, et ne reparaissent plus dans les auteurs qui l'ont suivi. Ses
équivoques de mots, ses idiotismes, ses fréquentes
allusions à des usages domestiques et à des habi-

tudes qui ne nous sont pas bien connues, ses dictons populaires et ses emprunts au vocabulaire de
la populace, arrêtent sans cesse le traducteur, et
même quand il devine le sens, il lui est souvent
impossible de l'exprimer en français. Ce n'est pas
toujours le latiniste qui entend le mieux Plaute.
Dans une foule de passages, il a besoin de recourir
à l'antiquaire ; et celui-ci ne sait pas tout. Je laisse
aux érudits le soin de rechercher si le nouveau
traducteur a saisi toutes ces finesses que les savans
seuls découvrent dans les auteurs anciens : je me
borne à un petit nombre de fautes que j'ai cru remarquer, et que je relève *meo periculo*.

Dans le *Miles gloriosus*, on commande à deux
hommes de battre le fanfaron Pyrgopolinicès ; on
n'obéit pas au commandement, et celui qui a
donné l'ordre, s'écrie : *Quid cessatis?* M. Levée
traduit : « Pourquoi cessez-vous? Il y a faute ; *ces-
sare* est ici pour *morari*, puisqu'on n'a pas encore
commencé à battre. Il fallait dire : Pourqui hésitez-
vous, pourquoi tardez-vous?

Dans la *Mostellaria*, un esclave querellant avec
un cuisinier, l'appelle *nidor e culinâ* ; M. Levée
traduit : *Vapeur succulente* ; mais il est évident
que *nidor* est une injure, ce que les mots français
sont loin d'exprimer. Plaute n'étant pas avare
d'expressions bassés, a voulu faire dire : *Odeur de
graillon, d'évier*, ce qui serait dégoûtant en français, mais il fallait chercher un équivalent moins
ignoble.

Dans le *Pseudolus*, après avoir joué sur les mots *in advorsâ vorsari*, Plaute fait répondre : *Turbo non æque citus est;* M. Levée a vu là un *tourbillon*, tandis que la métaphore est prise d'un sabot, d'une *toupie* que fait tourner un enfant.

Dans la même pièce, on parle à un esclave d'un homme qui lui a rendu service, *qui tibi sospitalis fuit,* et l'esclave répond : *Mortuus est qui fuit.* Selon M. Levée, il veut dire qu'il regarde comme mort celui qui lui a rendu service autrefois. C'est tout simplement un jeu de mots comme Plaute en fait si souvent : le prétérit *fuit* s'employait prover- bialement pour dire *il n'est plus; Troja fuit,* Troie n'existe plus. L'esclave en disant *mortuus est qui fuit*, fait allusion à ce proverbe.

Dans le prologue du *Pœnulus* l'acteur pré- sente un réglement de police théâtrale ; il y dit à l'homme qui marque les places :

Neu sessum ducat dum histrio in scenâ siet.

M. Levée traduit : *Qu'il ne fasse asseoir personne pendant que l'acteur est en scène.* Ce n'est point cela du tout ; il faut au contraire faire asseoir tout le monde quand l'acteur est en scène ; mais le latin dit : *Neu sessum ducat,* qu'il ne conduise personne à sa place, parce que, pour conduire, il faudrait passer devant les *cuneos,* les bancs, ce qui gênerait les spectateurs.

Le traducteur fait dire ailleurs à une courtisane: « J'en connais de bien fines, mais il n'en est pas une qui puisse me *dégoter*. » Ce mot n'est point

français, et quand il le serait, il ne conviendrait
pas à la courtisane Philocomasis, qui a de l'esprit,
de la grâce, et ne parle pas le langage des valets.

M. Levée a quelquefois aussi imité Plaute, en
se permettant des fautes contre la langue; il écrit:
« J'aurais préféré labourer la terre *que* d'aimer
de la sorte. » Ce *que* n'est pas légitime. Il se
trompe aussi dans ses notes sur le sésame, qu'il
confond avec le blé de Turquie, sur la *solstitialis
herba*, qui est le *silphion* des Grecs, le *laserpitium*
des Latins, le *condurdon* de Pline, et non pas
une herbe qui se fane promptement. Je n'ai plus
qu'une chicane à lui faire : ce n'est point, comme
il le pense, par rapport à la mer de Grèce que
l'Adriatique se nommait *mare superum,* c'est par
rapport à la mer thyrrénienne, qui était le *mare
inferum* des Romains.

J'arrive enfin aux tragédies de Sénèque. La première question qui se présente et qui a été si souvent agitée, est celle-ci : les tragédies publiées sous
le nom de Sénèque doivent-elles être attribuées
au précepteur de Néron, ou à son père, ou à l'un
de ses frères, ou enfin à quelque auteur dont le
nom ne nous est point parvenu? M. Duval a repris
cette discussion, et je suis persuadé qu'il ne laissera aucun doute dans l'esprit du lecteur; d'abord
le philosophe précepteur de Néron a bien certainement écrit des tragédies, et surtout celle de *Médée,*
dont Quintilien cite un demi-vers, en la lui attribuant. En second lieu, les beautés et les défauts

que l'on remarque dans ces tragédies, sont bien
les beautés et les défauts qui font alternativement
admirer et blâmer Sénèque le prosateur. Même
énergie, même penchant à la déclamation et à l'enflure, même laconisme dans chaque phrase, prise
isolément, même profusion d'idées dans l'ensemble du discours. La seule prétendue preuve
sur laquelle se sont appuyés quelques érudits pour
refuser les honneurs tragiques à Lucius Annæus
Seneca, est d'une faiblesse extrême : ils se fondent
sur ce que les écrivains qui ont parlé de ces tragédies, ont simplement nommé Sénèque, sans
ajouter le prénom de Lucius, et sans désigner l'auteur par sa qualité de philosophe. Cette observation
pourrait tout au plus faire naître le doute, car,
dès qu'il est assuré que l'auteur de ces ouvrages
est un Sénèque, il n'y a aucune raison d'exclure
le plus illustre des quatre Romains qui ont porté
ce nom ; cela serait même absurde, puisque Lucius
est bien reconnu pour avoir composé des poésies,
et avoir fait la tragédie de *Médée*. Mais le doute
ne peut plus subsister puisque, des quatre Sénèque, Lucius Annæus est le seul connu pour
avoir réuni la qualité de poète à celle de philosophe. L'objection fondée sur l'omission du prénom de Lucius, ne mérite pas qu'on s'y arrête :
chaque fois que nous écrivons le nom de Corneille sans y joindre le prénom de Pierre, il est
bien évident que nous désignons l'auteur de *Cinna*
et de *Rodogune;* mais nous ne parlons jamais de

son frère sans lui donner le prénom de Thomas. Ainsi, l'absence du prénom prouve que l'on veut désigner le plus célèbre.

On a autant disputé sur le mérite de ces tragédies que sur le nom de leur auteur. L'opposition qui existe dans les différens jugemens portés sur ces ouvrages, provient de ce qu'on a voulu décider par l'affirmative ou la négative une question qui devait être distinguée. On pouvait concilier toutes les opinions par une seule phrase : il fallait dire aux uns : Vous admirez le poète, et vous avez souvent raison ; il fallait dire aux autres : Vous blâmez l'auteur tragique, et vous avez rarement tort. Si nous lisons un de ces ouvrages dans l'intention d'y trouver une tragédie, nous sommes d'abord rebutés par ces énormes monologues, dont quelques-uns renferment jusqu'à cent vingt vers, et ne tiennent à l'action du drame que par un faible lien ; quelquefois un seul monologue et un chœur composent un acte, pendant lequel l'action n'a pas fait un pas ; souvent, dans ces tragédies, les scènes ne sont qu'une suite de discours, et les interlocuteurs y dialoguent comme des hommes qui savent ce qu'on va leur dire, et qui ont préparé une belle harangue pour y répondre. Quand l'action devient plus vive, il faut bien que le dialogue s'anime un peu, et que les répliques soient plus courtes ; mais alors même chaque personnage ne fait usage que de son esprit, son âme reste impassible, et il ressemble à un philosophe qui, témoin d'une action à laquelle il prend une faible part, raisonne avec beaucoup de sens et d'esprit sur les terribles effets des passions. La catastrophe la plus inattendue, le malheur le plus déplorable, le crime le plus odieux ne font pas perdre aux personnages de Sénèque le désir de déclamer et de débiter des maximes. S'ils veulent présenter une image, ils déroulent une description complète dans laquelle l'hyperbole joue un grand rôle, et où la plus petite circonstance n'est pas négligée. C'est bien dans ces tragédies que le poète se montre toujours, et ne laisse presque jamais paraître le personnage.

. Voilà sans doute des défauts bien choquans, et ils justifient le dégoût des hommes qui n'ont pu reconnaître de véritables tragédies dans les dialogues déclamatoires de Sénèque. Mais séparez tous ces morceaux de la tragédie qu'ils font languir, et considérez-les uniquement sous le rapport de la poésie, presque tous les défauts disparaissent, et une foule de beautés vous forcent à l'admiration. Ce qui était enflure et déclamation dans un personnage tel que Thyeste, Hippolyte, Pyrrhus, Médée ou Phèdre, n'est plus que de l'énergie ou de l'élégance dans la bouche du poète : tantôt c'est une grande pensée renfermée dans un petit nombre de mots du plus heureux choix; tantôt c'est le tableau le plus imposant revêtu des plus vives couleurs; ici le chœur se transforme en une ode pleine de pompe et d'harmonie, telle que celle-ci :

Jam rara micant sidera prono

Languida mundo : nox victa vagos
Contrahit ignes ; luce renatâ
Cogit nitidum phosphoros agmen, etc.

ou cette autre plus belle encore :

Lugeat œther, magnusque parens.
Ætheris alti, tellusque ferax,
Et vaga ponti mobilis unda, etc.

Plus loin, dans une scène très-imparfaite sous le rapport dramatique, on admire néanmoins une raison profonde, de belles idées, de grandes images, un style tout à la fois abondant et concis, et le plus heureux accord entre la pensée et l'expression. La réunion de tant de qualités si brillantes et de tant de défauts inexcusables, nous fait comprendre pourquoi des critiques ont fait grâce à l'auteur tragique en faveur du poète, et d'autres ont enveloppé dans une réprobation commune et le poète et l'auteur de tragédies.

Des concessions que je suis obligé de faire aux dépréciateurs de Sénèque, il ne faut pas conclure que je considère cet écrivain comme absolument nul sous le rapport dramatique. Ses tragédies offrent des situations, en petit nombre il est vrai, mais grandes, imposantes, et surtout théâtrales. Après des scènes qui, comme je l'ai dit, ne sont composées que de longs discours, on en trouve quelquefois où le dialogue, rapide et concis, procède par réparties vives et courtes, et porterait la terreur dans l'âme du spectateur, si l'art et l'esprit

n'y étaient pas si souvent substitués à la passion.
Au reste, l'admiration que Sénèque inspirait au
grand Corneille, et l'honneur que Racine a fait au
poète latin en l'imitant dans la belle tragédie de
Phèdre, doivent nous rendre fort circonspects
dans nos jugemens. Cette réflexion me conduit naturellement à l'examen de quelques passages de
l'*Hippolyte* : je choisis cette tragédie, parce qu'elle
est celle dont le sujet est le plus connu des lecteurs
français, et la seule de Sénèque à laquelle Racine
ait fait des emprunts considérables.

L'admirable scène de confidence entre Phèdre
et Œnone est imitée de la seconde scène de la
tragédie latine, autant que de l'*Hippolyte* d'Euripide. Mais combien l'auteur latin reste au-dessous
de son imitateur! Avec quelle supériorité de goût,
d'art et de talent, avec quelle délicatesse surtout
Racine a su métamorphoser les phrases redon-
dantes de Sénèque en vers pleins de sentiment,
d'énergie et de naturel! Le poète français se garde
bien de nous montrer Œnone instruite de la passion de Phèdre, et, en se créant une difficulté
dont il triomphe, il fait sortir une foule de beautés
de cet aveu qu'on arrache à la reine, et que Sénèque suppose avoir été fait depuis long-temps.
La Phèdre française peut, sans impudeur, rappeler vaguement les malheurs d'Ariane et l'égare-
ment de Pasiphaé : elle parle à une femme qui ne
sait rien encore ; mais la Phèdre de Sénèque, parlant à la nourrice qui a reçu sa confidence, semble

ne faire l'énumération des crimes de sa famille
que pour y trouver une excuse à sa passion. Racine, avec son goût exquis, se contente de faire
dire à Phèdre :

Dans quels égaremens l'amour jeta ma mère !

Mais Sénèque semble craindre qu'on ne s'y méprenne ; il ne veut pas nous laisser ignorer quel
était l'amant de la femme de Minos , et il fait dire
à sa Phèdre :

Genitrix, tui me miseret : infanda malo
Correpta, pecoris efferi sœvum ducem
Audax amasti. Torvus, impatiens jugi,
Adulter ille, ductor indomiti gregis.....
Sed amabat aliquid.

Le *sed amabat aliquid,* dans la bouche de Phèdre,
et appliqué à un taureau, offre une idée si étrange,
que j'aurais défié tout le talent de Racine de la
faire passer en français. M. Levée paraît avoir été
épouvanté de ces images , car sa traduction ne dit
rien qui indique nécessairement le taureau, tandis
que Sénèque , après avoir écrit *ducem pecoris,* se
croit encore obligé d'ajouter *ductor gregis,* comme
pour nous faire comprendre que cet amant avait
des cornes.

La scène de la déclaration appartient entièrement à Sénèque : elle n'existe point dans Euripide ;
mais là, comme ailleurs, Racine a tellement corrigé et embelli son modèle , qu'il s'est élevé fort
au-dessus du mérite de l'invention. Dans la tra-

gédie française, la déclaration se termine par ces
deux vers :

> Et Phèdre au labyrinthe, avec vous descendue,
> Se serait avec vous retrouvée ou perdue,

vers qui, empreints de la passion la plus vive,
sont cependant encore assez équivoques pour
qu'Hippolyte se repente de s'être écrié :

> Dieu! qu'est-ce que j'entends? Madame, oubliez-vous
> Que Thésée est mon père et qu'il est votre époux?

car lorsque Phèdre lui répond :

> Et sur quoi jugez-vous que j'en perds la mémoire?

il réplique :

> Madame, pardonnez. J'avoue en rougissant
> Que j'accusais à tort un discours innocent.

Racine a senti combien il fallait de ménagemens
et de délicatesse pour présenter une pareille scène;
et ce n'est qu'après avoir épuisé toutes les précautions oratoires qu'il laisse sa Phèdre se livrer à
toute la fougue de son amour.

Sénèque a commencé la même scène avec autant
de talent : il a la gloire d'avoir fourni à Racine le
texte de ces beaux vers :

> Oui, prince, je languis, je brûle pour Thésée;
> Je l'aime, etc...

On croit les entendre, quand on lit dans la tragédie
latine :

> *Hippolyte, sic est; Thesei vultus amo*
> *Illos priores, quos tulit quondam puer,*

Cùm prima puras barba signaret genas,
Monstrique cœcam Gnossii vidit domum,
Et longa curvâ fila collegit viâ..... etc........

mais le goût, qui n'abandonne jamais Racine,
n'accompagne pas Sénèque au-delà de cette tirade ;
il la termine par cette déclaration si crue et si
claire : *Miserere amantis*, et l'Hippolyte latin qui
ne laisse pas échapper une occasion de déclamer,
s'écrie avec emphase :

Magne regnator Deum,
Tam lentus audis scelera! tam lentus vides!
Ecquando sœvâ fulmen emittes manu,
Si nunc serenum est.....

puis il veut que les astres reculent, puis il gronde
une seconde fois Jupiter de ce qu'il ne brûle pas
le monde entier pour expier le crime de Phèdre ;
puis il demande à être brûlé tout seul ; il le mérite,
il a plu à sa marâtre ; puis enfin, se tournant vers
Phèdre, il lui adresse ce compliment :

O scelere vincens omne femineum genus!
O majus ausa matre monstriferâ malum,
Genitrice pejor..... etc.....

Ce qu'il y a de plus inconcevable, c'est qu'après
avoir débité trente vers qui expriment tant d'horreur, il reste en scène, pour avoir le plaisir sans
doute de déclamer de nouveau, et la misérable
Phèdre, traitée comme la plus infâme des prostituées, à l'impudent courage de lui répondre :

Iterum, superbe, genubus advolvor tuis.

» cruel, tu me vois encore rouler à tes pieds. »

C'est alors que le déluge d'invectives recommence, et très-justement, je l'avoue :

> *Procul impudicas corpore à casto amove*
> *Tactus. Quid hoc est? Etiam in amplexus ruit!*
> *Stringatur ensis.*

Ainsi, l'épée qui, dans la tragédie française, est arrachée à Hippolyte, est, dans le latin, tirée par Hippolyte même pour couper le cou à sa belle-mère! Je n'ai pas besoin de dire que Racine n'a pas imité des beautés de ce genre, et je me suis étendu sur cette scène pour désabuser les personnes qui regardent la déclaration de la Phèdre française comme une traduction fidèle de la scène latine.

Peu satisfait d'avoir grossièrement avili sa Phèdre, Sénèque en fait ensuite le monstre le plus abominable. Joignant au désir de l'inceste, l'hypocrisie, le parjure et la calomnie, elle se présente à Thésée ; elle ose dire :

> *Te, te, creator cœlitum, testem incovo,*
> *Et te coruscum lucis œtheriæ jubar.*

Elle montre l'épée d'Hippolyte qu'elle accuse ; elle pousse l'impudence jusqu'à soutenir que l'inceste a été consommé, *vim corpus tulit.* Sa nourrice, si elle eût été présente, lui aurait dit, sans doute : Madame, vous vous vantez. On a beaucoup exagéré le mérite des scènes dans lesquelles Sénèque presse le dialogue, et ne procède que par vers isolés, comme Corneille l'a fait depuis, et si heureusement. Oh! sans doute ce style concis et rapide serait d'une grande beauté, si ces phrases

courtes étaient toujours inspirées par la passion,
mais de pareilles scènes n'en sont que plus froides
quand chaque vers renferme une sentence, et
quand l'un des personnages paraît n'être là que
pour donner les répliques, et fournir à l'autre
l'occasion de briller. Croirait-on que dans la scène
dont je viens de parler, celle où Phèdre accuse
Hippolyte, cette femme, agitée par l'amour, le
dépit, la vengeance et la terreur, ne répond aux
interrogations de Thésée que par une suite de
maximes? En voici quelques-unes :

Si causa leti dicitur, fructus perit.....
Aures pudica conjugis solas tinet.
Alium silere quod voles, primus sile.....
Mori volenti deesse mors nunquam potest.....
Mors optima est perire lacrymandum suis.

On voit qu'ici le *style haché* ne réchauffe pas la
scène. Le dénouement de la tragédie de *Thyeste*
se fait aussi par un dialogue formé de vers ou
d'hémistiches entrecoupés ; il y a moins de sen-
tences que dans la scène que je viens de citer,
mais Sénèque y cède encore à son malheureux
penchant, et l'on est étonné d'entendre le père qui
vient de dévorer les membres de son fils, dire froidement à son indigne frère :

Scelere quis pensat scelus ?

ce qui signifie : parce que j'ai commis un crime,
devais-tu me punir par un crime? Et encore à
cette traduction j'enlève à la phrase l'air senten-
cieux qui la rend glaciale.

TABLE DES MATIÈRES

CONTENUES DANS CE VOLUME.

POLITIQUE ET HISTOIRE.

LITTÉRATURE ANCIENNE.

FIN DE LA TABLE.

www.ingramcontent.com/pod-product-compliance
Lightning Source LLC
Chambersburg PA
CBHW061028030726
47504CB00002B/296